무역인생

-LOOK BACK

무역인생

1판 1쇄 발행	2024년 11월 15일
지은이	김창송
발행인	이선우
펴낸곳	도서출판 선우미디어

등록 | 1997. 8. 7 제305-2014-000020
02643 서울시 동대문구 장한로 12길 40, 101동 203호
☎ 2272-3351, 3352 팩스: 2272-5540
sunwoome@daum.net
Printed in Korea ⓒ 2024. 김창송

값 25,000원

ISBN 978-89-5658-782-0 03810

무역 인생

LOOK BACK

素原 김창송 저

선우미디어 sunwoomedia

머리말

존경하는 애독자 여러분! 흘러간 지난 많은 세월 동안 여러분의 따스한 아낌없는 사랑이 있었기에 오늘의 성원으로 여기까지 왔습니다.

시작이 있으면 끝이 있는 순리에 따라 지난날 열 번의 〈머리말〉을 써보았으나 오늘은 한 번뿐인 마침표를 찍어 보려 합니다.

한평생 그림자 같이 주야장천 한 지붕 아래 한방에서 희로애락을 엮어가며 함께한 성원 가족들, 구순 고개를 힘겹게 넘는 아내를 기억하며, 무역 인생〉을 엮어보았습니다.

지난 어느 날 입사 시험에 '합격'이라는 뜻밖의 소식이 날아왔다.

출근 첫날 남대문시장 길 건너 '금붕어 다방 3층'이라 했다. 사무실 여기저기 눈에 띄는 서류들이 영어가 아니면 일본어가 전부였다. 내가 서둘러 배워야 할 일이 영어 단어였다. 그리고 타이프 라이터를 능숙히 다루는 일이었다. 빈 사무실에서 홀로 앉아 밤을 새우기로 작심했다.

그로부터 10년이란 세월이 꿈같이 지난 어느 날 회사는 수출 부진으로 돌연 문을 닫게 되었다고 통고하는 것이 아닌가! 그야말로 청천벽력이 따로 없었다. 출구가 보이지 않는 캄캄한 터널 속에 매몰된 것만 같았다. 10평짜리 국민주택을 빚내서 겨우 마련하고 철부지 두 아들과 함께 마당에 꽃을 심으며 꿈을 그리던 때였다.

실향민의 설움이 또다시 떠오르며 밤을 하얗게 새웠다. 궁하면 통한다고 했던가! 오사카에 있는 S 무역회사와 한국 무역대리점을 맺기로 했다. 그 후 처음 여권을 발급받고 오사카라는 이국땅을 밟았다. 1970년도는 우리나라는 보릿고개라는 언덕을 눈물로 헤쳐가던 때였다. 일본을 제외한 여러 나라와 "수출입시장을 개척하라"는 정부의 강력한 권고가 있었다. 나는 그 이듬해부터 싱가포르, 미국 등지로 해외 수출입시장을 찾아서 동분서주했다.

반세기도 넘는 세월 아스라이 지난 고통의 지난날들을 다 회상할 길이 없다. 셋방살이로 전전하다가 마침내 강남 논현동에 사옥을 마련했다. 신축기념으로 수필집 『비지니스 기행』을 상재했다. 수출입 고객 개척을 위해 세계 50여 개국에 100여 개 기업체를 찾아다니던 기록들이 KBS한국방송의 요청으로 해외시장 현장을 보고 들은 바대로 생방송을 했고, 이어서 MBC, SBS 등의 요청으로도 그 원고 준비에 한때나마 시간에 쫓기기도 했다. 뜻하지 않게 분에 넘치는 Korea의 무역회사들을 인솔하고 반관반민의 봉사를 하게 되었다.

1983년 9월에는 상공부가 주관한 아프리카 통상사절단을 인솔하고 모로코, 라이베리아, 나이지리아, 이집트를 방문하여 쌍방 30여 기업인들과 민간단체로서는 처음으로 'MADE IN KOREA' 상품 교역을 위한 국제회의를 주관한 바도 있다. 그 이듬해는 한국 수입협회가 주관하는 중남미 통상사절단 단장으로 미국 등지를, 유럽, 아시아 구매사절단 단장, 86년 8월에는 89년 APECK 동구권 시찰단으로 순회했다. 그야말로 세계는 끝없고 할 일은 너무도 많았다.

이렇게 1958년도에 생소한 무역이란 직업으로 출발하여 오늘에 이르기까지 90평 생의 과반이 넘는 66년이란 적지 않은 세월을 하늘 공간에서 지냈다. 564,139마일리지라는 기록을 찾았다고 항공사가 전한다. 이처럼 패스포트가 낡아 떨어지도록 하늘을 지붕으로 살아가는 동안 에어포켓 같은 난기류를 만날 때가 한두 번이 아니었다. 그때마다 떨리는 손으로 아내에게 유서 쓰기도 몇 번이었는지….

시간은 광음 같다고 했던가! 오늘 상재하는 무역 인생까지 11권의 에세이로 흔적을 남겼기에 스스로 그나마 자위해 본다.

끝으로 이날 이때까지 아낌없는 사랑을 보내주신 우리 회사 임직원들과 나와 인연을 맺은 지난날의 동역자 형제들과 국내외 고객 여러분께 다시한번 감사의 인사를 드립니다. 그리고 이번 출판에도 선우미디어 이선우 대표께 수고를 끼쳐 심심한 사의를 표하는 바입니다.

기나긴 세월을 함께한 사랑하는 아내와 두 아들 두 자부 다섯 손주 그리고 외증손자 준이의 첫 생일 재롱까지 든든한 울타리가 있어 한없이 기쁘고 고마울 뿐이다.

2024년 11월
저자 素原 김창송

차례

3부 지성이면 감천

4부 영혼을 울린 밤

1부

이웃 나라 형제들

노 선각자의 성실한 고백

김형오
전 국회의장

어느 날 국회의장실에 처음 보는 분이 찾아왔다. 비운의 애국자 최재형 선생 기념사업회 발족식에 축사해달라는 것이다. 애국 독립운동가에 관한 관심이 깊은 처지에 마침 국회 안이라서 승낙했다. 김창송 회장을 그렇게 알게 됐다. 아마도 다른 분이었다면 바쁘다 선약이 있다며 거절했을지도 모른다. 김 회장님의 자세와 언행 눈빛에서 나는 진실을 읽었다.

덕분에 나도 최재형 선생을 좀 더 깊이 알게 되는 계기가 되었다. 어언 15, 6년의 세월이 훌쩍 지났지만, 그때 그 모습은 아직도 뇌리에 생생하다. 그리고 그때나 지금이나 한결같으시다. 혼탁한 세상, 좌절의 시대에 김 회장 같은 분을 떠올리면 용기를 잃지 않고 새 희망을 갖게 할 것 같다. 그래서 이 책이 많은 분에게 읽혔으면 하는 바람을 안고 추천하려 한다. 한 개인의 회고록이자 시대의 아픔과 어려운 환경 속에서 바른길을 모색해 온 노 선각자의 성실한 고백기이다.

추천 이유는 크게 세 가지다. 첫째 그는 애국자이다. 최재형 선생 기념사업회를 설립한 것도 애국심이 없으면 불가능한 일이다. 러시아 블라디보스토크 여행길에서 민족 독립운동에 헌신한 최재형 선생의 존재를 처음 알게 돼 그 자리에서 일행 몇 분이 뜻을 모아 결성키로 했다는 것이다.

얼마나 장한 일인가. 나라 사랑의 마음을 행동으로 옮기는 것, 이것은 아무나 할 수 있는 일이 아닐 것이다. 그리고 지금까지 한결같은 마음으로 섬기는 자세에서 그의 비범함을 읽는다. 60~70년대 별로 팔 것이 없는 나라였지만 무역(수출) 아니면 살아갈 수 없는 시대, 그는 온몸으로 해외를 누비면서도 상담 대상 외국인에게 품속에 간직했던 태극기를 꼭 건네주었다. 태극기의 명예를 걸고 세일즈 활동을 한 것이다. 애국심은 그와 대 한민국의 명예와 그의 무역 활동의 신뢰도를 올렸다.

둘째 성실성이다. 민족사적으로 가장 어려운 시대에 태어나 갖은 고생을 다 하며 일가를 이룬 것은 그의 성실성 없이는 설명이 안 된다. 일제하 암흑기, 해방, 분단, 전쟁, 월남, 이산가족, 고학 독학, 취업, 해외 생활, 병마, 모함, 고통, 성취, 실패, 재도전… 파란만장한 인생살이에서 성공한 비결 아닌 비결은 그의 독실한 신앙심과 성실성이라고 본다. 그리고 그 마음과 자세는 오늘도 여전히 한결같다.

셋째는 가족애, 이웃사랑이다. 혹독한 환경과 말 못 할 시련 속에서도 그를 지켜 준 것은 사랑과 믿음의 힘이었다. 그의 글의 행간에는 부인을 비롯한 가족에 대한 사랑과 신뢰가 물씬 난다. 내가 몇 차례 지근거리에서 뵐 적에도 가족, 특히 부부간의 애틋한 사랑과 깊은 신뢰를 느낀다. 그의 힘은 바로 여기서 소생하는 듯하다. 깊은 신앙심에서 우러나오는 사랑의 힘을 보면 존경심과 부러움이 동시에 인다. 만물을 다스리고 만난을 이겨내는 힘은 역시 사랑이다. 간혹 지팡이를 짚고 행사장에 나오는 모습이 그렇게 의젓하고 품위 있을 수 없다. 특히 부인과 함께 나오는 모습은 행복 그 자체임을 보는 이에게 선물한다. 3대 4대로 이어지는 사랑의 힘으로 행복한 여생을 누리시기를 축수 드린다.

김 회장과의 인연

이태섭

전)과학기술부장관

지난 어느 날 김 회장으로부터 소포 하나가 왔다. 호기심 가지고 열어보니 『무역인생』이라는 수필집을 내려고 하는데 격려의 글을 보내달라는 요구였다. 그것은 김형은 나와 오랫동안 가까이 지냈기 때문이라 생각했다.

막상 쓰려고 하니 어디서부터 시작해야 할지 고민스러웠다.

먼저 떠오르는 생각이 있었다. 김 회장의 손자가 하버드 다니면서 공부하는데 주말이면 교회로 나가보라고 해야 하는데 어디 좋은 교역자와 교회를 소개해 달라는 전화를 받은 바 있다. 그래서 나의 MIT 유학 시절부터 잘 아는 목사에게 부탁의 글을 써주었다. 그 목사도 그곳 명문대를 졸업하고 유학생들을 상대로 개척교회를 세웠다.

또한 김 회장과의 인연은 기독실업인회 한양지회에서 새벽 성경 공부를 같이하면서다. 아침 7시에 시작하는 이 바이블 스터디 그룹은 모두가 부지런한 CEO들의 모임이었다. 그는 늘 초대회장이란 직책 때문일까 늘 일찍이 먼저 나와 있었다. 매년 연말이나 전국대회 때는 나에게 함께 참석하기를 권유하며 늘 경제전망이나 국제 정세 등에 대해 문의하며 지식 축전에 관심이 많았다. 물론 정부에 몸담고 있어서 장관직이나 국회의원 직분으로 있었기에 나의 이야기에 늘 관심을 두고 있었다. 그는 작은 중소기업을 일구어 무역한다고 했다. 특별히 과기처장관으로 회원들에게 과학기술의 미래 예측 등을 이야기했다.

무엇보다도 잊을 수 없는 일은 강남구에서 국회의원으로 출마하며 선거운동을 할 때였다. 김 회장은 자기 사업과는 무관한 나의 선거운동을 자진했다.

일찍이 조실부모하고 불우한 가정에서 태어났으면서도 명문고 경기고와 서울대 그리고 MIT 모두 수석으로 졸업한 이 박사는 최고의 졸업성적으로 졸업했다며 자기 일 같이 선전하며 도와주었다. 아직도 나의 학사 기록을 깬 사람이 없다고 하며 더욱이 강남의 어머니 유권자들은 이태섭 후보자 같은 신동을 낳게 해달라고 기록된 작은 명함 속에 나의 사진을 넣고 가지고 다니며 나를 도왔다.

빠질 수 없는 또 한 가지는 신구약 성경책은 누구도 일점일획도 고칠 수 없는 것은 상식임에도 나는 성경 번역도 사람들이 했을 것이라고 하며 영어 번역도 전문번역자 어느 학자가 쓴 것일 것이다. 그럼에도 불구하고 나는 어느 날 원서를 보다가 오류가 있는 것을 발견했다. 적지 않은 단어의 해석을 지적하여 당시 성서공회에 보낸 사실은 모두가 놀란 사건이었다. 고 했다.

우리 두 아들도 MIT를 다니고 아버지 따라 삼부자가 MIT 출신도 국내외 화젯거리가 아니 될 수가 없다고 자칭 홍보대사가 되어 주었다. 그러던 어느 날 김 회장으로부터 사옥준공 예배를 본다기에 참석했다. 지하 2층 지상 6층의 건물은 제법 중소기업 CEO로선 성공 사례라 생각했다.

나는 정치와는 무관한 세계평화기구 국제라이온스클럽 세계 총재로 추대된 바 있다. 이것이야말로 세계적 봉사 단체로서 빈곤한 나라들 혹은 개인에게 도움을 주는 세계 평화의 Messenger이다.

지난 어느 날 김 회장은 최재형 항일 독립투사 장학회를 만들고 남산의 안중근 기념관에서 행사가 있다고 하여 참여한 바 있다. 억수 같은 장맛비에도 수많은 인파의 참석은 너무도 감격스러웠다.

김 회장은 이렇게 역사적 애국지사를 발굴하고 장학금 모금 운동을 한다니 과연 고학한 지난날의 크리스천 CBMC 회장다운 일을 한다고 비로소 공감했다.

나도 150번 넘는 지구촌 봉사 여행을 했으나, 그도 마일리지가 기록했듯이 지난 66년 무역 인생을 우리나라 수출입 일선에서 한평생을 보냈으니 이 나라가 오늘에 있기까지 세계 10위권 위상 정립에 미력하나마 일익을 했다고 본다. 끝으로 대한민국 산업포장 수훈을 축하드립니다.

이태섭

전) 정무제1장관, 전) 과학기술부 장관, 4.19혁명 30주년기념사업회 위원장
국제라이온스클럽 총재, 국제재단 이사장, 한국원자력의학원(원자력병원) 이사장
/ 번역서 『무역이냐 전쟁이냐』외 저서 다수

영원히 볼 수 없는 나의 뒷모습, 그것은 언제나 타인의 몫

김중조
성원에드워드주식회사 (전) 대표이사 회장

구순을 넘기신 김창송 장로님은 저의 큰 누님의 남편이자 내가 직장 생활을 처음 시작한 회사 성원 약품상사의 대표님이셨다.

자신에게 엄격하고 원칙을 중요시하시는 성품은 자연스럽게 회사의 경영 지침이 되었고 고객을 진심으로 대할 수밖에 없는 임직원의 기업 문화를 별도의 교육 없이 심어준 셈이다.

60여 개의 해외 유수 Principal의 한국 총대리점으로 화공약품 오퍼업계의 Top 3에 오른 성장은 김창송 회장님의 경영방침이 해외 본사의 경영진과 국내 고객에게 깊은 신뢰를 심어준 결과였다고 확신한다.

수입 실적만으로는 무역회사의 자격을 유지하기 힘든 시기여서 선택한 품목이 '봉제완구'였다. 백만 불 수출을 달성해야 무역회사의 자격요건이 되었기에 봉제공장의 젊은 여공들에게 낮에는 일터에서, 저녁에는 기숙사에서 야간 중학교 공부를 하도록 독학의 기회를 주고 월말에도 건전가요 음악 선생님이 와서 노래하며 박수 치는 오락 시간을 갖는 등 젊은이들에게 희망을 준 덕분에 후발 봉제완구 업계에 뛰어든 지 얼마 되지 않아

다수의 단골 수입업체를 일찍이 확보할 수 있었다. 그 배경에는 주경야독의 남다른 경영 방식을 종업원이 따라주었고 해외 고객의 마음을 사로잡은 것이 사실이다.

화공약품과 봉제완구라는 어울리지 않는 두 개의 사업이 공존하던 1980년 초에 대한민국은 반도체라는 새로운 산업이 꽃봉오리를 터트리는 시기로 기억된다.

Italy Montedison의 계열사에서 세계 독점으로 생산했던 FOMBLIN OIL이 반도체 공정에 사용된다는 정보를 Motedison Japan 동경사무실 방문으로 알게 되었다. Koga 사장과 Soma 영업부장이 페니실린 병에 담아준 Fomblin Oil 샘플을 구미에 소재한 금성사 연구소와 삼성전자 연구소에서 사용하고 있던 영국 Edwards사의 Dry Pump에 사용하던 펌프 윤활유의 대체품으로 소개하라는 정보를 얻었고 구미를 방문한 것이 성원 교역이 반도체 업계를 노크한 첫 번째 단초가 되었다.

반도체 제조 전 공정에서 Vacuum Chamber에서 사용된 Toxic Gas를 스크로버로 보내는 역할을 하는 장비가 진공펌프이고 Mineral Oil은 독한 가스를 만나면서 분자구조가 깨짐으로 윤활 작용을 못 하는 기술적인 문제를 Perfluro polyether (PTFE)이 주성분인 FOMBLIN OIL이 그 문제를 해결해 주는 제품이었다. FOMBLIN OIL의 한국 총대리점을 확보한 뒤 Edwards사의 대리점을 타진하던 시기에 Edwards의 Dry Pump와 FOMBLIN OIL의 공동 개발로 이어지면서 두 제품의 한국 총대리점을 성원교역에서 갖게 되는 행운을 갖게 되었던 것이다.

Edwards의 Hong Kong 지사장이 대리점을 확정한 후 성원교역 여의도 본사를 방문하여 Show Room에 전시된 봉제완구 인형을 보고는 "이 회사에 진공펌프의 한국대리점을 맡긴다!"

성원교역으로서는 펌프 수리와 Trouble shooting이 가능한 서비스 시스템을 갖추고 고객사로부터 고장 신고와 수리 의뢰가 올 때 즉각 대처할 수 있는 기술자와 수리 공장을 확보하는 것이 대리점의 최소 요건이었는데 Edwards의 일본 합작회사의 도움으로 급히 채용한 사원을 연수시킬 수 있었던 행운도 총대리점으로 계약할 수 있는 절묘한 타이밍이었다고 생각합니다.

수백만 불 넘는 반도체 제조 장비가 24시간 가동되어야 하는 반도체의 속성은 진공펌프를 전기, 가스, 초순수물 등과 같은 Utility의 개념으로 펌프 판매가가 아닌 '진공 판매'로 제품의 영업 성격을 바꾼 판단을 경영진이 재빨리 했고, 수리 부분에 과감한 투자를 한 김창송 회장님의 결단이 큰 도움이 되었다고 확신합니다.

1988년도를 전후하여 반도체 산업은 삼성반도체, 현대전자, LG반도체가 앞다투어 투자했고 진공펌프와 FOMBLIN OIL은 투자에 힘입어 성원교역의 전체 영업에 큰 비중을 차지하게 되었다.

Toxic Gas로 오염된 펌프의 폐기 파트의 처리와 펌프 부품의 국산화 시도는 영국 본사의 합작 제안을 이끌어냈고 정부의 지원 덕분에 AMK, LAM, Kokusai, KDNS가 입주하게 될 천안 외국인 공단에 1,000평의 공장 부지를 확보하고 경쟁사보다 발 빠른 준비를 할 수 있었던 것도 경영진의 미래를 내다본 결단의 결실이었다고 확신합니다.

1990년 10월 1일 20여 년을 근무하던 성원교역에서 퇴사하고 Songwon International을 창업하여 Edwards와의 합작의 의지를 확실히 보여 준 덕분에 영국 본사는 2년의 숙고 끝에 화공약품과 봉제완구의 틀을 벗은 새로운 법인과 70:30 비율로 합작회사를 발족하는 역사를 만들게 되었다.

1992년 8월에 외국인 투자 회사로 발족한 새로운 합작회사의 사명은 성원교역의 그간의 시장 개척의 공을 반영하여 Song Won Edwards로 하였고 계속되는 반도체 산업의 성장에 힘입어 2009년 천안 외국인 전용공단에 15,000평을 임대받아 100년 된 영국 본사의 Dry Pump 공장을 통째로 한국으로 이전하는 결정을 이끌어내어 세계 최대 반도체 제조용 Dry Pump 공장을 한국에 유치하면서 반도체 장비의 국산화에 크게 기여하게 되었다. 이 공적으로 제1회 반도체의 날에 대상인 '동탑 산업훈장'을 받게 되었다.

성원약품, 성원교역, 성원인터내셔날, 성원에드워드로 성장해 가던 중 영국 본사의 매각으로 100% 외국 투자회사인 Edwards Korea Ltd로 회사명을 바꾸게 되었습니다.

세계 1등의 진공 장비 회사로 우뚝 선 지금의 회사는 김창송 회장님의 결단과 미래를 예측하여 결심했던 큰 족적이 있었음을 잊지 않고 있습니다.

3천여 명의 임직원과 15,000평 천안공장과 13,000평 아산공장을 보유한 매출 1조 원의 세계 1등 진공 장비 회사의 씨앗은 성원교역의 김창송 회장님께서 뿌렸고 한국 반도체 국산화 역사의 한 페이지이기도 합니다.

무역 인생

오늘은 3.1절 105주년 기념일이다.

꽃샘추위 속에 나부끼는 태극기는 조국을 위해 유명을 달리 한 영령들을 보듬어 주는 것만 같다. 56년 전 나로서는 회사라는 간판을 떨리는 손으로 달던 날이기도 하다. 남대문로 3가에 있는 S 무역회사에 입사한 그 날로부터 10년을 하루와 같이 몸 바쳐 일하던 회사가 돌연 폐업하여 졸지에 실업자가 되었다.

'청천벽력'이란 따로 없었다. 그날 밤 출구가 없는 캄캄한 터널 속에서 밤을 지새운 듯했다. 그때가 결혼 후 7년 된 해로 철부지 두 아이와 10평짜리 국민주택을 간신히 마련하고 꿈을 그리며 살던 때였다.

손 놓고 있을 수 없어 여기저기에 이력서를 보냈으나 회답은 어디에서도 오지 않았다. 그렇다고 실의에 빠져있을 수만은 없었다. 생각다 못해 일본의 거래처에 퇴직하게 된 소식과 함께 재직 시에 맺은 우정으로 무슨 일이든 나와 함께 일할 수 있으면 좋겠다고 알렸다.

그리고 30여 일 동안 간절하게 소식이 오기를 기다렸다. 그러던 어느 날 오후 오사카에 있는 S 회사에서 한국대리점을 맡아 같이 일하자는 답신이 왔다.

대만 출신이 대표인 영세한 회사였다. 나는 즉석에서 답장을 보냈다.

이리하여 드디어 시경 옆 남대문로 3가 건너편 목조 건물 5평에 사무실을
마련했다. 아래층은 한식당이었다. 이른 아침 관할 세무서에 '성원약품상
사'라는 상호로 영업 감찰 신고서를 제출했다. 그때였다. 창구에 앉아 있
던 담당자가 서류를 보더니, 오늘이 3월 2일인데 왜 1일 자로 썼느냐고
하며 2자로 다시 쓰라고 한다.

"네, 잘 알고 있습니다. 나도 3.1 항일 투쟁 정신 같은 비장한 각오로
새 사업을 시작하고자 합니다."라고 대답했다. 그는 미소 지으며 도장을
꽝 하고 찍어 주었다. 그날 이후 우리 내외는 자녀 교육은 아내가, 바깥일
은 내가 하기로 약조하고 명실공히 앞만 보고 결사 항전 달리기 시작했다.

새벽달을 좇아 만원 버스에 몸을 싣고 집을 나서고 밤 12시 통금 소리에
쫓겨 집에 들어서면 늦은 밥상도 꿀맛 같기만 했다.

출근은 7시, 퇴근은 밤 10시, '쎄븐 투 텐' 나만의 구호를 외치며 하루의
시간 관리 우선순위는 을지로 화공약품 판매상을 먼저 찾아 나서는 일이
었다. '1일 20사 방문'을 목표로 소공동 반도 호텔, 조선호텔 주변에 무역
상들을 찾아 나섰다. 이 지역은 우리나라 무역 1번지라 할 수 있다. 외국의
무역회사의 서울사무소들이 집결하여 사무실을 내고 있었다. 그때만 해도
우리나라 수출입 교역국은 주로 이웃 나라 일본이 태반이었다.

이리하여 정부에서도 수입시장 다변화 정책을 강조하며 유럽이나 미주
지역과의 교역을 강조했다. 나도 이때다 싶어 먼저 유럽지역 중심으로 개
척의 길을 떠나기로 했다. 비장한 각오와 함께 세계 지도 한 장만을 들고
사막에 낯선 길을 내기로 했다.

1974년도 2월 27일 아침, 홍콩→마닐라→싱가포르→태국→인도→이스
라엘→폴란드→독일→영국→뉴욕→캐나다→오사카→이태리 등 13개국

을 방문하여 회사 소개와 명함을 뿌리고 다녔다.

그다음은 1977년 10월 10일에서 12월 3일까지 55일 동안 16개국 70여 개 기업체나 공장들을 방문으로 바이어 200여 CEO들에게 수입 희망 상품명 카탈로그 100부와 소형 태극기 100매, 코리아 캘린더 100부 등 각국에 홍보하였다. 이때 찾아간 나라는 다음과 같다.

대만→홍콩→말레이시아→싱가포르→인도네시아→인도→영국→독일→네덜란드→벨기에→덴마크→스웨덴→노르웨이→멕시코→미국→일본 등이었다.

귀국 후 극도로 피곤하여 심신의 안정을 취하며 밀린 업무에 여념이 없을 때였다. 무역통신 조간 소식지에 상공부와 무역협회가 주관하는 최초의 아프리카 무역 통상 사절 단원을 모집한다는 광고가 눈길을 끌었다. 방문국은 나이지리아→몬로비아→라이베리아→이집트 등 4개국이었다. 여독이 풀리기 전이었지만 아프리카 시장도 언젠가는 개척해야 할 곳이었다. 참가 신청을 한 이후 소식이 없기에 포기하고 있던 어느 날 지원자가 초과하여 영어 면접시험을 쳐서 선별한다는 통지가 왔다. 해외시장개척에 시험까지 치르며 찾아가리만치 모두가 열정이 넘치던 때였다.

그러던 어느 날 합격의 안내장과 함께 이번 통상사절단의 단장으로 임명한다는 소식이었다. 뜻밖의 통지문으로 단장 직책만은 극구 사양했으나 이미 장관 결재까지 끝난 사안이라며 변경은 할 수가 없다고 했다. 상대국 통상 장관과 그곳 기업인들과 우리 측이 회의 때마다 단장인 내가 대표하여 주관해야 했다. 동행하는 단원을 보살피는 일, 상대국 장관들과 공식회의 준비 등 부득이 수출과 직원을 동행하여 가기로 했다.

'코리아' 태극마크를 가슴에 달고 상대국 통상 장관들에게 한국을 소개했더니 현지 신문마다 대서특필로 소개되어 크게 알려졌다. 우리 측 수행 기자들도 최초의 아프리카 사절단의 새로운 시장 수출입 계약 소식을 서울로 타전하여 빅뉴스로 화제가 되었다. 후텁지근한 아프리카의 기후에 시달리며 특히 한 해에 만 명의 생명을 뺏어간다는 말라리아 예방약을 한 달 넘도록 먹어야 했다.

귀국하자 서울 지역은 물론 대구 부산 등 주요 지방 거래처를 찾아 밀린 일에 쉴 새 없이 바쁘게 보냈다. 문화와 언어가 서로 다른 이국과의 수출입 계약은 말처럼 쉽지 않았다. 그러나 이렇듯 여러 나라를 한 바퀴 순회하며 고객을 찾아보면 세계 각국의 대기업들이 합작을 제의하거나 거래를 희망해온다.

이때는 마치 월척을 잡기나 한 듯 흡족했으나 우리 회사의 자본력 부족으로 아쉽게도 그들 대기업과의 합작은 불가능했다. 그들 여러 기업 중에서도 성사된 대표적인 회사들도 있었다. 암스테르담의 AZ 회사, 스웨덴의 Per, 런던의 EDWA 등이다. 현재까지도 몇십 년간 직간접으로 거래하고 있으며 특히 EDWA 사는 합작한 후 분리 독립하여 크게 성공하기도 했다.

여기까지는 우리 회사 자체만의 시장 개척 과정이었다면 언제부터인가는 공적인 시장 개척 책임을 맡아 일하기도 했다. 사단법인 한국 수입협회가 주관한 구매 통산 사절단을 인솔하고 유럽 중남미 그리고 아시아지역 등 10여 개국을 방문하여 통상 장관들과 함께 가진 통상회의와 그때 만난 관계 장관들만 해도 10여 명은 족히 된다.

이리하여 지난 세월 크고 작은 수많은 OECD 여러 나라 하늘 공간에서 밤샘하며 세월을 보냈다. 이국땅에서 먹고 잔 시공을 통산하면 모름지기 다섯 해는 족히 타향살이 했을 것이라고 했다.

잠을 설치며 달빛 아래 지난날들을 뒤돌아보면 많은 결실도 있었으나 그에 못지않게 가슴 아픈 말 못 할 추억들도 잊을 수가 없다.

오일 쇼크나 IMF 외환위기로 지구촌이 혼돈에 빠졌던 지난날들의 눈물겨운 이야기들은 잊을 수가 없다. 『무역 인생』이란 이 에세이집 글 속에 진솔하게 남겨보려고 노력했다. 아무쪼록 독자 여러분들께서 너그러이 사랑으로 읽어주시길 바랍니다.

이렇게 앞만 보고 달리고 달려왔으나 어느덧 녹슨 지팡이가 지름길로 저만치 앞서 기다리고 있습니다. 공수래공수거 생로병사란 빈말이 아니었습니다.

貿易 一途に

高貞愛 譯す

　私は南大門路3街にあるS貿易に入社し、10年間を懸命に働いていた。その会社が何らかの理由で突然閉店し、私は突然みすぼらしい失業者となった。

　青天の霹靂だった。その夜は出口のない真っ暗なトンネルの中で夜を明かした。結婚して7年、当時は幼い2人の子供を育てながら、10坪の国民住宅をかろうじて手に入れ、楽に将来を見据えて生きていこうとした時だった。切羽詰まった境遇に手を拱いているわけにはいかなかった。あちこちの会社に履歴書を送ったが、返事はどこからも返ってこなかった。途方に暮れた私は、日本にいる昔の取引先に私の退職の知らせを伝え、在職中の友情で何とか一緒に働きたいという意思を伝えた。30日ほど昼夜を問わず待っていたある日の午後、返事が来た。大阪にある台湾出身の零細なS社から、韓国の代理店として一緒に働こうというメッセージだった。

　私は即座に返事を送った。こうして、市警の隣の南大門路3街木造建物の中に5坪の事務所を構えた。今日は3.1節の105周年記念日だ。花吹雪にはためく旗は、祖国のために命を落とした霊魂を慰めてくれるような気がした。56年前の3月1日、私にとっては会社という看板を

震える手で掲げた忘れられない日でもある。

　早朝、管轄の税務署に成元薬品商事という商号で営業監察申告書を提出した。　その時、窓口に座っていた担当者が書類を見て言った。

　「今日が3月2日なのに、なぜ1日と書いたのか、2日に書き直せ」と言われた。

　「はい、承知しています。私も3.1精神のような悲壮な覚悟で新しい事業を始めたいと思います」と答えると、彼は笑顔でハンコをポンと押してくれた。その日以来、私たち夫婦は、子供の教育は妻が、外回りは私が担うことを約束し、名実ともに前を向いて走り出した。

　夜明けの月を見ながら蒸し風呂バスに乗り込んで出勤すると、夜12時の通禁に追われて帰ってくる遅いご飯が蜜のようだった。出勤は7時、退勤は夜10時。私が立てた計画通りの時間管理の優先順位は、乙支路(ウルチロ)の化学薬品販売店をまず訪れることだった。"1日10社訪問"を目標に、ソゴンドン(小公洞)半島ホテル、朝鮮ホテル周辺の貿易商を訪れることにした。この地域は韓国の貿易1番地といえる。海外企業のソウル支社が集結して事務所を構えていた。当時まで韓国の輸出入貿易国は主に隣国である日本が過半数を占めていた。　そのため、政府も輸入市場の多角化政策としてヨーロッパやアメリカ地域との貿易を重視していた。私はこの時だと思い、まずヨーロッパ地域を中心に開拓の道を歩むことにした。悲壮な覚悟を固め、世界地図一枚だけを持って、砂漠の荒れ地を切り開くことにした。

　どんなに弱い人でも、たった一つの目的に
　自分の力を集中させることで何かを成し遂げることができる。

ルイ・ド・モンテスキュー

　1974年2月27日、香港→マニラ→シンガポール→タイ→インド→イスラエル→ポーランド→ドイツ→イギリス→ニューヨーク→シンガポール→大阪→イタリアなど13ヵ国に会社紹介のパンフレットと名刺を配って回った。1977年10月10日から12月3日までの55日間、16ヵ国70余りの企業や工場を訪問し、バイヤー200人余りに輸入希望商品名カタログ100部、小型太極旗100枚、ユリアカレンダー100部など、各国均等に広報した。今回訪問した国は次の通りだ。

　台湾→香港→マレーシア→シンガポール→インドネシア→インドネシア→インド→イギリス→ドイツ→オランダ→ベルギー→デンマーク→スウェーデン→ノルウェー→メキシコ→アメリカ→日本など。

　帰国後はひどく疲れていたが、心身を落ち着かせながら滞った業務をこなすのに精一杯だった。奇しくも貿易通信の朝刊に、韓国で初めて商工部と貿易協会が主催するアフリカ貿易通商使節団員を募集するという広告が目を引いた。訪問国はナイジェリア→モロビア→リベリア→エジプトの4ヵ国だった。まだ疲れが抜ける前だが、アフリカ市場もいつか開拓しなければならない場所だった。皆が熱意に満ち溢れていた頃、海外市場開拓ということで、ひょっとしてと期待を込めて参加を申し込んだ。その後、連絡がないので諦めていたある日、応募者が超過し、英語の面接試験で選考するとの連絡があった。

　英語の面接試験を受け、待ちに待ったある日、思いがけず合格の通知が来た。しかも、今回の通商使節団の団長に任命されたという話ま

でついてきた。突然の知らせに団長役だけは極力辞退したが、大臣の決裁まで済ませた案件なので変更できないと言われた。韓国側を代表して相手国の通商大臣、そしてそこの企業人と会議のたびに合席する通商会議を団長が主宰しなければならなかった。同行する団員の世話、相手国の大臣との公式会議などの過負荷に、私はやむを得ず輸出と職員を同行させることにした。

韓国の太極マークを胸に付け、相手国の通商大臣と韓国を紹介したところ、現地の新聞各紙に大々的に紹介され、大きく報じられた。私たち側の随行記者も、初のアフリカ使節団の新市場輸出入　契約締結の知らせをソウルに伝え、ビッグニュースとして話題になった。しかし、蒸し暑いアフリカの気候に悩まされ、1年に1万人の命を奪うマラリア予防のため、出国前後に1ヶ月以上薬を飲む苦痛に耐えねばならなかった。

今日、誰かが日陰に座って休むことができるのは

ずっと前に誰かが木を植えてくれたからだ。

ウォーレン・バフェット

帰国後、ソウル地域はもちろん、大邱、釜山など主要地方の取引先を訪れ、フォローアップに余念がなかった。意識はもちろん、文化と言語が異なる外国との輸出入を成し遂げるのは、言うほど簡単ではなかった。しかし、こうして一周回って顧客に会うと、世界各国の大企業が合弁を申し出たり、取引を希望してくる。

オファーを受けると、その時はまるで大魚を釣ったかのように嬉しかったが、残念ながら当社の資本力不足で大企業との合弁は不可能

だった。　　そうして成立した代表的な会社は、アムステルダムのAZ社、パリのRda、スウェーデンのPer、ロンドンのEDWAなどがある。現在も直・間接的に取引きをしており、特にEDWAは合弁した後、分離独立した。

この時までは当社独自の市場開拓であったが、その後は公的な市場開拓の責任を擔當するようになった。韓国輸入協会が主管したユリア購買通商使節団を率いて、パリやロンドンなどヨーロッパ地域の国々をはじめ、オーストラリア、ニュージーランド、タイ、ブラジル、アルジェリアなど南米地域の国々を訪ねた。　そこの現地商工人、そして通商大臣と一緒に行った会議で会った大臣だけでも10人を余る。

こうして過ぎた数年間、大小さまざまな国、つまりOECD諸国の上空で夜を明かさなければならなかった。　そう貿易という一本道を走ってここまで来た。異国の地で寝食した時間を通算すると、かれこれ5年という計算になる。

花が咲くのも、散るのも知らずに
五大洋六大陸を何周しただろう
世界恐慌やIMFの嵐も
止められなかった
愛憎60年の貿易人生が
あの雲と同じくらいはるか遠い
キム・チャンソン

眠れぬ夜、月明かりの下で過去を振り返ってみると、多くの実りを得ながらも、それに劣らず胸を痛める思い出が蘇る。二度にわたるオ

イルショックといわゆるIMF為替危機で世界が混乱に陥った過去の涙の物語をどう筆舌で尽くすことができようか。 不足ながらもこの文を通してまじめに伝えようと努めた。こうして前だけを向いて走ってきたが、いつの間にか錆びた杖が近道を通って私の前で待っている。

　孤独で貧しい環境でも「成元貿易株式会社」を設立、国の経済
　発展に貢献した。また、独立闘士を発掘、奨学財団を設立し、
　奨学財団を立て　その子孫たちを助ける。老人大学を設けて 老人
　たちに新たな生活を送るようにするなど、キム・チャンソン会長は
右手
　がすることを左手が知らないように陰ながらノブレス・オブリージュを

高貞愛 譯す
長い間 実践している方である。
詩人、韓國芸術院会員 呉世榮オ・セヨン

A Life of Trade

by translation 김성민

Today marks the 105th anniversary of the March 1st
Movement. The Taegeukgi, fluttering in the lingering cold of
early spring, seems to embrace the spirits of those who gave
their lives for the motherland. It is also the day on which I
established my company fifty-six years ago.

At that time, I had just faced the closure of the company
to which I had devoted myself daily for ten years, and
suddenly, I was unemployed. The event hit me like a bolt from
the blue. I stayed up the entire night, feeling as though I was
trapped in an inescapable tunnel. I had only recently managed
to acquire a 355-square-foot national house, was raising my
two young children, and was dreaming of a better future. I
sent out my resume everywhere I could but received no
responses. However, I decided to reach out to a former
contact in Japan, informing them of my unemployment and
expressing my willingness to work in any capacity, relying on
the friendship we had built during our previous business

dealings.

About a month later, I received an invitation from Company "S" based in Osaka to collaborate with the Korea agency. It was an import-export company led by a Taiwanese CEO named "K." I replied to the letter immediately. I acquired a 177-square-foot office in a two-story wooden building across from Namdaemun 3 road and arrived early the next morning at the tax office to submit my business registration for the "Songwon Medicine Trading Company." The manager at the counter looked over the documents and said, "Today is March 2nd, but you wrote the establishment date as March 1st. Please change the date to March 2nd." To this, I replied, "I intend to establish my company with the same determination and mindset that defined Independence Movement Day." The manager smiled and, without hesitation, stamped the seal on the papers.

After that day, my wife and I divided our responsibilities and focused wholeheartedly on our work. She dedicated herself to our children's education, while I was committed to supporting our family's livelihood.

I would take the sweltering bus to work in the early morning, and return home late at night, chased by the sound of sirens. Despite the exhausting routine, my dinners were always a source of delight. At the time, my top priority was finding domestic traders. We focused our efforts on customer development in Eulji-ro and Sogong-dong, setting the goal of visiting ten companies a day. Most of our exports at the time were to neighboring Japan. Because of this, the government emphasized diversification and pushed for expanding trade with Europe and the Americas. So, I decided to venture into the European market, embarking on a pioneering journey into the uncharted desert armed only with a single world map.

It was the morning of February 27th, 1974, when I departed from Gimpo Airport. My journey took me to Hong Kong, Manila, Singapore, Thailand, India, Istanbul, France, Germany, the United Kingdom, New York, Singapore (again), Osaka, and Italy, where I distributed my business cards in 13 different countries. Between October 10th and December 3rd, 1977, I traveled for 55 days to 16 countries as a visiting corporate provider to 70 companies. I distributed 100 copies of our company's product catalogs to more than 200 potential customers, along with 100 Korean national flags and 100 company calendars, while awaiting potential trade offers. The countries visited during this period included Taiwan, Hong Kong, Malaysia, Singapore, Indonesia, India, the United Kingdom, Germany, the Netherlands, Belgium, Denmark,

Sweden, Norway, Mexico, the United States, and Japan.

After returning home, I was busy catching up on a backlog of business. One morning, while reviewing trade communications, I noticed an advertisement for an African trade mission organized by the Ministry of Commerce and Industry and the Korea International Trade Association. The delegation was set to visit four countries: Nigeria, Monrovia, Liberia, and Egypt. Though I had just completed my journey and was cautious about venturing into the African market alone, I submitted my application. The next day, I received a notice that, due to the large number of applicants, an English exam would be required. To my surprise, I not only received an acceptance letter but was also appointed as the head of the trade delegation. Despite my strong objections to this role, I was informed that the decision had been approved by the minister and could not be changed.

On behalf of the Korean trade delegation, I organized meetings with ministers and businessmen in each of the countries we visited. The month-long journey, carrying export sample packages and leading representatives from 30 Korean trading companies, was truly arduous. With Taegeuk marks on our chests, we were introduced in every local newspaper as a special feature. Our reporters also had to relay the news of the first African market import and export contracts back to Seoul. We took malaria prevention medication for more than a month to cope with the hot African climate.

Upon returning home, we were once again busy visiting major customers in Seoul, Daejeon, and Busan. Achieving import and export contracts with foreign countries was certainly not as easy as it sounded. Having traveled around the globe once, global conglomerates began to propose joint ventures. Despite the promising opportunities, we simply couldn't accept these offers due to our lack of capital at the time. Among these conglomerates were "Company AZ" from Amsterdam, "Rda" from Paris, "Pr" from Sweden, and "Edward" from London. We now conduct business both directly and indirectly.

I had the privilege of leading a purchasing delegation organized by the Korea Importers Association, touring countries in Europe, such as France and the United Kingdom, as well as countries in Southeast Asia, including Australia, New Zealand, and Thailand. I met with over ten local business and trade ministers.

In my career, I have traveled the five seas and six continents, visiting countries both large and small, spending countless sleepless nights in the skies. If I were to sum up the time spent eating and sleeping under foreign skies during the 564,139 miles I accumulated over my 66-year career as a trader, it would be equivalent to living abroad for five years. Looking back, there were many accomplishments, but also memories that are difficult to forget. The pain felt during global crises like the oil shock and the IMF crisis cannot be expressed in words.

Throughout my life in trade, I have only looked forward while running, until one day I realized that the years are an unstoppable tide. The saying, "We come into the world empty-handed and leave empty-handed," has always been true. Nevertheless, I am grateful for the many media outlets, including KBS, that promoted the 10 collections of essays I have written despite my lack of writing experience.

Above all, I would like to express my gratitude to the employees of my company and Lee Sun-woo, the CEO of Sunwoo Media Publishing Company, for being a source of strength and a bridge to our domestic and foreign customers. I am also deeply grateful to my beloved wife, children, daughter-in-law, and my great-grandson, Jun, whose adorable antics never fail to make us smile.

그때 그날의 사각모

 이웃 마을에 다녀오신 어머니는 무슨 사연에서인지 나를 물끄러미 쳐다보다가 말씀하신다. "저 윗동네 안 선생 어르신 댁에 갔더니 안방 벽에 처음 보는 사각모라고 하는 네모반듯한 모자가 걸려 있더라." 하시며 "우리 집은 언제나 저런 모자를 자랑스럽게 벽에 걸어 놓을 수 있을까?" 하며 한탄하신다. 그러고는 어린 나를 무릎에 끌어 안치며 당신은 눈가를 훔치는 것이 아닌가. 그때 나는 무슨 영문인지도 모르고 "엄마! 이다음에 내가 커서 그런 모자를 꼭 써 보일 것이니 아무 걱정 마세요." 하며 장난기 섞인 말로 위로했다. 그때 내 나이가 철부지 대여섯 살쯤 되었던 것만 같다.

 내가 태어난 우리 마을은 농어촌으로 집들은 윗마을과 아랫동네로 나누어 살고 있었다. 우리 집은 어찌 된 연고인지 아버지는 산 아래에 있는 돌밭을 갈고 있었고 큰형은 동네 소학교를 졸업하고 이 학교 심부름꾼으로 일하고 있었다. 겨울에는 물지게를 둘러메고 산언덕 높이에 있는 교장 선생님 사택에 나르고 있었다. 한겨울에는 눈길에 넘어져 물지게에서 물이 훨훨 쏟아져 내려올 때면 몰래 돌아서서 울던 기억이 아스라하다. 둘째 형은 연두창이란 목병으로 붕대를 늘 감고 학교도 가지 못하고 누워만 있었다. 셋째 형은 내가 태어나기 전에 돌림병으로 일찍이 어린 나이에 잃었다고 들었다. 이리하여 그나마 유일한 어머니의 희망은 나 하나뿐이라고 생각했을 것이다.

"한 치 앞도 알 수 없는 것이 세상사"라고 했던가 어느 날 갑자기 꿈에도 생각지 못한 남북 간의 동족상쟁이 벌어졌다. 아비규환의 혼란 속에 집집마다 식솔들이 동서남북으로 산산조각 흩어지고 말았다. 피난민 소굴인 부산 자갈치 아침 시장에서 무 장수를 하다가 어느 날 교통경찰의 잡상인 단속의 회초리에 등판을 맞아 쓰러지고 말았다. 죽고만 싶었던 그 젊은 시절 어느 날 뜻밖에도 이때 고향 마을에서 사각모를 쓰셨던 이웃집 안 선생님을 만난다. 선생은 어머니가 부러워하신 그때 사각모의 주인공이셨다. 선생의 도움으로 나는 서울의 S대학에 응시했으나 낙방하고 말았다. 그때 마침 임진강 건너 전방 미군 부대에서 군속병 모집이 있었다. 이때 미군 장교의 면접시험에 들어서 취직이 되었다. 그다음 날로부터 PX 메일 오더 부서에서 일하라고 했다. 우리 군속들은 밤이면 강바람에 너풀거리는 천막 속에서 슬리핑 백을 뒤집어쓰고 자야 했다. 그때마다 나는 전깃불을 몰래 끌어와 이불 속에서 영어 단어를 하나라도 더 외우며 대학 입시 준비에 밤낮이 없었다. 어머니와의 사각모 약속을 지키고자 일편단심 공부뿐이었다.

결사적인 입시 준비를 했으나 역시 이듬해 S대는 가망이 없었다. 부득이 한강 건너 C대에 들어가야 했다. 이마저 2학기 등록금이 없어 한 학기만을 마치고 취직해야 했다. 그 후 낮에는 직장에서 밤에는 야간 대학 학생으로 겨우 졸업했다.

천상에 계시는 우리 어머니! 그때 그 어느 날 어머니와 약속한 사각모를 쓰기는 했으나 불빛에서 상처투성이가 된 상처뿐인 사각모입니다. 부끄럽기만 합니다. 그것마저도 가까스로 쓰기까지 너무도 힘겨웠습니다. 어머

니의 셋째 아들이 약속했던 사각모는 나의 손주들이 나를 대신해 이루어
냈습니다.

다음 다섯 손주를 소개하겠습니다.

큰 손녀는 미국 유학 때 전국 고등학교 미술 경시 대회에서 자화상을
그려 골드메달을 수상하고 카네기 홀에 전시되었고 귀국 후에는 여성
CEO로서 활약하며 한국무역협회를 대표하여 국제 박람회에 참가하기도
했습니다. 둘째 손녀는 반데빌트를 나와 오바마 행정부에 입사하여 다년
간 근속했습니다. 아시아 여성으로서는 드문 일로 그야말로 하늘의 별을
땄다고들 소문이 자자했습니다. 지금은 컬럼비아 대학원에서 MBA 과정
을 마치고 뉴욕에 있는 직장에 다니고 있습니다. 그 밑에 손자는 미국 10
대 명문대 펜실베이니아대학에 입학하여 2학년 올라갔을 때 귀국하여 경
쟁을 뚫고 통역병으로 군복무를 마치고 지금은 애니메이션 디렉터로 일하
며 방송에도 가끔 나갑니다.

둘째 아들네 큰 증손자는 하버드 생명공학 박사 학위를 받고 지난해에
200년 역사를 자랑하는 JP morgan 뉴욕 본사에 취직하여 다니고 있습니
다. 이곳은 명실공히 지구촌 엘리트들만의 집단이라고 합니다. 끝으로 막
내 손자는 남가주 대학에서 컴퓨터 전공을 마치고 지금은 대규모 무역회
사 팀장으로 국제시장 개척에 여념이 없습니다.

보고 싶은 우리 엄마! 내가 이렇게까지 구구히 이야기하는 것은 그때
그날 어머니와의 약속을 오늘에야 이루었기 때문입니다. 부디부디 천상에
서 시름 걱정 다 내려놓으시고 영면하시옵소서! 저도 언젠가는 찾아뵐 날
이 있을 것입니다. 다시 만날 때까지~.

100만 달러의 수출계약

파리에서 국내선 항공기로 북쪽을 향해 약 한 시간가량 간 뒤 다시 승용차를 타고 이번에는 남쪽으로 약 30분 정도 가면 작은 계곡에 있는 P라고 하는 30호가량의 마을이 있다. 그곳에는 나 혼자서 갔었는데 이 마을에 R이라는 기업으로부터 난생처음 아주 큰 봉제완구 주문에 대한 상담 신청을 받았다.

나도 프랑스까지 온 김에 이 상담을 확실히 마무리를 짓기 위하여 낯선 마을까지 찾아간 것이었다.

처음 R사가 한국으로부터 수입할 의향을 가지고 적당한 생산자를 물색하였으나 어느 회사가 신용과 품질을 아울러 보장할 수 있는지 도저히 알 길이 없어 서울에 지점을 둔 프랑스계 은행을 통하여 문의했었다고 한다. 그 결과 평소 프랑스계 은행과는 연줄이 전혀 없는 우리 회사가 추천된 것이다. 서울에 있는 프랑스계 은행지점은 처음에 봉제완구 수출업체 3개 사를 선정하여, 그 후 다시 여러모로 관계기관에 신용도 등을 조회하고 검토한 끝에 최종적으로 우리 회사를 택하여 R사에 추천했고 R사는 이 은행지점의 추천에 따라 우리 회사에 주문 의뢰를 냈던 것인데 마침 프랑스에 온 길에 상담을 마무리 짓는 게 어떠냐고 의향을 물었더니 저쪽에서도 좋다고 하여 찾아가게 된 것이었다.

R사는 큰길가에 있었는데 건물도 대단치 않고 종업원도 몇 되지 않았다.

그런데 R사는 형제가 동업하는 기업으로 40대 후반의 형은 영어를 전혀 하지 못했고 동생은 서툴지만, 사전을 뒤적거리며 그래도 의사소통 정도는 하는 편이어서 상담은 주로 동생과 하였다. 세 사람이 마주 앉아 상담을 진행하면서 놀란 것은 이들 형제간의 사이가 이국인인 내가 보기에도 그럴 수 없이 좋아 보여 그야말로 형제애가 넘쳤다.

그들 형제간에 서로 쳐다보면서 동생이 나와 영어로 한 말을 형에게 통역해 주고 형의 의향을 물어 그 대답을 다시 영어로 나에게 전해 주는 그런 과정에서 그들 형제는 아주 친한 친구 간처럼 웃기도 하고 때로는 서로 어깨를 쳐가면서 농담도 하고 몸짓하는 모습이 불어를 모르는 내가 보기에도 흐뭇한 장면이었다.

드디어 최종적인 가격 흥정이 시작되었고 이때에는 R사의 여직원이 합석하여 네 사람이 상담하는데 시종 진지하면서도 밝은 표정으로 웃음을 잃지 않으며 형이 계산기를 두드려 동생에게 뭔가에 관해 설명을 하면 동생은 다시 형으로부터 계산기를 받아 제 나름대로 숫자를 치면 형은 이것을 내려다보고 동생의 어깨를 치기도 했다.

이런 분위기에서 흥정이 끝나고 함께 저녁 식사를 하게 되었는데 이 자리에서도 형제간에 서로 와인 한잔을 놓고 농담을 주고받아 가며 형님 먼저 아우 먼저 하는 모습이 그렇게 평화롭고 정다울 수 없어 오랫동안 인상에 남는다.

이런 형제간의 제스처는 나에게 편안한 마음을 주고자 하는 노력으로도 보였다. 이들과의 상담을 마치고 다음 날 파리로 돌아와 파리 완구 박람회에 참석하였는데 이들 형제 회사도 약 20평 정도의 전시장을 계약하여 진열하고 있었다.

그들은 파리에 올라와서 교통이 편리한 자그마한 호텔에 직원들과 같이 투숙하면서 전시회장에 일찍 나와 우리 회사 제품을 인수해다 포장을 푼 뒤 진열하는데 형제가 서로 의논하고 협의하면서 하나하나 진열해 가는 모습 또한 오래 잊히지 않는다.

그것은 하나의 상품을 몇 개씩 모아 놓는 경우와 하나씩 간격을 두고 그 개성을 돋보이게 하는 방법, 그리고 강한 조명을 받는 기법 등 여러 가지 형태에 따라 오가는 고객의 시선을 크게 좌우하기 때문이다.

이런 우애에 찬 장면에 감동받아 이들과는 오랫동안 거래가 계속되었고 나중에는 서로 인간적인 신뢰가 깊어져 부인들까지도 서로 오고 가는 가까운 거래처가 되었다.

(1986. 8)

어떤 흔적을 남길 것인가

마침 런던에 체류할 때 명문 도시인 버밍햄에서 국제로터리대회와 무역 박람회가 동시에 개최되어서 두 행사에 모두 참석하기 위해 기차를 탔다.

오고 가는 열차 창 너머로 동네마다 언덕에 있는 교회가 바라보인다. 그런데 그 교회 정원이 하나같이 묘지로 이용되고 있는 점이 또 다른 풍경이었다. 교회와 묘지가 한곳에 자리 잡고 있는데 관하여 안내자는 "사람이 하나님의 섭리에 의해 이 땅에 태어나 성전에서 세례를 받고 하나님의 예비하심에 따라 일생을 살다가 또한 하나님께로의 부름을 받아 돌아가게 되는 길은 오직 한길뿐이므로 세례를 받은 바로 이곳에 묻히는 것이 바른 길이다."라고 했다.

버밍햄에 도착하여 로터리클럽 회의에 참석한 뒤 박람회장을 둘러보았는데 그때 어느 한 부스 앞을 지나가려는데 안에 있던 젊은이가 들어오라고 손짓한다.

나는 무심코 들어섰다.

두 평 남짓한 부스 안에는 이상하게도 상품의 전시는 전혀 없고 다만 벽에 세계 지도가 한 장 걸려 있고 그 앞에는 소책자가 쌓여있었다. '아~. 전도관이로구나.'라고 바로 느낄 수 있었다. 들어서서 두리번거리는데 그 젊은이가 "어느 나라에서 왔는지 여기 세계 지도에서 당신이 출생한 곳을 찾아 이 핀을 꽂으시오." 하면서 핀을 하나 쥐여주는 것이었다.

나는 아시아의 한쪽 구석에 매달린 한반도의 서울이라고 생각되는 지점에 핀을 꽂았다. 지도 위에는 이미 나보다 먼저 다녀간 사람들이 꽂아 놓은 핀이 많이 있었다. 전도하는 젊은이는 나에게 전도용 소책자를 하나 주면서 돌아가는 길에 비행기 안에서 읽으라고 한다.

전도지에는 다음과 같은 내용이 쓰여 있었다.

사람은 누구나 이 세상에 왔다가 반드시 죽게 된다. 그것은 하나님의 섭리이다. 그때 당신은 어떤 흔적을 남기고 하나님께로 갈 것인가를 생각해 본 적이 있는가? 당신은 여기서 세계 지도 위에 핀을 꽂아 구멍을 낸 작은 흔적을 이미 남겼다. 그러나 세상의 흔적에는 다음과 같은 몇 가지가 있다.

① 당신은 많은 돈을 남기고 이 세상을 떠나갈 것인가.
　(부자의 흔적)
② 아니면 높은 명예를 남기고 갈 것인가. (명예의 흔적)
③ 아니면 남들이 부러워하는 권력을 이루어 놓고 갈 것인가.
　(권력의 흔적)
④ 그것도 아니면 후손을 위하고 보다 나은 내일을 창조하기 위한
　적은 봉사라도 하다가 갈 것인가. (봉사의 흔적)

아기의 고추

　수도 브뤼셀에서 관광자원으로 세계적인 지목을 받는 것이 바로 '오줌 누는 소년상'이다. 누구나 여기 와서 실물을 보기 전까지는 상당한 크기로 잘 가꾸어 놓은 곳에 있는 것으로 알기 쉽다. 그러나 막상 실물을 보면 누구나 놀라게 된다.

　건물과 건물 사이 모퉁이에 간신히 세워져 있으며 '오줌 누는 소년상'은 lm도 채 안 되는 아주 작은 청동상이다. 하기야 이 청동상이 실물대로 크면 보기 흉하고 어떤 의미에서 외설적이라 할지도 모른다. 아기 상의 작은 고추로 오줌이 나오는데 수도 장치를 해서 24시간을 그리고 일년내내 나오고 그 물은 청동상 밑에 만든 수도로 흘러가고 있다. 그래도 하루 수천 명의 관광객이 찾아와서 그 청동상을 신기하게 바라본다. 그리고 그 옆에 즐비한 기념품 가게에서 기념품을 사 간다.

　이곳 기념품은 거의 전부가 이 '오줌 누는 소년상'을 소재로 한 것인데 큰 것, 작은 것, 청동제, 황동제, 자기제, 목각, 플라스틱제 등 크기에 따라 재료에 따라 가격에 따라 가지각색으로 누구나 주머니 사정에 맞추어 하나쯤을 사지 않을 수 없게 만들어놓았다.

　그 소년상이 있는 그곳뿐만 아니라 공항의 매점이나 브뤼셀의 어떤 선물 가게에 가도 이 '오줌 누는 소년상'은 있다. 그만큼 이 소년상은 이미 벨기에를 대표하고 브뤼셀을 나타내는 상징물을 넘어서 세계적인 명물이 되어 있는 것이다.

세계 여러 나라에서 이 소년상의 모조품이 얼마나 많은가를 생각할 때 관광자원이란 남에게 없는 것을 개발하여 스토리를 더하고 그것을 아끼고 가꾸는 것이 곧 관광자원이 되는 것이라는 생각이 들었다.

작은 나라 벨기에에는 루브르 박물관이나 노트르담 같은 사원도 없다. 또 이탈리아의 바티칸 같은 조형물도 없고 물론 로마 시대의 유물도 없다. 그렇지만 이 작은 소년상 하나가 관광 전부를 알리며 그냥 스쳐 지나가지 못 하게 하고 있으며, 누구든 이곳을 들르는 사람마다 자기 용돈 사정의 범위 안에서 소년상 하나씩은 사 가도록 만들어놓은 그 착안에 감탄할 뿐이다.

누구나 '오줌 누는 소년상'의 실물을 보기 전에는 그 소년상이 적어도 어떤 공원에 있거나 근사하게 서 있을 거로 생각할 것이다. 그런데 직접 실물을 대하고 나면 사실 첫인상은 시시하다. 그러나 한참 보고 있으면 친밀감도 들고 이곳 어디를 가나 이 소년상이 기념품으로 팔리고 있다. 자꾸 소년상을 대하는 동안 그만 매료되어 버린다.

인구 122만이라는 브뤼셀은 이 도시의 긴 역사가 말해 주듯 이미 백년, 이백 년을 경과 한 고딕양식의 육중한 건물이 즐비하여 그것만으로는 오래된 유럽의 한 고도(古都)를 보는 것 같지만 다른 한쪽에 서는 최신식 건물이 들어서고 문명의 첨단을 가는 기계가 움직이듯 살아 있는 도시상을 동시에 볼 수 있는 곳이기도 하다.

프랑크푸르트의 CEO

독일 함부르크에 갔을 때의 일이었다. 비행기가 연착하여 호텔에 들고 보니 이미 시간이 늦어 저녁 식사를 할 수 없었고 그냥 자자니 시장하여 참기가 어려웠다.

그래서 호텔 밖으로 나와서 걸어가면서 이쪽저쪽에서 먹을 것을 파는 데가 없을까 하고 둘러보던 중 작은 구멍가게 같은 곳에 불이 켜져 있어 반가운 마음에서 무작정으로 가게 안에 들어섰다.

우리나라로 치면 담배 가게에 어린이들 군것질할 과자 부스러기나 팔 정도인 한 평 정도의 작은 가게인데 진열장에 시장기를 때울 먹을 것이 없는가 하고 살펴보았다. 마침 소고기 통조림이 있었다. 그런데 이상하게 도 같은 쇠고기 통조림인데 값이 제가끔 다른 것을 발견했다.

이것을 보고 아무리 생각해도 이해가 되지 않아 가게를 지키는 할머니 에게 물어보니 전혀 말이 통하지 않는다. 그러자 할머니가 뒤쪽의 방에 대고 영감님을 부르니 곧 이 집 주인 할아버지가 나왔다. 그는 영어를 할 줄 알았다. 같은 상품에 두 가지 가격이 표시된 연유를 물었더니 그것은 비싼 것은 관세가 높을 때 수입한 것이고, 싼 것은 그 후 관세가 내렸으니 당연히 내린 것만큼 싸게 판다는 것이었다.

주인 할아버지의 설명에 싼값의 쇠고기 통조림을 사가지고 나오면서 실로 독일인다운 그 정직성에 놀라지 않을 수 없었다. 소위 국영기업도 아니고 또 그렇다고 규모가 큰 백화점도 아니면서 기껏 손바닥만 한 구멍가게에서 이런 놀라운 정직성을 발견했다는 것은 대단히 충격적인 교훈이었다.

독일 사람들의 성실성과 소박함, 그리고 부지런하고 건실한 생활 태도는 누구나 입에 올리는 바이지만 이런 조그만 가게 할아버지 할머니의 철저한 정직성을 체험하고는 실로 놀라움을 금할 길 없었다.

[스위스]

재치 있는 사회자

어느 해인가, 스위스 D사의 대리점 책임자 연수에 아내와 함께 참석했다. 마침 그 해가 결혼 30주년이 되는 해여서 자식들의 성화도 있고 하여 그 뜻에 따랐다.

교육은 오전은 주로 판매기법, 신제품 소개 등 실내에서의 이론교육이고, 오후에는 버스를 타고 공장으로 가서 제조공정을 견학하고 가공 장면을 보는 등 실습을 겸한 견학 위주로 시간이 짜여 있었다.

하오 1시부터 6시까지 꼬박 5시간 이상을 서 있거나 걸어야 하는 고된 시간으로 우선 동양인들은 체력 면에서 견디기 힘든 과정이다. 그런데 주최 측에서 워낙 피로한 기색 없이 친절한 가르침으로 꾀를 부릴 수도 없었다. 생각해 보면 신상품을 개발하여 고객을 설득하여 구매 충동을 유발시킨다는 세일즈 이론은 현실적으로 대단히 피곤한 일이 아닐 수 없었다. 더욱이 영어권이 아닌 대만, 일본, 한국, 아시안 권에서 온 대표들은 '빨리 끝나고 저녁이나 먹은 뒤 호텔에 돌아가 잠이나 실컷 자고 싶은' 것이 숨김 없는 바람이었다.

그럭저럭 일주일의 과정을 무난히 마치고 드디어 내일이면 헤어지는 날이다. 송별 전야에는 파티를 겸한 저녁을 한턱내는 의미에서 주최 측은 교외에 있는 호숫가 조용한 2층 식당을 예약하여 이곳에서 뷔페식으로 저녁을 먹으면서 송별 행사를 개최하였다.

프로그램에 따라 주최 측 D사 실무자의 사회로 개회하여 사장의 인사말과 교수부장의 연수 기간 수고했다는 인사와 아울러 "내일이면 각기, 헤어지게 되므로 오늘 밤은 즐겁게 우의를 나누고 마음껏 놀아달라."는 내용의 말로 공식행사를 끝내고 회식이 시작되었다.

이곳 식사는 뷔페식이면서 육류는 몇 가지 안 되고 주로 생선요리 위주로 잘 차려져 있었다.

모두 음식을 가져다 자리를 잡고서 식사를 시작하려는데 내 옆에 앉은 40대의 아일랜드에서 온 대리점 사장이 벌떡 일어서더니, "신사 숙녀 여러분! 나는 오늘 밤 크게 축하해야 할 일을 한가지 소개하게 된 것을 매우 영광으로 생각합니다. 다름 아니라 내 옆에 앉은 한국대리점 사장인 미스터 김은 이번에 결혼 30주년을 맞이하여 이를 기념하기 위하여 부부 동반으로 해외여행 중 우리 교육에 참여했습니다. 미스터 김 옆에 앉은 부인이 바로 결혼 30주년을 맞는 미세스 김입니다. 우리 이 부부를 위하여 모두 축배를 들기를 제안하는 바입니다."라는 게 아닌가.

이 말이 끝나자 여기저기서 환성이 터지고 감탄하는 소리도 들렸다. 그러자 사회자가 우리 부부의 결혼 30주년을 축하한다면서 새로 샴페인을 가져와 터뜨리게 하고 일동이 건배하는 등 한바탕 웃음과 축하의 소리가 넓은 홀을 뒤덮었다. 그러고 나서 사회자는, "미스터 김은 30년간을 한 여자와만 살았다니 얼마나 힘들었을까? 미스터 김! 정말 30년간 한 여자와만 살았는지 실토하시오."

이렇게 되자 장내는 폭소가 일고 손뼉을 치고 야단법석이다.

사회자는 재미있는지 다시 "여러분! 조용히 하시오! 그럼 여러분에게 묻겠습니다. 결혼 후 30년 이상을 한 여자와만 살아온 사람 있으면 손들어 보시오!"

장내는 조용해지면서 서로 돌아볼 뿐 아무도 손을 드는 사람이 없었다. 그 자리에는 30여 개국에서 온 나이 많은 사장들도 제법 있었다.

"그럼 20년 이상을 한 여자와 결혼생활을 한 사람 있으면 거수하시오!"

그런데 장내는 서로 얼굴만 두리번거리며 쳐다볼 뿐 역시 아무도 손을 드는 사람이 없다. 그때 젊은 사장들이 많이 참석했다.

"자, 그럼 15년 이상은 있습니까?"

이번에는 영국에서 온 사장을 비롯하여 여러 사람이 손을 들었다.

"그럼, 마지막으로 10년 이상 된 분은 손을 들어주시오."

이때는 많은 사람이 손을 들었다. 결혼 후 10년이 안 된 사람도 있었겠지만, 필자는 이 자리에서 동서양의 결혼관은 이렇게도 거리가 있음을 확인하게 되었다.

남미 쪽에서 온 어느 대표는 이혼을 두 번 했는데 이제 귀국하면 세 번째 부인을 맞을 것이라고 했다. 우리의 전통 윤리관으로서는 이런 마누라 갈아대기에 대하여 전혀 이해되지 않는다.

아무리 세상이 개명하고 달라졌다지만 서구인들 세계에서 이런 이혼을 밥 먹듯 하는 대답은 정말 의외라고 할 수밖에 없다. 사회자는 다시 말했다.

"그러니 미스터 김은 얼마나 귀중한 존재입니까. 한 여인과 한 남자가 30년을 참고 견디고 사랑해 온 그들 부부를 위해 우리 다시 한번 박수로 환영하고 축배를 높이 듭시다."

"와~" 다시 함성과 박수가 나오고 건배 술잔이 높이 들렸다. 우리 부부는 일어서서 고맙다고 인사했다. 이날 저녁은 이렇게 하여 웃음이 넘치고 마치 우리 부부를 위한 축하장 같은 분위기였다. 이윽고 무드가 고조되어 각국의 노래자랑으로 이어져 자정이 넘어서야 끝이 났다. 우리 부부도 밖으로 나왔다. 호숫가에 켜진 가로등의 밝은 불빛과 더불어 호숫가의 잔잔한 물결마저 우리를 축하해 주는 듯했고 멀리 알프스의 눈 덮인 연봉도 깊은 잠에 빠진 듯 고요했다.

결혼 이야기가 났으니 말이지만 필자가 알고 있는 한 스웨덴 친구는 소위 계약 결혼을 하고 살고 있는데 그들 부부의 계약조건이라는 것이 본인의 이야기를 그대로 옮기면,

첫째 자기들 둘만의 생활에 방해됨으로 아이는 절대로 낳지 않는다.

둘째 직장 형편에 따라 따로 떨어져 살 수도 있다.

셋째 각자의 수입은 각자의 몫으로 서로 간섭하지 않는다.

넷째 쌍방이 원하면 언제든지 이혼할 수 있다.

다섯째 필요에 따라 양자를 둘 수 있다. 등인데 그들은 학식도 있고 사회적 지위도 제법 있는 사람들이다.

내킨 김에 또 한 가지 결혼 이야기를 더해야겠다.

일본 거래처 회사에 새로 부임해 온 사장 부부가 한국에 온다고 연락이 있어, 호텔을 예약해 주고 공항까지 마중도 보냈다.

그들 부부가 도착한 다음 날 우리 회사로 나를 찾아왔는데 둘 다 환갑이 넘은 나이에 그렇게 깨끗할 수가 없었다. 저녁에 워커힐호텔에서 쇼 구경을 겸한 저녁을 대접하고 커피숍에서 환담하는 중에 그들 부부가 실은 신혼여행 중이라는 말을 듣고 깜짝 놀랐다. 그래서 재혼이냐고 물었더니

아니 신혼이라고 대답하면서 다음과 같이 그 사연을 들려주었다.

"우리는 국민학교 동기 동창으로 이미 나이도 60을 넘었다. 국민학교를 나온 뒤 서로 소식을 몰랐고, 사장 자신은 뭐 특별한 독신주의를 표방한 것도 아니지만 20대에 회사에 취직하여 임원까지 승진하는 동안 몇 번인가 결혼할 기회가 없었던 것도 아니지만 어쩌다 보니 독신으로 오늘까지 오게 되었다. 그러던 중 우연히 지난해 국민학교 동창 모임에 갔다가 지금의 부인을 만났는데 그녀도 고등학교 교사로 재직하는 동안 어쩌다 보니 혼기를 놓쳐 독신으로 지내고 있다는 것이다. 두 사람이 다 같은 처지이고 보니 더 늦기 전에 결혼이란 것을 생각하고 합의하여 이렇게 황혼기에 신혼부부가 되었다."

그들의 이야기에 내 평생에 이렇게 나이 많은 노총각 노처녀 신혼부부는 다시는 보지 못할 것으로 생각했고 그들 부부에게 아낌없는 축하의 인사를 보냈고 지금도 서로 내왕이 있다.

혼인의 양상도 여러 가지이지만 일본에서도 최근에는 이혼율이 높아지고 독신녀의 파워도 점차 드세지고 있는 것으로 보도되고 있다. 수년 전 일본 유수 월간지 『문예춘추』에 의하면 일본에서는 최근 50대 부부의 이혼율이 급증 추세에 있는데 그 이유는 이들 세대는 패전 후의 한창 어려운 때 자식들을 기르고 가르치고 성혼시키고 그런 뒤치다꺼리에 여념이 없었다. 그러다 보니 세월이 어떻게 흘렀는지도 몰랐다. 이제 50이 넘어 자식들도 모두 독립해 나가고 살림에도 여유가 생겨 좀 정신을 차리고 평소에 원하던 것을 자신이 좋아하는 방식대로 살려고 마음먹게 되었다. 그런데 부부간에 취미와 감성이 안 맞는 경우가 많아 늦게나마 자기 철학대로 살고 싶어 이혼하게 되었다는 것이다.

잊지 못한 로마

로마에서 당했던 어처구니없는 봉변을 여기 적어야겠다. 이런 경험으로 미루어 본다면 여행자를 노리는 함정은 문명국이나 미개국이나 마찬가지라는 생각도 들며 그런 의미에서는 우리나라가 세계에서 가장 살기 좋은 곳이라는 평가도 나온다.

1974년 5월 어느 날 오후, 나는 로마 시내를 걷고 있었다. 입고 간 옷이 여름옷이라 서울의 따스한 봄 날씨와는 딴판으로 한기가 들어 훈훈한 잠바라도 하나 사 입으려고 호텔을 나선 것이었다. 큰길가를 따라 두리번거리며 석양의 햇볕을 이고 사람들이 운집한 광장 쪽으로 뚫린 큰길을 따라 걷고 있었다.

마침 퇴근 시간이라 시내는 온통 인산인해를 이루고 있었다. 그에 못지않게 그곳 특유의 크고 작은 차들로 골목마다 꽉 메워있고 거친 이탈리아인의 성격을 나타내듯이 클랙슨 소리가 무질서하게 귀를 따갑게 하고 있었다. 길 저쪽 코너에 있는 상점 쇼윈도에 반코트를 진열한 집을 찾아 들어갔다. 마침 품은 좀 컸지만, 그런대로 마음에 드는 게 있어 한참을 흥정한 끝에 사서 입고 나오니 아늑한 것이 제법 안도감이 들었다.

이제는 어디 적당한 곳에서 차나 마시면서 시간을 보내고 저녁을 먹고 호텔로 들어갈 셈으로 콧노래도 가볍게 그야말로 홀가분한 마음으로 퇴근 인파 속에 끼어 걸어가고 있었다.

이럴 때 친구라도 옆에 있으면 얼마나 좋을까. 여행이란 고독한 것임을 새삼 느꼈다. 그러나 이 이역만리까지 관광하러 온 것도 아니고 명색이 신시장 개척인데 한때나마 한가한 생각을 하고 있었던 것이다. 무심히 횡단보도에서 푸른 신호를 기다리고 있는데 웬 동양인도 아니고 그렇다고 서양 사람 모습은 더욱 아닌 중간 키에 호감 가는 인상의 중동지방 사람 비슷한 40대 초반의 젊은이가 나에게 영어를 아느냐고 물어온다. 손에는 시내 안내 지도를 들고 있는 것이 분명 나와 같은 여행자 같았다.

나의 영어 실력은 서툴지만 약간 할 수 있다고 대답했다.

그랬더니 자기도 몇 시간 전에 그리스의 수도 아테네에서 이곳에 관광을 왔다면서 이곳 이탈리아 사람들은 영어가 짧아서 의사소통이 안 된다고 했다. 그러니 오늘 밤 특별한 계획이 없으면 같이 다니면서 시간을 보내는 것이 어떠냐고 제의해 왔다.

나도 친절한 그에게 첫눈에 호감이 가서 쾌히 응하고 우선 카페(커피숍)에 들어가자기에 따라 들어갔다. 거기서 '터키산 블랙커피'라는 걸 시켰는데 술잔같이 작은 컵에 나오는데 그 맛이 여간 쓴 것이 아니었다. 우리는 양국의 풍습, 생활양식, 결혼관 그리고 물건값 등을 서로 묻고 대답하는 가운데 삽시간에 친숙해졌다.

차 한잔 얻어 마신 나는 이제 동양식 인사로 저녁은 내가 살 터이니 길만 안내하라 하고 행길로 나왔다. 벌써 가로등이 켜지고 자동차 헤드라이트가 더욱 이국의 밤을 황홀하게 만들었다. 우리는 이곳 특유의 스파게티를 먹기로 했다.

한참 걸어가다가 이 친구가 어떤 버스 정류장에서 버스를 기다리는 낯선 친구에게 스파게티를 잘하는 식당을 묻는다. 그랬더니 상대방은 영어를 알아들을 수 없다고 고개를 좌우로 흔든다. 한참 후에 걸어가다가 다시 어느 중년 신사에게 똑같은 방법으로 영어를 할 줄 아느냐고 물었더니 역시 도리질을 한다.

그가 '이곳 친구들은 영어를 못하는 사람들이 많아 답답하다.'라며 혼자 중얼거리며 다시 걷기 시작했다. 밤 8시는 족히 된 듯하다.

그가 갑자기 공중전화 부스 앞에 오자 전화를 거는 것이다. 자기 아내가 호텔 방에서 자기를 기다릴 것이라는 말과 좀 늦게 들어갈 것이라고 전했다는 것이다. 나는 별로 관심 없이 또 그 친구를 따라 걷기 시작했다. 아무리 걸어도 식당은 눈에 안 띈다.

저녁을 아무거로나 때울 생각을 하고 이 친구에게 권했다. 그때 마침 길 한복판 주차장 같은 데에 서 있는 50대 초반의 정장을 하고 가방을 든 사람에게 영어를 아느냐고 묻고 있었다. 그런 이 사람은 영어를 아는 정도가 아니라 청산유수였다. 그뿐 아니라 쾌히 식당까지 안내하겠으니 자기 차를 타라는 것이 아닌가. 순간 그가 얼마나 고마웠는지 모른다.

잠시 이야기를 여기서 멈추고. 나는 연전에 태평양을 횡단하여 뉴욕에 가려고 10여 시간 이상의 장거리 비행을 한 일이 있다. 그때 기내식사를 마치고 화장실에 갔는데 용건을 마치고 좀 늦게 나왔다. 이것은 오랜 나의 생활 습관이라 할 수가 없는 일이다. 문을 열고 나오니 10여 명의 승객이 줄을 서서 대기하고 있는 것이 아닌가. 그것도 60대는 족히 되어 보이는 서양 할머니들이다.

나는 미안하다고 인사하면서 자리로 가려는데 그중 한 할머니가 하도 내가 화장실에서 안 나오니 배탈이라도 걸린 줄 알았는가 보다. 친절하게 도 어느새 준비하고 있었는지 나에게 물과 약을 주며 무조건 먹으라는 것이다. 나는 몸에 이상이 없으니 염려 말라고 극구 거절했으나 할머니는 내 말은 들은 척도 안 하고 무조건 입에다 갖다 대는 것이 아닌가.

할 수 없이 노인의 성의를 보아서 거절할 수 없었다. 친절하기 이를 데 없었다. 외국인은 이렇게 지나칠 만큼 고마운 분들일까? 그 후 나는 자리에 앉아 있으려니 아까 그 할머니가 또 찾아와서 문안한다. 나는 이제 새삼스럽게도 설명할 기력도 없어서 그저 염려 말라고만 했다.

그때 마침 여승무원이 지나가길래 지루한 여행이라 갈증도 나고 하여 물 한 컵을 부탁했더니 한참 후에 얼음을 듬뿍 넣은 아이스 워터를 가져왔 다. 받아서 막 마시려는데 아까 그 할머니가 또 와서 배탈 난 데는 찬물을 마시면 안 된다는 것이었다.

나는 또 괜찮다고 했더니 이번에는 물컵을 빼앗아 가는 것이 아닌가? 갈증이 나서 참을 수 없는데, 아! 이 지나친 친절에 진력이 났다. 그 후 계속해서 나에게서 그 노파의 시선은 떠나질 않았다. 즉 감시(?)를 받고 있었다.

드디어 도착지인 뉴욕의 존 에프 케네디 공항에 내리는데 문제의 그 할머니가 쪽지에 메모하여 주는데 펴 보니까 약명이다. 시내에 들어가면 이 약을 사 먹으라고 적어 놓은 것이 아닌가? 나는 조용히 받아 들고 그저 할 말을 잃었다. 지금쯤 생사조차 알 수 없는 무명의 할머니지만 나는 진 심으로 그에게 신의 가호를 빌고 싶다.

이야기가 잠시 옆길로 빠졌지만 각설하고 이런 잊지 못할 친절을 체험 한 바 있는 나로서는 자기 차로 식당까지 안내해 주겠다는 이태리 신사의 제의를 별로 신기한 서비스도 아니라고 생각하며 외국인들은 다 이렇게 친절한 것인가 여기며 그 친구와 함께 권하는 대로 FIAT 소형차에 올라탔다.

미국이나 이태리 사람들의 친절은 선진국답게 역시 같은 것이구나 생각하며 20여 분은 달렸을까. 컴컴한 밤거리가 어디가 어딘지 분간할 수가 없었다.

스파게티 먹기가 이렇게 힘든 것인가 하고 생각하고 있을 때 어느새 차는 멈추고 2층 건물의 지하실 식당으로 안내되었다. 넓은 홀에 군데군데 큰 기둥이 있고 테이블이 몇 개 눈에 띌 정도로 조명은 어두컴컴했다. 홀의 넓이에 비하면 테이블 수가 너무 적었다.

이것이 이곳의 전형적인 레스토랑인가 생각하면서 시장기도 돌고 하여 빨리 스파게티를 가져오라고 청했다.

웨이터는 식사 전에 무슨 칵테일을 할 것이냐고 묻기에 맥주 한 컵을 가져오라고 했다. 그리고 그리스인 동행자는 이상한 위스키를 시켰다. 어느새 옆에는 여자 파트너가 와 있었다. 허리둘레가 내 허리 다섯 배는 족히 됨직한 프로레슬러 같고 인상도 험상궂었다. 그런데 그 여자는 나에게 양해도 구하지 않고 이상한 샴페인인지 와인인지 알 수 없는 술을 계속해 청해 마시는 것이 아닌가. 웨이터는 유별난 옷차림으로 걷는 모습이 발레 춤이라도 추듯이 흔들며 오고 간다.

드디어 기다리던 이태리 본산지의 스파게티가 나왔다. 때가 지난 저녁이라 순식간에 먹어 치웠다.

옆에 앉은 그리스 친구도 함께 먹고 있었다. 맛은 제법 좋았다. 식사를 마치니 좀 훈훈해지고 거나한 기분이 들면서 음악 소리가 제법 운치 있게 들렸다. 옆에 앉은 그리스 친구는 자기 파트너와 한참 춤을 추더니 화장실에 갔다 온다. 그런데 이쪽으로 걸어오는 그들의 모습을 보자 이상한 예감이 머리를 스쳤다.

그들의 표정이 웃는 것 같기도 하고 심각한 것 같기도 하여 이상하다 싶어 순간 나는 주위를 살펴보았다.

왠지 썰렁하고 손님이란 우리뿐이 아닌가! 아차, 이게 바로 로마공항에 내리기 직전 기내에서 읽은 일본어판 '세계 일주 가이드 북'에서 로마의 사기꾼들을 조심하라는 글을 읽었던 기억이 그때서야 떠오르는 것이었다.

분명히 나는 지금 함정에 걸려들어 있는 것이었다.

'아차 실수했구나' 싶었다. 속으로 혼자서 이 포위망을 순조롭게 빠져나가려면 더욱 태연해야 되겠다 싶어 능청을 떨며 웨이터를 불러 밤도 늦었으니 가야겠다고 하며 계산서를 가져오라고 했다.

아나나 다를까! 생각한 대로다. 스파게티 두 그릇과 맥주 두 병에 이름 모를 샴페인 몇 잔으로 무려 450달러의 청구서가 나왔다. 몸에는 다행히 이 정도의 돈은 지니고 있었으나 이것을 다 지불한다는 것은 있을 수가 없었다.

나는 점잖게 타이르듯이 계산 착오가 아닌지 다시 확인하라고 했으나 벌써 때는 늦었다. 옆에 있던 그리스 친구도 화가 난 듯한 표정을 짓더니 싸워봐야 소용없으니 그냥 지불하고 나가자고 했다. 만일 그렇지 않으면 무슨 일이 생길지 알 수 없다고 은연중에 겁을 주었다.

그 말도 그럴듯했다. 주위에는 어디선가 힘깨나 쓰게 생긴 구리 수염 사나이들 서넛이 둘러서 있었다. 거기에 앞에서 언급한 뚱뚱보 여자 파트너도 같이 허리에 손을 얹고 마치 수문장같이 버티고 서 있는 것이 아닌가.

우선 위험은 면해야 되겠다 싶어 500달러를 꺼내주고 50달러의 거스름을 받은 뒤 영수증을 챙겼다. 도망치다시피 밖으로 나오니 뒤따라 나온 그리스 친구가 앞서 타고 왔던 자가용으로 호텔까지 바래다주겠다는 것이다.

나는 그때야 비로소 이 그리스인 친구도 한패이고 그가 바로 속칭 바람잡이임을 알았다.

마침 저쪽 길 건너 순찰 중인 경찰관 두 사람에게 찾아갔다. 나는 다짜고짜 저 식당에 나쁜 놈이 있다고 고함을 질렀다. 그래도 순경들은 들은 척 만 척한다.

계속해서 순경 한 사람을 끌고 식당으로 들어가려는데 어느새 안에서 지켜보고 있었는지 한 녀석이 200달러를 길가 쪽으로 도로 던져주는 것이 아닌가! 나는 순간 더욱 신이 나서 나머지 200달러를 더 받아내야 하겠다고 마음먹고 목에 힘을 주고 더욱 소리를 질렀다.

50달러면 충분할 식대를 그 열 배나 받는 국제사기꾼들을 혼 좀 내 줄 생각으로 더욱 큰소리쳤다.

지나가던 행인들이 이곳저곳에 운집하여 응원부대가 꽤 됐다. 서성대는 순경더러 빨리 못된 놈들을 잡으라고 고함을 질렀다. 나의 표정이 워낙 심각했는지 식당의 사기꾼들은 또다시 100달러를 길가 쪽으로 던져주었다. 결국 300달러가 회수되었으니 식사대 도합 150달러로 낙찰된 셈이다.

계속 더 요구해 보았으나 그때는 순경들이 어딘지 가고 없었다.

그래도 뒷맛이 씁쓸했다.

불행 중 다행이라고 생각했다.

이렇게 촌극은 끝났다.

일단 돈을 회수하고 정신을 차리고 보니 다시 겁이 났다. 한참 달려서

길 건너 어느 식당에 들어가 콜택시를 불러 달래서 가까스로 호텔에 돌아왔다. 실로 웃지 못할 촌극을 체험한 것이다.

당시 묵었던 호텔은 로얄호텔로서 동양인 특히 일본인이 많이 투숙하는 곳으로 프런트의 지배인에게 이 사실을 이야기했더니 한다는 소리가, "또 당했군!" 하는 게 아닌가. 이곳에 투숙한 동양인 손님 중 매일 한두 명은 이렇게 똑같은 수난을 당한다고 하니 어처구니없는 일이다.

그 후, 이곳 유학생들에게 들은 바에 의하면 그 악당들은 완전히 조직화되어 있단다. 길에서 영어를 모른다고 능청을 떤 친구들과 자가용으로 식당까지 안내한 영어 잘하는 자, 그리고 그리스에서 왔다는 사람 등 전부가 다 한 패거리라는 것이다.

하기야 로마 대사관 직원의 말에 의하면 대사관에서 벤츠 차를 구입했는데 3일도 못 가서 도난당한 일이 몇 번 있어 이제는 포기하고 낡은 차를 타고 다닌다니 알 만한 일이다.

나는 모 일간지에 연재 중인 해외여행 실수기를 흥미 있게 읽었다.

부끄러운 일임에는 틀림없지만 앞으로 나와 같은 바보스러운 일이 더 이상 없기를 바라는 뜻에서 감히 적어 본 것이다.

실망한 지휘자 카라얀

유럽지역 통상사절단을 이끌고 오스트리아를 방문한 것은 79년 가을이었다.

사절단의 공식 행사가 끝나고 현지 상공회의소 앞에서 해산하게 되어 모두 헤어져 각기 자유롭게 행동할 참이었다.

우리 일행을 안내하고 간 여행사 진 부장이 몇 사람의 일행과 무엇인가 설명하고 있었다.

"오늘 밤 8시부터 이곳 오페라 하우스에서 유명한 지휘자 카라얀이 총지휘하는 음악회가 있는데 이미 좋은 자리표는 매진되고 없으나 C석이라도 괜찮다면 구경하면 어떨지."

즉석에서 여럿이 동의하여 C석 표를 사서 호텔로 돌아왔다. 저녁을 서둘러 먹고 일행 다섯 사람과 함께 문제의 오페라 하우스 2층에 있는 C급의 지정 좌석을 찾아 앉았다.

대개의 음악회가 다 그러하듯이 지휘자의 얼굴을 알아볼 수 있는 거리의 가까운 곳이 A석이고 멀리 떨어질수록 급이 떨어진다.

이곳 오페라 하우스는 그야말로 영화에 나오는 귀족형으로 꾸며져 있고 최고급 로열박스를 중심으로 아래위층이 입추의 여지 없이 초만원을 이루고 있었다. 또한 여기 입장한 남녀가 모두 하나같이 단정한 정장 차림은 물론 특히 우아한 귀부인들의 전통 의상은 더욱 격조 높은 분위기를 자아내게 하고 있었다.

나는 음악에는 전혀 문외한이지만 전에 호주 시드니의 오페라 하우스나 유럽의 몇 뮤직홀에 가보았으나 이런 호화로운 오페라 하우스에 들어와 카라얀의 연주를 보고 듣는 것만으로도 상당한 수확이라고 여기면서 오기를 잘했다고 생각했다.

음악회는 약 100여 명의 정통 오케스트라 단원들이 연주하고 카라얀이 앞에서 지휘하는데 약 두 시간가량 연주가 계속되는 동안 장내는 기침소리 하나 들리지 않는 고요가 계속되었고, 어느덧 그 선율에 도취 되어 언제 두 시간이 지나갔는지 모를 지경이었다.

드디어 연주가 끝났다.

지휘자 카라얀이 관중석으로 돌아서서 머리 숙여 인사를 하자 청중들은 일제히 일어서서 열광적인 기립박수를 쳤다.

카라얀이 무대 뒤로 걸어 들어간 후에도 박수 소리가 그치지 않자 그는 다시 무대 앞으로 걸어 나와 목례를 하면서 감사의 답례를 하고 다시 무대 뒤로 사라졌다.

그래도 청중들의 기립박수는 그치지 않고 계속되었다. 이렇게 되자 들어갔던 카라얀이 다시 무대에 나와 아까와 같이 청중을 향해 두리번거리더니 간단히 목례만 하고 사라졌다.

이때까지도 박수는 멈추지 않고 청중들은 더 힘찬 박수를 보냈다. 이렇게 오래 손뼉을 치고 있는 것은 말하자면 앙코르 즉 다시 한 곡 듣기 위한 것이었다.

세 번째 카라얀이 무대 앞에 나와 섰다. 이번에도 고개를 들고 청중을 향해 좌우를 둘러보며 목례만 하고는 악단이 있는 쪽을 가리키며 단원들에게 영광을 보낸다는 시늉을 하고는 머리 한번 숙이는 일 없이 너무도 거만하게 사라졌다.

이번만큼은 앙코르를 받아들여 짧은 곡이라도 한 곡 더 연주할 줄 알았는데 그는 한번 머리를 쓰다듬을 뿐 끝내 무대 뒤로 들어가 다시는 그 모습을 볼 수가 없었다. 청중들은 한참 더 박수를 친 뒤 지친 듯, 아쉬운 듯 발길을 돌렸다.

생각하면 카라얀이란 세계적인 명지휘자는 어떻게 보면 너무도 도도하고 무례(?)하다고 할만하다. 역시 명성 높은 사람은 그의 고집과 거만한 듯이 보이는 것도 매력이 되는 것이구나 하고 생각했다.

젊은이들의 결혼관

스웨덴의 말모어 항에 가려면 덴마크의 코펜하겐에서 배를 타고 가는 것이 가장 빠르다. 이 배가 최신식의 수중익선으로 배 밑에 날개 같은 것이 있고, 동력으로 수면 위를 날아가는 형식인데 그 빠르기가 여느 쾌속선보다 빠르다.

이런 수중익선으로 약 40분이면 말모어에 닿게 된다. 그래서 이 선박여행은 아주 상쾌한 시간이며 내가 찾아가는 P사는 공원 지대같이 주변이 골프장으로 둘러 있고 아름다운 곳에 세워져 있으며 착실하고 건실한 가족회사로 조직도 우수하고 상하가 모두 친절한 점이 무엇보다도 마음에 드는 거래처이다.

그런데 비단 스웨덴뿐만은 아니지만 소위 성 개방 사회라는 북유럽지역에 올 때마다 느끼는 것이 있는데 남녀 간의 혼전 동거다. 즉 결혼 적령기가 된 젊은 남녀가 결혼하기 전에 일정 기간 동거하는 것이 거의 상례화하고 있다는 것이다.

동거생활 기간은 반년인 경우도 있고 2년 정도까지 가는 것도 있는데 이것은 두 사람이 합의하기에 달렸으며 이 기간을 살아보고 서로 마음이 맞으면 결혼식을 올리고 부부로 혼인을 신고하는데 세간에서도 그렇게 알아준다고 한다. 만약 동거해 보고 두 사람이 결혼할 마음이 없으면 미련 없이 헤어진다는 것이다. 그런데 한쪽은 결혼할 마음이 있는데 다른 한쪽은 그럴 생각이 없는 경우, 남녀 어느 쪽도 강요하는 일은 없으며 특히 여자의 의사는 우선적으로 존중된다는 것이다.

이곳 P사의 미스터 Y라는 청년은 우리와 거래 개시 후 실무담당자로 갑자기 친숙한 사이가 되었다. 일류대학에서 화학공업을 전공한 전도유망한 청년이며 체격도 좋고 인물도 잘생겼는데 그도 어떤 처녀와 지금 동거 생활 중이라고 했다.

지금 같아서는 서로가 좋아하는 사이라, 내년 봄쯤에는 결혼할 것 같다는 것이 Y 청년의 대답이었다. 어떤 의미에서 결혼 후의 파국을 예방한다는 점과 서로의 성격과 능력을 탐색한다는 면에서는 동거해 보고 결혼하는 관습이 전혀 무리가 없는 바도 아니기는 하지만 역시 동방예의지국의 나 같은 보수주의자로서는 이해하기 어려운 일이었다.

계약 결혼이라는 제도도 있다. 그러나 북유럽의 혼전 동거는 이 계약 결혼과도 약간 취지가 다른 일면이 있다. 스웨덴의 동거는 어디까지나 결혼을 전제로 상성(相性)이 맞는가 아닌가를 시험하고 서로가 어떻게 취약 부분을 보완하면 원만할까를 맞추기 위한 시험 동거라면 계약 결혼은 처음부터 기간을 정해 놓고 그 기간만 부부 행위를 한다는 것으로 본다면 양자 간에는 상당한 차이가 있는 것이다.

일본에 갔을 때 거기서도 여자들의 사회진출이 늘고 소위 커리어우먼이 많아지는 데 따라서 독신녀가 점점 늘어난다고 하며 일본 젊은이들 가운데도 북유럽처럼 혼전 동거를 하는 사람이 늘고 있다는 말을 들은 적이 있다.

언젠가 일본 도쿄에 갔던 길에 주일 날 긴자에 있는 한 교회에 나갔다. 목사가 예배 의식이 끝나고 광고 시간에 다음 주일 날 오후에는 누구누구의 이혼식을 하는데 모두 나와 축하해 달라는 생전 처음 듣는 광고를 들었다.

사연인즉 어느 장래가 촉망되는 한 신실한 남자 교인이 사업에 실패하여 실의에 빠져서 자살할 생각마저 가지고 있는 걸 알게 된 같은 교회 한 여인이 그를 구제하기 위하여 이 파멸 직전의 젊은이와 계약 결혼을 했다고 한다. 육체적인 갖은 수고와 정신적인 위로와 봉사 덕에 그가 이제 정상으로 회복되었고, 당초에 약속한 대로 계약이 이행되었으므로 헤어지는 이혼식을 거행한다는 것이었다.

세상에는 이런 한 번밖에 없는 자기 인생을 이렇게 헌신하는 숭고한 여인들이 얼마나 될까 생각해 본다.

이국땅의 된장찌개
–오슬로 무역관 오 관장의 간증

나는 통상사절단 단장이라는 심히 신경 쓰이는 직책을 수행하고 오스트리아 빈에서 해단식과 더불어 벗어버렸다.

그리고 이제 홀가분한 마음으로 동행한 회사의 이 과장과 함께 스칸디나비아반도를 향했고, 이곳 오슬로에 도착하여 한국 KOTRA 무역관을 찾았다. 오슬로 무역관의 오 관장과는 미리 약속이 되어 있어 그가 우리를 위해 오슬로 공항까지 마중을 나와 주었다.

"거래 상대의 회사와는 내일 만나게 약속이 되어 있으니 오늘은 저희 집에 가셔서 저녁 식사를 함께하시고 그 후 호텔로 모시겠습니다."

"이거 너무 폐가 되는 것 아닙니까?"

"아니에요, 꼭 그렇게 하셔야 합니다."

오 관장이 운전하는 차에 타고 그의 집을 향해 가는데 도중에 골프장이 보였다. 그런데 이 골프장에는 어른들이 플레이하는 것이 아니라 국민학교 2~3학년 정도의 어린이들이 골프를 치고 있는 것이 아닌가.

그 광경이 하도 신기하여 차를 천천히 세우도록 부탁하고 그들의 골프 치는 모습을 차에서 내려 유심히 살펴보았다.

골프채는 어린이용으로 그들의 키에 맞게 만들어진 것이 흥미로웠고 그들은 어른들의 플레이 룰과 같이 먼저 칠 사람 즉 오너를 공정하게 뽑는다고 한다. 드라이버로 스윙하는 모습이 제법 꼬마 신사답기에 그들에게 박수를 쳐 주었다. 드라이버 샷이 제법 거리가 나갔다.

한참을 보고 있다가 그들이 저만치 다음 두 번째 홀로 간 뒤 나는 차에 다시 타고 달리면서 '저 애들은 일찍부터 스포츠를 통해 페어플레이 정신을 익히고 여러 젊은이가 모여 이런 현장 교육을 함으로써 신사도를 배워가는구나.' 하고 감탄했다. 무엇이나 어려서부터 몸으로 익히는 삶을 통해 배워야 할 것으로 생각해 보았다.

한참을 더 달린 후에 드디어 오 관장 집에 도착했다. 오 관장의 부인이 나와 반갑게 맞이하면서 "스칸디나비아 오지의 이런 곳에는 관광객도 적고 또 한국교포는 더욱 귀해서 적적하던 차에 한국에서 오신다고 하여 집으로 모셨습니다. 어려워 마시고 함께 식사라도 나누기 바랍니다. 식사래야 김치와 된장찌개뿐입니다. 어서 올라오십시오."라고 하였다. 부인의 뒤에는 중학교에 다닌다는 남매까지 나와 상냥하게 인사하는데 그들 가족의 환영하는 모습이 진심으로 고국에서 온 할아버지를 반기는 듯해서 나도 코끝이 찡했다.

그날 저녁은 실로 오래간만에 한 가정에서 끓인 구수한 된장국 냄새 그리고 식탁에 차린 포기김치와 깍두기를 보니 마치 서울에서 조카네 집에 초대된 것 같은 흐뭇하고 온화한 느낌이 들었다.

식탁에 모두 자리를 잡자 오 관장이 "김 사장님이 고국 교회에서 장로님인 것으로 알고 있습니다. 이렇게 오셨으니 우리 가족을 위해 그리고 함께 식사하는 우리 모두를 위해 저녁 식사 기도를 인도해 주십시오. 부탁드립니다."라는 했다.

나는 전혀 예상하지 않았던 일이어서 약간 당황했다. 그것은 나의 신원을 이야기한 바도 없었기 때문이다. 나는 오 관장의 신앙이 돈독한 것과 아울러 이것도 하나님의 인도하심이라고 믿어 감사하는 마음으로 기꺼이 식사 기도를 했다.

"천지 만물을 창조하시고 우리의 생사 화복을 주관하시는 아버지 하나님! 오늘 이곳 당신 앞에 머리 숙여 기도드리는 이 가정 위에 주님의 크신 축복을 내려 주시옵소서.

저 극동의 멀고 먼 한국 땅에서 이 젊은 내외가 어린 자식을 데리고 이역만리 오슬로까지 와서 오직 조국의 내일의 부강을 위해 무역 진흥에 노력하고 있는 그 모습을 긍휼히 여기시고 이 가정과 그의 헌신에 축복과 결실이 함께 하도록 주님께서 인도하여 주시고 능력을 더하여 주시옵소서.

더욱이 저를 이 가정에 청하여 기도를 원하는 그 믿음 또한 감사하오니 저희들 모두의 일이 시종 순탄하게 잘 이루어지게 돌보아 주시고 향수 어린 고국의 음식을 먹을 수 있게 하여 주신 은혜 진심으로 감사하옵나이다. 지구촌 북단 멀고 먼 이곳 오지에서 살아가는 동안, 때로는 외롭고 어려움이 많은 줄로 압니다. 그때마다 믿음으로 극복하도록 하시고, 특히 두 자녀의 건강을 지켜주시어 임무를 마치고 귀국하는 그 날까지. 계획된 모든 일이 원만하게 다 이루어질 수 있도록 인도하여 주시옵소서…."

긴 나의 식사 기도를 마치자 오 관장이, "장로님 감사합니다. 사실 이곳은 교포가 몇 사람 살지 않아 한인 교회는 물론 없고 목회자도 없습니다. 그러니 모처럼 한국에서 장로의 직분을 가지신 분이 오셨는데 기도를 부탁하지 않을 수 있습니까? 양해하시고 많이 드십시오."라고 했다.

식사 후에 일동이 응접실로 자리를 옮기고 환담하는 가운데 오 관장이 최근에 자기 자신이 겪은 경험담이라며 다음과 같이 들려주었다.

나는 이 이야기를 비싼 교훈이라고 생각하여 여기 옮기는 것이다.

지난해 한국의 어떤 수출업자가 약 10만 달러 상당의 상품을 제가 이곳에 알선하여 수출했는데 품질에 문제가 있어서 이곳 바이어가 크레임을 제기했다. 크레임으로 청구한 배상액이 무려 5만 달러나 되어 상품값 절반이나 되므로 오 관장으로서도 여간 부담이 되었다.

바이어는 크레임을 제기하면서 오 관장을 사무실로 불러서 문제의 상품을 보여 주었다. 오 관장은 서울에 있는 수출상에게 밤마다 전화를 걸어 "이곳 바이어의 주장이 타당성이 있으니 앞으로의 거래를 위해 손해배상에 응하는 것이 좋을 것 같습니다."라고 권유했다. 그런데 서울의 수출업자는 "무슨 말이냐? 한국에서 선적할 당시는 전혀 결함이 없었으니 책임은 바이어에게 있다."라면서 한 치도 양보하지 않아 그 거래를 알선한 오 관장의 처지가 매우 어렵게 되었다.

이에 오 관장은 밤잠을 설치는 지경이 되었고 도무지 해결 방안이 서질 않았다. 이 일 때문에 다른 일도 손에 잡히지 않고 걱정하던 중 바이어의 집을 한번 찾아가 조용히 가족적인 분위기에서 사정해 보기로 작심하였다. 그것은 이대로 두면 해결이 점점 어렵고 두 나라의 무역 발전에 좋지 않은 영향을 미칠 것이 뻔한 일이었기에 어떻게든 좋은 방향으로 양해를 구해 볼 결심을 한 것이다. 바이어는 이곳에서는 그래도 제법 업계에서 영향력 있는 유력 고객이며 무슨 상인회 회장이기도 했다.

여기까지 생각이 미치자 잠을 잘 수가 없었다. 밤이 이슥한데도 불구하고 아내를 설득하여 둘이서 차를 몰고 바이어가 사는 집으로 달리기 시작했다. 그런데 그가 사는 곳은 서울에서 강원도 속초까지 갈 정도로 거리가 떨어져 있으며 중간에 대관령 못지않은 산길이 가로막혀 있었다. 이 산길은 대낮에도 운전하기 대단히 힘든 곳으로 눈이라도 내리면 교통이 완전히 막혀 버리는 험준한 길로 이곳에서는 '죽음의 계곡'이라는 별명이 붙어 있는 난 코스라고 한다.

오 관장이 운전을 맡고 부인은 그 옆에 타고 가는데 한 시간쯤 가니 아니나 다를까 걱정했던 눈발이 날리기 시작했고 (이곳 북구에서는 하루 건너 한 번 정도 눈이 내린다고 한다.) 시간이 갈수록 심하게 눈이 내려 운전하기가 더 어려워졌다.

그때 옆에 앉은 부인이 어린 시절 주일학교에서 배운 찬송가를 불렀다. 부인의 찬송가 소리를 듣는 순간 오 관장은 핸들을 잡은 팔에 힘이 생기는 듯하여 자신도 같이 콧노래 부르듯이 찬송을 띄엄띄엄 함께 부르며 마음속으로 간절히 기도했다.

초저녁에는 가는 눈발이었는데 점점 함박눈으로 변하여 시야를 가리면서, 무섭게 내리고 있었다. 이제는 도로 돌아갈 수도 없고, 앞길은 더욱 험한 준령인데 갑자기 집에 남아 있는 아이들이 보고 싶어졌다.

"오 하나님! 이 무모하고 어리석은 죄인을 용서하시고 돌보아 주시옵소서. 저는 지금 제 일신의 영화를 위해 이 밤길을 달리는 것이 아닙니다. 제가 맡은 소임을 위하고 두 나라 간의 거래가 원만하게 잘 이루어지도록 하기 위해 가는 공무의 길입니다. 오! 주여! 저를 버리지 마시고 무사히 이 산길을 넘게 해주시옵소서!"

이런 기도와 아울러 둘이서 부르는 찬송가 소리는 더욱 크게 울렸고 등에서는 식은땀이 났지만, 그것도 아랑곳없이 정신없이 차를 몰았다는 것이다. 당시만 해도 신앙이 무엇인지도 몰랐고, 위급하니 자기도 모르게 하나님을 찾았다는 것이다. 그런 상황이 몇 시간을 계속했는지 자동차는 어느덧 위험한 산길 고개를 무사히 넘어 평지에 내려왔고 어느새 문제의 수입업자 집 앞에 이르렀다.

그때에야 시계를 보니 새벽 5시 조금 전이었고 집에서 밤 아홉 시경에 나섰으니 여덟 시간가량이나 눈길을 운전하면서 헤맨 것이었다. 속옷이 땀에 흠뻑 젖은 것도 이때에야 알게 되었다.

오 관장은 차에서 내려 초인종을 눌렀다. 선잠을 깨고 잠옷 바람으로 눈을 비비면서 무심히 대문을 열던 그 바이어는 오 관장 내외를 발견하고는 그만 말문이 막히고 실신 일보 직전의 상태로 놀랐다. 그것도 그럴 것이 밤사이 무릎 높이로 내린 흰 눈으로 천지가 온통 하얗게 덮였는데 검은 옷을 입은 조그만 동양인 부부가 자기 눈앞에 우뚝 서 있으니 놀라는 것이 당연한 일이었다. 귀신이 아니라 진정 사람인 것이었다.

"아니? 이게 누구요. 미스터 오 아니오? 이게 어찌 된 일이요. 이 새벽에 어떻게 무모하게 산길을 넘어왔소? 그곳은 아시다시피, 유서를 쓰고 넘는다는 사망의 골짜기인데 그래 괜찮소, 어서 이리 들어오시오."

그 바이어가 오 관장 내외를 응접실로 안내하고 난방을 높이고 더운 차를 끓여 내왔다.

"그래 미스터 오, 왜 이렇게 왔소?"라면 바이어가 급하게 물었다.

"당신과 한국의 수출업자 사이의 거래는 내가 중간에서 알선했는데, 여기 도착한 물건의 품질에 하자가 있는 것도 내가 확인했습니다. 그래서 서울과 전화하여 잘 해결해 보려고 했으나 한국의 수출업자는 분명 검사까지 하고 선적했으니 이상 없다고 주장하니 이 상품은 내가 거래를 중개하여 이렇게 되었으니 나에게도 책임이 없다고 하지 못해 많이 고민하고 밤마다 궁리했습니다. 그 결과 당신을 만나 집에서 최종적으로 사정이라도 해보려고 마음먹은 김에 나서다 보니 이렇게 되었습니다. 대단히 미안한 일이지만 그 크레임은 어떻게 해결할 길이 없을까요? 다음에 더 좋은 물건을 소개하여 꼭 보상하겠습니다. 용서하십시오."

이렇듯 진심으로 사죄하는 오 관장을 바라보던 바이어가 한참 후에야 결심한 듯 "OK! 저 죽음의 계곡을 이 악천후 속에서 살아 나온 것은 분명 신의 도움이 없이는 불가능한 일이며, 당신은 하나님의 가호 속에 있는 사람이오. 따라서 당신의 그 성의를 내가 받아들이겠소. 좋아요. 그 5만 달러 내 포기하겠소. 그리고 미스터 오의 진정을 내 깊이 이해하니 우리 앞으로의 거래를 계속하면서 손해를 만회해 봅시다. 그리고 더욱 친하게 지내고 잘해 봅시다."라면서 손을 내밀어 두 사람은 굳게 악수하고 문제의 해결을 보았다는 간증을 했다.

"장로님! 저는 진심으로 일하고 간절히 기도하면 반드시 하나님께서는 그 해결책을 강구하여 주신다고 확신합니다."

오 관장의 이 말에 비즈니스에서야말로 신앙의 힘이 크다는 지난날의 경험을 통해 내가 겪은 몇 가지 사례를 들어 이야기해 주었다.

한때 젊은이들에게 베스트셀러로 인기 있던 책 《적극적인 사고》(노먼 빈센트 필 목사)는 비즈니스와 신앙은 절대적인 함수관계에 있다고 나는 믿는다. 'You can if you think you can.'(당신이 만일 할 수 있다고 생각하면 당신은 반드시 할 수 있다.)

이 문구는 이 책 저자 노먼 빈센트 필 목사의 명구이기도 하다.

[그리스]

손기정 선수와 올림픽

이스라엘의 수도 텔아비브를 갈 때는 그리스의 아테네 공항에서 비행기를 갈아타야 했다. 그래서 나는 아테네에서 때로는 한나절 가까이 시간이 남아 시내 구경을 몇 번 한 적이 있다.

이 아테네에는 필자가 만드는 완구를 사주는 바이어가 한 사람 있다. 거래 규모는 크지 않지만, 꽤 성실하고 열심인 사람이라서 늘 호감이 갔다. 한번은 비행기 시간이 상당히 여유가 있기에 그와 함께 아테네 시내에서 좀 떨어진 올림픽 경기장을 가본 적이 있었다.

지금의 시각으로 보면 별로 규모가 크지 않지만 고대 올림픽의 개최 초기에는 그야말로 대단한 규모였을 찬연한 역사를 지닌 이 운동장은 20세기도 저물어 가는 오늘날까지 올림픽의 맥을 잇게 한 발상지라는 점에 감개무량했다.

우리나라 사람이면 누구나 올림픽 하면 '손기정' 선수 이름 석 자를 기억하고 있다. 그만치 손기정 선수가 올림픽 마라톤에서 일등을 차지한 것은 민족의 자부심에 기여한 것이었다. 그런데 그날 필자를 안내한 바이어도 그 사실을 알고 손기정 선수의 쾌거를 이야기하는 것을 듣고 또 한 번 감회에 젖었다.

우리 두 사람은 옛 스타디움 정문 앞에서 기념사진을 찍고 '우리 더 많이 거래하자'라고 서로 악수했다.

그러나 그리스라는 나라는 인구며 국토 또한 한정되어 경제부흥이 늦어지고 있다. 역사적 유물은 많아 관광지로서는 좋을지 모르지만, 교역 면에서는 좀 시간이 걸릴 것 같다.

지게꾼 같은 사장

누구나 첫 해외 나들이에 대한 경험과 인상은 오래 남게 되는 것이 상례일 것이다.

나도 회사를 시작하고 2년 만에 유일한 거래처인 오사카(大阪)의 S 무역 사장 K 씨의 초청을 받아 처음 해외여행으로 일본에 갔다. 당시 오사카에서는 Expo'70이 열리고 있었으며 보고 듣는 모든 것이 신기했다.

1970년 때 일이다. 당시 김포공항에서 난생처음으로 어렵게 어렵게 통관 수속하고 비행기 있는 곳까지 걸어서 가는데 이층의 전송대에서 어린 두 자녀와 아내가 손을 흔들어 주던 이별의 장면을 뒤로하고 일본 오사카 공항에 내리니 S 사의 사장과 직원들이 역시 환영대에 나와 손을 흔들며 마중 나와 주던 그때의 감격을 영원히 잊을 수가 없다.

여기서 내 파트너인 K 사장의 자수성가한 이야기와 그의 생활철학은 오래도록 기억에 남아 여기 소개하는 것이다.

K 사장은 일본인이 아니라 중국 사람이다. 그는 대만이 일본 식민지였을 무렵 대만의 남단인 타이난(台南)에서 태어나 집안이 몹시 가난하여 열세 살 때 일본으로 건너와 친척의 도움으로 자전거포 심부름꾼으로 일하기 시작했다고 한다.

그러다 2차대전에서 일본이 패전하자 재빨리 착안한 것이 쌀장사였다. 완전 폐허 위에 살아남은 사람은 입에 풀칠하기가 급급하던 때여서, 일차적으로 목숨을 이어가려면 우선 인간은 먹어야 산다. 그러기 위해서는 식량이 필요하다.

'옳지! 이때 이 장사가 적격이다.'

K 사장은 쌀장사를 시작하였다. 농촌에 가서 쌀을 사다가 이것을 오사카, 도쿄 같은 대도시에 풀어서 팔았다. 종전 후 일본에서는 한때 중국 국적인 K 사장이 내국인인 일본 사람보다 여러 면에서 유리한 때여서 당시의 쌀장사는 거의 제3국 인이 독점하다시피 했다.

처음에는 몇 가마니 단위로 하다가 차츰 규모가 늘어나 트럭 단위가 되고 전국에 연락망을 구축하여 쌀 시장을 쥐었다 폈다 할 정도로 성장해 엄청난 돈을 잡을 수 있게 되었다. 그때만 해도 자가용이 귀한 시절이어서 K 사장은 벤츠 차를 타고 다니니 교통순경도, 당시는 외제 고급 차를 보면 차렷 자세로 경례하더라고 하여 한바탕 웃었다.

점차 쌀이 통제 물자로 배급제가 확립되는 데 따라 일본 관헌의 단속이 철저해졌다. 그래서 쌀장사에서 손을 떼고 이번에는 도쿄의 번화가 긴자와 오사카의 중심가에 중국 식당을 차렸는데 이것이 그때나 지금이나 중국 음식은 별미여서 매일 밤 현금을 지키기가 겁날 정도로 수입이 좋아 재미를 보았다. 차츰 체인을 형성해 일본의 주요 도시에 지점을 두기까지 성장하였고 이를 바탕으로 다음은 부동산에 손을 대기 시작했다.

오사카 중심부에 땅을 사서 큰 빌딩을 짓고 그 꼭대기에 조그마하게 자기 회사 간판을 처음으로 내걸었는데 이것이 내가 거래하게 된 S무역 주식회사였다. 말만 주식회사지 K 씨 혼자서 좌지우지하는 이른바 원맨

회사에 불과했다. 그는 당시 대만, 한국 등지와 무역도 활발하게 하고 있었다. 그러나 무역회사 간판은 어디까지나 사회적인 체면 유지와 자녀들의 앞날을 위해 간판용 회사일 뿐 실지 수입은 앞에서 말한 사업에서 엄청나게 이윤을 올리고 있었다.

내가 간 날이 마침 토요일이었는데 그는 나를 자기 회사 직원과 함께 자신이 경영하는 중국 식당에서 저녁을 샀다. 그런데 그 자리에서 나는 깜짝 놀랐다. 그는 먹다 남은 요리를 도시락통에 담아 달라고 하여 사장 체면도 아랑곳없이 싸 들고나오는 것이었다.

솔직히 그때까지 나는 식당에서 먹다 남은 음식을 싸가지고 오는 법을 한국에서는 보지 못했다. 저녁 식사가 끝나고 밖에 나오자 그는 나에게 함께 가자고 끌었다. 기분 좋게 식사도 했으니 어디 구경이라도 가는 줄 알고 따라나섰더니 10분 정도의 거리에 있는 한 영업용 주차장에 당도했다.

"이곳은 내가 경영하는 주차장인데 땅값이 어마어마하게 비싼 곳이다." 라며 매입한 경위를 설명하고 마침 주말이어서, 종업원들은 집으로 돌려보냈으니 자신이 관리할 수밖에 없어서 함께 오자고 했으니 한번 구경하라는 것이었다.

K 사장은 두 평도 안 되는 주차장 관리실로 들어갔다. 거기에는 다 찌그러져 가는 야전침대가 하나 놓여 있었다. 그 앞에는 낡은 테이블 위에 주차료를 기입하는 장부 등이 어설프게 놓여 있었고, 또한 놀란 것은 북창동 중국 가게에서 흔히 보는 알이 굵고 때 묻은 중국인 특유의 왕주판이 놓여 있었다.

K 사장은 주말 저녁(매주 토 일요일 밤)이면 이곳에서 자기가 직접 밤을 새운다는 것이다. 억만장자가 무엇이 부족하여 이렇게 거지 모양 다 찌그

러진 창고 구석에서 자야만 한단 말인가.

나는 놀라지 않을 수 없었다. 그 후 그의 집에 초대되어 갔는데 현관에 놓인 슬리퍼가 너무 낡은 것이었고, 그의 부인의 옷매무새는 그야말로 어느 식모가 그런 복장을 하겠는가 싶게 찌든 것을 입고 있었다. 그러나 미리 마련한 음식은 최고급 중국식이었으며, 그 집 정원에는 벤츠 승용차가 세워져 있었고 저쪽 담 밑에 일본제 고급 승용차가 또 한 대 있었다.

그래도 그는 매일의 출퇴근은 지하철을 이용하며 특별한 일이 있을 때만 자가용을 이용하는데 만나는 상대와 용건에 따라 벤츠와 일본 차를 구별해 탄다고 했다.

고혈압으로 채식을 주로 하는 그를 위해 내 몫 이외는 채소 요리뿐이며 그것을 먹고 있는 그의 손은 마디마디가 굵고 손등은 성한 곳 없이 터져 농부의 손 못지않게 거칠었다.

그의 말에 의하면 일본인들은 경제가 제자리를 잡고 성장하면서부터 외국인에 대한 규제가 심해지기 시작해 공적인 규제 이외에 눈에 안 보이게 생활 과정에서 차별이 많다고 한다. 남의 나라에 살아보지 않은 사람은 그 고통을 모를 것이라고 부연하면서 한국인 교포도 예외는 아니라고 했다.

같은 물건이라도 일본인들 상호 간에는 싸게, 그리고 외상으로 주면서 외국인에게는 비싸게 그것도 현금이 아니면 안 되는 등 유형, 무형 차별이 이만저만이 아니라는 하소연도 들었다. 이래서 일본인으로 귀화하고 일본인 행세를 해야 비즈니스가 이루어지기 때문에 많은 사람이 생존을 위해 부득이 귀화한다면서 그런 그들을 이해해야 한다고도 했다. 그래도 K 사장 본인은 중국 국적을 그대로 지키겠다고 했다.

K 사장을 만나 그의 사는 모습과 절약 정신을 터득하게 된 것은 실로

성공사례집을 몇십 권 읽은 것보다 더 유익했다.

국제간 거래인 무역 거래는 역시 그 나라에서 뿌리를 박고 있는 본토인 기업과 직거래를 해야 하며, 제3국 인을 중간에 둔 간접 거래는 언제인가에 가서는 불리해질 수도 있다.

최초의 일본 나들이는 그 후 계속되어 일본과의 거래가 여러 가지 형태로 지속되게 되었다.

아버지가 입던 옷을 입고

세미나가 끝나가는 무렵의 어느 날 둘째 시간은 기업경영 성공 사례 발표 시간이었다. 40대 후반의 비교적 젊은 사장이 하오리(일본 남자 전통의상의 옷)를 입고 나왔다. 그 옷이 어찌나 큰지 몸에 맞지 않을 뿐만 아니라 품이 커서 분명 제 옷은 아니었다. 진한 밤색의 낡은 옷이었다.

"이 옷은 내 아버지가 생존 시에 즐겨 입던 옷입니다. 나는 이 옷을 입으면 아버지의 체취를 느낄 수 있고 아버지가 나를 지켜주고 격려하는 것 같아 흐뭇하면서도 힘이 솟는 것 같아 무슨 큰일이 있을 때는 꼭 이 옷을 입는 버릇이 생겼습니다."

그는 강의를 시작하는 첫 마디에 이렇게 서두를 꺼내 놓고 지금 경영하고 있는 회사의 선대 사장이었던 자기 아버지에 대해 다음과 같이 말했다.

그의 아버지는 2차대전 때 해군 사병으로 부산 근해에서 초계 임무를 맡고 있었다. 어느 날 미군 비행기의 공격을 받아 초계정이 침몰하게 되었는데 함장이 부하들을 모두 구명정에 태워 안전하게 피신토록 하고는 자신은 그 초계정 바스트에 몸을 묶고 군함과 최후를 함께 하는 그 감동적인 장면을 아버지는 가까이서 두 눈으로 똑똑히 목도했다는 것이다.

전쟁이 끝나고 제대한 아버지가 조그만 기업을 시작했는데 항상 '군함과 최후를 같이하는 함장'과 같은 마음가짐으로 '기업은 군함이고 그 군함을 이끄는 자신은 함장에 비유하여 기업이 부도가 나고 도산 지경에 이르면 종업원은 어떤 수단으로라도 가장 안전하게 대피시켜 놓고(전직을 시켜놓고) 난 뒤에 자신은 죽음을 기업과 함께한다'라는 정신으로 경영에 최선을 다한 결과 이제는 자타가 모두 '성공한 기업'으로 알아주고 있다고 자신 있게 이야기했다.

선대 사장이 작고한 뒤 기업을 상속한 자신은 아버지의 이런 정신을 이어받아 '함장이 된 기분'으로 역시 열심히 기업을 키워 가고 있다고 말했다.

그런 어느 날 한 종업원이 신병으로 입원했다고 하여 문병차 병원에 들렀더니 그 입원한 종업원의 병상 머리맡에 작고한 선대 사장의 사진이 걸려 있더라고 했다.

"이 사진이 어떻게 해서 여기까지 와 있지요?"

"네 사장님, 저는 이 세상에서 누구보다도 선대 사장님을 존경합니다. 그리고 믿고 있습니다. 몸이 아프니까 선대 사장이 더 보고 싶어서 이렇게 병실 머리맡에 사진을 걸어 놓고 보고 있는 것입니다."

이 종업원의 말을 듣고 자신이 아직도 아버지를 따르려면 멀었구나, 생각하면서 그 종업원의 쾌유를 빌고 나와 더욱 회사 경영에 정진하였다고 했다.

실제로 병상에서 우리는 흔히 환자가 보고 싶은 어린 자식들의 사진을 머리맡에 두는 것은 간혹 보아도 회사의 사장 사진을 걸어 놓고 보는 예는 거의 없을 것이다.

그의 기업은 탄탄하게 뿌리를 내리고 업계에서도 타의 추종을 불허하는 업적을 보이면서 자라왔다고 했다.

그는 강의 도중 선대 사장 말이 나올 때면 간간이 눈물을 머금고 이야기하는 그 모습이 조금도 가식이 아니라는 것을 수강자 모두가 느끼리만큼 진지했다.

수강생 가운데는 그의 기업보다 몇십 배나 규모가 큰 대기업의 노련한 사장, 회장이 많았지만 모두 감동하여 진심으로 그에게 박수를 보냈다.

강사인 현재의 2대 사장은 그의 아버지인 선대 사장의 경영철학을 본받아 아버지의 생활신조를 기업이념으로 삼고 매년 새해가 되면 그해의 사업목표와 계획을 세우고 그 목표와 계획을 여러 장 써서 방마다 붙이는 것은 물론 침실의 천장에도 붙이고 심지어 화장실에도 붙여 놓아 쉽게 눈에 띄게 하여 이 목표와 계획의 달성을 위하여 끈질긴 노력을 다하고 있다고 말했다.

끝으로 그는, 그의 아버지가 보여 준 경영이념, 경영철학, 경영계획을 이어가고 그의 혼을 계승하여 내일도 모래도 같은 목표와 마음가짐으로 일하겠다고 말해 기립박수를 받으면서 강단을 내려섰다.

모든 경영자는 이런 참된 심성 교육이 필요하다는 생각을 그의 강의를 들으며 하게 되었다.

[대만]

우연한 수출 성공

국제간의 상품 유통과정을 살펴보면 매우 다기(多岐)하다. 또 각기 나라에 따라 제품을 수출하는 패턴도 여러 가지이다.

가령 일본의 경우 A라는 제조업자가 만든 상품을 B라는 무역 전문상사가 맡아 수출하는 분업 형태가 정착되어 있다. 그런 점에서 보면 세계적인 상표의 제품 메이커도 자기 회사에 무역부가 없는 경우도 있다. 그들의 수출입은 전부 종합상사에서나 혹은 이미 약속된 무역 전문 업체가 맡아 해준다. 즉 제조업자는 오로지 생산에 전념하여 품질을 높이고 납기를 지키며 원가의 절감에 노력하면 대신 무역상사는 그들이 지닌 국제교역의 지식과 경험, 그리고 네트워크를 살려 시장의 개척과 마케팅 확대에 전념하는 분업 형태가 효과적이라는 판단 아래 일본은 그런 유통과정이 보편화되어 있다.

이에 비해 우리나라나 대만은 아직도 그런 분업적 형태가 없는 것은 아니지만 어쩐지 불안하여 전적으로 자기 명의, 자기 책임하에 수출이나 수입하기를 좋아하는 성향이 있다.

이렇게 유통 과정상의 분업 형태가 제대로 정착하지 못해 애로를 겪는 일이 자주 생긴다.

내가 대만에 갔다가 우연찮게 수출 알선을 한 이야기를 여기 소개하고자 한다.

원래 화공약품 수출입이 전문인 나는 여러 나라로부터 필요한 양을 수입하여 어떤 것은 현물로 납품하고 어떤 것은 오퍼만 주어 실수요자가 직접 수입하도록 했다. 그런 일로 대만 등 동남아에 자주 가던 때가 있었다.

한번은 타이베이에서 오랜 거래처 친구 사장들과 저녁을 먹으며 환담하는 자리에서 A라는 화공약품이 한국에서 생산되느냐고 묻기에 그렇다고 했더니 순도 85%짜리를 일본 것과 비슷한 값으로 공급한다면 한국에서 수입하겠다고 했다. 그때까지만 해도 일본 메이커들이 가격 담합하여 한국, 대만, 동남아 시장 등에서 판매하여 고객들은 대단히 불평이 컸던 때였다. 나도 이 품목을 오랫동안 취급하여 잘 알고 있었다. 그러나 한국은 이미 국산화되어 수입이 금지된 지 오래다.

나는 귀가 번쩍 뜨여 내일 한국에 국제 전화로 연락해서 가격과 품질을 확인하겠으니 일본제품의 수입을 잠시 보류하도록 하여 시간을 얻었다.

A라는 화공약품은 섬유공장 등에서 대량으로 쓰임으로 무기 화학품으로 앞에서 말한 대로 초기에는 한국도 전량을 수입에 의존했으나 국산화에 성공하여 수출까지 하게 되었다.

다음 날 아침 꼭두새벽부터 서울에 국제 전화를 걸기 시작했다. 그러나 회사에 아무도 안 나온 모양으로 9시가 지나도 전화 받는 사람이 없었다. 할 수 없어 집으로 전화했더니 아내 말이 '오늘은 노동절이라 모두 쉰다'라는 것이 아닌가. 낭패가 이만저만이 아니다. 촌각이 급한데.

나는 아내에게 M사 무역담당자의 집 전화번호를 알아내어 조건이 좋은 수출 상담이 있으니 연락하도록 부탁했다. 점심때가 가까워서야 M사의 직원으로부터 전화가 왔다. 자기로서는 결정하기 어려우니 다시 상무에게 전화하라고 상무네 집 전화번호를 일러주었다.

나는 부랴부랴 또 국제 전화를 걸었다. 마침 M사 담당 상무는 모처럼의 휴일인데도 집에 있었다. 내 설명을 듣고는 이쪽 전화번호를 적어 놓고 기다리라고 했다. 그길로 상무는 담당 직원을 불러 휴일인데도 회사에 출근시켜 선적 가능 기일, 수출가격 등 여러 가지 자료를 종합하여 오후 늦게야 호텔로 전화가 걸려 왔다. 나는 거래조건의 오퍼 내용을 가지고 대만의 거래처 사장실에 가서 밤늦게까지 상담을 진행한 끝에 밤 11시가 지나서야 가까스로 계약을 성사시켰다.

이 소식을 서울의 M사 상무에게 전했더니 그는 백배 치하하는 것이 아닌가. 이렇게 하여 나는 뜻밖에 한국산 A 화공품의 최초 수출시장 개척자가 되었다.

여기서 느낀 것은 사안에 따라서는 초 스피드로 진행하여 다른 경쟁자나 경쟁 상품이 개입할 여지가 없게 빈틈없이 해야 한다는 사실이다.

이 계약으로 그렇게 배짱만 부리던 일본의 수출 상사는 졸지에 수출길이 막혀 버린 것이다.

무역을 하다 보면 일하는 과정에서 난데없이 튀어나온 일이 잘되어 득을 보는 일도 종종 있다. 그 맛에 무역하는지도 모른다. 오늘도 우리 주변에는 많은 유익한 정보들이 돌고 있다. 단지 그것을 우리가 감지하지 못할 뿐이다. 요즈음 시대를 일컬어 정보화 사회라고 하지 않던가. 하나의 라디오 뉴스도 나의 비즈니스와 매우 유관하다. 이와 유사한 케이스는 수없이 많다.

함정에 빠진 수입 계약

1973년의 제 1차 석유파동은 전 세계에 석유뿐 아니라 원자재 전반에 걸친 파동을 가져왔다. 런던과 뉴욕을 비롯한 각지의 원자재 정기시장에서는 하루가 다르게 시세가 치솟고 있었으며, 그에 따라 화학품 시장도 품귀현상이 나타나 값은 고하간에 물량을 확보하는 것이 가장 시급했다. 나도 가만히 앉아 있을 수만 없어 일본, 대만, 유럽, 미국 등 거의 세계 전 지역을 누비면서 물량의 확보에 나선 적이 있었다. 한 드럼에 10만 원짜리가 다섯 배, 열 배를 더 주어도 물건을 구할 길이 없었던 때다.

이런 원료확보를 위한 시장 활동은 비단 나 개인의 이해관계뿐만이 아니다. 확대해석한다면 국가적인 차원에서도 공장이 계속 돌아가느냐 않느냐의 기로에서 경제적 파동을 미연에 막기 위해서도 이런 시장조사는 필요한 일이라 아니할 수 없다. 뿐만 아니라 나를 믿고 나에게서 원료의 공급을 받아 오던 많은 국내 단골 기업에게 사고 없이 수출상품 제조를 위한 원자재를 공급해야 하는 것이 내가 받은 작은 임무이며 상도의이다. 그렇게 해야 믿는 고객이 더 많아지고 아울러 신용이 쌓여 가는 좋은 기회이다. 그런 뜻에서 원료공급 가능 나라들을 누비고 그날그날의 국제시장 정보에 민감하게 긴장하고 있을 무렵 대만에서 겪은 일화 한 토막.

1973년에 터진 석유파동이 그 이듬해 상반기까지 앞에서 말한 대로 원부자재 전 품목에 품귀현상이 나타나고 있었지만, 가을에 접어들면서부터 수급이 완화하기 시작하여 조금씩 긴장이 풀려 갔다.

그런데 대만 사람들은 역시 중국인다운 기질로 1973년 가을부터 1974년 여름까지에 걸쳐 그들은 전문성 여부를 개의치 않고 의사, 변호사까지 참여하여 양의 다소를 불구하고 그들의 전문 직업과는 무관하게 돈벌이가 된다고 생각하여, 화학품이라면 무턱대고 사재기 했던 것이다. 심지어 가정주부들까지 가세하여 화학품을 사다가 마당에 쌓아 놓을 정도로 부동산 투기 못지않게, 화공원료의 동산 투기에 열을 올린 곳이 바로 대만의 일부 돈 있는 사람들의 유행이었다.

나는 여느 때와 같이 역시 대만에 가서 소요되는 품목의 물량을 확보하고 있을 때 타이베이의 거래처 사장이 은밀하게 나를 불러

'사실은 작년 석유파동 때 한몫 보기 위하여 독일에서 수입해다 놓은 것이 있는데 최근에는 값이 떨어져 반값에라도 구매자만 있으면 팔겠으니 어디 한국에서 실수요자를 구해 보시오' 하는 것이 아닌가. 당시는 이미 파동이 한고비 넘긴 때여서 막차를 타고 사재기를 한 사람들이 어물거리다가는 본전 날리기가 쉬운 때였다.

나는 그 품목이 꼭 긴요하게 구하는 것은 아니었으나 물건이 엄청나게 싼 것이라 한국에 연락하면 팔 곳이 있을 것 같아 그 사장을 앞세우고 현물을 확인하러 갔다.

현장에 가보고 깜짝 놀랐다.

화학품과는 전혀 거리가 먼 내과 의사가 자기 병원 마당에 엄청난 양을 사재여 비닐로 씌워놓고 있는 것이 아닌가. 이렇게 싸여 놓고 잠재우는 곳이 있으니 파동이 날 만도 하고 돈벌이라면 재빠른 반응을 보이는 중국인 기질을 여실히 본 것 같다.

나는 시세를 절충하고 서울의 수요자에게 국제 전화로 연락하여 일차로

수십만 불 어치를 사기로 결정했다. 물량은 그 밖에도 지금까지 시세의 약 절반 가까운 값에 사기로 계약하고 이번에는 선박회사에 가서 선임도 특별히 싸게 조정해 선적하도록 했다.

뜻밖에도 한국에 도착한 드럼 용기가 녹이 슬어 질질 새는 것이 아닌가. 나는 크레임을 청구했으나 끝까지 보상받지 못했다. 나는 대한상사 중재 의원으로 악의적인 회사들도 많이 보아왔다.

독일산이라고 해서 꼭 독일에서만 구해지는 것이 아니다. 이제는 세계가 좁아져 그야말로 국경 없는 지구촌 시장에서 거래가 형성되고 있다.

그리고 그 거래는 기회를 잡으면 놓치지 말고 즉석에서 완결을 지어야 한다.

그리고 해외시장은 가능하다면 자주 나가 돌아보고 관계자들과 친하고 정보를 얻도록 해야 하며 이때다 싶으면 전광석화처럼 덤벼서 거래를 끝내 버려야 하는 것이다. 우유부단은 무역 행위에서 가장 기피 하는 단어이다.

일본 산업계의 대부 '마쯔시다 고노스게' 씨는 사장의 패스포트에 얼마나 많은 출입국 스탬프가 찍혔느냐에 정비례하여 그 회사가 발전한다고 한 말을 읽은 기억이 난다.

어느 홍콩 지사장의 효도

홍콩의 어느 지사장의 부모님에 관한 효도 이야기이다.

미국 뉴욕에 본사를 둔 내 거래처의 홍콩 지사장 이름은 미스터 제임스다. 그 회사의 홍콩지사는 극동 일원의 업무를 커버하고 있기에 나는 자주 가게 되었고, 만나면 의기투합하여 즐거운 시간을 함께 보내곤 했는데 그가 그럴 수 없는 효자라는 사실에 새삼 놀랐다.

그의 어머니는 고희를 넘긴 백계 러시아인으로 깨끗이 늙은 백발의 미인이다. 다리가 불편한 노모는 제임스 지사장의 집과 약 1km 가량 떨어진 곳에서 혼자 살고 있었다.

그는 아침마다 출근길에 반드시 어머니께 문안하고 손수 커피 한 잔을 끓여 드린 뒤 출근했다. 나는 서로 알게 되고 무관하게 친해진 뒤에야 이 사실을 알게 되었고, 동행하여 그의 어머니에게 나를 소개한 일도 있었다.

사업차 해외에 다니다가 홍콩에 들르게 되면 나는 아무리 바빠도 그를 찾아보고 그의 어머니의 안부도 묻게 되었다. 어머니는 남편이 남긴 유산으로 경기용 말을 세 마리나 사서 경마장에서 뛰게 하고 거기서 나오는 수입으로 여유 있는 생활을 하고 있었다. 벽에는 온통 경마에서 1등을 한 자기 말의 사진과 그 기수의 웃음 띤 모습의 멋진 사진이 방안을 메우고 있었다.

한 번은 저녁에 그와 부인이 함께 그의 어머니에게 가서 문안드리고 밤늦게까지 환담을 하면서 그저 어머니를 즐겁게 하기 위해 갖은 노력을 다하는 모습을 보았다. 이런 장면은 아무나 가질 수 없는 것으로 여겨진다.

그 홍콩 지사장은 인정도 많은 사람이라는 것을 알았다. 내가 미국에 가는 기회를 알면 뉴욕에 있는 자기의 아파트를 쓰게 해주고 국제 전화로 미리 청소까지 시켜 놓는 친절을 베푸는 사람이기도 했다.

무역이 아무리 장사이고 서로의 이익을 챙기는 게 목적이긴 하지만 오래 접촉하다 보면 자연 이렇듯 서로에게 유익을 주고 인간적으로 친해진다. 그런 사이가 되면 거래도 훨씬 원만하게 이루어진다.

나는 그가 효자임을 알고 더욱 믿음과 친근감이 가서 오늘날까지 교분을 계속하고 있다. 인간으로 태어나서 효도하지 못하는 자는 얼마나 슬픈 사람인가.

나는 평소 효도는 곧 성실한 사업가의 밑거름이며 좋은 씨앗이라고 확실히 믿고 있다. 실향민이 나는 그래서 더 노부모를 모시고 다니는 사람들이 그렇게 부러울 수가 없다.

국제교역은 신용

천연고무와 라텍스라는 상품은 가격의 변동이 매우 민감하다. 싱가포르에 개설되어 있는 국제 거래의 정기시장에서는 매일 아침 10시에 그날의 첫 시세가 형성되어 오전장을 마감하고 오후장은 오후 2시에 형성되어 5시에 마감되는데, 때에 따라 약간씩 차가 있다.

따라서 우리 회사 싱가포르 J 상사와 계약하고 전장, 후장의 시세가 오전 10시와 오후 2시로 나누어 그날의 시세가 입전되도록 하고 있었다. 그래서 가령 아침 10시의 가격은 그 유효시간이 12시까지 뿐이며, 오후 2시의 시세는 오후 5시까지 3시간밖에 효력이 없다. 즉, 오후 2시에 톤당 100 달러라면 이 값에 살 수 있는 시간이 5시까지뿐이다. 그 시간이 지나면 새로 변동된 시세를 적용해야 한다.

정기시장이란 우리나라 증권거래소와 같이 연중 시장을 열고 상장 물량과 매입 물량이 기록되며 그때그때 시세가 형성되는 것인데 수요, 공급의 원리에 따라 공급이 많으면 내리고 수요가 많으면 올라간다.

말레이시아와 그 주변국에서 고무 농장을 하는 생산업자는 생산한 물량을 시장에 등록된 중개인에게 위탁하고, 중개인은 이를 시장에 내어놓는다. 또 반대로 중개인은 매입주문을 받아 이것을 시장에서 매입하는데 여기서 시세가 민감하게 변하는 것이다. 이것은 군수품 원료의 일종이기도 해서 국제 정치, 군사 정세의 변동에도 대단히 민감하다. 따라서 매일의 시세에 따라 사느냐, 안 사느냐의 의사결정 즉 Yes!, No! 를 분명히 해야 하며, 고객에 따라 유리하게 샀다고 좋아하는 쪽이 있는가 하면 하루 사이에 몇만 불을 밑졌다고 울상을 하는 투기꾼들도 있다. 그래서 나는 늘 시세 동향을 보아 그래프를 그려가며 앞으로 오를 듯하면 미리 2~3개월분씩 어느 정도의 물량을 잡아 매입 계약을 해놓았다가 국내 고객이 원하면 유리하게 사도록 노력했다. 그러나 이것이 항상 적중될 리가 없다. 가격변동은 알라신도 모른다는 유행어가 있을 만치 예측불허다.

한번은 시세가 오를 것 같아 상당량을 잡아 놓고 그 길로 유럽에 있는 거래처로 갔다가 돌아오는 길에 싱가포르에 다시 들렀더니 내 예상이 빗나가 불과 10일 사이에 시세가 크게 내리고 있었다. 이대로 두면 상당히 손해를 볼 것이 뻔하여 싱가포르의 업자와 의논해 영국 시장에 재처분했다. 그 후 시세가 다시 좀 올라서 큰 손해는 보지 않고 넘어갔으나 항상 이런 상품 취급은 신경을 써야 한다.

국제간 교역은 Contract to Contract라고 계약은 어디까지나 계약으로 그것을 준수하는 것이 무역의 생명이다.

앞에서 말한 천연고무 계약만 하더라도 비록 손해를 입을지라도 일단 계약서에 사인했으면 이행해야 한다. 그렇지 않으면 좁은 싱가포르 바닥에서 소문이 나고 완전히 블랙리스트에 오르게 된다.

그런데 한 번은 국내의 수요자가 원해서 상당량을 계약한 적이 있다. 그때는 말레이시아의 고무 농장에 장마가 져서 고무가 흉작인데다 중공, 소련 등지의 군수용 매입까지 가세하여 시세가 매일 오르고 있던 터였다.

이런 장세를 놓고 국내의 타이어, 신발, 장갑 등 제조업체들이 수출용 원자재의 확보를 위하여 부탁하기에 매일 엄청난 양을 주문받고 계약했다.

그러나 한 달쯤 지나니 그렇게 오르던 시세가 되돌아서서 야금야금 내리는 것이 아닌가. 이런 현상은 시장에 정통하면 누구나 예견할 수 있는 일이다. 현지 투기꾼들의 농간도 있고 또 매사가 고비가 있듯이 시세도 고비를 넘기면 내리는 것이 원칙이다.

이렇게 되니까 이번에는 국내 수요자들이 언제 그랬느냐는 듯이 계약을 포기하여 물건의 인수를 거절하는 고객이 하나둘 나타나기 시작하는 것이 아닌가. 싱가포르의 거래처에서는 물건을 선적하였으니 빨리 신용장(L/C)을 개설하라고 독촉이 빗발쳤다. '만일 기일 안에 신용장을 열지 않으면 무조건 현물을 실어 보낼 터이니 알아서 하라.'는 식으로 협박(?)하는 통에 아주 진퇴양난에 빠졌다.

다행히 싱가포르의 거래처와 20여 년 교역한 곳으로 상대방 속성을 서로 잘 아는 처지였고, 국내 고객 또한 괄시할 처지가 아니어서 상당한 시일이 걸려서야 쌍방이 서로 협조하여 겨우 해결을 보기는 했다. 그러나 이 일에서 얻은 교훈은 시세가 너무 뛰거나 곤두박질할 때는 서둘지 말고 관망하는 신중한 태도가 필요하며, 시세 동향을 지켜보면서 국내 고객의 주문도 조정하는 것이 현명한 처세임을 터득하는 계기가 되었다.

공식 경로를 통해 상사중재원, 상공회의소 그리고 대사관 등을 통하여 변상을 청구하고 재판해서 배상받을 수도 있지만 한번 또는 하루 이틀 거래하고 말 그런 처지가 아니기에 강권을 이용하여 손해배상을 청구하고 받아내는 등의 일은 비즈니스맨이 취할 방법이 아니라는 게 나의 지론이다.

존경하는 젊은 CEO

싱가포르에서는 수입도 했지만 수출도 간혹 했다.

한번은 주전자, 냄비 등을 합하여 두 컨테이너를 수출했는데 이것이 현지에 도착하여 포장을 뜯으니 상품에 녹이 슬어 있다고 대금 지불 거절의 언페이드(unpaid)가 생겼다. 현지 바이어로부터 모든 제품의 포장지가 젖어 있었고 상품의 표면이 녹이 나서 못 쓰게 되었으므로 전량 반송할 터이니 돈을 지불할 수 없다는 통지문이 왔다.

깜짝 놀라서 서울에서 물건을 수집하여 부산항에서 선적하여 운송하기까지의 소상한 과정을 조사부터 하였다.

마침 장마철이라 서울에서 부산까지 트럭으로 운송하는 도중에 비를 맞았을지도 모르며, 부산에서 컨테이너에 옮겨 실을 때 또한 인부들의 부주의로 포장된 상품이 비를 맞았을 가능성도 있었다. 또 컨테이너가 선박회사 사정으로 선적과 동시에 즉시 출항한 것이 아니고 무려 2주간이나 부두에서 그것도 장마철에 기다렸다가 출항했다. 그때 컨테이너의 틈새로 빗물이 들어갔을지도 모르는 일이었다.

이럴 땐 신속한 게 상책이라고 생각하고 즉 현지로 날아가서 바이어부터 만나 그의 창고에 현장을 확인하러 갔다.

아니나 다를까, 부산 세관에서 수출검사까지 마친 수출용 주전자가 네 개씩 골판지 상자에 들어 있었는데 상자가 비를 맞아 찢어져 있고 냄비와 주전자는 여기저기에 녹이 슬어 있었다. 증거가 분명하니 더 변명의 여지도 없다. 따지자면 우리 쪽의 실수가 분명했다.

나는 그 사실을 시인하고 배상 액수를 최대한 줄여서 출혈을 적게 하기 위해 바이어와 협상할 수밖에 없다고 생각했다. 바이어와 나는 저녁에 만나 해변에 있는 식당에서 단둘이 마주 앉아 식사하면서 이 이야기 저 이야기로, 부드러운 분위기 조성에 신경을 썼다.

식사가 다 끝나고 조용한 파도가 출렁거리는 조그마한 배 안에 있는 커피숍으로 자리를 옮겼다. 보름이 가까웠는지 둥근 달이 유난히도 밝게 비쳤다.

커피를 마신 후 우리는 서로 가족 사항, 종교관 그리고 동양인의 사고 등을 이야기하면서 제법 시간을 보냈다. 빨리 본론으로 들어가야 하는데 통 이야기를 꺼낼 생각을 안 한다.

한참 후 화교 사장은 슬그머니 자기 목걸이를 목에서 풀어서 '이것이 무엇인지 아느냐?'라고 묻는 게 아닌가. 보아하니 목걸이에 크레디트카드 비슷한 크기의 증서가 달려 있었다. 나는 카드를 받아 유심히 들여다보니 이것이 바로 '장기 기증 서약 카드'였다. 즉 자신이 죽으면 자기의 장기를 다른 사람에게 기증하겠다는 증서였다.

"보시는 바와 같이 장기 기증 증서입니다. 나는 오늘날까지 큰돈은 못 벌었지만 그래도 성공한 측에 듭니다. 제 주위에는 육체적인 불행을 지닌 장애인들이 너무도 많아 그들에게 어떤 도움이 될 수 없을까 하고 생각했습니다. 유한한 인생이 뜻있게 사는 한 방법으로 장기가 필요한 사람들의 생명을 나의 죽음의 순간, 다른 한 생명을 구하기로 작정한 것입니다. 이것을 결심하고 나서 아내에게 고백했는데 아내가 너무도 놀라고 실망하여 무려 석 달 동안이나 말이 없었습니다. 그 후 어느 날 아내는 눈물을 흘리면서 동의해 주었지요. 아내는 국민학교 선생입니다. 내 나이 43세, 아직 인생의 죽음을 논할 나이가 아니기 때문에 아내의 놀람도 무리는 아니지요. 나는 행복한 사나이지요."

"아! 그래요."

나는 그의 말을 듣고 할 말을 잊었다. 언제든지 자신이 죽으면 필요한 장기를 떼어 다른 죽어가는 시한부 인생에게 기증토록 하겠다는 그 숭고한 정신이 가슴에 뭉클 와닿는 것이었다.

이런 사장을 파트너로 장사하는 나는 행복하다고 생각하여 그가 요구하는 크레임을 전액 변상할 요량을 했습니다.

그런데 그가 뜻밖의 말을 했습니다.

"미스터 김! 돈이 무엇입니까. 오늘 있다가 내일 없을 수 있지 않습니까? 이번에 내가 크레임을 건 것은 앞으로 선적할 때 철저하게 조심하라는 뜻에서 한 것입니다. 알루미늄에 난 녹은 닦으면 지워진답니다. 그러니 앞으로는 포장할 때마다 컨테이너에 넣을 때 각별히 조심하고 최종 출하 시에는 반드시 검사원이 입회하여 철저히 체크하도록 하십시오. 이번에는 첫 선적이므로, 그냥 넘어갈 수 없으니 녹을 닦아내는 비용 정도만 물어주는 것으로 끝내겠습니다."

이렇게 고마울 수가 있는가. 정말 고개가 숙어지는 것이었다. 이 일에서 나는 돈으로 살 수 없는 큰 교훈을 얻었다.

나는 피난 시절 한창 고생할 때 내 피를 팔아 나 자신이 꼭 필요한 그 돈을 손에 넣을 생각을 한때나마 해보았지만 남을 위해 헌혈 한 번 제대로 못 한 처지가 아니던가.

Y 사장의 장기 기증담은 나에게 또 하나 큰 자극과 감동을 주었다.

[말레이시아]

국제로터리 자매클럽 교환

내가 속해 있는 국제로터리 3650지구 동서울로터리클럽이 말레이시아의 쿠알라룸푸르 로터리클럽과 자매결연을 맺어 양 클럽의 우의를 다지는 의미에서 동서울로터리클럽의 대표들이 결연 체결 1주년을 기념하고 또 현지 클럽 회장의 이취임식이 있어 쿠알라룸푸르 클럽의 초청을 받게 되었다.

일행은 남자 8명과 그 부인 6명 도합 14명으로 구성하여 현지 힐튼 호텔에서 회의와 만찬과 함께 친교도 하고 주말에는 양 클럽 합동 봉사사업도 벌이는 스케줄로 짜여져 있었다.

행사 예정 전날 늦게 쿠알라룸푸르 공항에 도착하자 현지 클럽에서 회장 이하 5명의 영접을 받았으며 짐 검사도 없이 바로 통과하여 귀빈실에서 잠시 차를 들며 휴식하고 공항에서 숙소로 바로 왔다.

다음 날 아침에는 9시부터 버스를 타고 시내에 있는 공장 시찰을 나갔는데 쿠알라룸푸르는 실로 언제 봐도 공원같이 아름다운 전원도시였다. 그러나 우리 일행 14명은 당초의 스케줄을 줄여 오후 4시에 황급히 호텔로 돌아왔다.

저녁 8시부터의 행사를 위해서 다소 휴식도 취해야 하며, 부인들이 한복으로 차려입을 시간도 계산에 넣었기 때문이다. 사실은 그보다 더 큰목적은 밤 행사에 한국의 자매클럽인 우리 동서울로터리클럽 부부합창 순서가 이미 예정되어 있었다.

행사는 회장 인사 3분, 합창 15분, 도합 20분으로 사전에 약속이 되어있었다. 따라서 서울에서 모 교회 성가대 지휘자를 초빙하여 3주에 걸쳐세 번씩이나 연습했는데도 아무래도 불안하여 회의장에 들어가기 앞서서소위 입을 맞춰보자는 뜻에서 우리는 호텔 한 방에 서둘러 모였다.

마침 우리를 안내해 서울에서 같이 온 여행사 김 부장이 다소 노래 소질이 있어서 그가 지휘에 맞춰 합창 연습은 시작되었다.

곡목은 〈아리랑〉과 〈사랑해〉, 이 노래는 젊은 부부인 박 사장 내외가부르고, 그다음은 부인들만으로 〈고향의 봄〉, 끝으로 가장 흥이 나는 〈뱃노래〉를 손에 손을 잡고 가볍게 오른쪽으로부터 왼쪽으로 몸을 흔들면서불러 마무리하면 대개 15분 이내가 될 것 같았다. 사회는 내가 맡아서노래 부를 곡목 사이 사이에 적당히 멘트를 하면 약속된 20분을 채울 수있도록 계획되어 있었다.

우리는 한국인의 긍지를 가지고 큰 실수를 해서는 안 된다고 서로 격려하면서 소위 리허설을 위해 호텔 방에서 14명의 남녀가 한 줄로 서서 열심히 불러댔다.

나는 제일 오른쪽 끝에 서 있다가 관중으로부터 노래가 끝날 때마다박수가 나오면 마치 오케스트라의 지휘자가 단원에게 영광의 박수를 보낸다는 식의 오른손을 들어 열심히 노래 부른 우리 단원들을 가리키며 겸손히 머리 숙여 인사하는 순서까지 배꼽을 뽑아가며 진지하고도 정성을 다해 연습을 거듭했다.

음악에는 선천적으로 소질이 없는 나로서는 노래 곡목 순서를 행여나 잊을까 염려하여 왼쪽 손바닥에 볼펜으로 적어 놓기까지 했다.

나는 호텔에 피아노가 준비되어 있느냐고 Assistant Manager에게 전화했더니 소위 Hilton Hotel이라는 최상류 호텔에 Piano가 없을 뿐 아니라 오늘 밤의 행사가 취소될지 모른다는 것이다. 아니면 진행한다 해도 일체 노래는 못한다는 것이다.

나는 나의 귀를 의심하면서 다시 재확인했다. 그 사연인즉, 이 나라 수도인 쿠알라룸푸르가 포함된 지역의 왕비가 오늘 새벽 3시 30분에 65세를 일기로 서거했다는 것이다.(참고로 말레이시아는 전 지역에 걸쳐 9명의 왕이 있으며 회교국으로 일부다처제가 법으로 허용되어, 부인을 넷까지 거느릴 수 있게 되어있다.) 그래서 당분간 노래와 춤은 나라에서 금한다는 긴급 지시가 내렸다는 것이다. 하기야 국상이 났는데 우리나라인들 예외는 아닐 것이다. 그야말로 호사다마라는 속담이 바로 이런 때를 두고 하는 말인가.

나는 그만 힘이 빠졌다. 그렇게 연습하고 어부인들을 모처럼 국제무대에서 아름다운 KOREA의 한복을 자랑(?)하려고 실컷 바람을 불어넣고 이곳까지 왔는데 예기치 않았던 일로 한마디로 헛수고가 되고 보니 운도 되게 없구나 싶었다.

그래도 아직도 이곳 회장의 최종적인 확답을 기다려야 되기에 연 회장 준비위원회(국제 봉사위원회) 책임자와 계속 식장 입구에 서서 회장 오기를 기다리고 있었다. 호텔 측에서는 오늘 밤 간단한 개인 생일 축하연도 금지되는 판인데 노래는 절대 안 될 것이라고 제법 사무적으로 잘라 말했다.

어느덧 회장이 질린 얼굴로 헐레벌떡 나타나서는 죄송하다는 말 한마디로, 자기들도 그렇게 오랫동안 준비한 모든 여흥 행사 계획들이 일체 금지되었다는 것이다. 물론 우리의 무반주 노래도 함께 공연 중지이며, 다만 회장 인사는 순서에 있으니 준비하고 있으라고 했다.

지난해 이 취임 행사 때 이곳 부인회의 무용과 노래는 일품이었다. 3개월간 전문가의 지도하에 연습했다며 그 수준이 프로급이었다. 그중에는 60세가 훨씬 넘은 부인도 몇 있었다. 이런 잔치에 자매클럽에서도 참석한 이상 몇 곡 정도는 준비하는 것이 의미 있다고 전 회원이 뜻을 같이하여 준비해 갔는데 허무하기 이를 데 없었다.

[타이랜드]

쿠데타 소식

싱가포르에는 비교적 자주 가는 편이고 그때마다 주변 여러 곳에도 들르게 되는데 한번은 타이랜드의 수도 방콕에 가기 위해 싱가포르 공항에 아침 7시경에 나가자 대합실의 분위기가 웅성웅성하는 것이 이상했다.

조금 후에 안내 방송에 의하면 방콕에 어젯밤 군사 쿠데타가 발생하여 공항이 폐쇄되었다고 한다.

참으로 난감한 일이 아닐 수 없었다. 어떻게 할까 생각하던 끝에 한참 기다려 보기로 작심하고 있는데 두 시간 정도 지나자 다시 아나운서 목소리가 들리는데 방콕 시내는 대체로 평온하며 공항 폐쇄가 해제되어 잠시 후 아침에 뜨지 못했던 항공편이 이제 떠난다는 것이다.

그러면서 방콕의 공항은 삼엄하여 항공사로서는 승객의 신변을 책임질 수 없으니 희망자만 타라는 것이다. 공항에 나왔던 많은 관광객은 다시 집으로 돌아갔고 일부는 망설이고 있는 사람도 있고 어수선했다.

생각해 보니 나는 이 항공편을 꼭 타야 할 절박한 이유는 없는 편이었다. 다만 수출 상담을 위하여 방콕의 바이어와 만나기로 약속이 되어 있으나 전화로 미루어도 안 될 것이 없는 그런 형편이었다. 그러나 일단 길을 나섰으니(설마 죽기야 하겠나) 하는 마음으로 소수의 일행과 비행기를 타기로 했다. 기내 내 옆 좌석에 앉은 미국인이 죽기를 각오하고 비행기를 탄 결의를 한 사람은 약 3분의 1가량이라고 했다.

나는 속으로는 약간 걱정이 되는 가운데 약 2시간의 비행(페낭 경유) 끝에 방콕 공항에 내렸다.

그런데 쿠데타가 났다고 하는데 공항은 의외로 너무 조용하다. 또 시내로 들어오는 길에도 낡은 군용 지프차가 몇 대 보일 뿐 아무런 변화가 없지 않은가. 5·16 군사 혁명 때 같이 시내에 무장군인이 주둔하고 탱크 등 긴장된 장면을 연상하고 있던 나는 그만 맥이 빠지는 기분이었다. 시내에 들어서자 네거리에 군인이 총을 거꾸로 메고, 낡은 드럼통 위에 올라서서 교통정리를 하고 있는 것이 굳이 다르다면 다른 광경이었다.

그날 배짱으로 타이랜드로 간 덕에 D 유화에서 팔지 못해 애쓰고 있던 재고 화학품을 D사에 팔기로 계약하여 애써서 온 보람을 맛보았다.

때로는 이와 같은 약간의 모험이 없이는 일하기 힘들 때도 있다.

아쉬운 발리섬

인도네시아를 공식 방문한 뒤에 주말을 이용하여 발리섬을 찾았다.

발리는 세계적인 휴양 관광지로 이름 높다. 이 고요한 섬에도 현대식 호텔과 백사장에 즐비한 비치파라솔의 숲이 있었는데 마치 미국 마이애미 비치를 연상케 했다.

안내자가 인도네시아 정부는 이 천연의 휴양지를 오래 자연 상태로 보전하기 위해 콘크리트 건물의 신축을 규제하고 또 높이도 2층 이상을 짓지 못하게 한다지만, 이런 제한이나 규제가 시행될 때는 약삭빠른 사람들이 콘크리트로 된 높은 건물을 이미 짓고 난 뒤여서 행차 뒤의 나팔 부는 격이 되었고, 세계 각처에서 밀려드는 관광객을 맞기 위해 숙박시설은 지어도 지어도 모자라 건축 붐을 일고 있었다.

태풍이 없고 장마가 없으며 하루 한 번의 열대성 소낙비인 스콜이 지나가고 나면 남국 해안 특유의 바람이 불고 파도가 철썩이는 이 천연의 해안에 인도네시아 원주민들의 행상인이 관광객을 찾아 돌아다닌다.

이상한 조개껍데기, 목각, 장식품, 옷, 그리고 올리브기름을 든 마사지사들, 이런 낭만이 차츰 자취를 감추는 듯하여 아쉬움을 느끼기도 했다.

그러나 아직도 발리섬의 자연은 아름답다. 15년 전 자연관광지로서의 명성이 지금처럼 세상에 알려지지는 아니했다.

조개껍질과 게릴라

우리나라가 세계적으로 자랑할 만한 공예품으로 나전칠기가 있다. 속칭 자개 제품들이다.

가구인 큰 장롱에서부터 작은 보석함, 인장 갑에 이르기까지 다양하다. 공예품의 표면에 세공한 조개껍질로 산수화, 화조도 등을 박아서 오색영롱한 조개껍질의 광택과 칠기 특유의 바탕칠이 합쳐서 실로 경탄할 만한 공예품을 만든 게 바로 나전칠기이다.

이 공예에 쓰이는 조개껍질 등은 전복이 주재료이고 야광패, 가막조개 등이 사용된다. 국내 자원이 부족해서 멀리 다른 나라로부터 수입해 오기도 한다. 멕시코만이나 필리핀 인근 해안에서 나오는 '애배론셀(abalone shell)'이 품질과 문양이 좋은 것으로 알려져 있는데 필리핀에서 많이 수입된다.

어느 날 국내 거래처 고객 한 분이 필리핀산 나전칠기용 조개껍질을 수입하겠으니 동남아지역에서 수입할 길을 열어 달라는 요청이 들어왔다. 여러 곳에 교신을 시도한 끝에 필리핀에 있는 한 회사와 상담이 오고 갔다. 그래도 한번 현지에 직접 가서 제품을 보기로 마음먹고, 동남아 다른 곳에 갔던 길에 마닐라의 조개껍질 수집과 동시에 수출하겠다는 회사를 방문했다. 조개껍질은 천연 산물과 같아서 현물을 확인하여 품질을 체크하지 않으면 그만큼 위험한 거래였다.

그때가 바로 제2차 석유파동 직후여서 모든 원료가 품귀 상태였고 수산물인 문제의 조개껍질은 작황이 좋아 많이 나는 때도 있지만 반대로 적게 나는 때도 있어 값이 올랐다 내렸다 하는 품목이었다. 마침 그해 애배론셀이 흉작이어서 품귀현상이 나타났고 공산 게릴라 때문에 구하기조차 몹시 힘든 게 현지 사정이었다.

필리핀은 7,000여 개의 크고 작은 섬으로 구성된 나라로 그때만 해도 공산 게릴라가 점유하고 있는 섬이 적지 않았는데 묘하게도 당시 이 애배론셀이 많이 나는 섬을 공산군이 지배하고 있어 대량으로 구매하려면 그들과 잘 통하는 중간 상인들을 내세워 흥정을 잘해야 한다는 것이었다. 또 필리핀 정부에서 엄격히 통제하여 공산권과의 거래를 금지하고 있는 관계로 어려움이 이중 삼중인 난관이 도사리고 있었다.

이런 사실을 전혀 알지 못한 채 필리핀에 가서야 현실의 심각성에 그만 거래할 힘이 없어지고 말았다.

필리핀 쪽의 수출 상사 대표자는 미인 여사장이었는데 사장이 위험은 자기가 보증할 터이니 거래하자고 했지만 필리핀 정부가 규제하고 있는 상품을 살 생각도 없고 또 농, 수산물은 자연조건의 변화에 따라 가격 차가 심하여 항상 불안이 따르게 마련이어서 안정된 공급을 기대하기 어렵다는 판단을 한 나로서는 거래할 의욕이 없었다. 끝내는 후리후리한 미녀 여사장의 간곡한 권유를 뿌리치고 거래를 포기하고 말았다.

필자는 오랫동안 교역을 해오면서 국내 생산이 안 되는 원료를 수입하여 수출용 원자재에 이바지하여 내 나름대로는 국가적인 수출제일주의 정책에 적게나마 기여한다는 자부심으로 살아왔다. 눈앞의 이익에 현혹되어 정부가 막고 있는 거래는 하지 않는 내 평소의 신조였기에 미련 없이 포기한 것이었다.

연전에 협회를 대표하여 TV 대담(문화방송)에 출연하여 건전한 수입은 수출 못지않게 중요함을 강조한 바도 있었지만, 수입업자의 의식 전환도 중요하다 하지 않을 수 없다.

[인도]

길에서 사는 천민

인도의 뉴델리나 뭄바이 공항에는 잠시 들른 적이 있다. 그런데 인도에서 4박 5일의 일정으로 살펴보기는 캘커타가 처음이다.

피아노 뚜껑이나 장롱 같은데 광택을 내는 S라는 상품은 그 원료가 인도에 서식하는 어떤 새들이 배설하는 배설물에서 채취한다.

다른 나라에는 나지 않는 것이니, 자연 싱가포르나 홍콩의 인도인 무역상들이 이 원료를 가지고 농간을 부리면서 독점상품의 횡포가 심했다. 그래서 직접 인도에 가서 직거래의 길을 찾아보기 위해 캘커타에 찾아간 것이다. 말하자면 새똥을 수입하려고 그곳까지 비싼 돈을 쓰고 찾아갔다.

우리 속담에 개똥도 약에 쓸려면 없다는 말이 있다. 이것은 대단히 귀한 원료이다. 특히 피아노, 가구 등에 꼭 필요한 광택제 원료이다. 마침 우리나라에도 몇 번 다녀간 노인 사장과 연락이 닿아서 그를 중간에 세우기로 하고 캘커타 공항에 내린 것이었다.

저녁 7시경인데 벌써 어둠이 깔리기 시작하고 있으며 맨발에 흰 옷차림의 많은 사람이 거리를 뒤덮고 있었다.

'무슨 큰 축제 행사가 있었나 보다'라고 생각되어 마중 나온 사장에게 물어보니 아무 행사도 없다면서 저들은 길에서 사는 일명 천민들이라고 했다.

공항을 나설 즈음엔 서서히 어둠이 깔리기 시작했는데 그들은 거리에다 모닥불을 피워 놓기도 하고, 여럿이 모였다 흩어졌다 하면서 군중이 그냥 파도처럼 이리저리 무리를 지어 강물처럼 움직이고 있었다. 그들은 이렇게 거리에서 산다고 했다.

인도에서의 첫 밤을 자고 아침에 창문을 여니 까마귀 떼가 새까맣게 날아다니며 깍깍 짖어대고 있었다. 그 소리가 왜 그렇게 역겨운지 마치 지옥의 축제 한복판에 서 있는 기분이었다. 또 호텔 앞에서 전날 밤에 본 맨발에 흰옷 입은 천민들의 무리가 '한 푼 줍쇼' 하면서 호텔 문을 막아서고 있었다. 그 무리를 헤치면서 호텔 문을 나설 수가 없었다.

거리에 나갈 마음이 싹 가셨다. 그렇다고 연금상태로 있을 수는 없기에 호텔 문전의 걸인 떼를 정면 돌파하여 거리에 나섰다. 황소 떼가 유유히 걸어가고 아무 거리낌 없이 길 위에다 배설했다. 인도 사람들은 그런 광경을 보통으로 여기고 있었으며 교통순경도 아무 조처를 하지 않았다.

사람이 소를 피해 다니는 형국으로, 길 한복판을 소 떼들이 온통 차지하고 있다.

이곳 캘커타는 참 신비스럽다고 할까, 이상한 곳이었다. 내가 이 나라 저 나라를 다닌 곳 가운데 가장 신의 축복에서 소외된 나라 중의 하나 같이 느껴졌다.

인도에는 천민 계급이 따로 있다. 정확한 통계가 없기 때문에 얼마나 사는지는 모르지만, 대개 약 200만 혹자는 500만 명 정도라고도 한다.

이들은 일정한 직업이 없지만, 취업도 할 수 없고 집도 가질 수 없는 계층이라고 한다. 물론 교육을 받지 못한다. 평생을 남의 집 처마 밑이나 길에서 지내며 길에서 나고 길에서 죽어간다고 한다. 생계는 순전히 동냥으로 이어가며 인도인들은 그들에게 당연히 적선을 베풀 줄 알며 그들 또한 당연히 구걸하여 살아가는 것으로 알고 있다. 주로 도시에 많이 모여 살고 있는데 때때로 정부에서 너무 많이 몰려 있으면 트럭에 태워 산골에 실어다 버려 놓아도 그들은 400~500km의 먼 길을 몇 달이고 걸어서 다시 도시로 찾아온다고 현지인은 이야기했다.

인도는 이 계급을 타파하지 못하는 한은 근대국가 구실을 못 하게 될 것이라는 생각도 해본다.

내가 수입하려는 문제의 원료는 농산물 같아서 흉작일 때도 있고, 어느 해는 새들의 생리현상으로 배설물이 많이 나올 때도 있다고 했다. 그런데 역시 수출에의 틀이 제대로 자리 잡히지 않아서 소상인들이 개인적으로 싱가포르에 있는 중계상(주로 친척을 통해서)에 보따리 장사형식으로 보낸다고 했다.

가격은 다소 비싸더라도 싱가포르 중간 무역상을 통하는 것이 확실하고 선적 조건도 맞아 결국은 이럴 때는 중간 구전을 주고 교역하는 편이 유리하다는 사실을 확인한 캘커타의 방문이었다.

교회 머릿돌 사연

헌납을 허락하고

내가 나가는 교회를 재건축할 때의 일이다. 어느 날 아침 공사 현장에서 만난 목사님이 "이스라엘 지역에 출장을 가게 되면 기념으로 머릿돌을 하나 가져오면 좋겠다."라고 말씀에 나는 별 부담 없이 선뜻 "예!"라고 약속을 했다.

그 후 너무 성급한 답변을 한 것이 아닌가 후회스럽기도 했다. 그러나 어쨌든 이미 약속은 했고 이해관계 속에 계약된 상거래도 아니고, 오직 봉사를 바탕으로 목회자와의 신성한 언약이므로 이젠 피할 길도 없고 오직 남은 문제는 어떤 방법으로 가져오는가라는 긍정적인 묘안을 찾는 일만이 남아 있었다.

현지 회사와 몇 장의 서신과 전화만으로는, 내용 설명을 잘한다 해도 어떤 돌을 보내올지도 모르는 일이어서 아무래도 현지에 직접 가야겠다고 작심했다. 그것은 만나서 자세히 직접 설명하고 손으로 눈으로 확인해야 마음 놓이는 나의 까다로운 성격 탓이기도 했다. 이른바 머릿돌로 쓰이려면 명실공히 정성과 양질의 암반이어야 하고(마치 고기의 가운데 토막같이) 그곳에 성구를 새겨 넣는 경우에도 절대 영구 보존되어야 하므로 나는 비즈니스 일거리를 일부러 만들어서 현지로 떠나기로 작심했다.

수도 텔아비브 공항

예나 지금이나 이스라엘 공항 출입국 수속은 세계에서 까다롭기로 유명하다. 그것도 그럴 것이 더욱 당시는 일본 적군파들의 항공기 납치 사건, 팔레스타인 및 아랍과의 피의 대결이 극도에 달해 몹시 긴장되고 있을 때라 입국자 한 사람 한 사람을 흰 천으로 사방을 둘러쳐 막은(마치 선거 때 기표소와 같이) 외딴곳에서 철저하게 몸수색하며 심지어 사타구니까지 체크하는 등 극도의 불쾌감을 느끼게 하곤 했다.

겨우 보안 수속 다 마치면 다음은 입국목적, 거래처, 대표자 성명, 호텔 예약 여부, 귀국 항공표 소지 등 심문(?)이 끝나면 거의 탈진 상태가 되어 두 번 다시는 이 나라에 오질 않겠다고 마음 다질 때가 한두 번이 아니다.

귀중한 흙과 돌

한 시간 가까운 수속 끝에 대합실로 나가니 이미 거래처 직원이 지루하게 기다리고 있었다.

호텔로 가는 도중 우선 머릿돌 이야기를 꺼내지 않을 수가 없었다. 자초지종을 설명하니 이 친구는 첫 마디로 '난센스'라는 것이다. 교회를 세우는데 왜 이곳에서 초석을 가져가야 하는지 도저히 알 수 없다는 것이다.

그는 이스라엘은 인구가 적지만 영토도 오랫동안 없었던 백성이기에 돌 하나 흙 한 줌이 그들에게는 얼마나 귀중한 것인지 모른다는 것이다. 그것을 위하여 그들은 2,000년이라는 세월 동안 수난을 겪는 등 그들의 조상 아브라함의 후예들이 광야를 헤매면서 수없이 죽었다는 것이다. 그러고는 고속도로 길 저쪽을 가리키며 저기 저 무성한 오렌지밭은 원래가 사막지대였다는 것이다.

과연 탐스러운 어른 주먹 같은 누런 오렌지가 주렁주렁 달린 것이 아닌가? 그런데 길 이쪽은 너무나 대조적으로 태곳적 사막지대가 끝없이 펼쳐져 있다.

"이스라엘은 돌 한 덩어리, 물 한 방울도 그 값어치가 대단히 비싸다. 만일 세계의 160여 개국에서 저마다 교회를 건축할 때마다 Mr. 김 같이 이곳에서 머릿돌을 밀수해(?) 간다면 이것이야말로 큰 세계적인 문제가 아닐 수 없다."라며 진담 섞인 농담을 늘어놓는 것이 아닌가.

수난받은 이스라엘 백성에게는 하잘것없는 그 흔한 돌덩어리 흙 한 줌에도 이렇게 사연이 깊음을 알게 되었다. 아무튼 결론은 밀수 아닌 합법적인 수입을 할 것이며, 제조에서 운반, 상하차, 통관, 선적에 이르기까지의 제반 비용을 지불하겠다고 약속하는 동안 어느덧 차는 숙소에 도착했다.

채석장을 찾아서

다음 날 아침 일찍 혼자서 전에 무심히 보아 두었던 채석장으로 택시를 몰았다. 그곳은 베들레헴 언덕으로 올라가는 초입 좌측에 있는데 규모가 별로 크지도 않는 곳에서 젊은이 세 명이 열심히 돌을 쪼고 있었다.

적어도 머릿돌의 크기는 가로 150cm, 세로 70cm 두께 50cm 정도는 되어야 하겠다고 생각하고 여기저기 놓여 있는 비슷한 원석을 직접, 두 손으로 들어보았다(무게를 확인할 겸). 내 힘으로는 끄떡도 안 했다. 석공들이 돌의 무게가 족히 2~3톤은 된다고 했다. 우선 중량으로 인한 운반이 문제가 될 것 같았다. 돌이야 어떻게 얻을 수 있어도 부두까지 트럭으로 상, 하차하여 운반한다는 것이 큰일이 아닐 수 없었다.

그다음 대두되는 문제가 공장에서 제조된 완전 상품도 아닌데 이 돌을 보세구역인 부두까지 어떻게 정식으로 운송하여 통관을 요령 있게 하느냐 하는 것이었다.

나는 후회막심했다.

그날 그때 목사님과의 대화 중 'NO'라고 했던들 이 고생은 아니할 터인데 'Yes'란 대답이 이렇게 무거운 책임감에 중압감이 느껴졌다.

나는 아침 식사도 하는 둥 마는 둥 하고 거래처로 갔다. 상담은 불과 30분에 끝났는데 돌덩어리 하나 수입 상담이 3시간은 족히 소모됐다. 그것은 현장에서 현물을 확인해야 했고 어쨌든 결론은 협조해 주기로 다짐을 받았다. 이 회사 창업이래 이런 상담은 처음이라 했다.

기다림의 나날들

귀국 후 목사님께 그동안의 경위 설명을 하고 이제나 저제나 현지로부터 선적통지를 기다리는데 웬일인지 한 달이 넘도록 소식이 없다(건물은 나날이 지어져 준공이 임박한 데). 알고 보니 당시 나와 약속된 담당자가 다른 회사로 이직했다는 게 아닌가.

눈앞이 캄캄했다. 그래서 다시 후임자와 자초지종을 처음부터 되풀이해야 하니 나는 물론이요, 우리 회사 실무자도 극도로 피로해 있었고 더욱이 그는 기독교인이 아니어서 "정말 이렇게 꼭 들여와야 합니까?"라고 물어올 때마다 나는 몹시 괴로웠다. 돌덩어리 하나를 수입하는데 교신한 서신만 해도 서류철 한 묶음은 족히 된다. 돈벌이 교신이었다면 꽤 수입이 두

독했을지도 모를 일이다.

우리는 인내를 가지고 기다리는 데 이것을 합법적인 무역거래 방식으로 하느냐? 아니냐가 양국 간의 문제였다. 물론 대원칙은 나라와 나라 간의 교역이니 당연히 무역 행위로 볼 수 있으나 어느 나라의 경우도 특수광물 이외의 일반 암석은 불요불급 품목으로 수입이 금지됨은 당연한 이야기다.

그렇다면 다른 방법을 쓸 수밖에 없었다. 당시 그곳에서 P 화공 약품을 컨테이너에 넣어서 수입했는데, 화물 선적 시 세관원의 양해를 구해 함께 실어서 보내는 방법밖에 없다고 합의했다. 어쨌든 원산지 베들레헴에서 부산까지의 모든 비용은 내가 부담하는 조건으로 경비는 아끼지 말고 최선을 다해 달라고 우선 착수금 일부를 선불했다.

한동안 부지런히 교신되더니 또 소식이 끊겼다. 어느 날 이른 아침 하이파의 담당자 집으로 국제전화했더니 그가 하는 말이 벌써 돌은 실어서 보낸 지가 한 달이 넘는다는 것이다. 그런데 그들이 통보해 주는 것을 잊고 있었다는 것이다.

컨테이너 번호를 확인해 보니 얼마 전 부산에 입항되었고 알려준 컨테이너를 찾아 확인하니 이미 실려 있던 상품은 통관이 끝났고 보냈다는 돌덩어리는 어디로 온데간데없이 사라지고 말았다.

실로 난감하기 짝이 없었다. 당시 나의 장인은 부산에 계시면서 무역업에 수십 년 종사하여 오셨기에 세관 통관 업무에는 누구보다도 밝은 분이었다. 그간의 경위를 자세히 말씀드리고 문제의 잃은 돌을 찾아달라고 간곡히 부탁했다. 장인도 당시 부산 S 교회 장로님으로서 교회 봉사에는 남다른 바가 있었다.

이 중요한 일을 도와줄 심정으로 즉각 수소문하기 시작했다. 문제의 선박이 입항한 일자, 선적서류, 포장명세서, 컨테이너 번호, 수입자, 통관사, 하역 부두, 보세창고 그리고 그때 하역에 동원했던 부두 노무자 등등 치밀하게 추적하기를 한 달여 했다. 그러던 어느 날 부산에서 시외 전화가 걸려 왔는데 장인어른의 흥분된 음성이었다.

"자넨가? 나 그 돌을 찾았으니 안심하게."

나는 순간 이산가족이라도 만난 듯 목이 메어서 감사함을 이루 표현할 수가 없었다. 장인께서 당일 통관일지를 마치 마약 밀수를 세관 심리과나 경찰에서 추적하듯이 전문지식과 경험으로 한 사람 한 사람 심문하듯이 찾아 헤매다가 당시 하역작업에 동원된 부두 노무자들의 진술에서 단서를 잡게 되었다고 한다.

그중 한 일꾼이 하는 말인즉, 그날 한 컨테이너에서 화공약품 하역작업을 마치고 뒷문을 닫으려는데 저 구석에 웬 납작한 돌덩어리 하나가 있더라는 것이다. 그래서 일꾼 몇몇이 겨우겨우 끌어서 부둣가에 무심히 내려놓고 그날은 다들 퇴근했다. 그런데 그중 한 사람이 훗날 보니, 색깔도 곱고, 납작한 것이 빨랫돌로 쓰면 좋을 것 같아서 자기 집으로 가지고 갔다는 것이다.

이 말을 들은 장인어른은 그 당사자를 물어물어 집에 찾아가니 부산 영도의 청학동 산꼭대기에 어렵게 사는 집 마당 한구석에서 문제의 돌덩어리를 발견한 장인어른은 마치 개선장군과 같은 심정으로 주인아주머니에게 자초지종을 이야기하고 약간의 사례금을 지불하고 바로 운반하여 부산역에서 화물차 편으로 서울로 부쳐주신 것이다.

버린 돌이 머릿돌로

나는 지금도 생각하면 이 머릿돌의 작은 사건이 나에게 여러 가지 시사하는 바가 크다. 처음에 웃음으로 시작한 이 작은 사업이(?) 많은 웃지 못할 사연을 거쳐서 오늘날 교회의 초석으로 버젓이 이곳을 출입하는 믿음의 형제들에게 무언의 전도자로서 사명을 다하고 있는 것은 진정 감사한 일이 아닐 수 없다.

하나님의 영광
1976. 3. 10.

교회 머릿돌에 새겨진 문구를 볼 때면 머릿돌에 이곳에 있기까지의 사연을 떠오르며 흐뭇함에 그저 감사가 절로 나온다. 재물이 있는 곳에 마음이 있다고 했던가. 당시 어떤 이는 그 밑에 기증자의 이름을 왜 새겨넣지 않았느냐고 묻는 이도 있으나 주님의 인도하심에 감사할 따름이다.

"너희는 우리로 말미암아 나타난 그리스도의 편지니 이는 먹으로 쓴 것이 아니요 오직 살아계신 하나님의 영으로 한 것이며 또 돌비에 쓴 것이 아니요 오직 육의 심비에 한 것이라."(고후 3:3)

아무리 돌 바위에 철저히 새겨 넣는다고 해도 그것도 영구적으로 존재할 수 있는 것이 아니라는 뜻인 것 같다. 따라서 인간들에게 평가받는 돌비는 잠시뿐이나 하나님의 영으로 사람의 마음비에 새겨진 편지는 절대로 변할 수 없음을 나는 이 작은 사건에서 깨달음이 컸다.

(1973)

예루살렘 국제 경제 회의 참가기

참가 경위

이스라엘이 세계 각국에 자국을 이해시키고 합작회사를 비롯해 교역 증진과 관계 협력을 촉진하기 위해 제3차 이스라엘 경제 회의(Jerusalem Economic Conference)가 1984년 5월 20일부터 25일까지 예루살렘에서 개최하였다.

내가 이 예루살렘 경제 회의에 초청받은 것은 1983년 말경 일본 주재 이스라엘 대사로부터였다. 그때는 석유파동 이후 주한 이스라엘 공관이 폐쇄되어서 양국에 대한 비자 발급은 도쿄 주재 대사관이 겸무하고 있었다.

초청장에는 부부 동반으로 되어 있어 내자도 함께 가기로 작정하여 1984년 5월 16일 서울을 떠나 홍콩, 방콕, 아테네를 거쳐 5월 19일 예루살렘에 도착했다. 우리나라에서는 우리 내외 이외에 모 은행장과 전 국회의원, 기업인 등 도합 10명의 부부가 참석했다. 나는 이참에 거래처도 방문하고 첨단산업도 시찰하려는 다목적 나들이였다.

이번 회의에 극동권에서는 우리나라가 10명, 태국에서 8명, 일본에서 20명이 각각 참석했을 뿐 아시아권 다른 나라는 전혀 참석하지 않았으며 유럽, 미주 등 구미 각국 대표가 주종을 이루었다.

이스라엘에서는 각국의 정부 대표가 참석하는 것은 아니지만 유수 기업인, 지식인들이 모이는 회의라서 대단한 준비와 환영으로 일관하여 비즈니스에도 큰 도움이 되었다.

회의 개요

이번 회의의 공식 호칭은 'Jerusalem Economic Conference'로 이스라엘이 독립한 뒤 3번째 열리는 범세계적 집회의 하나이다. 제1차 회의는 1968년, 제2차 회의는 1973년 열렸으니 이번 3차 회의는 2차 회의로부터 10년이 넘어서야 개최된 것이다.

이번 회의의 주제는 세계 각국에 이스라엘을 이해시키고 유대와 우의 강화를 통해 합작투자의 유치를 비롯해 교역의 증진, 기술 및 문화의 교류 등 광범위한 협력관계를 촉진하기 위한 목적이었다. 각국에서 민간 경제계 대표들이 초청되어 이스라엘 경제기획원의 주관하에 진행하였다.

회의 일정은 5월 25일부터 30일까지 6일간으로 첫날인 20일에는 참가 등록을 마치고 하오 9시 Chiam Herzog 대통령 주최의 만찬 겸 전야제를 서막으로 본회의는 21일부터 시작되었다.

먼저 Yacov Mexidor 경제 및 국제협력 장관과 Eli Hurwitez 대 회장의 환영사에 이어 참가자들은 1, 2, 3부로 나누어 회의를 진행했는데 그 많은 인원이 하루 종일 지루한 기색도 없이 진지한 분위기로 일관했다.

주제 발표자 중에는 전 이스라엘 대통령과 노벨상 수상자 등 세계적인 유명 인사 20여 명의 발표가 있었다.

저녁에는 예루살렘 극장에서 위안 민속 잔치가 열렸다.

제3일째인 22일에는 Telaviv에서 개최 중인 산업박람회(Isratech '84 Exhibition)를 참관하고 상공 장관 초청 오찬회에 이어 저녁에는 Yitzhak Shamir 수상 주최의 만찬회가 Diplomat Hotel에서 있었는데 수상의 만찬 연설이 인상적이었다.

제4일째인 23일에는 이스라엘 국내의 여러 곳을 나누어 각자 관심이 있는 곳을 가는 일정으로 짜여 있었다. 갈릴리 산업기지, 하이파 공업단지, 텔아비브 대학 등이 그곳이었는데 필자는 텔아비브 대학을 택하여 동대학을 견학하고 총장과의 간담회에 이어 교수 식당에서 오찬을 나눈 뒤 실험실 등 대학의 여러 시설을 둘러보았다.

5일째인 24일에는 자유시간을 가진 뒤 저녁 8시 30분에 국회의사당에서 열린 국회의장 초청 만찬회에 참석했다.

6일째인 25일은 관광장관 초청조찬회에 이어 예루살렘 시장의 인사가 있었고, 낮에는 히브리대학 총장 초청의 오찬을 끝으로 전 일정이 모두 끝났다.

이번 회의의 총 참가 인원은 각국 대표들이 부부 동반으로 왔기 때문에 총원 400명이 참가했으며 이 나라의 정부 민간 각계 대표까지 합치면 950명이나 되는 대단한 모임이었다.

정식 대표는 이상과 같은 공식 일정을 보냈지만, 따로 참가 대표의 부인들은 별도의 일정에 의해 주로 성지순례와 관광을 다니게 되어 있었다.

인상에 남은 장면 – 한복은 여기서도 인기(대통령궁 만찬)

첫 공식행사로 전야제를 겸한 대통령 초청 만찬은 저녁 9시부터 대통령 관저에서 있었다. 이곳 기후가 낮에는 대체로 덥고 건조했지만 저녁에는 선선하여 저녁 모임은 9시 정도가 상식으로 되어 있다.

4백여 명의 인원이 10여 대의 버스에 분승하여 군인들의 호위를 받으며 관저에 도착하였다. 첫날 등록 때 받은, 대통령이 직접 사인한 초청장을 확인받고, 정문을 들어서니 한없이 넓게 펼쳐진 정원이 마치 골프장의 잔디밭처럼 곱게 다듬어져 있었다.

많은 나라의 대표들이 모였기 때문에 우리 내외는 한국의 품위를 손상할까 자연히 일행과 함께 언행에 유의하게 되었다. 집사람은 전에 여성단체 국제회의에 참석한 경험이 있는 터라 이번에도 준비해 간 한복을 차려입고 참석했다. 유독 집사람만 한복을 입고 있어서 서구인들 특히 이스라엘 사람들에게 신기하게 보이는 모양이었다. TV 카메라가 총집중하여 라이트를 비출 때는 민망할 정도였다.

대통령은 인상도 좋았으나 환영사를 읽는데 박력이 있어 더욱 매력적이었고, 영부인은 인자한 인상으로 퍽 호감이 갔다.

환영 만찬이 끝난 뒤이어 정원에서는 칵테일파티가 벌어졌는데 이때 나는 많은 사람과 명함을 교환하면서 인사를 나누었다. 우리 일행은 대통령 내외와 악수를 하고 기념 촬영을 하였다. 상공부 장관과도 사진을 찍었는데 그는 우리에게 농약 기술을 제공할 용의가 있다고 강조하였다.

은은한 경음악의 연주 속에 무르익은 가든파티의 정취는 실로 잊지 못할 장면이었다.

알아주어야 할 민족 … 수상 주최 만찬회

작은 키에 어진 인상인 샤미르 이스라엘 수상이 참가자들에게 이스라엘의 좋은 벗들이 되어 달라고 진정으로 호소하던 연설 모습은 지금도 눈에 생생하다. 더욱이 "이스라엘은 작으나 우리 형제들은 세계 50여 각국에 흩어져 각기 크게 활약하고 있으니 결코 외롭지 않다."라던 말은 얼마나 정신적으로 자신감을 갖고 있는가를 크게 느낄 수 있었다.

우리도 이 나라와 인연이 되어 수출입 거래를 하고 있으나 꼭 자기들 이스라엘 제품의 상품만이 그들의 취급품이 아니다. 제3국의 제품을 제4

이스라엘 샤미르 수상 부부(중앙)과 함께 왼쪽 끝이 아내 (1984)

국에 파는 등 실로 머리 하나로 세계의 자원을 오른쪽에서 왼쪽으로 옮기며 중간이득을 얻는 현명한 백성들임은 재삼 이야기할 필요가 없을 줄 안다.

만찬회장인 Diplomat Hotel은 정원이 어찌나 넓은지 저쪽 끝이 안 보일 정도이며 100여 년은 된 듯한 아름드리 수목들이 우거지고 사이 사이에 원형의 보름달 같은 둥근 외등을 군데군데 달아 놓아서 낮과 같이 밝을 뿐 아니라 요소요소에 미니바를 설치하여 사방으로 준비된 음식들은 푸짐하기 그지없었다. 특히 인상적인 것은 넓은 풀장이 한복판에 있었는데, 여기에 스티로폼 꽃 받침대를 만들어 꽃꽂이를 하여 풀장 수면 위에 띄워놓은 것이다. 서서히 흔들리면서 이리저리 떠다니는 그 화려한 꽃바구니들이 찬란한 빛을 받으며 유유히 수면을 오가는 모습이 우리의 시선을 끌었고, 아이디어가 역시 이스라엘적이었다. 군악대가 연주하는 경음악은 정취를 한층 돋구어 마음의 안정과 평안함을 주기에 충분했다. 이날 먹은 오렌지 등 일체의 과일은 이 정원에서 직접 재배한 것이라는 소개에 '참으로 이 사람들의 치밀함은 알아주어야 하겠다.'라고 생각했다. 제철에는 비 한 방울도 내리지 않아서 요소요소에 스프링클러로 농사를 짓고 있었으니 그들의 노력을 어찌 말로 다하랴.

텔아비브 대학에서

이 대학은 이곳 일류대학으로 오래된 역사는 물론 이스라엘 민족혼이
숨 쉬는 곳이다. 건물이나 부지, 시설과 학생 수, 교수진과 졸업생 등에서
세계적 명문대학으로 손색이 없다.

우리나라를 떠날 때부터 꼭 보고자 했던 교실, 도서관, 실험실 등 여러
곳을 주의 깊게 자세히 돌아보았는데 마치 전에 가본 서머스쿨 세미나를
받았던 하와이대학에 갔을 때와 비슷한 인상이었다.

정장 차림의 교수는 한 명도 없고 총장도 T-셔츠 하나에 청바지 차림이
었으며, 더욱이 여학생은 와이키키 해수욕장에서나 보는 그런 난처한 짧
은 바지 스타일이었다. 완전히 서구식 사고방식들이다. 전에도 이곳 텔아
비브에 가끔 왔었으나, 대학 구내를 돌아보기는 처음이었다.

총장실은 2평도 안 되는데 음료수를 총장이 직접 날라다 주는 것은 우리
상식으로 이해하기 힘든 일이었다.

(1984)

[캐나다]

고아의 울음소리

오래전 캐나다에 갈 때 노스웨스트 항공을 탔을 때 일이다.

막 기내에 들어서서 지정된 좌석을 찾아가니까 옆자리와 뒷자리에 돌이 지났을까 말까 한 젖먹이가 바구니에 담겨 우유병을 빨고 있었고, 그 곁에 30세 가까운 젊은 여자 셋이서 어린 아기를 하나씩 돌보고 있었다.

직감적으로 '외국으로 입양되어 가는 우리나라 고아들'임을 알 수가 있었다. 전에도 그런 장면을 여러 번 본 적이 있었다.

그런데 비행기가 이륙할 때까지는 얌전하던 아기들이 비행기가 고도를 잡고 수평비행에 들어갔을 때 한 아기가 울었다. 젊은 여인이 우는 아기를 안고서 흔들며 달랬으나 아기는 더욱 큰 소리로 울어댔다. 그러자 다른 두 아기도 합창이나 하듯 연달아 울어대니 그 울음소리가 어찌나 세찬지 기내에 꽉 찰 정도였다.

보호역의 젊은 여인들이 각각 한 아기씩을 안고 비행기 후미 쪽의 좀 넓은 곳으로 가서 둥개둥이를 시키고 있었으나 여전히 울음은 그치지 않고 있었다.

기내의 승객들은 차마 젖먹이 어린것을 나무랄 수도 없고 그렇다고 그 울음소리를 그대로 듣고 있기도 괴로웠으나 모두들 꾹 참고 있었다.

언제였던가. 뉴욕에서 서울로 귀국하는 길에 기내에서 다섯 살쯤 된 우리나라 사내아이가 너무도 소란스럽게 울어 젖히는 통에 같은 한국인인 나 자신도 미안한 생각이 들었다. 여승무원의 말에 의하면 기내에서 한국 아기들이 비교적 가장 심하게 울어댄다는 경험담을 들은 적이 있다. 그래서 비행기 안에서 어린 아기들을 위하여 장난감은 물론 잠재우는 약, 우유, 젖꼭지 같은 젖먹이 용품들이 항상 준비되어 있고 선물까지 준비해 둔다는 이야기였다.

문제의 젖먹이들은 한참을 셋이서 경쟁이나 하듯 울어대다가 한 아기가 슬그머니 잠들고 다른 두 아기도 어느새 잠이 들어 겨우 조용해졌다.

아무것도 모르는 젖먹이지만 고국을 떠나 수만 리 타국의 얼굴 모를 양부모를 찾아가자니 어찌 울음이 절로 나오지 않겠는가 하는 마음에서 측은한 생각을 금할 수 없었다. 아기들의 처지에서 본다면 울 만도 하고 더 크게 통곡해도 시원치 않을 것이라고 여겨졌다.

한번은 스웨덴의 거래처 담당자가 한국으로부터 고아를 입양해 왔다기에 관심이 생겨 이것저것 물어본 일이 있다.

스웨덴에는 한국으로부터 데려온 입양 고아가 많은데 그 이유는 한국 어린이가 가장 똑똑하고 또 성실하게 자라 주기 때문에 상품으로 치면 가장 질이 좋은(?) 일등상품이며 또한 영리하여 한국 고아의 입양 선호도가 높단다. 그래서 입양신청을 당국에 낼 때 아예 '한국 어린이'라고 원산지를 명시하기도 하고 한국 고아를 두고 서로 데려가겠다고 경쟁이 붙는 경우도 있다고 했다.

이들이 고아를 양자로 들이면 정부에서 여러 가지 양육비 등의 혜택도 있을 뿐만 아니라 아기를 핑계로 양육 휴가도 일정 기간 더 얻기도 한단다.

누구는 낳은 아이를 기르기 싫어 고아를 만들어 버리는가 하면 또 누구는 그것들이 불쌍해서 데려다 키우는 희생도 마다하니 세상은 그래서 살게 마련인지도 모르겠고, 우리 기성세대들이 크게 반성해야 할 일이라고 생각되었다.

이런저런 생각을 하는 가운데 그렇게 극성스럽게 울어 대던 아기 삼총사도 새근새근 깊이 잠이 들어 있고 무심한 비행기는 망망한 태평양의 일만 미터 상공을 음속으로 날고 있다.

이들 세 꼬마 입양아들의 장래는 어떻게 될까. 저들 세 아기는 행선지도 부모도 모르는 채 가고 있구나 하고 생각하니 가련하기 짝이 없었다.

해외에 고아로 입양되어 가서 먼 훗날 고생 끝에 박사 학위를 받은 뒤 자신을 낳은 부모를 찾는 TV 방송을 본 기억이 난다. 저 아기들도 그렇게 좋은 부모를 만나 훌륭하게 성장하기를 진심으로 빌었다.

쇼룸의 규모에 놀라

샘플들을 들고 약속된 바이어를 찾아가는데 간밤에 눈이 어찌나 많이 왔는지 아마 허리까지는 묻힐 것 같았다. 제설차가 길 양편으로 치워놓은 눈뭉치들이 흡사 동산과 같았는데 우리나라에서는 볼 수 없는 구경거리였다.

현장에 도착하여 곧 큰 건물로 안내되었다. 그곳이 바로 이 바이어의 견품 저장실 겸 쇼룸인데 그 규모에 그만 압도되었다. 이쪽 끝에서 저쪽 끝이 잘 보이지 않을 정도로 건물 내부의 길이가 어찌나 긴지 언뜻 보기에도 우리식으로 몇천 명은 족이 될 것 같은 실내 면적이었다.

그 안에는 우리나라 KOEX 전시장 모양으로 품목별 부스가 마련되어 있고 거기에 여러 나라에서 모은 견품들이 질서 정연하게 진열, 저장되어 있었다.

어찌 넓은지 걸어 다닐 수가 없어 공항 같은 데서 보는 1인용 전기 운반 차로 왔다 갔다 해야 했다. 뿐만 아니라 운반 트럭들이 다니는 길도 한복판에 놓여 있다. 자세히 살펴보니 아마 전 세계의 인형 등 각종 잡화 제품은 거의 다 수집해 놓은 것 같았으며 그 외에도 대만산 우산, 양산, 홍콩제의 잔디 깎는 기구들을 비롯해 우리나라, 말레이시아, 중국 등 개발도상국의 각종 상품도 없는 것이 없을 정도였다.

이 모든 견품은 코너에 앉아 있는 한 여직원의 컴퓨터에 의해 재고의 확인 가격의 비교, 견품이 있는 위치 등이 관리되고 있었는데 필자로서는 너무도 엄청난 규모와 체계적인 관리에 말문이 막힐 지경이었다.

이 대규모 견품실에 대한민국 우리 회사가 만든 제품들이 한 칸 차지하게 되었다니 자부심이 느껴지면서 여기 있는 여러 제품과 겨루어 이겨야 하겠다는 투지도 솟았다.

[미국]

무역대리점업 소개

무역을 모르는 미국인 많아

1990년 5월 말부터 2주일간 필자는 상공부와 한국무역협회가 주관 파견하는 대미 통상사절단의 한국무역대리점협회 대표로 참가하여 각지를 순방하고 미국 상무성 관리들과도 회담할 기회를 가졌다.

이 사절단은 미국에 대한 통상 개방 압력에 대응하고 우리나라의 대미 무역흑자를 축소한다는 두 가지 목적 아래 연례행사로 미국에 사절단을 파견하는 계획의 일환이다. 전년도까지는 상공부 장관이 단장이 되어 일행 30여 명을 인솔했고 단원은 삼성, 현대, 대우 등 종합상사 대표들을 비롯 미국과의 거래나 대미 수입이 많은 업체와 업계 대표들이 참가했다.

이 해에는 지금까지 정부에서 주관하던 방침을 바꾸어 한국무역협회가 주관하여 민간 주도로 하고 단장에는 전직 상공 장관이며 무역협회 상임 고문인 금진호 의원이 단장을 맡았다.

그리고 전년도까지는 뉴요크, 시카고, LA 등 미국의 대도시를 중심으로 순방 활동하던 방침을 바꾸어 이번에는 미네아폴리스, 캔사스시티. 루이빌 등 중부지역 세 도시를 순방하면서 주로 미국의 지방기업을 상대로 상담과 홍보 활동을 전개하고 끝으로 워싱턴에 들러 종합 기자회견과 상무성 당무자와 회의를 열도록 짜여 있었다.

첫 순방지인 미네아폴리스에서는 국제무역센터에서 현지 무역업자와 제조업체 대표들을 모아 놓고 우리 측 대표들이 차례로 양국 간 통상증진과 수출입 현황 등에 대한 세미나 식으로 발표하고 나중에 개별 상담을 벌이는 형식으로 진행했다.

발표순서는 유득환 당시 상공부 제1차관보가 먼저 양국 간의 무역 현황을 설명하고 다음이 주 시카고 총영사, 세 번째가 무역대리점 협회 대표인 나, 끝으로 대우중공업 사장의 순이었다.

나는 무역대리점 협회 대표로서 실제로 미국기업들이 한국 시장에 진출하는 가장 효율적인 방법을 소개한다고 전제하고 다음과 같은 발표를 하였다.

한국 시장은 파트너가 될 대리점을 한국에 두어야 효율적이다. 이런 활동을 돕기 위하여 한국에는 무역대리점 협회(AFTAK, Association of Forgin Trading Agent of Korea)가 있으며 동 협회 산하에는 약 8,500여 회원 업체가 전 세계 90여 개국에 걸쳐 4만여 해외 기업의 국내대리점의 자격으로 일하고 있다.

이들 대리점은 계약을 맺고 있는 해외 기업의 한국 내 시장 확대를 위한 세일즈 활동을 전문적으로 전개하여 우리나라 총수입의 약 80% 이상이 그들의 활동을 통하여 이루어지고 있다. 이처럼 유능한 대리점을 둔다는 것은 그만큼 당신들의 시장 확대를 위해 긴요한 일이며 한국 내에 지사 판매원을 둔 것과 같은 효용이 있는 것이다.

현재 동 협회 산하에는 약 10만 명을 헤아리는 국제 감각을 갖추고 세일즈 기법을 익혀 외국어에도 능통한 전문적인 세일즈 사원이 일하고 있고 세계 어느 곳의 공급자와도 손잡기를 바라고 있다. 특히 기계류를 취급하는 대리점들은 그 기계의 성능을 보장하며 고객이 완전히 만족할 때까지 사후관리도 해주고 있다.

여러분 가운데서 한국에 기계를 팔았다면 대리점의 애프터서비스 요원에게 매뉴얼을 주고 간단히 특징적 조작법만 전수하면 미국에 있는 제조업자를 대신하여 훌륭히 애프터서비스를 수행하여 여러분의 신용을 재고시키게 될 것이다.

여러분은 한국이 미국상품을 더 많이 사지 않는다고 정부를 통해 불평할 것이 아니라 한국에 Agent를 두고 노력한다면 기대 이상의 성과를 얻을 수 있을 것이다. 즉, 대한 수출의 성패는 전적으로 유능한 대리점을 얻는 일이 좌우하게 될 것이다.

이런 내용을 발표했다. 설명회가 파하고 개별 상담을 하는 자리에서 종합상사 대표들은 파리를 날리다시피 하고 있었는데 내 앞에는 줄을 서서 무역대리점 협회에 관한 자료도 얻어 가고, 또 대리점을 두는 보다 구체적인 방법을 묻기도 하고, 수수료는 얼마나 주어야 하느냐, 계약 체결 비용은 얼마나 드느냐 등등 질문과 아울러 대리점을 소개해 달라는 청이 많았다. 귀국하여 개별적으로 연락이 가능하도록 수배하겠다고 그들의 리스트를 작성해 가지고 왔었다.

그런데 미국의 중소도시에 와서 제조업자들을 만나 보면 의외로 무역에 관한 지식도 없고 또 수출해야겠다는 의욕도 별로 없는 듯한 인상을 받았다. 흔히 미국이라면 모든 면에서 선진사회로 알고 있으나 사실은 그렇지 않았다. 특히 중소도시에서는 치열한 국제경쟁의 경험도 없고 또 주위에서 보거나 들을 기회도 없어 상담에도 자연 김이 빠지기 쉽고 수출하겠다는 품목도 대개 목재, 쇠고기, 농업기계 등이어서 우리의 관심이나 흥미를 느낄만한 품목이 거의 없어 실망하는 때가 많다.

이런 현실임에도 미국 사람들은 우리에게 자기네 상품을 더 많이 사지 않는다고 불평하는데 사실 이치에 맞지 않는 면이 있다. 우리 사절단 일행이 순방하는 도시에서는 주지사를 비롯 시장과 연방의회 상하 의원, 주의회 의원 등 고위 인사들이 공식으로 환영하는 행사도 열고 열심히 영접해 주는 데는 매우 고마웠다.

지방의 기업인들이 순박한 시골 아저씨 같은 친숙함이 있는 인상들이었으며 이들은 또 야구장이나 경마장 같은 데 안내하면서 우리를 환대해 주었다.

마지막으로 워싱턴에 와서는 대한항공이 미 보잉사로부터 747점보 여객기 23대, 약 4억 달러어치의 대규모 구매 조인식을 하였다.

이를 끝으로 공식 일정을 마치고 현지에서 해산했다.

(1990)

미국 업계 대표와의 세미나. 우측 테이블이 한국 측 대표. 좌로부터 유득환 상공부 제1차관보, 시카고 총영사, 대우중공업사장, 저자 순)

마약사범 추격 체포

경영대학원 동문들과 국회의원 등 산업시찰단의 일원으로 사우스캐롤라이나 대학에 들렀다. 열린 투자설명회와 총장의 훈화를 들었는데 일행에게 명예 졸업장을 수여하는 등 의외의 호의에 감사했다. 대학 당국은 우리 수강생들에게 앞으로 이곳에 투자하여 기업을 경영한다면 특별히 세제 및 금융면에서 배려하여 혜택을 주선하겠다고 투자유치 작전도 폈다.

이렇듯 미국의 여러 한적한 지방에 다니다 보면 그곳의 대학들이 산학협동의 정신으로 외국기업의 유치작전이 치열함을 느끼곤 했다. 수료증 외에도 미 중북부에 있는 미네아폴리스와 켄터키 시를 방문했을 때는 시장으로부터 명예 시민증까지도 받았다.

이런 일들은 양국 간의 통상 증대에 기여한 공적에 대한 감사의 표시였지만 내용적으로는 어떻든 기업 유치를 하기 위한 그들의 적극적인 모습임을 느낄 수가 있었다. 우리 동문들의 공식적인 빠듯했던 일정을 마쳤다.

다음 일정으로는 마이애미 해변가 구경이었다. 이곳은 세계적으로 유명한 휴양지이며 세계 미인대회가 자주 열리는 곳이기에 우리 귀에 오래전부터 익숙한 지명이다.

도착한 다음 날 아침, 한 폭의 그림같이 아름답게 잘 손질된 부둣가에 나가서 시원한 바닷바람을 쏘이고 있었다. 그때 헬리콥터 소리가 요란하더니 머리 위로 날아오고, 저만치에는 우리나라의 포니 승용차 같은 작은 차가 해안을 향해 달려오더니 갑자기 급정거하고 차를 버리고 세 사람의 젊은이가 부둣가 다리 밑으로 황급히 도망치는 것이 아닌가. 그러자 곧 경찰차가 뒤따라오고 체격 좋은 사복 경찰관이 차에서 내리자마자 그들을 추격하여 마침내 도망치는 일당을 보기 좋게 체포하는 활극의 현장을 바로 눈앞에서 목격했다.

영화의 한 장면처럼 정말 좀체 보기 어려운 장면을 아주 가까이서 볼 수 있었다. 안내원이 하루에도 몇 번씩 이런 노상 쇼가 발생한다면서 이곳에서는 별로 놀랄 일이 아니라고 했다.

공중에 뜬 헬리콥터는 하늘에서 마약사범들의 접선 현장을 감시하다 발견되면 지상의 순찰차에 알리고 경찰은 즉각 출동하여 지상과 공중 협공으로 범인을 추적하는데 만일 바다로 도망치면 해안 경비 경찰에 통보해 육해공의 입체 작전이 펼쳐진다는 것이었다. 미국의 마약사범은 경찰에 잡히면 신세를 망치는데도 좀처럼 수그러들지 않는다고 했다.

미국과 멕시코는 320km에 걸쳐 국경을 맞대고 있으며 이 국경선 전역이 초긴장하에서 밀입국자와 마약사범을 단속하고 있고, 국경선 상의 22개 세관이 눈에 불을 켜고 마약 단속을 하고 있지만 아무리 세관 인원을 늘리고 통관을 까다롭게 해도 마약류의 밀반입은 다 잡지 못한다고 했다. 하루에 멕시코에서 텍사스로 들어오는 트럭만 하더라도 1,200여 대나 된다. 그런 트럭에 마약을 숨겨 가지고 오곤 한다는데 실로 예삿일이 아니었다.

미국 사회의 마약 문제는 다른 범죄 사건과 더불어 가장 골칫거리의 하나이며 휴양지에서 실제로 체포극을 보고 나니 더욱 실감 났다.

자동차와 스모그

비행기가 멕시코의 수도인 멕시코시티 상공에 진입하자 갑자기 기내 공기가 탁해지며 그 아래 보이는 도시의 모습은 멀리 희미하게 안개가 낀 것 같았다. 바로 스모그 현상이었다. 옆에 앉은 백인 여자는 손수건으로 코를 막고 있고 다른 승객들도 모두 불쾌한 표정들이었다.

대기 오염, 스모그 현상.

우리나라 서울도 결코 남의 나라 흉볼 처지는 아니었지만, 이곳의 이 대단한 스모그의 주범은 당연히 자동차 매연인 것 같았다. 비행기가 고도를 낮추자 내려다보이는 시내는 자동차의 행렬이 꼬리에 꼬리를 물고 가고 있는데 어찌 된 영문인지 움직이는 것 같지 않아 인산인해(人山人海)가 아니라 차산차해(車山車海)가 아닌가.

고지에 위치한 멕시코시티는 그렇지 않아도 공기가 희박한 도시인데 자동차 매연이 대단하니 공기 질이 좋을 수가 없는 것이 당연했다. 이곳 상공회의소 당국에 의하면 기름값이 무척 싸기 때문에 국민의 자동차 보유율이 매우 높다는 했다.

시내 골목마다 미어져 나오는 것은 각종 차들 뿐이며, 깨나 넓은 도로를 꽉 메우고 있는 것도 전부 자동차 행렬이었다.

자동차는 그 종류도 다양했다. 소형, 중형, 대형, 세단 등 세계 각국의 승용차가 마치 전시회를 하는 듯하다. 한편 달리기 경주라도 하는 듯 소형차가 압도적으로 많고 어쩌면 이렇게 재미있게 골고루 모아 놓았나 하고 탄복할 지경이었다.

삼복더위 뺨치는 무더위 속에 길을 꽉 메운 차들로 빠져나갈 길이 없는데도 자동차들은 신경질적으로 클랙슨을 계속 울려댔다. 클랙슨의 요란한 소음들이 아이러니하게도 살아 있는 도시임을 실감케 했다.

박람회의 세련된 세일즈우먼

다음날 그 유명한 멕시코 완구 전시회장을 찾았다. 한국에서는 유수한 대기업 몇 곳만 참가했고 중소기업은 전혀 참가하지 않았다. 한참 돌아다니다가 보니 동남아에서는 홍콩의 중소기업 몇 개 회사가 참가한 것을 보고는 들어가 이것저것 물어보았다.

한 부스에서는 여러 회사가 공동으로 출품했는데 그 부스를 지키면서 20대 젊은 두 아가씨가 완구를 팔고 있었다. 그녀들은 상품을 진열해 놓고 독특한 중국 복장을 하고서 손님을 부르기도 하고 찾아오는 손님에게 애교 있는 접대도 하며 세일즈 활동에 여념이 없었다.

나는 정말 이 두 여성의 활동에 내심 놀라고 있었다. 우리나라에서는 미혼의 젊은 여자 두 사람만 이런 곳까지 보내지 않을 것이기 때문이었다.

여성 자신들도 가려고 하지 않으려고 했을 것이었다.

　그녀들과 한참 이야기를 나누었는데 여기에 진열된 출품 완구들을 공항에서 이곳까지 운반하느라 많은 고생을 했단다. 우선 택시에 실어주지 않아 힘들었으며 짐을 여기까지 실어 온 뒤에는 포장을 뜯어 진열하는데도 혼이 났다고 웃으면서 말했다. 우리나라 부모들로서는 감히 상상할 수 없는 일이었다.

　남자의 보호 없이 이 살벌한 국제경쟁의 마당에 젊은 여자 둘만 보냈는데도 저들은 또 얼마나 자신 있게 일하고 있는가. 이런 점에서 우리는 정신적으로 상당한 세월이 뒤떨어져 있는 것 같아 안타까웠다.

파나마 운하의 장관

태평양과 대서양에 걸쳐 좁은 지협을 뚫고 만들어진 이 운하는 길이 67.5km 폭 150m 3단의 갑문이 설치되어 있고 하루 통과 선박 36척, 한 번에 지나갈 수 있는 선박의 크기는 7만 톤 미만, 통과시간 8시간이 걸리는 규모이다.

멕시코에 갔던 길에 잠시 들러 보았는데 운하 건설로 미국과 파나마 간에 조차권 교섭이 이루어져 2000년까지 전권이 파나마로 이양되게 되어 있단다. 운하 양옆의 곳곳에 무장한 군인과 군인들의 막사가 보이며 통과 선박의 안전을 위하여 24시간 경계에 임하고 있었다. 운하에는 지나가는 선박을 관광객이 볼 수 있도록 전망대를 만들어놓았다.

선박이 입구에서 서서히 길을 따라 움직이는 광경은 그야말로 장관이었다. 이런 통과 광경을 보고 있노라니 사람의 힘이란 대체 어디까지가 한계인지, 이런 큰 역사(役事)를 어떻게 해냈는지 하는 놀라움에 젖었다.

지구촌의 오늘은 낮도 밤도 없었다. 서에서 동으로, 동에서 서로, 그리고 남북이 서로 오가며 팔고 사고, 사고 팔고 이런 반복의 연속이며 여기 파나마 운하의 전망대에서 눈앞을 지나가는 각종 운반선을 보고 있으려니, 지구촌은 숨 가쁘게 움직이고 있다는 사실을 더욱 실감하게 한다.

세계에서 가장 긴 나라

지구본을 돌려 보면 칠레는 우리나라 쪽에서 생각하면 그야말로 지구촌의 끝 동네에 속한다. 길게 뻗은 라틴아메리카의 꼬리 부분에서 태평양 연안에 남북으로 좁고 길게 이어져 있는데 그 길이가 무려 서울에서 싱가포르까지의 거리와 맞먹는다니 과연 세계에서 가장 긴 나라이다.

하오 6시 김포공항을 떠난 KAL 점보기는 도쿄에 잠시 들렀다가 하와이 경유, 로스앤젤레스에서 일박하고 다음 날 항공기를 팬암으로 갈아타고 미국 동부의 끝인 마이애미와 부에노스아이레스를 거쳐 칠레의 수도 산티아고 공항에 도착했다. 11월 6일 현지 시각으로 하오 1시, 그러니까 꼬박 이틀이 넘는 긴 시간을 날아 온 셈이다.

공항에서 현지 무역관 이정수 관장이 직원을 대동하고 마중 나와 있었고, 일행은 대형 버스로, 나는 관장의 차를 탔다. 관장과 차 안에서 짧은 체류 일정을 의논하면서 시내로 들어갔다. 도로 양쪽으로 서구풍의 건물들이 페인트칠이 벗겨진 채 낡고 퇴색하여 황량한 모습이며 간선도로는 포장이 제대로 되지 않아 마치 20년 전의 우리나라 국도 길을 연상케 했다.

중심가에 들어섰는데 마침 학생 데모대와 경찰이 대치하여 투석전을 벌이고 있었다. 데모대의 요란한 고함이 우리를 당황케 했다. 도로에는 어지럽게 돌조각들이 널려 있었고, 달아나는 학생들을 경찰관들이 쫓아가는 흉내만 낼 뿐 악착같이 잡으려고는 않는 듯했다.

국제무역박람회 기간 중 외국인들이 많이 오는 때를 기하여 데모가 더욱 심해지고 있다는데 학생뿐 아니라 근로자와 실업자들까지도 합세하고 있다고 했다.

대사의 말에 의하면 칠레는 13년 전 사회주의 정책을 시도하여 치열한 반정부 데모가 많다. 경제정책의 개선, 물가의 안정, 실업 구제 등이 이슈였는데 어느 나라든 민생문제가 가장 어렵고 시급한 문제라고 생각했다.

산티아고의 첫인상이 데모대와 경찰관의 공방전을 목격하니 이곳에서 안전하게 일행 전원이 임무를 마칠까 걱정이 앞서고 이런 불안은 외국인에게 치명적인 영향을 준다는 것을 몸소 체험할 수 있었다. 어느 나라든지 이런 일이 없어야 하는데 마음이 착잡했다. 시내로 들어가는 도로변에 삼성전자의 큰 입간판이 눈에 띄어 우울한 우리를 마음 든든하게 해주었다.

곧바로 호텔에 여장을 풀고 쉴 틈도 없이 곧 칠레 국제무역박람회(FISA)장으로 가서 한국관을 방문하고 저녁에는 한국의 날 리셉션에 참가했다.

칠레는 남북으로 4,270Km나 뻗어 온대와 열대 한대에 걸친 국토의 모양이 좁고 길지만, 면적은 우리나라의 7.5배나 되고 남미 여러 나라 가운데 지식수준이 가장 높은 나라라는 자부심이 대단하단다. 1인당 국민소득은 1,500달러 정도로 85%가 가톨릭을 신봉하며 세계 1·2위의 구리(銅) 생산국이며 여타 자원도 풍부하여 개발을 기다리고 있는 곳인데 만년설을 이고 있는 안데스 산과 점점이 늘린 호수 등 공중에서 보면 스위스가 무색할 정도로 절경이 많아서 천혜의 관광자원으로 활용하고 있다.

망향의 눈물

KOIMA 중남미 통상사절단 대표로 참석한 칠레 통상회의 저자(중앙)

이튿날인 11월 7일 밤, 사절단 주최로 교포 상공인들을 초청하여 한국인 식당 아리랑하우스에서 간담회의 자리를 마련했는데 교민들은 일행 20명이 넘는 대규모 사절단이 오기는 이번이 처음이라며 반가워했다.

이곳에는 1,080명의 교포가 살고 있는데 그 중 절반가량이 봉제공장을 경영하고 있고 이민의 역사는 짧지만 모두 열심히 일하여 대부분 기반을 잡고 있으며 교민회장인 유영호 씨는 10여 년 전에 브라질로 이민을 왔으나 아르헨티나에서 얼마간 살다가 이제 이곳에 정착했다는데 지금은 성공하여 100여 명을 고용하는 봉제공장을 경영하고 있었다.

멀리 찾아온 우리 사절단과 현지에서 터전을 닦은 이민 교포들이 한자리에서 고국 이야기와 현지 이야기로 대화를 나누었다. 교포 상공인 회장은 환영사에서 '이국땅에 사는 사람들의 가장 큰 괴로움은 추석이나 설 같은 명절을 당했을 때의 고독이다'라고 말하며 눈시울을 적시는 것이었고 나도 답사에서 서울을 떠나기 전날 한·일 축구전에서 일본을 꺾은 일과 서울의 지하철 3·4호선 개통, 한강 개발, 남북적십자회담 등 고국 소식을 전했더니 모두 매우 기뻐했다.

[아르헨티나]

천하태평, 여유작작

브라질은 '아스타 마니아'라고 홍보지만 아르헨티나는 그보다 더했다. 호텔의 조반이 9시부터 시작인데 식당에 가 앉아도 좀체 음식이 나오지 않는다. 기다리다 못해 재촉해도 들은 체도 않았다. 다른 테이블의 현지 사람들은 천하태평으로 음식이야 언제 나오든 이야기꽃을 피우며 여유가 있게 앉아 있었다.

음식을 파는 쪽도 그렇지만 먹는 편도 마찬가지다. 식사 시간이 두 시간은 넉넉히 걸린다. 저렇듯 오래 앉아 밥을 먹고 먹기 전에도 한없이 기다리니 일은 언제 하나 싶을 정도였다. 그런데 일도 서둘러 하는 것 같지 않았다.

이곳 부에노스아이레스는 일류 호텔이라는 데에서조차 영어가 통하지 않았다. 프런트에는 단 한 사람 영어를 하는 종업원이 있는 모양이지만 식당이나 룸서비스는 전혀 영어를 못한다니 답답하기 이를 데 없다.

의사소통하려면 전화로 프런트의 단 하나뿐인 종업원을 불러야 하는데 이 사람이 바빠서 그 차례를 기다리자면 한정이 없다. 관광호텔 종업원이면 도어 맨에 이르기까지 간단한 영어는 알아듣는 우리나라의 경우는 그야말로 여행자의 천국이 아닐 수 없다.

아르헨티나는 쇠고기가 무진장이다. 인구 3천만 명에 소가 7천만 마리라니 그럴 수밖에 없다. 비프스테이크 요리가 단연 세계 최고의 맛이라고 할 만했다.

아르헨티나의 술집은 밤 11시부터가 시작이고 새벽 4시에 문을 닫는다. 그러니 밤거리 술집 풍경을 구경하려면 하룻밤은 꼬박 새워야 한다. 그래서 약은 사람들은 초저녁에 한잠 자고 나서 새벽 2시쯤 일어나 천천히 술집으로 간다는 것이다.

짧은 일정으로 남북 미주의 두 대륙에 걸쳐 4개국을 돌고 다시 생각나는 것은 저들은 사는 것과 생각하는 것이 넓고 여유가 있다는 것이다.

우리는 아침이면 좁은 버스에 시달리며 출근 시간에 쫓기고, 밤이면 통금 시간에 쫓기며 사느라 늘 바쁘다. 자연 성급하게 생각하며 무엇이든 빨리빨리, 서두르는 습성이 붙어 버렸다.

저들은 천천히 움직여도 되고 성급할 필요가 없으니 모든 것을 여유 있게 처리한다. 그래서 왕왕 우리는 저들과의 상담 추진이나 계약 같은 면에서 손해를 보는 일이 있다는 사실을 알게 되어 좀 더 신중하게 천천히 처리해야겠다고 마음먹었다.

이민사의 입지전

다음날인 12일에는 포드자동차 현지 합작공장을 예정대로 돌아보았다. FIAT, VOLVO, 폭스바겐 등도 좁은 시장에서 치열한 경쟁을 벌이고 있었으며 특히 새로 부임한 이탈리아인 회장은 자동차의 판매 부진을 몹시 걱정하고 있었다. 지난달에 400명을 해고했다고 말하는 그의 얼굴에는 수심이 가득 싸여 있었다.

이날 저녁에는 이곳 상공인회가 주최하는 만찬에 초대되어 '황야의 주막'이라는 민속식당에서 교민과의 뜻깊은 모임을 가졌다. 교포 상공인회의 김기홍 회장은 정열적이고 자신감 넘치는 미남으로 조국의 발전을 위해 멀리서나마 최선을 다하겠다고 다짐했다. 그는 부친이 서울에서 크게 사업을 하고 있으나 이곳 이국땅에서 무엇인가 하고 싶어 혼자서 뛰고 있다고 자기 소신을 피력했다.

김상현 부회장은 자신을 이렇게 소개했다.

전라도의 무명 가정에서 태어난 그는 고국에서 이렇듯 가난하게 살아가느니 외국에라도 가서 살아보겠다고 생각한 것이 15세 때다. 그 일념으로 해외로 나가는 길을 모색하던 중 병아리 감별사 자격증이 있으면 남미로 갈 수 있다기에 이 자격증을 따기에 이르렀고, 드디어 19세에 이곳에 왔다. 낯선 땅에 떨어지고 보니 주머니에는 단돈 50불이 남아 있었다.

그는 우선 일본인 양계장에서 병아리 감별을 시작했다. 얼마나 열심히 했는지 주인이 감탄할 정도였다. 이른 새벽에 일어나 양계장의 닭똥을 치우고 모이를 주고 오후에는 시내로 계란을 팔러 나갔다가 허기진 몸으로 돌아오곤 했다. 그는 고국에 계신 어머니가 그리워서 한없이 눈물을 흘렸다며 상기된 얼굴로 눈물을 닦고 있었다.

이렇게 1인 3, 4역을 하는 동안 능력이 인정되어 주변 양계장에서도 감별 의뢰가 들어오기 시작했다. 많은 고통과 뼈를 깎는 듯한 아픔 속에 신용을 얻고 돈도 벌기에 이르렀다. 그를 지켜보았던 옆집 이탈리아인이 법대를 졸업한 자기 딸을 소개하여 결혼도 하는 행운도 잡았다고 한다. 지금은 부인이 경영하는 공증인 사무소에서 사무장을 맡고 있는 그는 이곳에서는 상류사회 생활을 하고 있었다. 또 수단도 좋아서 이곳 현직 고관, 장관들과도 전화로 점심이나 골프를 약속할 정도라고 한다.

초지일관 꿈을 향한 그의 노력이 드디어 결실을 맺었음을 우리는 목격할 수 있었다.

이곳 교민들도 대부분이 봉제 및 의류판매업 등에 종사하고 있었는데 대부분 성공하여 안정된 생활을 하고 있었다.

[브라질]

상파울루의 밤

13일 하오 5시, 인플레의 나라 아르헨티나를 떠나서 브라질의 상파울루로 향했는데 이곳 항공 시간표가 또한 엉망이다. 1~2시간의 연발착은 보통이며 미안하다는 말 한마디 없다. 그뿐 아니라 공항 내 사인보드에 출구 창구 번호가 이중으로 표시되어 우리도 한때 크게 당황하기도 했다.

상파울루에는 밤 10시 반에 도착하여 일본인이 경영하는 닛케이 호텔에서 여장을 풀었다. 현지 한국 무역관에서 노력했으나 다른 호텔은 전부 만원이어서 한국의 소위 무역사절단이 일본인이 경영하는 호텔에 투숙하는 일이 별로 모양새가 좋지 않았으나 어쩔 수 없는 일이었다.

브라질 도착 2일째인 14일에는 현지 무역관의 주선으로 호텔 회의실에서 개별 상담회를 열었으며 그 후 총영사를 예방하고 상공회의소 회장을 예방하는 등 공식 일정으로 바빴다.

저녁에는 총영사가 관저로 단원 일동을 초대하여 오랜만에 정성과 성의로 준비된 한식으로 저녁 대접을 받았다. 이 자리에는 교민회장을 비롯한 현지 교포 대표들도 동석했다.

단장으로서 나는 2년 전 상공부와 무역협회가 주최한 아프리카 지역 통상사절단을 인솔하여 아프리카 서중부에 위치한 라이베리아의 수도 몬

로비아에서, 마침 추석날 밤을 현지 주재 대사관저에서 보낸 추억 이야기를 시작으로 우리나라 이민사의 원초적 땅이라고 할 수 있는 브라질에서 교포 여러분과 총영사님을 모시고 만찬을 함께 하는 것이 매우 감격적이라고 소감을 피력하였다.

건배 때는 우리 모두 조국을 위해 그리고 자신을 위해 최선을 다하자는 말로 건배 제의를 하였다.

일본인 혼혈 처녀

세계 지도를 펴 놓고 남미의 브라질을 찾아보면 실로 멀고도 먼 나라이다. 이 나라에서는 이 광대한 국토를 개발하는데 세계 각국의 이민자를 받아들였고, 우리도 1960년 대 초에 양국 간 협정을 맺어 이민을 최초로 보낸 바가 있다. 양국 간 이제는 꽤 가까운 사이이다. 그때 눈물로 고국을 떠난 이민 교포들은 지금 그곳에서 모두 뿌리를 내리고 중산층의 지위에 올라 있는 것을 앞에서 언급한 바대로 사절 단원을 인솔하여 그곳에 가서 확실히 구체적으로 확인이 되었다.

모든 공식행사도 끝나고 마침 주말을 맞아 우리 일행은 저 유명한 리우데자네이루의 산투스 해수욕장을 찾아가기로 했다.

그날 우리 일행의 안내를 맡은 흑인 안내원이 어찌나 일본어가 유창한지 자세히 보니 얼굴 윤곽이 동양인과 비슷하다. 그래서 그녀에게 실례가 되지 않을 정도로 물어보았다.

"혹 일본과 어떤 인연이 있는 것 아닙니까? 얼굴 윤곽도 그렇고 유창한 일본어 하며… 실례인 줄 알면서 궁금해 물어보는 것입니다."

"그래요. 저는 일본인이에요. 종전 후 일본에 진주한 미군 흑인 병사와 전쟁으로 홀로 된 일본인 어머니 사이에서 저는 태어났어요. 실례도 아무것도 아니에요. 이곳에서는 혼혈이 전혀 문제가 되지 않아요. 왜 놀라셨어요?"

"그래요 놀랐습니다. 그러니 고생도 많이 했겠구려?"

"예. 정말 어린 시절에는 고생과 고민이 많았어요. 3~4세 때부터 제 또래의 주위 아이들로부터 따돌림을 당했어요. 그리고 어른들은 몰래 손가락질했어요. 어머니도 손가락질받고요. 하도 창피해서 밖에 나갈 수가 없었어요. 해가 진 뒤에야 밖에 나가 거리에서 혼자 운 적도 많았어요. 그렇지만 그 정도는 또 아무것도 아니에요. 국민학교에 들어가니까 주위 아이들이 온통 '깜둥이'라고 놀리며 따돌리는 데 정말 견디기 힘들었고 어머니도 따라서 바깥출입을 삼가했을 정도였어요. 간신히 국민학교를 마치고 중학 과정에 올라갔을 때는 일본 땅 어디를 가도 나와 같은 흑인 아이를 반기거나 받아 주는 곳이 없다는 사실을 깨닫고 그때부터 일본이 아닌 다른 나라로 갈 궁리를 했어요. 여러 가지 주변 사람들의 이야기를 들어보니까 저와 같은 검은색 혼혈은 남미 쪽으로 많이 간다는 이야기를 듣고 연줄을 구하여 브라질로 오게 되었지요. 어머니는 일본에 두고요. 이곳에 오니 일본어가 유창한 점이 다행으로 여행사에 취직하여 통역 겸 안내를 맡고 있어요. 여기서는 활개를 펴고 살 수 있고 수입도 그만하면 살기에 충분해요. 이런 이야기 뭐 재미없지요?"

"아니요. 아주 흥미 있게 들었어요. 그리고 그런 역경을 딛고도 비뚤어지지 않고 꿋꿋하게 노력하여 살아가는데 경의를 표합니다."

나이는 20세를 좀 넘은듯한데 명랑하고 활달하여 조금도 어두운 구석이 없으며 시종 웃으면서 친절히 안내하는 그의 동작 모두가 일동의 인기를 모으기에 충분했다. 그리고 몸매도 흠잡을 데 없이 잘생겼고 상냥하고 자상한데 다만 피부색이 검다고 하여 일본에 살지 못하고 여기까지 흘러온 것이 불쌍히 여겨지는 것이었다.

나는 이 혹인 혼혈 처녀 안내원과 나눈 위의 이야기를 통해 언제인가 일본의 한 기독교계 서적에서 읽은 다음과 같은 이야기가 생각이나 여기 적어 보기로 한다. 바로 이차대전 종전 후 일본은 패전국이고 전쟁통에 폭격으로 많은 도시가 파괴되었으며 또 전화 속에 죽은 사람이 많아 전쟁고아의 수가 엄청날 뿐 아니라 점령군과 일본 여인들 사이에 혼혈아도 많이 태어나 사회문제가 되고 있었다. 그러나 일본 정부는 패전의 뒤처리와 식량난, 그리고 인플레 같은 화급한 일에 밀려 미처 전쟁고아나 혼혈아 문제에까지 손을 쓸 여유가 없었던 때였다.

백인 혼혈아들은 그나마 독지가들이 고아원에 수용도 하고 입양도, 했지만 피부색이 까만 혹인 혼혈아는 그야말로 아무도 거들떠보는 사람이 전혀 없었다고 한다.

그런 가운데 한 젊은 부인이 모두가 돌보지 않는 까만 혹인 혼혈아들만 모아서 키워 보겠다고 작심하고 사재를 털어 혹인 혼혈 고아원을 차렸다.

그러자 그녀의 주위에서는 "미쳤나? 왜 고생을 사서 하려느냐', 또는 '기왕이면 백인 혼혈아를 수용하든지 일본인 전쟁고아를 거둘 일이지 하필이면 혹인이냐'는 등으로 만류하는 사람이 많았으나, 그러나 그녀는 사회에서 냉대받는 흑인 혼혈 고아를 누가 뭐라 하더라도 길러 보기로 굳게 결심하고 20여 명을 우선 모아 고아원이라고 시작하고 보니 먹이고 입히고 기르는 일이 보통이 아님을 알게 되었다.

더욱이 이들 흑인 혼혈아들은 차츰 자라면서 사회의 냉대와 멸시에 반항이라도 하듯 성격이 거칠고 툭하면 싸우거나 훔치거나 하는 여러 가지 성격적 결함이 표면화됐다.

차츰 자라면서 물질적인 문제보다는 이들이 말은 일본말을 하면서도 피부색이 까만 데 대하여 남달리 비관하거나 열등의식을 가질 때가 제일 괴로웠다고 한다.

이들은 심리적인 반발과 비하 의식이 피부가 흰 일본 아이들을 때리거나 골탕을 먹이는 등으로 나타나 하루가 편할 날이 없었다.

그녀는 명색이 고아원 원장으로 여러 아이의 어머니 구실을 하면서 이 문제를 어떻게 타개할 길이 없을까 하고 늘 고민했다.

그러던 어느 날 이른 아침에 고아원 뒤에 있는 교회 앞을 지나가는데 어린아이가 흐느끼며 기도하는 소리가 들려 가까이 가서 들어보니 다음과 같은 내용의 기도였다고 한다.

'주님! 나는 왜 부모가 없는 고아가 되었습니까? 고아 중에서도 나는 왜 백인이나 일본 고아로 태어나지 않았습니까?

주님! 나는 유독 왜 살색이 이렇게 까만 흑인 고아로 태어났습니까? 우리 원장 어머니는 피부색이 백지같이 희고 고운데 왜 나는 그렇게 되지 못하고 까만 피부로 태어났습니까? 내 피부를 우리 원장 어머니처럼 희게 할 방법이 없습니까? 만일 그럴 방법이 있다면 주님 제발 저에게만 알려주세요….'

조그만 여자 꼬마 어린이가 진지하게 기도하는 모습은 엄숙하기 짝이 없다. 그녀는 발소리를 죽이고 그 자리를 떠날 수가 없었다. 다시 한번 여러모로 생각해 보았다.

그리고 그 소녀의 눈물 어린 기도의 말소리가 언제까지나 귓전에 생생했다. 원장은 고민하는 가운데 자기 모습을 거울에 비쳐 보았다. 그 소녀의 기도하는 말처럼 자신의 얼굴은 남달리 희고 고왔다. 손도 팔도 다리도 다 하얗고 이뻤다. 그녀는 그 순간 이렇게 생각했다.

'얼굴이 흰 내가 검은 얼굴의 아이들의 어머니로서 합당치 못하다.'

이렇게 생각하자 그들의 진정한 어머니가 되기 위하여 그녀 자신이 흑인 같은 까만 얼굴로 변해야 한다고 생각하기에 이르렀다.

그녀는 그해 여름에 해변에 가서 열심히 피부를 햇볕에 태웠다.

한 해 여름을 그렇게 태우고 나니까 정말 흑인 혼혈아만큼 피부가 검게 되었다.

어느 날 갑자기 자신들과 비슷하게 피부 빛이 변한 원장 어머님을 대한 아이들은 어리둥절하다가 마침내 친어머니를 만난 것처럼 모두 달려들어 끌어안고 울음을 터뜨렸다는 것이다. 진정한 어머니를 이제야 만났다는 것이다.

이 사실이 세상에 알려지자 그녀는 유명해졌고 세계 부인 봉사상을 받았다고 한다.

봉사 그것은 완전한 자기희생을 전제로만 가능한 것이다.

가깝고도 먼 나라

시드니는 항구 전체의 경관도 빼어나지만, 도시의 건축양식이나 도시미관 전체도 마치 미국식과 유럽식을 혼합한 도시 같은 인상을 풍긴다. 굳이 비교한다면 미국 보스턴의 하버드나 MIT 같은 유명 대학의 건너편에 유럽형 건축양식의 대학촌과 같이 절충식 도시 같은 느낌이 든다.

오스트레일리아는 실제로 광활한 땅덩어리에 비해 인구가 너무도 적다. 그런데 대조적으로 부존자원이 풍부하여 그 개발을 위해 호주 정부는 다방면으로 노력하고 있다.

일본은 종합상사를 앞세워 발 빠르게 호주 내의 각종 자원을 통째로 샀거나 혹은 관리권, 채굴권 같은 권리를 차지한 것이 한둘이 아니다. 자연 호주 정부의 문화정책도 친일 경향이 강하여 각급학교의 제2외국어로 일본어를 가르치는 곳이 많다. 현재도 그 수가 점점 늘고 있다고 하니 일본의 세계적인 진출 강도를 짐작할 만하다.

자국의 부존자원이 빈약한 일본은 이런 식으로 자원개발 투자 또는 독점거래권 획득하는데 후발 진출국인 우리나라가 일본과의 게임에 이길 재간이 없음을 절감했다.

어디 이곳 호주에서뿐인가 인도네시아, 말레이시아 등 풍부한 자원 보유국 어디든 일본 자본이 종합상사를 앞세워 손을 뻗치고 있었다. 생각하면 분통이 터질 일이고 이래서 개발도상국이 진출하기란 진실로 어렵다는 사실을 현지에 와서 더 뼈저리게 느끼게 되었다.

우리 일행은 모두 하나같이 어떻게든 힘과 슬기를 모아 이 자원 점유 문제를 극복하여 적어도 일본과 대등한 위치까지 가야겠다고 역설했는데 어떤 이는 울분을 터뜨리기까지 했다.

일행 중에는 호주산 쇠고기를 취급하는 이도 있었는데 호주의 쇠고기 수출회사를 대리하여 국내대리점들이 쇠고기 수입 국제 입찰에 응찰하고 있었다. 여기서도 일본 상사들과의 치열한 경쟁이 전개되는데 이때 좋은 조건의 응찰과 구매를 위해서는 신속한 정보 입수가 필수인데 이점에서도 우리는 일본에 뒤지고 있다고 했다.

가령 호주에서 열리는 국제정치학회에 참석했던 일본인 대학교수가 호주 현지인과 사석에서 만나 우연히 쇠고깃값이 오를 것 같다는 소리를 듣게 되면 이 정보가 곧바로 일본 종합 상사에게 전화로 알려준다. 그러면 종합상사는 이 정보 채널을 분석한 뒤 곧 값이 오르기 전에 상당량의 물량을 사들이는 계약을 체결한다. 이는 결과적으로 일본이라는 국가에 이익이 되고 회사로서도 상당한 이윤을 얻게 된다니 가히 대학교수뿐만 아니라 가정주부들까지도 일본 국민 전부가 상사 정보원인 셈이라는 것이었다. 그러니 일본 주식회사라는 소리도 무리가 아니며 전 국민의 세일즈맨화가 되어 있는 꼴이다.

이런 무서운 경쟁국이 바로 우리 이웃에 있다는 것을 생각하면 자극제가 되어 투지를 불러일으키기도 하여 운명적인 대결에서 길게 보고 우리도 꾸준히 싸워 가야겠다는 새로운 각오를 하게 된다.

전원도시 웰링턴

통상사절단으로 호주까지 온 길에 뉴질랜드까지 들르게 되었다. 총인구가 우리나라의 대구 정도에 불과해 수출시장으로서는 별로 메리트가 있는 곳은 아니며 수도 웰링턴은 인구가 겨우 35만 명 정도이니 우리나라의 천안 정도라고나 할까.

항공기 시간 때문에 해가 진 뒤에 웰링턴 공항에 내렸다. 현지 무역관 직원의 영접을 받아 시내로 들어오는데 가로등 불빛이 가끔 창밖으로 보일 뿐이었고, 시내를 달리는 자동차의 불빛도 별로 없었다. 한참을 달려 호텔에 도착하여 여장을 풀었다.

다음 날 아침 호텔 방의 창문을 열리니 싱그러운 수목에 둘러싸인 아름다운 전원도시가 펼쳐져 있는데 어쩐 일인지 가끔 승용차가 지나가는 외에는 너무도 조용하다. 혹 투숙한 호텔이 한적한 변두리에 있는 것인가 싶어 알아보니 가장 번화한 다운타운 중심가에 자리하고 있었다.

도시의 넓이는 그야말로 우리의 서울 강남만 하다고 할까. 드문드문 서 있는 사이 사이 정원과 나무가 울창하여 여유 있어 보였다. 모두 자동차로 움직이니 도시가 자연 조용할 수밖에 없고, 오고 가는 행인조차 잘 보이지 않았다. 이곳에서는 걸어 다닐 일이 별로 없고 그럴 사람도 없는 형편인 것이다. 글자 그대로 전원도시이며 자연을 살려서 사람이 자연의 일부로 동화된 듯한 그런 도시였다. 통계에 의하면 이곳 주민은 인구 1인당 면양을 22마리, 소를 3마리씩 기르고 있어 목축이 성하여 우리나라도 양모, 쇠고기 등을 여기서 수입하고 있었다. 땅은 넓고 인구밀도가 1km²당 1인밖에 안 되는 데다 물자가 풍부하여 잘 사니까 자연 인심도 좋고 사람을 만나면 친절하고 봉사적일 수밖에 없겠다. 이곳 사람들은 하나같이 우리 여행객에게 친절하며 만나는 것을 반가워한다.

마침 이곳 국제로터리 웰링턴 클럽에서 오후 1시에 주 회의를 한다기에 물어 물어서 그 회의장을 찾아갔다. 회의장은 시내에서 5km가량 떨어진 곳으로 입구부터 밀림지대에 들어선 듯 울창한 고목이 우거져 있고 그런 숲속의 길을 한참 들어간 곳에 자그마한 식당이 있고 거기서 로터리클럽 주 회의가 열리고 있었다.

우리를 반가이 맞이한 그곳 대표는 "이 식당이 이래 보여도 개업한 지 100년이 넘는 오래된 곳이며 이 숲은 이 식당의 자랑거리지요. 잘 오셨습니다."라며 일동에게 나와 동행을 소개했다. 회원들이 한국에서 온 우리 두 사람을 박수로 맞이하고 악수 세례를 받았다.

이 밀림 속의 천국과 같은 아담한 식당에 들러서 실로 유럽에서 감탄했던 것과는 또 다른 오세아니아의 자연을 만끽하면서 회의장의 분위기에 매료되었다. 국제로터리 클럽의 규약대로 이곳에서도 매주 한 번씩 점심을 함께 나누면서 당면 문제를 협의한다. 각자의 자기 사업에 큰 지장을 주지 않는 시간에 모여서 지역사회에 봉사할 길을 찾는 역사와 전통이 있는 모임이다. 그 자리에 모인 웰링턴로터리클럽의 멤버들이 한국에서 온 우리 두 사람에게 한국에서의 로터리클럽 활동의 내용, 성격, 지역사회의 호응도 등에 관하여 알고 싶어 했다.

"우리 한국의 로터리클럽도 역시 여러분처럼 국제로터리클럽 규약에 따라 활동하고 있습니다. 우리나라는 여기처럼 자연경관이나 숲은 좀 빠질지 모르지만, 인구가 뉴질랜드의 10배도 넘어 지역사회에 봉사할 일은 너무나 많습니다. 가령 불우이웃돕기, 장학생 선발과 장학금 지급, 일선 장병 위문, 고아원, 양로원 등 사회시설 방문과 원조 등 다방면으로 활동하고 있습니다. 여기 와서 같은 목적을 가진 클럽 동지 여러분을 뵙게 되어 매우 반갑고 마음 든든합니다."

회의가 끝난 뒤 그중 한 사람이 우리를 민속 박물관으로 안내하겠다고 하여 따라나섰다. 차 안에서 그가 '호주가 옛날에 영국의 정치범 수용소였다면 뉴질랜드는 잡범들의 교화소였다.'라고 농 섞인 말을 했는데 그의 영어는 알아듣기가 매우 힘들었다. 그의 말을 계속 들으면서 뉴질랜드에서 미국 등지로 나가 공부하는 해외 유학생들이 공부를 마치고는 거의가 미국에 눌러앉거나 호주에 와서 취직하고, 모국 뉴질랜드로 돌아오는 경우가 드물다고 했다. 인구가 적고 연구 기관들이 별로 없어 이곳에 돌아와도 뜻을 펼만한 일자리를 얻기 어렵기 때문이라고 했다.

사실 이웃 나라 호주의 멜버른이나 시드니는 웰링턴에 비하면 대도시에 속하고 오페라 하우스 같은 것은 세계적 명물도 있어 젊은이들은 그런 문화 도시에서 살기를 좋아할 것 같기도 했다. 뉴질랜드 젊은이들이 한번 이곳을 떠나면 돌아오지 않게 된다는 이야기였다. 돌아오는 길에 백화점에 들러 보니 상품의 유형과 디자인 등은 거의 갖추어져 있는 듯했으나 값이 비싼 듯했다.

상공회의소 당무자들과 회의 때도 이 점에 대하여 질의했는데 결국 인구가 적으니까 총수요 규모도 적을 수밖에 없고 그러다 보니 소량 다품종 시장이 되어 자연 구입 원가가 높아서 소매 가격이 다른 나라에 비해 비싸지 않을 수 없다는 대답이었다.

이곳에서는 거의가 호주의 수입상을 통하여 상품을 구입하고 있었는데 그 경로가 마치 국내의 도매상에서 물건을 구입해 오는 것과 같은 패턴이었다. 생활비가 대체로 비싸다는 것이다.

봉급생활자들이 집수리 같은 것을 할 때도 전문 수리공을 부르면 비싸니까 서둘지 않고 천천히 한 가지씩 1년여 시간을 두고 페인트칠하는 등 그 밖의 구조 변경 등 수리를 직접 하는 것이 보편적이라고 했다.

인구가 너무 많아도 그 인구를 다 먹여 살리기에 큰일이지만 너무 적어도 또 이곳처럼 여러 가지 결점을 노출하게 되는 것이다.

이 푸르고 넓은 뉴질랜드 땅에 근면 성실한 우리나라 국민을 이민자로 받아 주면 머지않아 정말 지상의 낙토가 될 것일 텐데 혼자 생각해 보았다.

국제 수준의 사기 행각

우리는 외국인이라면 무조건 친절하게 접한다. 특히 백인의 경우는 그들이 선진국 국민이면 우리보다 앞서 있는 것 같아 쳐다보는 습관 같은 것이 은연중에 길들어져 있는 것 같다.

어느 날 싱가포르에 있는 수입 중개상이 전화를 주었다.

"호주에 큰 바이어 한 사람이 한국의 완구 수출업자를 세 사람만 소개해 달라고 하여 그중에 우리 회사도 끼워주었다. 조만간 그 바이어가 직접 한국의 생산 현장을 보고 가격조건 같은 것을 확인하러 방문할 예정이니 이번 기회에 그 바이어를 놓치지 말고 잘해 보라."고 했다.

얼마 있으려니 정말로 호주에 있는 수입상이라며 한국에 오겠다고 도착 일시를 알려왔다.

부랴부랴 김포공항에 나가 문제의 바이어를 맞이하고 보니 잘생긴 백인 으로 겉보기에도 돈푼깨나 있어 보이며 어딘지 귀티가 나는 그런 40대 후반의 신사였다. 그와 수인사를 나눈 뒤 시내로 들어오는 차 안에서 그가 "내 할아버지가 영국에서 상당한 규모의 무역을 했고 전형적인 영국 상인 이었는데 어쩌다 정치에 손을 대어 끝내 호주로 망명하게 되었지요. 나는 뉴질랜드의 조용한 별장에 살고 있는데 친구가 호주의 문교부에 근무하고 있어 국민학교 교재용으로 쓸 캥거루와 코알라를 비롯해 고양이, 토끼 등 어린이용 완구 구매에 응찰하도록 권유하여 봉제완구 메이커를 돌아보러 왔습니다. 호주 정부의 구매 입찰에 응하여 낙찰만 되면 아마 이백만 달러 는 무난히 주문받을 수 있을 것입니다."라고 했다.

나는 그동안 이런 큰 바이어를 잡지 못해 애쓰던 터여서 그의 외모로 보나 행동거지로 보아 잘해 보아야겠다고 마음먹었다.

그는 또 "한 일주일 이곳에 체류할 것이니 그 사이에 견품을 잘 만들어 주시오."라고 아주 겸손하게 부탁하는 것이었다.

나는 공장 개발실에 명하여 세 사람의 디자이너로는 손이 부족하다면 임시 보조원을 쓰도록 이르는 한편 생산부에 야간작업까지 시켜 견품 제 작에 최선을 다했다. 그러는 한편으로 나는 그 잘생긴 바이어 신사를 그야말로 칙사 대접을 했다. 집으로 초대해 저녁 대접을 한 것은 물론 골프에도 두 번이나 같이 갔고 워커힐 쇼도 보여 주었다.

그와 골프장에 갔을 때 뉴질랜드와 호주에서 하는 식대로 그가 반바지 차림으로 플레이하려 하자 골프장 직원이 한국의 골프장 규칙상 반바지 차림은 곤란하다고 해 신사복 바지를 입은 채로 플레이했다. 사실 나도 그때까지 우리나라 골프장에 그런 규칙이 있는 줄은 미처 몰랐다.

당시는 '바이어를 잡아라'라는 유행어가 있을 정도였으니 바이어를 잡기 위한 경쟁이 실로 치열했다. 그래서 이백만 달러는 고사하고 다만 이십만 달러라도 계약되기를 바라면서 일주일간 그가 하자는 대로 잘 접대하고 또 견품도 다 만들어 별송으로 부쳐준 뒤 그는 우리 기대를 모으고 떠나갔다.

그가 떠나고 나는 호주 문교부의 구매 입찰이 실시된다는 그날, 하루 종일 전화기 앞에서 목을 빼고 기다렸으나 종무소식이었다. 그다음 날도 다음 다음날도 아무 연락이 없어 어쩐지 이상한 생각이 들어 호주로 국제 전화를 걸었더니 마침 자리에 없다고 했다. 그래서 최초에 소개한 싱가포르의 중개상에 확인해 보았더니 거기서도 신통한 대답이 없었다. 행방이 불명하다는 것이다. 울화가 터졌으나 하는 수가 없다.

이 일은 그렇게 해서 하나의 해프닝으로 끝났다.

무역을 오래 하다 보면 예기치 못했던 별의별 일이 다 있게 마련이다. 허탈해진 상태에서 그 후 곰곰이 돌이켜 생각해 보니 남녀를 불문하고 너무 잘생긴 사람과의 거래는 별로 도움이 안 된다는 생각이 들었다.

[모로코]

두 개의 카사블랑카

'Casablanca'는 스페인어로 '하얀 집(White House)'을 말한다. 이곳 모로코의 건물들은 연한 회색이거나 아니면 흰색으로 많이 칠해져 있다.

카사블랑카는 분명 아프리카에 귀속된 도시이다. 그런데도 이곳 사람들의 자존심은 매우 강하여 미개국인 아프리카의 일부가 아닌 선진국 구라파에 속한 국가로서 이곳 Black people과는 동일시하지 말라고 한단다.

직접 이곳에 와보니 이 말에도 어느 정도 수긍이 갔다. 첫째 시내를 활보하는 남녀의 모습들이 저 남쪽의 아프리카 흑인의 모습과는 전혀 다른 외모이다. 둘째는 피부색이 완연히 다르다. 나는 평소에 중동지방 출신들은 자주 대해 온 터라 익히 알고 있다. 그네들 말대로 중동 국가들은 필요하면 '나는 아시아인'이라고 해서 득을 보다가 사태가 불리하면 우리는 '구라파 성향의 국가'라고 시치미를 뗀다고 한다. 그만큼 중간 위치에서 저들이 세계의 운명을 좌우할 핵심지역에 살고 있다는 캐스팅보드(casting board)의 권리를 주장하는 뜻도 된다.

이들의 말 속에는 물론 '기름의 왕국'임을 뽐내는 말이기도 하지만, 어찌되었든 신이 동서양인을 결합시켜 만든 후손이 이곳이 아닌가, 생각하며 혼자 웃음 짓기도 했다.

Yellow white의 중간색 피부에다 크지도 작지도 않은 중키에 이목구비 얼굴 윤곽이 뚜렷하다. 그러니 한마디로 까만 피부의 흑인들과 한패로 취급받기를 즐겨 할 리가 없는 저들의 심정에 이해가 되었다.

1인 당 국민소득이 700달러 정도라고 하지만 빈부의 차가 심한 나라이고 보면 일반 대중의 생활은 500달러 선에도 미치지 않는 듯했다. 우리나라 1인당 GNP가 당시 약 6,000달러 정도인데 비하면 10분의 1정도밖에 안 되니 그들의 생활상은 가히 짐작이 갈 것이다.

인구는 약 2,000만 명으로 우리나라의 꼭 절반 정도인데 주 생산품인 연광석과 농산물은 계속되는 불황으로 값이 하락한 결과 정부의 세수에까지 크게 차질이 생기고 있다고 한다. 그러나 단 한 가지 관광 수입만은 그런대로 좋은데 연간 약 150만 명의 관광객이 이곳을 찾아온다.

이 나라가 관광객에게 인기를 얻는 큰 이유는 광활한 대서양에 접하여 산재하는 천연의 해수욕장은 폐수로 인한 오염의 공해가 무엇인지 모르는 처녀성을 그대로 고이 지니고 있기 때문이다. 게다가 한겨울의 평균기온이 15℃라니 피서, 피한 어느 쪽에도 알맞은 조건을 갖추고 있다.

해변가에는 사우디아라비아, 쿠웨이트 등지의 석유 왕자들이 찾아와 거드름을 피우고 또한 유럽 쪽에서는 과거의 종주국 귀족계층 사람들이 미련을 가지고 찾아오기도 하고 정열과 낭만을 구가하는 각계각층의 미남미녀들이 운집한다는 곳이다.

우리 일행이 여장을 풀고 앞으로 일주일 기거할 호텔은 바로 이런 해변가에 위치한 휴양지에 있는 Beach Hotel로서 시내에서 동쪽을 향해 택시로 약 10여 분 거리인데 바이어들이 찾아오기에는 좀 불편한 곳이라는 느낌도 들었다. 마치 하와이 와이키키 해변에 있는 간이호텔처럼 방에는 별

모로코 상공장관과 통상증진을 위한 회의 모습 (한국 측을 대표하여)

로 시설도 없고 잠자기에만 알맞게 꾸민 이층으로 된 원형 건물로 가운데가 풀장으로 되어 있어 모든 것을 잊어버리고 며칠 푹 쉬고 가기에 알맞은 호텔이었다.

다음날부터 가지고 온 상품들을 전시할 호텔 2층 홀을 살피고 이미 별도 발송한 전시용 견품을 인수하여 회사별로 확인하니 어느새 아프리카의 첫 밤이 깊어 갔다.

일주일 예정의 체류 기간이 처음에는 긴 듯했지만 연일 전시장에 찾아오는 손님을 맞고 보내고, 또 회의를 비롯해 각종 공식행사를 치르고 상담을 마무리 짓는 등 분주하게 돌아가다 보니 오히려 짧은 듯했다. 그러다 보니 마음 놓고 카사블랑카 시내의 구경도 제대로 하지 못했다.

원래 프랑스의 지배 아래 있던 탓도 있고, 오랜 투쟁을 거쳐 독립을 쟁취해서인지 카사블랑카 시내의 치안은 대체로 잘 되어 있는 인상이지만, 마침 국제체육행사도 있어서 군인과 경찰관이 요소마다 지키고 있었다. 역시 서울에서처럼 긴장을 풀고 거리를 다니기에는 주저하지 않을 수 없는 분위기였다.

이렇게 하여 아프리카 대륙의 첫 방문지에서 무사히 일을 마치고 우리 일행은 올 때처럼 짐을 꾸려 미리 부치고 카사블랑카 공항을 떠나 다음 방문지인 라이베리아로 향했다.

(1983)

장관실의 비서관

　이곳 라이베리아 상공부 장관을 예방한 일도 결코 그냥 넘길 수 없다. 여기 온 지 4일째 되는 날인데 비가 내리고 있었다. 오전 11시 시내 한복판에 있는 상공부 청사 낡은 건물 입구에 하차하니 행인들이 비를 피하느라 정문에 웅크리고 앉아 있는 것이었다. 비에 젖은 모습들은 초라하기 그지없고 마치 인도 캘커타에서 본 맨발의 걸인 집단의 낙오자 같은 모습이었다. 그야말로 아사 직전의 군상같이 느껴졌다.

　3층 목조 건물의 맨 위층까지 조심스럽게 걸어 올라가니 장관실이라고 영문으로 타자된 쪽지가 붙어 있었다.

　장관실 문을 밀고 들어가니 비서라고 하는 남녀직원이 4명이나 요소요소에 앉아 있는데 하는 일이란 별로 없이 구식의 책상 위에는 서류 대신에 배터리를 노끈으로 얼기설기 묶은 손바닥만 한 낡은 트랜지스터라디오를 테이블 위에 놓고 노래를 듣고 있지 않은가. 우리를 쳐다보면서 "무슨 일로 왔느냐?"라고 묻지도 않는다. 천하에 태평스러운 공무원들도 다 있다고 생각하며 용건을 말하고 응접실에서 기다리노라니 상역국장이라는 40대 여성을 대동하고 다비드 드와니엔 장관이 옆방에서 나왔다.

　나오는 전에 리셉션에서 만난 터라 구면이어서 무척 반가워했다.

장관은 우리에게 "한국은 선진국이요, 자기네는 개발도상국이니 기술제휴, 합작투자 등으로 지원해 달라."고 했다. 토속어가 섞인 영어 발음이라 듣기에 매우 불편했으나 그의 진실성은 충분히 감지되었다. 우리더러 거리낌 없이 '선진국'이라고 하는데 대해 우리 일행은 약간 낯 간지러우면서도 으쓱 안 할 수가 없었다.

나는 다시 만나 뵈어 반갑다는 이야기와 양국 간의 경제협력은 물론 좀 더 가까운 이웃 나라가 되자고 답하고 이어서 우리가 조사한 바에 의하면 한국상품 구매를 제3국을 통해 간접수입하고 있다는데 직접 구매하는 길을 간구해 보라고 제의했다.

서로 질의와 응답 등 약 30분간을 환담했는데 참으로 보람 있는 예방이었다고 이 대사께서 평가했다.

말라리아와 싸우며

이곳 라이베리아의 밤도 이제 마지막이다. 짐을 꾸리다가 문득 잊고 있었던 빨래를 베란다에서 거둬들였다.

그런데 이것은 나의 큰 실수였다. 세탁물을 밖에다 널면 이곳 특유의 곤충알이 날아다니다가 묻어서 훗날 회복 못 할 피부병에 걸린다는 주의사항을 깜빡 잊고 있었던 것이다. 한밤중에 다시 뜨거운 물에 빨래 전부를 다시 빨기 시작했다. 빨래를 두 번 세 번씩이나 빨았다. 어쨌든 지켜야 할 일이 한두 개가 아니었다. 훗날 이곳을 여행하는 후배들에게 도움이 될까 여겨 쓰는 것이다. 이 빨래에 대한 주의 사항은 도착하던 날 호텔에서 무역관장이 신신당부했었다.

이곳에서는 여러 가지 곤충알이 바람에 날려 다니는데 이것이 빨래에 붙어 있다가 그 속옷을 입은 사람의 체온으로 부화하고 그 애벌레가 피부를 쏘면 알 수 없는 특유의 독소 때문에 가렵고 피부가 부어 물집이 생기며 이것이 피부병으로 되는데 치료하기가 무척 힘들다는 것이었다.

세일즈 여행은 보통 10여 일 이상, 한 달 가까이 걸리는 것이 상례인데 이렇게 되면 와이셔츠를 비롯해 속옷은 본인이 손수 빨아서 입을 수밖에 없다. 지금은 다리지 않고 입는 와이셔츠가 있지만 얼마 전만 해도 휴대용 다리미까지 가지고 다니면서 다림질도 손수 해결하는 동료들도 있었다.

아프리카 여행에서 빨래는 반드시 방안에 걸어 말려야지 베란다 등 밖에 널어서는 안 되는 것을 잊지 않도록-.

맨발의 청춘들

이 나라의 공식 환율은 당시 미화 1달러에 0.67 NILA인데 암시장 환율은 1.4 NILA라고 하니 꼭 배가 되는 셈이다. IMF에서는 환율을 현실화하면 20억 달러의 차관을 공여하겠다고 했으나 샤가리 대통령은 그럴 수 없다고 거절했다는 내용이 West African지에 실린 것을 읽은 기억이 있다.

공항에서 시내까지의 도로변 요소요소에는 무장한 군인들이 두셋씩 마치 정변이라도 일어난 듯 경비하고 있는 것이 보여 여간 살벌하지 않았다. 전에 방콕에서 쿠데타가 발생한 날 오후에 시내에 들어갔는데도 이렇게 삼엄하지 않았다. 선우 관장의 설명에 의하면 이렇게 경비가 엄하고 검문 검색을 해도 사건은 매일 터지며 몇 명씩 죽어가는 사건들이 연속해서 일어난다고 했다.

나는 우리 일행은 짐을 실은 트럭을 앞세우고 관장차에 편승해 가는데 한 시간 동안에 3번이나 짐 조사를 받았다. 10월 1일에 샤가리 대통령의 신정부가 들어서며 그때는 정부가 새로운 불안에 부딪히게 될 것이라는 등 신문보도도 제멋대로 떠들어댄다고 했다. 이러한 언론의 자유는 오랫동안 민주정치의 본산인 영국의 지배하에서 배운 익숙한 습관들이란다.

차차 시내에 가까워지면서 맨 먼저 느끼는 것은 카사블랑카나 몬로비아에 비할 바 못 되는 도시 규모와 지저분하기는 하나 근대식 고속도로, 홍수같이 밀리는 차량 행렬, 남대문시장 한복판 같은 장사꾼들의 호객 소리, 차선을 위반하여 끼어드는 양체 차들, 맨발로 버스 승강대에 거머리처럼 붙어가는 까만 청춘들! 곡예단의 후손인 양, 겁도 없는 모습들이 주마등처럼 스쳐 간다.

마치 자카르타나 마닐라 교외에서 흔히 보는 광경 그대로다. 버스 문에 매달려 가면 요금도 없어 좋고 시원한 바람이 제법 신난다는 것이다.

나는 현기증이 날 만큼 아찔해 그야말로 눈 감으면 코 벤다는 과거의 우리의 좋은 비유가 바로 여기서 쓰면 적격이 될 것 같았다. 옆자리에 앉았던 강 사장이 정색하여 '여기 잘못 온 것 아니냐?'라고 걱정되어 물으면서 무사히 귀국할 수 있을까, 염려마저 했다.

한밤의 비상 회의

이곳 EKO호텔은 1급 관광호텔 겸 비지니스 호텔로 제일 오래되고 이름 있는 호텔이라고 한다. 그런데도 출입문이 없이 호텔 프런트가 지나가는 행인에게 그대로 들여다보이며 남북으로 완전히 트여 있는, 구조로서 시원한 바람이 제멋대로 관통해 버리는 선풍기가 필요 없는 건물이었다.

로비에 많은 사람이 남녀 할 것 없이 축 늘어져 앉아 있는데 용건이란 전혀 없는 사람들이 손님 자리를 다 차지하고 막상 손님은 두리번거리며 서 있어야 한다니 이 또한 별꼴이었다.

일단 방을 정하고 나서 전 단원이 내 방에 모여 선우 관장으로부터 앞으로의 체류 중에 주의 사항과 일정을 설명 듣게 되었는데 이에 앞서 이곳 특수상황에 따른 또 다른 주의 사항을 들었다. 그 내용은 대강 이러하다.

1. 말라리아약을 꼭 복용할 것. 귀국 후에도 한 달 동안을 먹어야 한다. 이것을 소홀히 생각했던 H주택 직원 2명이 이 병으로 사망한 실례가 있으니 주의할 것

2. 호텔 물은 절대 마시지 말 것. 갈증이 나더라도 참고 반드시 미네랄 워터를 사서 마실 것

3. 파상풍에 걸리지 않게 주의할 것. 만일 상처가 나면 곧 철저히 치료해라. 그곳에 균이 침범하면 치명적인 불행한 결과를 초래한다.

4. 혼자서는 절대 외출을 삼가할 것. 특히 북한 요원들이 적지 않게 있다.

5. 현지인들 앞에서 절대로 돈을 보이지 말 것. 뒤쫓아와 뺏어 달아난다. 살인 당한 외국인들이 적지 않다.

6. 호텔 방 쇠고리를 안으로 잠그고 문을 함부로 열지 마라. 방문자를 확인하고 문을 열어야 한다.

7. 해가 진 이후에는 밖으로 나가지 말 것. 최근에 일본 선장이 피살된 사건이 있었다.

8. 깡패 여자들을 조심할 것. 잘못 접근하면 큰코다친다.

9. 현지인들과 싸우지 말 것, 어떤 행패를 당할지 모른다.

10. 이곳 정보부(NSO)가 있으니 행동에 조심할 것. 상인을 가장하고 여러 가지를 조사하고 있다.

11. 정부 공인 이외의 곳에서 환전을 절대 하지 말 것. 외국환관리법 위반으로 잡히기 일쑤이다.

12. 호텔 방에 귀중품을 두고 다니지 말 것. 없어지면 전혀 찾을 길이 없다.

이곳으로 발령 난 어느 일본인 회사원은 이곳에 와서 죽느니 차라리 제 땅에서 죽는 것이 낫겠다고 생각하여 자살까지 했다는 이야기 등등 이밖에도 수없이 많았다.

실로 우리는 공항에서부터 이 시각까지 보고 들은 이야기들이 너무나 살벌하여 장사 의욕은 간데온데없고 이곳에 왜 왔는지 후회가 막심하며 전원이 사기가 꺾고 겁에 질려 어찌할 바를 몰라 했다.

카이로의 밤

카이로에서의 마지막 밤에 우리 일행은 개선장군과 같은 기분으로 이 날 밤, 나일강을 오르내리는 유람선을 타고 카이로의 밤을 낭만으로 보냈다.

파리의 센강, 혹은 독일의 라인강에서의 유람선보다는 규모나 시설면에서 비할 바가 못 되나 그 나름대로 구수한 맛도 있었다.

선상에서 양식도 아니고 그렇다고 이집트식도 아닌 절충식 메뉴를 사전에 선택하고 이런저런 화제로 이야기하는 동안 배는 서서히 움직인다. 이윽고 이곳 특유의 멜로디가 흐르는 가운데 선상 쇼가 벌어졌다. 특히 이곳 명물인 밸리댄스(일명 배꼽춤)는 일품이었다.

결혼 첫날밤 신부가 신랑 앞에서 이 춤을 추어 신랑의 사랑을 유발한다는 별난 유래의 춤은 우리의 넋을 뺏기에 충분했다. 명실공히 배꼽 근방만 드러내는 짧은 치마는 구슬을 주렁주렁 달아 만들었는데 흔들어대는 엉덩이에서는 광채마저 비치고 있었다. 여러 나라 관광객이 남녀노소 할 것 없이 박수를 보내면서 흥겨운 밤은 깊어만 갔다.

이리하여 우리의 한 달 동안의 Korea의 무역 사절은 유종의 미를 거두고 서울의 하늘 밑에서 다시 만날 것을 기약하고 보따리를 꾸렸다.

돼지 한 마리

러시아는 우선 강의를 받은 내용과 강사들의 언동, 호텔에서 겪은 일 등을 종합해 볼 때, 이른바 통제경제 시대에서 갑자기 수요와 공급에 따라 좌우하는 자본주의식 시장경제 원리로 옮겨온 데 따라 이론이나 실제에 있어 그 근본 자체를 이해하지 못하는 경향이 진했다.

그러니까 소련 혁명으로부터 70년이 지난 오늘, 혁명 당시에 태어난 사람이 벌써 70살이니 예전의 자유로운 시장경제의 관행을 알던 세대는 모두 저세상에 가 버렸다. 지금 러시아의 장년층도 시장경제에 대해서는 전혀 경험과 소양이 없는 사람뿐인데 젊은 사람들은 두말할 필요도 없다.

그러니 하루아침에 계획, 통제경제가 무너지고 자유 시장경제 체제로 바뀌었다고 하더라도 그들은 시장경제가 무엇인지도 모르고 자본주의 경제의 본질과 내용에 대해 전혀 이해와 경험이 없었다. 사유재산을 어떻게 증식하고 무엇을 어떻게 해서 돈을 벌게 되는지를 대학교수는 물론 정부 요원들조차도 잘 모르는 상태였다.

실례로 은행의 저축을 장려하는 포스터가 인상적이었다. '돼지 한 마리가 은행에 들어갔다 나올 때는 새끼 한 마리를 달고 나오는' 그런 그림으로 은행 금리를 표현하고 있다.

일행 중 기업의 회장인 P씨는 "서방 세계의 학교들이 러시아에도 비즈니스 스쿨 그러니까 경영대학원 같은 학과를 개설하여 자본주의식 돈벌이에 대한 이론과 실제를 가르치면 좋을 것 같다."라고 아이디어를 내놓기도 했다.

미국에서 자본주의 경제 이론을 공부하고 왔다는 경제학 박사가 두 체제를 비교 분석하면서 우리에게 "소련(당시는 아직 소련 체제였다)에서는 그동안 경쟁(compe-tition)이라는 용어 자체를 쓰기를 기피해 왔었다. 과거 공산주의 소련의 지도자들은 경쟁이란 다른 계층 간에 서로 핍박하여 우위를 차지하는 것이라고 정의를 내리고는 평등 위주의 공산주의에서는 그런 경쟁은 불필요하다고 가르쳤다."라고 했다. 또 그 결과 국민이 모두 내가 남보다 나아지겠다는 경쟁의식이 결여되어 결과적으로 모두가 소극적인 계층으로 전락한다고 했다.

친절한 러시아 고객

우리 일행은 소정의 교육과정도 마치고 남은 며칠간 러시아 상공회의소를 비롯해 경제단체를 찾아 실질적인 기업활동인 통상 파트너를 물색하고 가능하면 수출입의 실질적 교역의 가능성을 타진해 볼 요량으로 모스크바에 있는 러시아 상공회의소를 우선 방문했다.

상공회의소 건물 2층에 진열해 놓은 러시아 상품의 카탈로그를 이것저

것 뽑아서 읽으면서 각자가 생각나는 대로,

"내용이 빈약하구만. 이래 가지고야 상품의 실상을 알 수 있겠나?"

"돈이 없는 나라와 거래가 되겠어요. 모처럼 선적해도 대금 결제가 안 되면 그런 낭패가 어디 있어요?"

"아무래도 품질이 믿어지지 않아요. 포장도 그렇고….."

이런 내용의 말들을 우리 간에 서로 주고받고 있는데 한 러시아 남자가 다가와서는 "우리는 돈은 없는지 모르지만, 자원은 얼마든지 있습니다." 라고 유창하게 우리말로 말하는 게 아닌가. 일행이 모두 깜짝 놀라 쳐다보면서 러시아인이 우리말을 그렇게 잘하리라고는 미처 몰랐다는 표정으로 마치 도둑질하다 들킨 듯한 표정들이었다.

"아, 마음에 두실 것 없습니다. 여러분이 하신 말 모두 일리가 있습니다. 우리는 서방 세계 같은 국제무역의 관행에 아직 익숙지 못한 것도 사실이고, 또 돈이 없는 것도 사실입니다. 그러나 우리는 부존자원을 활용하여 빠른 시일 안에 여러분과 손잡고 발전해 가길 원하고 있습니다."

"아니, 한국어를 어디서 그렇게 배웠습니까? 우리끼리 결례한 점 사과합니다."

"아, 예, 뭐 사과할 것까지는 없습니다. 저는 북한의 김일성대학을 다녔고 또 그곳 대사관에 근무하다 귀국하여 이곳 상공회의소에서 일하고 있습니다. 조금 후에 여러분과 우리 측 중소기업 사장들과 회의 할 때에 제가 통역을 맡을 것입니다."

거의 완벽한 표준말로 거침없이 말하여 우리는 그나마 한숨 돌렸다.

이 통역관의 도움으로 우리는 각기 자신들의 관심 품목에 대하여 러시아의 수출입 상사를 소개받았다.

나도 한 곳을 소개받아 이날 오후 택시를 타고 그 회사를 찾아갔다. 그런데 나중에 안 일이지만 구소련 관리 중 많은 사람이 평양에 가서 한국어를 능통하게 배워 가지고 왔으며, 그들이 전부 노출되지 않고 있을 뿐임을 알게 되었다.

　내가 소개받아 찾아간 회사는 먼저 간판이 생소한 러시아 문자로 표기되어 있어 낯설었고 건물 현관을 들어서니 로비 같은 홀이 있는데 거기에 40대 후반으로 보이는 부인이 접수 사무를 보고 있었다.

　나는 찾아온 뜻을 말하고 담당자를 만나게 해달라고 영어로 말했다. 그러자 방명록을 꺼내주면서 거기에 성명, 주소, 여권번호, 가족 상황 등을 적으라고 한 뒤, 명함, 여권 외의 소지품 가운데 이상한 것이 있으면 모두 내어놓고 신고하라는 것이었다. 실로 이 지구상에서 자기네와 거래하겠다고 찾아온 사람에게 이런 대접을 하는 곳은 처음 보았다. 마치 김포공항 검사대를 통과하는 것 같은 엄격한 검사 과정이다.

　이렇게 일방적으로 문턱이 높아서야 무슨 거래가 되겠는가. 시작부터 우선 불쾌했으며 그것은 곧 교역의 의욕을 상실하게 하였다.

　그냥 돌아가 버릴까라고 생각도 했으나 기왕 여기까지 왔으니 담당자와 공장을 한번 보아야겠다고 마음먹고 접수계 옆에서 한참 기다렸다. 접수 보는 여인이 전화로 어딘가와 연락을 한 뒤 한 러시아 청년이 안에서 나왔고 따라가라고 손짓하여 그를 따라 들어갔다. 간부인 듯한 담당자는 영어를 할 줄 알았다. 그보다는 영어를 할 줄 아는 사람에게 접대시킨 것인지도 모른다.

　그는 대뜸 "얼마나 수입할 것입니까?"라고 물었다.

　무역이란 서로 믿음이 생기고 가격, 품질, 납기 등의 조건이 맞는 때에 얼마를 사겠다고 서로 계약하는 것인데 그런저런 절차를 다 그만두고 무조건 얼마나 사겠느냐고 물어보는데도 어리둥절했다.

알고 보니 이것은 그들 한국인에게만 그러는 것이 아니라 원래 국제 거래의 경험이 없다 보니 그들의 몸에 밴 사회주의식으로 그렇게 나온 것이지 악의라고는 전혀 없는 것을 알았다.

그러니까 이들은 상공회의소로부터 만나라고 해서 만나는 것이고 수입 상담차 온다니까 오면 살 것으로 믿고 있을 뿐 고객의 Needs가 무엇인지 기호는 어느 쪽인지에 대해서는 전혀 알려 하지 않는 것이었다. 게다가 포장단위, 품질과 그 보증, 가격, 선적기일, 거래조건, 대금 결제 등 여러 가지의 필수 조건 같은 것은 그때 가서 알면 된다는 식이었다. 따라서 이 들 공장은 자체에서 여러 조건을 검토 결정하는 것이 아니라 우선 국가에서 할당한 연간 생산 목표의 초과 달성만을 생각하게 되고 그 목표를 달성하면 그만이라는 생각이었다.

오랜 세월 동안 통제경제 아래서 살아온 습성이었다. 그들은 국가에서 시키는 일을 하고 있으면 보수를 받고 하루 세끼는 보장되어 있으니 더는 노력할 필요가 없다고 생각하고 일하고 있었다. 세상이 바뀌어 자기 몫의 일을 하고는 있지만, 아직 그들의 의식 속에는 그런 문제가 구체적으로 알려지지 않은 것 같았다.

이 공장제품의 포장 상태를 잠깐 보았는데 아주 엉망으로 부실하다. 이 래서는 국내에서 두 번만 실었다 내렸다 해도 포장이 찢어져 다 못쓰게 될 것 같았다. 이 사람들은 공장에서 인도할 당시만 포장이 성하면 그것으로 끝나는 것이기 때문에 수송 도중의 파손, 감량 등은 생각하지 않고 있었다. 오직 총량 기준으로 목표의 달성만이 문제이었다.

우리 회사는 이미 오래전부터 네덜란드 수출상을 통하여 동유럽 여러 나라 제품을 수입해 왔는데 최근에는 B라는 화공약품을 소련에서 네덜란드의 수도 암스테르담까지 실어 온 뒤 거기에서 국제규격의 수출 포장으로 다시 재포장해 비싼 가격으로 제3국 즉 한국에 판매하고 있었다. 이것이 거의 관례화되어 기왕이면 러시아의 생산공장과 직거래를 하고 싶어 찾아왔던 것인데 이제야 네덜란드 기업이 중간에서 재포장을 하는 이유를 알 것 같아 쓴웃음을 지었다.

러시아인들이 언제 국제 거래의 관행을 터득하여 고객의 구미에 맞추어 수출하게 될 것인가를 생각하면 앞날이 매우 염려스러웠다. 따라서 우리 같은 중소기업들의 처지로는 아직 직교역을 하기에는 시기적으로 좀 이른 감이 없지 않았다.

고요한 백화점

러시아의 소비 상품 수준과 가격 그리고 상관행 등 그 분위기를 보기 위해 우리 일행은 사회주의 시절 국영백화점이었던 '굼'을 찾았다. 모스크바에서 가장 규모가 큰 백화점이며, 구소련 시절 전국 제일을 자랑했던 백화점이란다.

1년 전 중국에 갔을 때 그곳의 국영백화점에는 다소 품질은 떨어져도 양은 풍부했고 손님들이 인산인해를 이루어 활기가 넘치고 있었다.

그런데 이곳 모스크바의 백화점에는 품목에 따라 상품의 질은 중국보다 약간은 나은 것 같지만 진열장이 텅 비어 있는 곳이 많았으며 점원들이 손님이야 어디서 와서 어디를 가든 나와는 무관하다는 식으로 거들떠보지도 않으려 하고 혹 무엇을 물어보거나 사게 되어도 대답하거나 물건을 내어주는 동작이 느리기 짝이 없다. 이러니 서비스란 물론 있을 수 없다. 이들은 사회주의 시절 국영백화점이기 때문에 물건을 쌓아 놓고 손님의 요구에 따라 팔면 되었지 더 많이 판다거나 무엇을 얼마에 어떻게 파는 문제는 전혀 생각할 필요가 없는 것이다. 그러니 원가나 판매가에 신경 쓸 필요도 없었으니 그런 생활 관행이 몸에 배어 이렇게 무감각한 점원들이 된 것이어서 굳이 나무랄 수만도 없을 것 같다. 그리고 생산에 차질이 생겨 팔 물건이 자꾸 떨어지는 데야 어쩔 도리가 없어 진열장을 비워 둘 수밖에 없지 않겠는가.

'굼'이라는 백화점은 천장을 유리로 만든 돔 형의 건물로 이쪽 돔과 저쪽 돔 사이를 육교 형식의 다리를 여러 개 놓아 연결시켜 놓은 것으로 한때 소련이 사회주의의 우월성을 선전하던 건물이라고 했다.

백화점을 돌다 보니 10여 명의 북한 군복을 입은 군인도 보았고 붉은 광장에서는 관광객 가운데 흰 저고리 검은 치마의 북한 여성이 섞여 있는 것도 보았다.

라면과 밤의 여인

볼쇼이극장이 파한 뒤 호텔로 돌아오니 밤 10시 가까이 되었는데 호텔은 이미 정문을 닫고 한 사람 정도 출입할 수 있는 곁문만 남겨 놓고 있다. 두 사람의 수위가 한 사람 한 사람씩 검문을 하면서 들여보낸다. 서방 세계에서는 상상도 못 할 일이다. 특급호텔이라면 밤 10시쯤이야말로 유흥이 시작될 시간이어서 손님들의 출입이 붐빌 시간인데도 그렇지가 않다.

마치 불심검문을 당한 것 같아 허탈해진 나머지 로비의 의자에 삼삼오오 앉아 있으려니 짙은 화장을 한 젊은 여인 두 사람이 어디서 나타났는지 우리 일행에게 말을 걸었다.

한눈에 그녀들이 소문에 들은 대로 이른바 '외화벌이 밤 여인'임을 알 수 있었다.

이 두 사람이 사라지고 나니까 또 다른 곳에서 이번에는 네 사람이 오고 있었다. 그리고 그녀들은 우리 일행을 향해 무조건 접근해 오는 것이다.

일행 중 박 회장이 짓궂게 그녀들과 흥정했더니 처음에 말하던 액수보다 자꾸 내려가더라고 말해 좌중을 웃겼다.

이미 사회주의를 포기해 버린 지금 러시아의 호텔에 밤의 여인이 있어 이상할 건 없지만 역시 달라진 소련의 모습을 보는 것 같다.

아침에 일어나 동숙한 김 사장과 가지고 간 라면을 먹어야겠는데 더운 물이 없었다.

우리 일행은 서울을 떠나기에 앞서 소련에서는 먹을 것을 사기가 힘들다고 들어 거의 모두가 컵라면이나 사발면 같은 것을 사전에 준비해 갔었다.

호텔에서는 각층 마다 룸서비스가 있다고 안내했는데 복도에 나가 보니 있어야 할 자리에 룸서비스 담당이 없다. 여기저기 알아보니 복도 끝에 있는 종업원실에서 자고 있다는 것이다.

그래 노크하고 깨워서 더운물을 청하자 몹시 귀찮은 표정을 짓더니 그래도 일어나 전기풍로에 뜨거운 물을 끓여 주어 고맙다는 사례로 가지고 간 여자 스타킹 두 켤레를 주었더니 그제야 룸서비스 여인의 그 기뻐하는 인상은 정말 인상적이었다.

30대 후반의 한 아이의 어머니라는 그 여인은 무수히 절하면서 '다른 일 도울 것이 있으면 무엇이든지 말하라'고 이번에는 그쪽에서 자청해 오는 것이 아닌가? 참 스타킹 한 켤레가 좋기도 하다고 김 사장과 둘이 웃었다.

그런데 다음날 이른 아침에 누가 노크하기에 문을 열어보니 그 여인이 '오늘 아침에는 라면을 끓여 먹지 않느냐'며 시키지도 않았는데 물을 끓여 가지고 왔다.

우리는 그 더운물을 받아 놓고 또 스타킹을 한 켤레 주었다.

그랬더니 자기 언니가 있어 그녀에게 주고 싶으니 한 켤레 더 달라고 하여 기분 좋게 더 주었더니 그 좋아하는 모습은 마치 과자를 받은 어린아이 모습 같았다.

그 모습을 보면서 우리 두 사람은 한참 멍하니 서 있었다.

(1980)

[폴란드]

음악가 쇼팽의 동상

　날씨는 따듯해 무겁게 들고 간 외투가 짐이 되었다. 파리에서 바르샤바 간의 비행시간은 1시간 45분. 도착 30분을 남기고 입국카드를 쓰는데 예측한 대로 소지하고 있는 외화를 나라별로 표시하게 되어 있다.

　착륙 직전 눈 아래 전개되는 전경은 어느 서구라파의 농촌 풍경과 조금도 다를 바가 없었다.

　이곳 시간은 오후 3시 10분. 감히 꿈에도 생각지 못했던 체제가 다른 곳 학생 때 지리 시간에나 들어본 이름 폴란드라는 나라에 도착하니 다소의 긴장과 앞으로 벌어질 일이 궁금하기도 하면서 우리 일행은 대합실로 들어섰다. 공항의 건물은 60년대 우리나라 수준이었다. 잔뜩 흐린 날씨에 승객들은 어느새 다 통과하고 우리 일행은 입국비자를 받기 위해 시간이 좀 지체되었다. 비자는 현지에 도착하여 공항에서 받는 타국과는 전혀 다른 예외적인 방법이었다. 현지의 상공회의소 남녀직원 2명이 나와서 우리 일행을 맞아 주었다. 서울에서 연락받은 터라 그들은 퍽 친절해 우리는 일단 안심할 수 있었다. 저녁 시간까지는 다소 시간이 있어 일행은 40분 정도 시내 몇 군데를 안내받았다. 중심가로 들어가면서 처음 눈에 띈 것은

HITACHI의 일본 상품 광고였다. 이들 일본인의 상술을 누가 따를 것인가 하는 느낌이 들었다. '저곳이 바로 여러분의 이웃 나라 북한대사관입니다' 라며 안내원이 농담 끼 있는 말로 소련 대사관과 500미터쯤 떨어진 북한 대사관 건물을 손으로 가리킨다. 또한 폴란드에서 유일한 자랑인 세계적 인 음악가 쇼팽의 동상을 보았으며, 미국 대사관을 비롯한 각국 대사관 건물을 지나 각종 영웅 동상이 즐비한 지역을 안내받았다. 이차대전으로 도시의 90% 정도가 파괴되었지만, 지금처럼 복구를 이뤘다는 안내원은 공원 이곳저곳에 우뚝 솟은 전쟁 용사들의 동상 내력과 수도 바르샤바의 유래를 소개했다. '어느 날 샤와라는 사람이 고기를 낚았는데 상반신은 여체, 하반신은 고기였다는 것, 그 후 고기 낚는 사람과 고기 이름을 합쳐 바르샤바(왈샤와라고도 발음함)라는 이름이 생겼다'라고 한다. 인구의 90%가 가톨릭 신자인 이 나라에는 큰 개신교회 건물도 있었다. 종교 역사 의 흔적은 이곳에서도 예외는 아니었다. 호텔에 도착하여 짐을 찾아 로비 로 들어서려는 순간 웬 젊은이가 달러를 바꾸라고 따라오며 성화다.

1달러 당 공식 환율보다 무려 7배가 많은 4,000즈로티(ZLOTY)까지 주겠다는 것이다. 순간 이 나라에서 달러가 얼마나 귀한가를 한 눈으로 알 수 있었다.

[헝가리]

버스공장의 여직원들

입국 수속 등은 아주 간단했고 짐도 보는 일 없이 쉽게 통과되었다. 한가지 이 나라의 특색은 호텔 체크인 때 반드시 패스포트를 예치토록 하며, 이때 입국자들의 명단이 중앙에 보고된다는 말도 있다. 아마 이것이 이쪽 사회의 특이한 제도인지도 모른다.

27일 아침. 지난밤은 P형과 함께 한방에서 투숙했기 때문에 이른 아침 DUNA 강변을 둘이서 산책했다. 물결은 곱지 못하나 수심은 제법 깊었다. TV에서는 영어방송이 상업광고까지 겸하여 나왔다. 호텔에서 외국인을 위해 방영된다고 하나 어쨌든 피상적으로 느끼는 생활의 단면은 서방 세계와 조금도 다를 바가 없었다. 물론 현 체제 속에서 저들은 내면생활은 구속받으리라 추측을 해본다. 그런데 설명에 의하면 이 사회에서 크리스마스를 공휴일로 정하고 있으니 뭔가 아이러니하다.

오늘은 애초의 스케줄과 다르게 이곳에서 좀처럼 외국인에게 보여 주지 않는다는 이 나라 유일의 버스 제조공장을 견학했다. 모두 카메라를 들고 나섰으나 공장 내부에는 가지고 들어갈 수가 없었다. 공장은 IKARUS 버스 제조공장이었다.

토마스라는 영어 통역원이 동승해서 열심히 설명해 주었다. 자가용을 구입하려면 5, 6년은 기다려야 한다느니, 가정에서 전화를 신청하면 10년은 기다려야 한다는 등등 이곳 실정을 자세히 설명한다. 거리에는 젊은 아가씨들의 미니스커트 차림이 심심치 않게 눈에 띄었다. 서구의 유행이 오히려 이곳이 그 진원지가 아닌가 싶을 정도다.

50대 초반으로 보이는 공장장으로부터 회사 설명을 들었다. 그 공장의 자동차들이 수출되는 나라를 표시한 세계 지도에는 빨간불이 들어와 있었는데 87년도에 북한에 11대 수출한 것으로 표시되어 있었다.

연간 만 2천 대 정도를 생산하며 그중 80%는 북한 쿠바 등지에 수출하고 있고, 현재 근로자는 5천 명 정도라고 한다. 그런데 놀랍게도 근로자들이 열심히 일하는 모습을 볼 수가 없다는 점이다. 두 사람이면 족한 운반물도 다섯 명 정도가 매달려 농담까지 섞어가며 옮기는 것이었다. 여성 근로자들도 적지 않았는데 이들은 버스 내부의 못 박는 일이나 용접 등을 맡아 하고 있었다. 공장 내 환풍 장치가 마련되지 않아 공기의 탁함은 이루말 할 수 없었다. 아직도 이 나라의 산업 형편이 근로자들의 건강관리에 배려할 여유가 못 되는 것 같았다.

수년 전 일본 도요타자동차 공장을 방문했을 때와 비교해 보면 근로자들의 근무 자세, 공장의 로봇화에 이르기까지 무려 50년의 격차가 느껴졌다.

[유고슬라비아]

우리는 자주 독립국이다

베오그라드에서 류브리아나까지는 55분이 소요되었다. 저녁 8시 40분에 도착하니 역시 여행사에서 버스로 마중 나와 주었다. 우리 일행은 7명인데 비경제적으로 40인승 대형 버스가 준비되어 있었다.

3월 3일 계속 비는 내리고 있었다. 9시 30분 상공회의소에서 양국 상사 대표들이 서로 마주 앉아 회의를 시작했다. 유고 측 20명, 우리 측 KOTRA 관장 등 10명이 참석, 제법 회의가 진지하게 진행되었다.

나는 끝난 후 몇 개사와 교신을 약속했다. 상대방 대표들은 대기업의 장들일 뿐 아니라 유창한 영어 실력을 갖추고 있었다.

지금 이 나라 국민은 침착하게 슬픔을 달래고 있단다. 역사적으로 많은 핍박을 받은 데다 나치와의 싸움에서 2백만 명이 희생된 뒤에 나라가 세워졌다는 것. 그리고 2차대전 후에 이어지는 요즘의 40년간 이 민족사상 가장 긴 평화 시기라고 설명한다.

코트라 무역관장의 현지 설명에 의하면 자신이 7개월 전 부임해 왔을 때만 해도 역시 이곳도 이북 사람들 때문에 꽤 신경을 썼는데 지금은 다소 나아졌다고 한다. 그는 이 나라가 오랫동안 외침을 당해서 자주독립을 하나의 숙원으로 삼고 있다고 말한다. 따라서 지금은 전혀 소련의 구속받지 않고 있다며 그렇다고 서방 세계에 크게 접근하는 것도 아니라는 것. 소련과의 어떤 의미에서는 군사 경계 배치를 하는 등 적대시할 때도 있었다고 한다. 우리로서는 전혀 생각할 수 없는 현실을 알았다. 한때는 대학교수들도 정규 훈련을 받을 만큼 조국애가 넘치는 나라였다고 한다. EC와 유고는 특수한 관계에 있다. 이론적으로는 공산국가임이 틀림없으나 일찍이 소련과의 주종관계를 벗어나 경제적으로는 서방 세계에 접근, 교류를 긴밀히 함으로써 EC에서는 공산권이 아니라 개도국, 또 때로는 지중해 연안국으로 분류된다. 때문에 유고는 다른 동구 공산 국가군에 포함시켜 설명하는 것은 옳지 않다는 것이며, EC 역시 유고는 동구권에서 제외하고 있다. '우리는 자주 독립국이다.'라고 외치고 있다.

오늘로써 공식행사는 전부 마쳤다. 호텔 방안 TV에서는 계속 영어방송이 뉴욕의 그것과 다를 바 없이 나오고 있었다.

정말 이 나라는 장차 어디로 어떻게 나아갈지 생각해 보게 하였다. 그러나 결론적으로 이들 동구 국가에 대한 투자 및 교역에 있어서 고려되어야 할 문제점들을 일반론 적인 관점에서 지적해 본다면 다음과 같다.

첫째, 동구 제국은 외채의 중압에 시달리고 있으며 외화의 절대 부족이 심각한 문제임.

둘째, 부존자원의 부족 및 첨단 기술개발이 부진함.

셋째, 인플레가 심하여 거래가격이 불안정함.

넷째, 헝가리를 제외한 여타 국가는 미수교국이므로 교역에 있어서 위험 부담이 큼.

다섯째, 지리적으로 유럽지역을 제외하고는 선박사용 등의 이유로 운송비 부담이 커서 경쟁력이 약함.

여섯째, 국영기업의 형태에서 벗어나지 못한 관 주도형의 기업 위주로 서비스 부재 상태임.

일곱째, 개인의 이해관계와 무관하므로 당사자들의 적극성이 결여되어 있음. 이밖에 아직도 한국과 동구 제국 간에 존재하는 까다로운 상호 방문 조건 등도 양자의 원활한 교역을 저해하는 장애요인으로 지적될 수 있겠다.

[중국]

또 다른 실향민

우리가 알고 있듯이 오늘의 중국은 이차대전 후 중국 국민당과 싸워 1949년에 공산당이 승리하여 세워진 나라이다.

장개석 총통이 이끄는 중화민국 정부는 이때 대만으로 피하여 오늘에 이르고 있다. 그러다 보니 여기서도 상당수의 이산가족이 생겼고 그동안 양 정부의 적대관계로 서로 오도 가도 못하여 통신이 끊겨 있다가 중국 정부의 개방정책에 의하여 대만 거주 민간인이 본토에 있는 피붙이를 찾아오는 수가 계속 늘고 있다고 했다.

우리는 기내에서 40년 만에 아들을 만나러 간다는 노인을 만나 광둥 공항에서 부자 상봉하는 극적인 장면을 연상했었다.

광둥 공항 도착 대합실에는 이들을 영접하러 나온 인파로 발 들여 밀틈도 없고 중국인 특유의 떠드는 소리에 질겁을 하겠다. 이들은 크고 작은 나무판자에 누구누구 환영 또는 누구누구 영접이라고 흰 바탕에 붉은 글씨도 있고 붉은 바탕에 먹글씨로 쓴 피켓을 들고 우리 일행이 나가는데 조금도 비켜 주려 하지 않는다.

그렇지만 수십 년씩 떨어졌다가 이렇게 이산가족이나 친지가 만날 수 있는 것만 해도 얼마나 좋을까. 필자는 언제나 우리도 평양 공항에서 이런 장면을 연출할 수 있을까 하고 부럽게 점쳐 보기도 했다.

그런데 기내에서 만난 문제의 노인이 아들을 만나는 장면을 그만 보지 못했다. 나중에 무비 카메라를 가진 일행 중의 K사장이 역시 실 향민이라 관심이 있어 그들의 상봉 장면을 비디오로 찍기 위해 뒤따라가 현장을 목격했는데 그들의 부자 상봉이 극적이 아니고 너무도 싱겁게 이루어져 실망했다고 한다. 하기사 남자끼리 만나는 장면이 그럴 수도 있겠지만 또 한편으로는 그들은 흘릴 눈물이 이제는 남아 있지 않았는지도 모른다.

1949년에서 1989년까지 40년간의 헤어짐이 어찌 현장의 극적 상봉만으로 다 표현할 것이며 남 보기에 덤덤하더라고 해서 그 가슴 깊이 쌓인 사연에야 변함이 있을까 싶다.

우리나라의 공항에는 송영객이 주로 여자인데 반해 이곳 광동 공항은 주로 나이 든 남자들이며 그것도 곤색 국민복을 거의 입고 있어 공항 분위기를 더욱 어둡게 하고 있었다.

이산가족 말이 났으니 안내원이 전하는 바로는 중국의 동북 지방 그러니까 구 만주를 비롯해 본토에도 상당수의 우리 교포가 살고 있는데 그들에게 우리 남한의 친지가 방문하게 되어 실로 반세기 만에 만나는 예가 적지 않다고 한다. 북한 거주 친지와는 벌써 오래전부터 왕래가 있지만 남한 거주 친지와 상봉한 지는 극히 최근이라고 한다.

그런데 여기 중국에서 말하기를

'북한 거주 친지를 만나면 그들을 도와주어야 해서 계속 돕다 보니 끝내는 거지가 되고, 남한 거주 친지를 만나면 도움을 받고 또 받기 때문에 부자가 된다.'라는 말이 유행어라고 하며 남한 거주 친지의 방문을 바라고 또 몹시 부러워한다고 한다.

그러니 대만 거주 친지가 본토의 이산가족을 만나면 이것저것 싸 가지고 올 뿐 아니라 사업자금도 도와주어서 대만에 친지가 있는 사람을 못내 부러워한다고 전했다.

이렇게 되니까 중국 정부도 대만에 사는 친지의 내왕을 은연중에 장려하는 꼴이 되었고 본토에 투자하기를 권유하는 형편이 된 것도 무리가 아닌 것 같다.

또한 그들의 본국 투자도 우리 한국인보다는 훨씬 유리한 조건인 것만은 여러 면에서 입증되고 있다.

휴양도시 청도

청도 공항에서 시내로 들어오는 버스 안에서 마중 나온 안내원이 청도에 대하여 여러 가지를 알려주었다.

청도는 우리나라의 전주와 같은 위도상에 있고 우리나라와 가장 가까운 거리에 있으며 청도 시는 5개의 현(縣)으로 되어 있는데 시내 만 92㎢이고 인구는 전체 630만 명, 시내만은 130만 명인데 수도인 북경 외의 대도시로는 상해(上海), 대련(大連), 제남(濟南) 그리고 청도(青島)가 4위인데 이곳은 겨울에도 영하 3℃가 최저이며 연평균 기온이 12℃로 이름있는 피서지 해수욕장이 다섯 곳이나 있고 52개의 섬이 달렸으며 중국의 남북에서 자라는 각종 희귀 식물까지 도 여기서 볼 수 있어 가히 중국의 대표적인 식물원 구실을 하고 있단다.

이따금 스치고 지나가는 버스는 노선버스인지 사람이 가득 탔고 지붕에는 짐을 싣고 있으며 도로에 차선을 그려 놓지 않았는데도 용케 부딪치지 않고 잘 다니고 있었다.

이곳 사람들은 일반적으로 가늘고 여자 노동자들은 머리에 흰 모자를 쓰고 마스크로 가려 눈만 내놓고 있다. 이곳 청도는 과거에 독일이 23년 간, 일본이 16년 간이나 조차하고 있었던 관계로 시내의 건물들이 유럽식과 일본 전통 양식이 혼합되어 세워져 있었다.

청도 당국은 공업화와 더불어 신시가지를 건설하고 있으며 시청도 머지 않아 신시가지로 옮길 계획이고 20여 층의 최신식 도서관을 신축 중이라고 했다.

외자 유치 정책에 따라 백여 개의 합작회사가 있는데 그중에 독일과 합작한 냉장고 공장은 중국에서 가장 규모가 크다고 하며 한국 자본도 들어와 라면 공장, 가발 공장 등을 경영하고 있고 특히 청도는 맥주 맛이 좋아 일본, 홍콩, 미국 등지에 수출하고 있다고 소개했다.

오전 8시 30분에 청도 시 대외경제무역위원회 회의실에서 양측 각각 20명씩 대좌하여 수출입 및 합작투자 전반에 대한 논의가 있었다.

인류가 남긴 최고의 토목공사

이 말은 죽은 모택동 주석이 한 말이라고 한다. 중국어로는 不到里 長成 非好漢 이라고 쓴다. 만리장성 입구의 기념품점에는 이 문구를 찍어 놓은 가방, 보자기, 접시 등이 곧잘 팔리고 있었다.

만리장성은 옛 인류가 남겨 놓은 거대한 토목공사 가운데 피라미드와 아울러 공사의 규모로는 세계 제일로 7대 불가사의 가운데 하나이다.

1978년에 우주 비행사가 인공위성에서 지구를 내려다보니 후버댐과 만리장성밖에 보이지 않더라고 해 더욱 유명해졌다.

만리장성은 전장 6,000km로 만 리가 넘어 1만 5천 리 길이이다. BC 4세기경에 동쪽에서 시작하여 서쪽으로 뻗어 간 이 성벽은 17세기인 1644년에 공사가 끝났는데 무려 2천 년의 세월에 걸쳐 이만한 토목공사로 성벽을 축조했다는 것은 중국인이 아니면 엄두도 못 낼 대역사라는 점에서 가본 사람이면 누구나 그 규모에 놀란다.

우리 사절단 일행은 4월 23일 일요일을 맞아 버스로 만리장성을 향했다. 북경에서 장성 아래까지는 약 75km 정도로 달리니 두 시간이 걸렸다. 관광객 때문에 차가 많이 붐벼 더 이상의 속력을 낼 수가 없다.

길가에는 '高高興興上班來 平平安安用家法'라고 쓴 현수막이 걸려 있는데 이것은 '즐거운 마음으로 직장에 출근하고 평안하게 집으로 돌아가자.'라는 일종의 캠페인 구호라고 했다.

우리 일행은 안내양을 따라 걸어서 올라갔는데 만리장성에 올라서 담배를 피우면 벌금이 20원(元=4,000원)으로 담배를 피우지 못하게 되어 있다. 그리고 길가에 핸드마이크를 든 청년이 관광객을 향해 '질서를 지키자' 라고 외쳐 대고 있다.

관광객이 그만큼 많은 것이다. 좁은 돌계단을 밟고 올라가고 내려오는데 어찌나 사람이 많은지 옆을 돌아보거나 서서 사방을 바라볼 여유도 없이 그저 사람에 치여 현기증이 날 지경이다. 일요일이기도 하여 남녀노소 할 것 없이 세계의 인종이란 인종은 다 모여 전시하는 것 같았다.

만리장성은 단순한 성벽이 아니다 폭이 40m는 될 너비로 양쪽에 성을 쌓고 그 안에 흙을 채워 약 3m가 넘는 높이로 쌓은 성벽인데 그 위를 두 마리의 말이 나란히 달려가게 되어 있고 1km쯤 되는 거리마다 망을 보는듯한 더 높은 감시소 같은 것을 크게 지어 놓았다. 이런 성벽이 산의 능선을 따라 꾸불꾸불 끝도 없이 이어져 있는 것이다.

참으로 미련스러운 공사이며 이 일을 하기 위해 얼마나 많은 무고 한 백성을 동원하여 혹사시켰을까 생각하면 기가 막힌다.

7대 불가사의라고 하는 것은 이 성벽이 전쟁 특히 전투에 그렇게 유용하게 쓰인 적도 없으며 또 그다지 필요한 것도 아닌데 역대 국왕들이 왜 이 성을 계속 쌓았는지 모른다는 점에 의문점은 있다는 것이다.

우리는 이따금 연변서 왔다는 함경도 사투리의 아주머니들을 만났는데 그들은 우리가 서울에서 왔다니까 그렇게 반가워할 수가 없었다.

이제 이곳 중국 관광에서 화장실 이야기를 빼놓을 수 없다. 소변보는 곳은 그렇다 치고 대변 보는 곳이 정말 특이하다. 일렬로 여러 사람이 줄지어 앉아서 용변을 보게 만들어놓았는데 앞문이 없다.

그러니까 용변을 보면서 저 멀리 오고 가는 사람을 다 볼 수 있게 만들어져 있고 용변 보는 사람끼리도 서로 이야기도 할 수 있다. 다만 관광객들은 이 광경을 볼 수 없는 곳에 지어 놓았다. 생각하기에 따라서는 편리하고 개방된 시설이다. 이에 대하여 안내원의 풀이가 더 걸작이다. 그가 말한 대로 적어 둔다.

"제가 말씀드린다면 마 '변소문화'라고 하겠습니다. 저는 그런 제목으로 이 변소에 대하여 글을 써 발표한 적이 있습니다. 이런 개방된 변소에서는 무엇보다도 첫째는 옆 사람끼리의 정이 오갈 수 있고, 둘째 대화의 터전이 될 수 있으며, 셋째 사람 간에 차별이 있을 수 없을 뿐 아니라 넷째는 휴지로 쓸 신문지를 서로 쪼개 나누어 가질 수 있으니 평등하고 균등한 사회의 훈련이 된다는 의미에서 그야말로 매우 뜻이 있는 착상이라고 하겠습니다. 밀폐되어 악취가 풍기는 그런 곳보다야 한결 낫지 않습니까." 꿈보다 해몽이 더 좋다고 했던가? 넓은 세상이다 보니 화제도 여러 가지다.

만리장성 주변의 산들은 하나같이 벌거숭이다. 자연경관은 볼 것이 없었다. 우리 일행은 최정상까지는 오르지 못하고 시간 관계로 중도에서 발길을 돌렸다.

동탑 산업훈장 수여식에서(김중조 회장)

成元에드워드 천안 본사 및 공장 준공

2부

냇 킹 콜의 감미로운 노래

르네상스맨, 김창송 회장님

박준서
전)연세대 교학부총장, 경인여대 총장

한 사람이 자기가 속해 있는 분야에서 두각을 나타내기는 쉬운 일이 아니다. 그런데 사람 중에는 여러 가지 분야에서 남다른 능력을 발휘하는 출중한 인물들이 있다. 그런 사람을 흔히 '르네상스맨'이라고 부른다. 필자가 아는 인사 중에 '르네상스맨'을 들라고 하면, 김창송 회장님을 손꼽는데 주저하지 않을 것이다.

김 회장은 성원교역 회사를 설립하고 운영해 온 성공적인 실업인이다. 일찍이 무역 통상 사절 단장으로서 실업인들을 이끌고 세계가 좁다고 누비고 다녔고, 한국 수입협회를 창설하였다. 그리고 수입연수원까지 세워 '무역한국'의 기틀을 놓는 데 크게 기여한 공로자이다. 그런 김 회장이 중년 이후, 수필 문학에 심취하여 수필문학가로서 일가를 이루었고, 감동적이고 유려한 문체로 10권의 수필집을 출간했다. 노년에 들어서는 시인으로 등단하여 주옥과 같은 시어로 쓰인 시집 『새벽달』을 출간하여 '르네상스맨'의 면모를 과시했다.

독실한 크리스천으로서, 장로의 직분을 맡아 열과 성을 다해 교회를 섬겨왔고, 국내외 400개소 이상의 지회를 가진 한국기독실업인회(CBMC)

의 전국 회장의 중책을 맡아 기독교 지도자로서 능력을 발휘하기도 했다. 그런 공로로 세계 CEO 전문인 선교 대상을 수상했다. 김 회장은 지도자는 마땅히 사회에 봉사해야 한다는 투철한 사명감으로, 바쁜 시간을 쪼개어 가정법원 가사 조정위원으로 오랜 기간 봉사했고, 가사 조정협의회장의 책임을 맡기도 했다. 또한 '오른손이 하는 것을 왼손이 모르게 하라'는 성경 말씀대로 알려지지 않게 수많은 선한 일을 해오고 있다.

김 회장의 뜨거운 '나라 사랑'은 모든 사람의 귀감이 된다. 그는 최재형 독립투사를 기리는 기념사업회 설립에 앞장섰고, 초대 이사장으로서 독립운동가요 순국열사 최재형을 한국 사회에 알리는데 진력했다. 뿐만 아니라 고려인 대학생들을 돕는 최재형 장학회를 만들어 그의 애국정신을 고려인 젊은 세대에 이어가게 하고 있다. 김 회장이 최근 출간한 에세이집의 제호는 『아! 최재형 님이시여』이다. 이는 그가 얼마나 진정으로 애국열사 최재형을 존경하고 흠모하는지를 잘 보여 주고 있다.

구약성경 창세기에 보면, 이스라엘의 조상 야곱은 애굽에 내려가서 애굽왕에게 이렇게 자기를 소개했다. "나의 나그네의 긴 세월… 험악한 세월을 보냈나이다." 김 회장의 삶의 여정에서도 '험악한 세월'이 있었다. 고향을 떠나 혈혈단신 월남하여 기댈 곳이라고는 아무 데도 없던 외롭고 힘들었던 피난민 시절, 그는 학비를 벌기 위해 건설공사판에서 품팔이를 하기도 했다.

필자는 외유내강(外柔內剛)이라는 말이 김 회장 이상으로 잘 들어맞는 사람이 별로 없을 것으로 생각한다. 항상 미소를 띤 얼굴의 김 회장은 외면으로는 부드럽기가 이를 데 없다. 그러나 내면은 고강도 강철보다도 더 강인한 의지력과 인내력, 좌절하지 않는 투지력과 추진력은 누구도 그를 따르기 어렵다. 김 회장께서 성취한 수많은 사역은 어느 것도 저절로 이루어진 것은 없다. 모두가 최선을 다하는 성실하고 끈질긴 노력의 결과이다. 무엇보다도, 끊임없이 새로운 것을 배우려는 학구열과 자기 계발을 위한 부단한 노력은 그의 깊은 신앙심과 더불어 평생토록 김 회장을 이끌어 왔고, 오늘의 그를 있게 한 원동력이다.

신약성경에는 유명한 달란트 비유가 있다. 먼 길을 떠나는 주인은 종들에게 달란트를 나누어 주었다. 5달란트를 받은 종은 그것을 밑천으로 열심히 장사해서 다섯 달란트를 남겼고, 두 달란트를 받은 종도 노력해서 두 달란트를 남겼다. 돌아온 주인은 기뻐하며 두 갑 절씩 남긴 종들을 크게 칭찬했다. 김창송 회장은 받은 달란트의 두 갑 절만 남긴 것이 아니라, 불굴의 의지와 근면한 노력으로 세 갑절, 네 갑 절을 남긴 충성된 하나님의 종이라고 생각한다. 갑절을 남긴 종들에게 주신 하나님 칭찬의 말씀이 김 회장님에게도 분명히 임하실 줄 믿고 기도한다.

'착하고 충성된 종아! 네가 적은 일에 충성하였으매, 내가 많은 것을 네게 맡기리니 네 주인의 즐거움에 참여할지어다.'(마태복음 25:21-23)

박준서
연세대 구약학 명예교수
전 연세대 교학부총장, 경인여대 총장

무역과 수필, 그리고 고려인 동포 사랑

이정림
≪에세이21≫ 발행인 겸 편집인

지금까지 쓰신 글들의 총결산이 될 ≪무역 인생≫의 출간을 진심으로 축하드립니다. 무역업을 하시는 김창송 선생님과 수필을 쓰는 저와의 만남은 언뜻 연관성이 없어 보이는데 돌이켜보면 선생님과의 인연은 28년이나 됩니다.

소원(素原) 김창송 선생님이 제가 수필 강의를 하는 한국일보 문화센터로 찾아오신 것은 1996년 1월이었습니다. 나중에 알게 된 것은 문장을 배워 사사(社史)를 쓰고자 하는 목적에서였다고 합니다. 그러나 선생님은 처음의 투지와는 달리 마음의 갈등을 겪는 것처럼 보였습니다. 한 시간 투자하면 한 시간의 성과가 있어야 한다는 사업가적 생각만 해 왔을 선생님이 끝이 보일 것 같지 않은 글공부에 회의를 느꼈음은 당연한 일이었을지도 모릅니다.

그런 마음의 갈등을 홍역처럼 치르시고 난 후, 선생님은 일주일에 한 번 문학의 향기에 젖는 즐거움을 알게 되셨습니다. 그러나 그 즐거움 속에도 스트레스는 숨어 있었는데, 그것은 문예적인 산문, 즉 수필을 써야 한다는 아주 새로운 스트레스였습니다.

선생님이 선친께 물려받은 교훈은 정직·근면·절약이었습니다. 그래서 선생님은 글공부에도 남달리 근면하였습니다. 누구보다도 바빴지만 누구보다도 열심히 수업 준비를 하시고 온 것도 다 그런 정신 때문이 아니었나 싶습니다. 그리고 선생님은 또한 정직하셨습니다. 힘든 나머지 편법(便法)의 길을 찾으실 만도 한데, 교실 맨 끝 작은 걸상에 앉아 문학을 정공법(正攻法)으로 접근하려 하시는 진지한 모습은 매우 인상적이었습니다. 그런 성실한 자세는 낯설게만 여겼던 문학으로 선생님을 가까이 다가서게 했을 뿐 아니라, 마침내는 수필 전문지를 통하여 추천(1999)을 받는 영광까지 안게 되었습니다.

선생님은 이제 당신의 그 숱한 체험을 수필로 형상화할 수 있는 작가적 기량을 갖추고 계십니다. 그것은 기적 같은 발전이 아니라 성실과 끈기의 대가였습니다. 선생님은 사업과 문학이 분야는 달라도 최선을 다하면 그에 대한 성과를 거둘 수 있다는 점에 공통성이 있음을 증명해 보이셨습니다.

선생님은 또 수필뿐만 아니라 해외에서 독립운동을 벌이신 애국 투사를 찾아내어 그분의 정신을 기리는 사업을 하고 계십니다. 선생님 삶의 모델이 되신 분은 페치카라는 애칭을 가진 고려인의 대부, 최재형 애국지사입니다. 누구보다 그분이 선생님의 마음속에 들어온 것은 그분도 사업가이실 뿐만 아니라 젊은 인재들을 뽑아 장학금을 주고 학교를 세우신 그 노블레스 오블리주 정신의 소유자이셨기 때문이었습니다.

소원 선생님은 마침내 '독립운동가 최재형기념사업회'를 설립하고 고려인 동포 청년들에게 장학금을 주고 계십니다. 이런 일은 돈만 있다고 할 수 있는 게 아닙니다. 동포에 대한 사랑이 없으면 할 수 없는 일입니다.

일제의 총살에 순국하시어 어디에 시신이 묻혀있는지도 모르는 최재형 선생의 위패를 현충원에 모신 일도 아무나 할 수 있는 일이 아닙니다. 구천을 떠돌던 외로운 혼이 소원 선생님의 발원으로 해방된 고국에서 영원한 안식을 찾게 된 것입니다.

일찍이 무역업에 성공하신 사업가이자, 독자들에게 공감을 주는 수필을 쓰시는 소원 선생님, 이제는 더 넓은 마음으로 최재형 선생의 얼을 계승하여 고려인 동포 자녀들을 위해 후원을 아끼지 않으시는 모습에 존경을 표하지 않을 수 없습니다. 부디 강령하시어 내내 건필하시기 바랍니다.

이정림

〈수필문예〉로 등단(1974). 한국일보 신춘문예 수필 부문 당선(1976). *수필집 ≪당신의 의자≫ ≪이정림, 그의 수필과 인연들≫ 외 3권. *평론집 ≪한국수필평론≫ 외 1권. *이론서 ≪세상 모든 글쓰기-수필쓰기 개정증보판≫ ≪이정림의 수필 특강≫ 외 1권. *수필선집 ≪사직동 그 집≫ 외 2권. *수상 : 현대수필문학상, 신곡문학상본상, 조연현문학상, 조경희수필문학상본상, 올해의 수필인 상, 김태길수필문학상. (현재) 수필전문지 계간 〈에세이21〉 발행인 겸 편집인

함박눈이 내리던 날

　손녀딸의 3학년 겨울 방학이 드디어 끝이 났다. "숙제는 다 했니?" 하는 내 물음에 그 애는 그렇다고 눈으로 대답한다. 그동안 그렇게도 포근했던 날씨가 아이들의 개학에 맞춰 시샘하듯 바람이 차다. 콩알같이 작은 안경을 콧등에 걸친 아이의 두 볼이 추운지 빨개져 있다. 나는 언제부터인가 토요일 아침이면 산책길에서 돌아오다 손녀딸을 만나 학교에서 5분 데이트를 한다.

　"너 지금도 식판 검사(檢査) 담당이니?" 하는 내 물음에 "할아버지, 있잖아요. 장난꾸러기 인철이가 밥을 남겨서 칠판에 이름을 써놓았더니 선생님한테 그 애 혼났어요."라고 우쭐댄다. 손녀는 마치 무슨 벼슬이나 한 것처럼 기분이 들떠 있다. 누구나 어릴 때는 선생님의 심부름이나 관심을 받으면 신이 나는 모양이다.

　내가 다니던 초등학교는 저 북녘땅 두만강 변 끝자락에 있었다. 3학년 겨울 방학이 시작되기 전날, 선생님은 내게만 따로 숙제를 내준다면서 "방학 동안 학교에 나와 교실 뒷벽에 걸어 놓은 온도계를 보고 그 옆의 그래프에 그날의 실내 온도를 점(鮎)으로 표시해 놓으라."라고 하였다. 그 많은 아이 중에서 유독 나만을 불러 숙제를 시키시니 은근히 어깨가 으쓱해지고 자랑스러운 마음마저 들었다.

처음 며칠은 일찍 자고 일어나 학교에 가서 선생님이 시키신 대로 수은주의 눈금을 보며 빨간 색연필로 점을 찍었다. 그런데 동지섣달이 지나면서 조금씩 내리던 눈이 밤새 폭설이 되어 쌓인 다음 날 아침, 난감한 일이 생겼다. 우리 학교는 마을 뒷산 허리를 깎아 지어서 운동장에서 위쪽에 있는 교실까지 가려면 계단이 무려 백여 개는 되었다.

그날 아침 무릎까지 푹푹 빠지는 눈 속을 걸어가 계단에 쌓인 눈을 두 손으로 헤치며 한 발 한 발 올라갔다. 그리고는 제법 올라갔는가 싶어 숨을 몰아쉬며 아래를 내려다보는데 그만 발이 미끄러지며 계단에서 굴러떨어지고 만 것이다. 얼마 후 정신이 들어 학교를 올려다보니 건물은 마치 하늘에 떠 있는 구름같이 높게 보였다. '오늘은 그만두고 며칠 후 눈이 녹으면 한꺼번에 적당히 점을 찍어 놓은들 누가 알랴.' 생각하며 돌아서려는데 느닷없이 담임선생님의 노기 띤 얼굴이 떠오르는 것이 아닌가.

그 순간 도둑질하다 들킨 사람처럼 덜컥 겁이 났다. 나는 다시 일어섰다. 선생님이 내게만 특별히 내주신 숙제가 아니던가. 결코 포기할 수 없다. 꼭 다시 올라가고야 말 것이다. 혼자 이렇게 중얼거리며 일단 집으로 돌아갔다. 그러고는 미끄러지지 않게 굵은 새끼로 신발을 몇 번이고 얼키설키 돌려 감았다.

그때는 가난한 일정시대(日政時代)라서 우리 마을에는 운동화를 신고 다니는 아이들이 많지 않았다. 대처에서 이사 온 어업조합(漁業組合) 이사네 집이나 동네 몇몇 부잣집 아이들밖에는 없었다. 나는 그 흔한 까만 고무신도 없어 그 애들이 신다 버린 낡은 신발을 주워 오면 어머니가 호롱불 밑에서 밤을 새우시며 그 신창에다 두꺼운 천을 대서 만든 신발을 신고 다녔다. 그러니 그 밑창이 닳고 닳아 갠 날에도 언덕바지 학교를 오르려면 몇 번이고 미끄러지곤 했는데, 하물며 눈길에서 넘어지지 않을 수가 없었던 것이다.

나는 기다란 나무 막대기를 지팡이 삼아 양손에 하나씩 잡고 언덕길을 다시 올랐다. 예나 지금이나 두만강 강가의 매서운 추위에다 시베리아의 눈보라마저 휘몰아쳐 오는 날이면 토끼털 귀마개나 벙어리장갑이 제아무리 두껍다 해도 그 강추위에 견뎌낼 장수가 없었다. 그러나 나는 젖 먹던 힘을 다해 드디어 그 높은 계단을 오르고야 말았다. 그리고 교실에 들어가 온도계의 눈금을 보고 그래프에 점 하나를 찍어 놓았다. 숙제는 불과 몇 초에 마쳤다. '이 점 하나를 찍기 위해 이렇게 고생하다니.' 나는 선생님이 원망스럽기까지 했다.

막상 숙제하고 나니 이번에는 내려갈 일이 또 걱정이었다. 어차피 넘어질 것이라면 만사를 내맡기고 처음부터 눈에 털썩 주저앉아 썰매 타듯 내려가는 것이 낫겠다고 생각했다. 처음에는 약간의 스릴마저 일더니 점점 무섭게 가속도가 붙으며 옆으로 몸이 기울어지자, 나는 공처럼 사정없이 굴러떨어졌다. 희부연 눈보라 때문에 눈을 뜰 수조차 없고 눈 코 입은 눈으로 범벅이 되었으니 눈사람이 따로 없었다. 엉엉 소리를 내 울어봐도 입이 얼어붙어 소리가 입속에서만 맴돌고, 눈에서는 눈물인지 눈 녹은 물인지 알 수 없는 물이 계속 흘러내렸다.

점 하나를 찍기 위해 나는 그해 겨울 매서운 추위에 씨름해야 했다. 점 하나하나가 이어져 '길이는 있으나 넓이와 두께는 없다.'라는 선(線)으로 이어진다고 했던가. 생각해 보면 우리 인생도 하나하나의 점으로 엮여져 삶의 여정(旅程)이라는 기다란 선으로 이어지는 것 같다. 그렇다면 그 점 하나하나를 어찌 소홀히 할 수 있겠는가. 지금도 함박눈이 내리는 날 창가에 서 있노라면 그 옛날 그 붉은 점이 문득문득 떠오르곤 한다. 만일 그때 내가 그 점 하나를 찍지 않고 그냥 돌아서 왔다면 지금 내 귀여운 손녀에게 무슨 이야기를 들려줄 수 있을까.

아이는 발목까지 올라오는 따뜻한 털신에다 웬만한 추위는 능히 이겨낼 수 있을 정도로 푹신한 오버코트를 입고 내 곁에서 평화롭게 걸어가고 있다. 교문 앞에서 잡았던 손을 놓고 혼자 가라고 살며시 떠밀었더니, 아이는 작은 손을 들어 할아버지에게 흔든다. 그 애는 오늘 학교에서 인생의 점 하나를 찍을 것이다.

(1999. 6.)

무교동 뒷골목

　창밖이 훤히 밝았다. 어제는 해묵은 일기장들을 뒤적이다가 늦게 잠이 들었다. 아침에 눈을 뜨자 지척에 있는 산정호수(山井湖水)를 둘러보기 위해 부지런히 밖으로 나섰다. 벌써 명성산 봉우리에는 시골집 굴뚝에서 솟아오르는 연기 모양 구름이 띠를 두르고, 넓은 호수에서 피어오르는 뿌연 물안개는 신비스럽기만 하다.

　숨을 몰아쉬며 잰걸음으로 산길을 따라 올라가 호숫가를 걷는다. 그러고는 멀리 푸른 숲이 병풍처럼 에워싼 바위산을 바라보니 침묵하는 산정의 아침 풍광은 마치 때 묻지 않은 한 폭의 산수화와도 같다. 나는 살아 숨 쉬고 있는 대자연의 화폭 속에서 지나온 세월의 모습을 더듬어 본다.

　성원(成元)이라는 작은 집을 짓고 외길로 달려온 지난 삼십 성상. 간밤에는 기쁘고 암울했던 옛 추억들을 되살려 한 장의 종이 위에 옮겨 보았다. 지나온 날들을 엮고 이어서 성원이 자라온 사력(社歷)을 정리해 보고 싶은 생각에서였다. 흐릿한 기억 속에서도 옛날 일을 상기하기에는 사진만 한 것이 없다. 그래서 흔히 흘러가는 세월 속에 남는 것은 사진뿐이라고 했던가.

　삼십 년 전 나는 10년 근속한 신원무역주식회사(信源貿易株式會社)가 무리한 광산물 수출로 기울어지자 자의 반 타의 반으로 정든 회사를 떠나야 했다. 그리고 겁 없이 작으나마 내 사업을 시작하였다.

사진을 정리하다 보니 내가 서울 남대문 세무서(지금의 남대문시장 입구)에서 영업 감찰을 받은 날로부터 오늘이 꼭 서른 돌이 된다. 어떤 흑백 사진은 누렇게 빛이 바래어 만지기조차 조심스러운 것도 있다. 무심히 들여다보노라니 나도 한때 이렇게 젊고 의욕이 넘치던 때가 있었는가 싶어 슬며시 웃음이 나온다. 무상한 세월의 무게에 누구나 쇠잔해질 수밖에 없는 하늘의 섭리를 생각해 보니 인생무상(人生無常)의 쓸쓸함이 실감 된다. 그 때 묻은 사진들 속에는 한때 남다른 수완과 재능을 자랑하던 많은 선배와 지인(知人)들이 웃고 있지만, 지금은 이미 고인이 되고 없다. 이승에서는 다시 만날 수 없음에 유한한 인생길이 다시 한번 덧없이 느껴진다.

처음 창업하던 해의 기록과 사진은 아무리 찾아봐도 찾을 길이 없다. 지난 세월 사무실을 이곳저곳 옮겨 다니며 전전하기를 다섯 번, 그때마다 짐이 된다고 태워 버린 그 흔적들이 지금은 이렇게 아쉬울 수가 없다.

서울특별시 남대문로 3가 시경(市警)에서 한국은행 본점 중간쯤 큰길가에 면한 한 낡은 목조 건물 이 층에 난생처음 사무실이라고 열었다. 그때 걸었던 회사 간판을 나는 지금도 무슨 큰 보물단지처럼 소중히 간직하고 있다. 어느 날, 책받침보다 조금 클 듯한 하얀색 얇은 플라스틱 판넬에 '성원약품상사(成元藥品商社)'라고 붓으로 쓴 간판을 무교동 뒷골목 어느 간판집에서 며칠 전 주문했던 것을 찾았다.

부슬부슬 내리는 봄비를 맞으며 새 사무실로 걸어가면서 새로 태어나 강보에 싸인 아기 같은 회사가 탈 없이 자라 주기를 하늘을 우러러 기원했던 기억이 어제만 같다. 자식이라곤 두 아들(6살, 4살)뿐인 나는 딸 하나 더 키우는 마음으로 새 회사에 모든 정성을 다하겠노라고 다짐했었다. 아내에게도 가정보다 회사를 위해 밤낮으로 일하겠노라고 매서운 선언까지 했다. 물론 어린 것들의 아버지 노릇도 제대로 할 수가 없었다. 설날이나 추석 명절 연휴 때면 으레 해외로 나가 일했기 때문이다. 그뿐만 아니라 실향민인 나에게는 남들이 즐기는 설날에는 도리어 고아 같은 설움이 밀려오기 때문에 더욱 밖으로 나가려 했는지도 모른다.

삼십 성상이란 어느 누구에게나 결코 짧지만은 않은 애환의 세월이었다. 그래서 기업의 수명은 보통 30년이라 했던가. 창업하고 2년 후, 70년도 어느 여름날 여권을 힘들게 내어 처음 바깥세상에 나가 보았다. 일본 오사카 남성무역(南星貿易) 곽 사장의 초청이었는데, 지금도 그때의 그 감격을 잊을 수가 없다. 그뿐 아니다. 서초구 서초동에 있는 교육대학 건너편 유휴지에다 2층 클럽하우스에 락카 룸까지 갖춘 국제 규모의 테니스장을 개장한 뒤 '성원약품상사 부설 패밀리 테니스 클럽'이라 이름 짓고 큰 꿈속에 오픈식을 가졌을 때의 감격, 그런가 하면 어느 날 저 멀리 스칸디나비아반도 P 회사로부터 예고 없이 거래 중단의 통보를 받고 불원천리 스웨덴 현지로 달려가 다시 거래를 이어 놓은 기막힌 사건도 있었다.

수출만이 애국이라 하여 봉제완구 공장을 세웠으나 5년도 넘기지 못하고 중국 제품의 헐값에 밀려 부득이 문을 닫던 아픈 기억들, 하루아침에 일터를 잃은 수백 명의 어린 여공들의 흐느낌은 지금도 가슴을 저리게 한다. 그때 그 많던 젊은 여성들은 지금쯤 어디서 무엇을 하고 있을까.

어찌 그뿐이랴. 싱가포르의 천연 생고무를 수입했으나 국내 고객들의 약속 불이행으로 큰 피해를 입었던 기억들, 의형제 같던 젊은 인도인 '미스터 샤'의 도산 소식에 가슴이 아팠던 일, 영국 에드워드 회사와 반도체 관련 합작의 숨은 이야기들.

그리고 누구보다도 창업 때 나에게 한국 대리점권을 처음으로 준 오사카의 남성무역 중국인 곽 사장을 일등 은인으로 꼽지 않을 수 없다. 그는 13세라는 어린 나이에 대만 남단 타이난에서 가난을 못 이겨 일본으로 밀항하여 자수성가한 입지전적인 인물이다. 작은 키에 다부진 몸매, 그리고 그의 검소한 생활은 나에게 또 다른 삶의 지침서가 되어 주었다. 그는 넓은 정원에 고급 승용차를 세워 놓고도 지하철로 출퇴근하는가 하면 주말이면 본인이 경영하는 대형 주차장 경비실 야전침대에서 몸소 숙직하며 새우잠을 잤다. 물 한 방울도 아끼려고 궂은일을 도맡아 하는 그의 부지런함은 어느 공사장 막노동꾼과 다를 바가 없었다.

지난 세월 나는 많은 경영 선배를 보아 왔으나 그와 같이 몸으로 감내한 경영철학은 아득한 세월이 지났어도 나의 뇌리에 생생히 기억되어 있다. 그의 자신에 넘친 지론, 겸손과 근면, 절약 이념, 그리고 쉼표가 없는 빠른 걸음, 이런 정신은 차세대에도 연면히 이어져 나가야 할 것이다. 이윤 추구가 기업의 종착역이라고들 하나 성실과 봉사도 잊어서는 아니 될 덕목이다.

이 아침에 또 다른 희망찬 새 평원을 향해 뛰어갈 것을 다짐하며 서서히 자리에서 일어난다. 새 기원 2000년대가 우리를 손짓하는 것만 같다. 고요함이 감도는 호수를 뒤로 한 채 나는 걸음을 옮긴다. 아침 해가 유달리 찬란하게 보이니 제2의 30년을 향한 첫 출발은 더욱 밝으리라 믿어진다.

(1998. 2.)

냇 킹 콜의 감미로운 노래

어느 분의 수필을 읽다가 한 대목이 내 시선을 끌었다. "영국 왕실은 햄릿의 연기를 잘 소화해 낸 배우 로렌스 올리비에게 작위를 내려 '서 (Sir)'라는 경칭이 붙게 하였다."라는 바로 그 문장이었다. 그런데 이 '서'라는 낱말을 대하는 순간 나에게는 연상되는 한 일화가 떠올랐다.

지난날 미 대륙에서 흑백 갈등이 기승을 부릴 때의 일이다. 한낮에 거리를 활보하던 백인 젊은이들이 흑인 노인에게 길을 물었다. 노인은 하던 일을 멈추고 자세히 그리고 친절히 가르쳐 주었다. 그러나 이야기를 다 듣고 난 한 젊은이가 느닷없이 노인의 뺨을 때렸다. 미천한 흑인이 백인에게 '서'라는 존칭을 붙이지 않았다는 것이다. 마침 옆에서 이 모습을 지켜보고 있던 아들이 울분을 참을 수 없어 그들에게 대들려고 하니 길에 쓰러져 피를 흘리고 있던 아버지가 아들을 붙잡고 이렇게 말했다.

"안돼. 지금은 싸울 때가 아니다. 참아라, 참아야 한다."

북받쳐 오르는 억울함을 누를 길이 없는 아들은 그 자리에서 괴롭게 소리를 지르며 미친 듯이 벌판으로 내달렸다. 그는 그날 밤 교회의 십자가 앞에 엎드려 "어찌하여 나를 저주받는 흑인의 아들로 태어나게 했습니까" 하고 창조주에게 원망하며 흐느끼고 있었다. 이때 그의 등 뒤에서 낮은 음성이 들려왔다.

"사랑하는 내 아들아, 너는 먼 훗날 반드시 백인보다 나은 흑인이 될 것이다. 그때가 바로 네가 이기는 때다. 그러나 지금은 그때가 아니야."

아버지의 부드럽고도 근엄한 타이름과 함께 흑인 부자(父子)는 부둥켜 안고 눈물로 밤을 지새웠다. 그 아들이 나중에 세계적인 가수가 된 냇 킹 콜이다. 그는 훗날 카네기 홀에서 그리고 링컨센터 같은 훌륭한 음악의 전당에서 수없이 노래를 불렀다. 지난날의 잊지 못할 설움을 한풀이나 하듯이. 그때마다 그는 많은 백인 청중을 감동을 줬고, 그칠 줄 모르는 열광의 박수 소리는 장내를 뒤흔들었다. 아버지가 말씀하신 '그때'가 그에게 찾아온 것이다.

사람의 한평생은 고해(苦海) 같다고 한다. 그리고 그 일생은 마라톤같이 힘겨운 달리기에 비유되기도 한다. 그렇다면 어느 누구도 이 가시밭 같은 인생길을 건너뛰어 갈 수는 없는 일이지 않겠는가. 세상살이를 하면서 사람들은 누구나 크고 작은 아픈 사연들을 간직하고 살아가게 마련이다. 어찌 명성 높은 저 유명 가수에 비할까마는 나도 예외일 수는 없었다.

그러니까 피난 시절, 너나 할 것 없이 모두 가난과 싸울 때였다. 급한 학비라도 손에 쥐려면 공사판에 나가 하루 품팔이를 하는 것이 그래도 가장 손쉬웠던 시절이었다. 어느 날 이른 아침, 나는 모래를 담은 지게를 지고 흔들리는 사다리를 조심조심 밟으며 옥상으로 올라가고 있었다. 그런데 그때 갑자기 뜨거운 물이 확 하고 얼굴에 와 닿았다. 깜짝 놀라 머리를 들고 올려다보니 다방 창가에서 넥타이를 맨 한 신사가 한 손에 찻잔을 들고 나를 내려다보고 있는 게 아닌가. 참으로 어처구니가 없었다. 나는 떨리는 몸으로 그 사람을 뚫어지게 쳐다보며 분을 삭이느라 애를 썼다. 바로 그때 사다리 위에서 멈칫거리고 있는 나를 올려다보던 험상궂은 현장 감독이 불호령을 내렸다. "젊은 놈이 그까짓 모래 지게가 뭐 그리 무거워 비실대느냐. 그러려면 내일부터는 나오지도 말아라." 위아래에서 한꺼번에 몰아붙이는 비정한 협공(挾攻)에 나는 어찌할 바를 몰랐다.

얼굴에는 구정물인지 분노의 눈물인지 모를 것이 마구 흘러내렸다. 흙이 묻은 손으로 훔치고 또 훔쳐도 그칠 줄을 몰랐다. 젊은 혈기로 충전했던 그 시절에 나는 삶 자체를 얼마나 저주했는지 모른다. 그러나 오늘이 있기까지 나를 지켜온 것은 바로 그날 그때 참음의 가르침을 잊지 않았기 때문은 아닐까 하는 생각이 들 때가 많다.

조용히 냇 킹 콜의 테이프를 틀어 본다. 잔잔히 가라앉은 목소리, 애수에 젖은 듯한 그 호소력, 마치 고통받는 사람들에게 삶의 희망을 심어주는 것 같은 음색이다. 어느 음악평론가는 〈냇 킹 콜의 감춰진 메시지〉라는 글에서…. "그는 음악이란 도구로써 인종 간의 장벽을 여지없이 허물어 버렸다."라고 썼다. 그의 노래 앞에는 백인과 흑인이 따로 없다. 그는 진정으로 노래로써 모든 이의 사랑과 존경을 받는 '서'가 된 것이다.

냇 킹 콜은 오래전에 이승을 뜨고 없지만, "지금은 때가 아니야"라고 피 흘리며 애원하던 그의 아버지의 정신은 이제 손녀에게까지 전해 내려오는 것 같다. 손녀 나탈리 콜이 두툼한 입술로 부르는 노래는 아버지의 애조 띤 음색과 너무도 닮았다.

그래서인지 요즘 그의 노래가 젊은이들의 사랑을 독차지하고 있다고 한다. 나는 오늘도 냇 킹 콜의 감미로운 노래를 들으며 울분과 설움을 감미로움으로 승화시킨 한 인간의 위대한 정신과 만난다.

(1998. 4.)

구멍가게의 교훈

모처럼 한가한 주말 오후다. 매일 얽매인 일상에 묶여 집과 일터를 오가다 보니 어느새 또 한 주가 지나고 말았다. 바람이라도 쏘일까 하고 가벼운 옷차림으로 집을 나와 한가한 마음으로 재래시장 상가를 기웃거리는데 방금 찐 옥수수를 소쿠리에 가득 담아 놓고 파는 주름진 한 할머니가 보였다.

노랗게 잘 익은 옥수수에서 김이 모락모락 나는 게 먹음직스러워 보여 그 앞에서 머뭇거리고 있었다. "옥수수 사이소. 방금 쪄서 아주 맛있어요."라며 앞치마를 두른 수더분한 찌든 노파의 인상 좋은 웃음을 지으며 말했다. 얼마나 하느냐고 물으니 한 봉지에 2천5백 원이라고 하여 5천 원을 주고 두 봉지를 사서 집으로 왔다.

십여 년 전쯤이었다. 통상사절단을 인솔하고 유럽 몇 나라를 순방한 일이 있었는데 마지막으로 독일 함부르크에 갔을 때의 일이다. 비행기가 늦게 도착하여 호텔에 들어가니 이미 구내식당이 모두 문을 닫은 뒤였다. 그러나 시장기가 들어 무엇으로든 요기는 해야겠기에 호텔 밖으로 나와 먹을 것을 파는 곳이 있는지 둘러보았다.

마침 작은 가게에 불이 켜져 있어 반가운 마음으로 들어가 보니 한 평도 못 되는 좁은 공간에 채소나 나물을 파는 허름한 식품점이었다. 다행히 선반 위에 쇠고기 통조림이 눈에 띄어 가격을 물어보니 똑같은 물건인데 가격의 차이가 심했다. 이상한 생각이 들어 물건을 이리저리 살펴보아도 도무지 이해되지 않았다. 물건을 파는 주인 할머니에게 이유를 물어보니 무엇이라고 말은 하는데 통 알아들을 수가 없었다. 이윽고 할머니가 뒷방에다 대고 무어라고 하니 남루한 옷에 고희는 넘었음 직한 할아버지가 엉거주춤 걸어 나왔다.

그는 더듬더듬 영어를 하며 이유를 설명했는데 "이 통조림들은 수입한 것인데 관세가 높을 때 수입한 것은 가격이 비싸고 그 후 관세가 내렸을 때 들여온 것은 가격이 싼데 품질은 같으니 싼 통조림을 사 가세요"라며 그렇게 파는 것이 당연한 일처럼 말하는 것이었다. 그 말을 듣는 순간 나는 시장기도 잊고 정직한 노부부의 모습을 다시 바라보았다. 국영기업도 아니고 정찰제로 파는 백화점도 아닌 조그마한 구멍가게에서 그런 상도덕을 지키며 산다는 것은 흔한 일이 아니었다.

지금까지 삼십 년이 넘게 사업해 오면서 어려운 일에 부딪힐 때마다 소비자의 눈으로 정직하게 조언해주던 그 독일 노부부의 모습을 떠올리곤 한다. 그리고 그분들의 바른 철학을 잊지 않으려고 애쓴다.

(1996. 7.)

에미의 목멘 소리

생후 두 달이 겨우 지난 손자가 큰 병원으로 가는 날 아침이다. 동네 소아과에서 "심장에 이상이 있는 것 같다"라는 진단을 받고 더 자세한 검사를 하기 위해서다. 거리는 아직도 한겨울의 추위가 남은 듯 바람이 차갑기만 한데, 설날 연휴가 눈앞에 다가와서인지 시내 곳곳에는 차량이 분주히 오간다. 설을 쇠기 위해 사람들의 마음은 어느덧 아늑한 고향 집으로 달리는데, 우리는 초조히 병원 진찰실 문을 두드리고 있었다.

침침한 방에 흉물같이 세워 놓은 촬영기는 보기만 해도 섬뜩하다. 커다란 침대에 작은 아기를 덩그러니 눕히니 갑자기 애처로운 생각이 들어 눈시울이 뜨거워진다. 이래서 인생은 고해(苦海)라고 했던가. 막 세상 문턱에 나온 어린것에게도 예외 없이 그 고통의 항해가 시작되나 보다.

아이는 아직도 모태가 그리운 듯 새근새근 자고 있는데, 청진기로 작은 가슴을 이리저리 검진할 때마다 영상기를 통하여 여러 색상의 그래프가 쉴 새 없이 명멸한다. 우리는 숨을 죽이고 의사 선생의 표정만 읽는다. 순간 무거운 침묵이 흐르면서 초조하게 기다린 지 몇 분이 지나자 "아무 이상이 없습니다." 하면서 의사는 태연히 자리에서 일어선다. 나는 그 짧은 한마디를 다시 확인하듯 재차 물었다. "네, 이상 없습니다. 안심하세요."

순간 악몽에서 깨어난 듯한 기쁨으로 눈앞에 신천지가 전개되는 것만 같았다. 감사의 기도가 절로 나오며, 이 기쁨을 만천하에 외치고 싶었다. 밤을 지새워서 초췌해진 자부가 아기 옷을 주섬주섬 입히는데 안도와 감격으로 손이 가늘게 떨리고 있었다. '모정이란 이런 것이구나.' 생각하니 갑자기 마음이 뭉클하다. 그러다가 병원 복도에서 쉬엄쉬엄 걸어가는 피골이 상접한 한 노파를 보고는 문득 지난날의 어머님 모습이 떠오른다.

어머니는 여덟 남매를 낳으셨으나 내 아래위로 두 아들을 잃었고 남은 자식도 하나같이 허약했다. 가지 많은 나무에 바람 잘 날 없다지 않던가. 어머님은 자식들의 병치레로 한시도 마음 편한 날이 없었던 것 같다.

내가 초등학교 4학년쯤 되던 해에 둘째 형이 목병으로 고생했다. 목에는 늘 흰 붕대를 감고 다녔는데, 목에 작은 밤톨 같은 것이 튀어나와 여간 흉하지 않았기 때문이다. 과묵한 형은 꿈 많은 사춘기에 오랫동안 어처구니없는 병마와 싸워야 했다. 어머니는 어느 날 용한 의사가 백 리 밖 대처에 있다면서 나에게 형과 같이 가자고 하셨다. 나는 그 순간 형이나 어머니를 돕는다는 생각보다 기적 소리도 요란한 검은 기차를 탈 수 있다는 것에 더 호기심이 갔는지도 모르겠다.

유달리 큰 체구에 검은 안경을 콧등에 걸친 의사는 추운 계절도 아닌데 방 안에 화롯불을 피워 놓고 있었다. 화로에는 손잡이가 빨간 인두가 꽂혀 있었는데, 의사는 인편을 통해서 형의 병력(病歷)을 이미 알고 있는 듯했다. 형을 무릎 앞에 꿇어 앉히고는 때가 낀 붕대를 돌돌 말아 풀어냈다. 두 손으로 여기저기 누르면서 가느다란 목을 유심히 살피더니 느닷없이 빨갛게 달아오른 뾰족한 인두 끝으로 목에 튀어나온 부위를 사정없이 지지기 시작하는 게 아닌가. 마치 일본 형사가 애국지사를 고문하듯이….

형은 괴성을 지르며 발버둥을 쳤다. 순간 나와 어머니는 약속이나 한

듯 형의 두 팔을 하나씩 잡고 움직이지 못 하게 했다. 지금도 그때의 애처로운 어머니의 모습은 영원히 지워지지 않을 것처럼 내 마음속 깊이 기억되어 있다. 말수가 적은 형도 야위신 어머니의 모습을 보며 무던히도 참으려 애쓰는 듯했다. 젊은 나이의 형이 인내하는 모습은 참으로 눈물겨웠다. "차라리 내가 대신 아플 수 있었으면" 하던 어머니의 그 목멘 소리는 지금도 잠을 설치게 한다.

'인두 수술', 참으로 아득한 옛날이야기이다. 형은 탈진하여 쓰러졌다. 어찌하여 이 참혹한 형벌이 유독 불쌍한 형에게만 내리는 것일까 하며 세 모자는 부둥켜안고 하늘을 얼마나 원망했는지 모른다. 그때 어린 마음에 언젠가 내가 꼭 의사가 되어 형의 병을 고쳐주고 어머니의 눈물을 마르게 해드릴 것이라 다짐했다. 지금은 흘러간 옛이야기가 되고 말았지만.

손자는 아직도 쌕쌕거리며 꿈속에 있다. 아이도 먼 훗날 오늘의 애타던 모정을 알 때가 올 것이다. 나의 어머니는 가셨으나, 이제 그 자리를 새로운 사랑과 꿈을 가진 손자가 대신해 준다. 이렇게 생로병사(生老病死)의 우주 섭리 속에 한 세대가 가고 또 한 세대가 오는 것일까.

병원 문을 나섰다. 중천에 솟은 해를 바라보니 마음이 따뜻 해오고, 붐비던 도로도 한결 여유 있어 보인다.

'모정', 언제 들어도 평온한 고향 집 안방 같은 사랑이 듬뿍 담긴 말이다. 이번 설날에도 내 고향을 찾을 수는 없으나 먼 훗날 손자들을 앞세우고 이 할아비의 고향을 찾아 북녘땅을 밟아 보는 꿈을 꾸어 본다.

자식의 고통을 대신해서 지고 싶은 어머니의 마음은 세월이 가고 또 가도 영원히 변치 않을 것이다.

(1997. 2.)

성한 창호지가 없어도

"수술할지도 모른답니다."

가정부 할머니의 대답이다. 아침에 아이를 데리고 병원으로 진찰을 받으러 간다기에 궁금하여 전화를 걸었는데 뜻밖에도 수술한다니 나는 내 귀를 의심했다. 세상에 태어난 지 두 달도 안 된 어린것에게 수술이라니 도무지 믿어지지 않았다.

그동안 여느 아기들처럼 젖을 먹고 자주 토하기는 했지만 별다르게 아픈 곳은 없었는데 갑자기 수술해야 한다니 눈앞이 캄캄했다. 병원으로 가는 차 안에서 불길한 생각 때문에 가슴이 미어지는 것 같았다. 아무리 인생이 고해(苦海)라고 하지만 이제 막 태어난 어린것이 고통을 당해야 할 것을 생각하니 간절한 기도가 절로 나왔다.

아들 내외는 미국에서 오래 공부하느라고 아들 하나 키우기도 힘들다며 둘째 아이 갖는 것을 피해 왔다. 그러나 우리 내외는 외아들은 너무 외로우니 한 명 더 낳도록 권유했다. "둘째를 낳으면 내가 키울게"라고 했다. 그래서였을까 늦게 얻은 귀한 손자가 태어난 지 얼마 되지도 않아 수술한다니 참으로 기가 막힐 노릇이었다.

황급히 병원에 들어서니 사람들로 인산인해를 이루어 아픈 이들이 이렇게도 많은가 하고 새삼 놀랐다. 겨우 물어서 소아과를 찾아가니 젊은 엄마들이 아기를 안고 근심스러운 표정으로 서성이고 있었다. 아들네를 찾느라 두리번거리는데 저 구석진 곳에 손자를 눕히고 두 내외가 힘없이 앉아 있다. 며느리가 나를 보자 눈물을 닦으며 자초지종을 이야기한다.

아침에 위장 검사를 받았는데 소장 아랫부분이 꼬인 것 같으니 초음파 검사해 보고 수술한다고 했다는 것이다. 초조하게 검사 순서를 기다리는 중이라며 말을 잇지 못한다. 얼마 후 초음파 검사실에 들어갔던 아이가 검사를 하지 못했다며 그냥 나왔다. 아기가 바동거리고 움직여서 검사할 수 없으니 약을 먹인 후 재검사를 받으라고 의사가 말하더라는 것이다.

우리는 약을 타기 위해 다시 소아과로 내려갔다. 그런데 아무리 기다려도 소식이 없다. 한 시간 가까이 기다리다가 접수실에 가서 물어보니 의사로부터 아무 연락도 받지 못했다는 것이다. 그 순간 이런 난감한 일이 있는가 싶으며 화가 났다. 아무리 사람들이 많아 복잡하더라도 위급한 환자들의 입장을 배려한다면 이럴 수가 있을까 생각하니 더욱 분통이 터졌다. 병원 입구에는 '고객 만족도 제1위'라고 크게 현수막을 붙여 놓고 문구와는 전혀 다르게 환자들을 신속히 다루지 않자 더욱 화가 났다.

병원 대기실에 있는 텔레비전에서는 내일로 다가온 어린이날 행사를 선전하느라 야단이다. 그런 화면을 보니 마음이 더욱 우울해진다. 어쩌면 우리 아이는 수술실에서 어린이날을 맞을지도 모른다고 생각하니 더 애처롭고 측은했다. 그런데 어쩐 일인지 울고 보채야 할 아기가 생글생글 웃으며 잘 놀고 있지 않은가. 거의 하루 종일을 기다린 후에야 수술은 좀 더 두고 보자는 쪽으로 결정이 났다.

온종일 초조와 걱정으로 긴장했던 탓인지 온몸에 기운이 빠져 맥이 풀린다. 그러나 당장 수술은 하지 않아도 된다니 얼마나 다행인가. 좀 더

자라다 보면 스스로 면역이 생겨 나을 수도 있지 않을까 생각하니 그저 고맙기만 하여 감사했다.

어느덧 결혼한 지 38년 만에 두 아들 부부와 다섯의 손주를 얻었으니 얼마나 큰 축복인가. 가지 많은 나무에 바람 잘 날 없다고 아이들이 아플 때마다 가슴이 철렁 내려앉지만, 손자들이 모여 재롱을 부릴 때면 그저 흐뭇하고 행복해서 입이 다물어지지 않는다. 옛말에 "아이들 키우는 집의 창호지가 성한 집은 망한다"라고 했던가. 손자들이 우리 집에 다녀간 날은 마치 폭풍이 휩쓸고 지나간 것처럼 정신이 없다. 나는 말썽 피우지 못하게 소리를 지르기도 하지만 그것이 또한 사람 사는 재미이지 않겠는가.

오늘은 하루 종일 걱정으로 애를 태운 날이었지만 그래도 감사한 하루였다. 부디 손자가 건강하게 잘 커 주기를 빌며 할아버지의 사랑을 보낸다.

(1998. 5.)

여사장의 친절

비행기로 샌디에이고에서 도쿄까지는 무려 11시간이 걸린다. 지루하지만 나만의 오붓한 시간을 활용하기 위해 책을 펼치려는데, 앞에 걸린 TV 화면에서 영화를 상영하기 시작했다. 무심코 화면을 보니 내용이 괜찮은 일본 영화 같았다.

일본의 대형 건설회사 사장인 주인공은 경영이 어려워지자, 구조조정으로 대대적인 인원 감축을 앞두고 고심하는 중이었다. 혼자 오키나와에 와서 사업 구상을 하고 있었는데, 어느 날 볼일이 있어 택시를 탄다. 마침 점심 식사 때쯤에 해양 박물관을 지나다가 전에 이 근처에서 오키나와 소바를 맛있게 먹었던 기억이 난다.

반백의 노(老) 사장은 택시 기사에게 그곳으로 안내해 달라고 말했다. 그랬더니 택시 기사가 "이곳에서 그 식당까지는 굉장히 거리가 멉니다. 그 '소바'라면 저희 어머니의 솜씨가 좋으니 저희 집에 가서 드시면 어떨지요?"라면서 자기 집으로 안내를 해준다. 택시 기사의 친절에 손님은 감동하면서 자연스레 두 사람의 대화가 이어진다.

그 기사는 여자였는데 2년 전에 남편과 사별하고, 남편이 하던 택시 회사를 맡아 운영하고 있었다. 그런데 그 회사 직원들은 사장과 전무를 포함해 모두 손수 택시를 몰고 있다고 했다. 그 말에 "아이쿠 사장님을 몰라뵙고 죄송합니다"라며 두 사람은 옛 친구를 만난 것처럼 친숙해진다.

"저는 특별히 배운 것도 없습니다. 다만 사원들이 마음 놓고 일할 수 있는 분위기를 만드는 것이 저의 책임이라고 생각하죠. 그래서 이른 아침에 남들보다 먼저 출근하여 화장실 청소부터 합니다. 그리고 따뜻한 차를 끓여 놓고 직원들을 기다리죠. 더구나 회사의 궂은일을 도맡아 하다 보니 청소부 아줌마와 별로 다를 바 없습니다"라는 것이다. 그 말에 동경에서 온 사장은 연약한 여사장의 노고를 알만 하다며 감격하고 만다.

규모가 크든 작든 회사를 경영하는 기법은 비슷할 것이다. 그 소박한 여사장의 말에서 나도 작으나마 회사를 경영하는 사람으로서 많은 것을 공감하였다.

이번 해외 출장길에서는 미국의 한 회사와 그 사장이 오래 기억에 남을 것 같다. 내가 들른 그 회사는 세계 여러 나라의 고객을 불러서 신상품을 소개하는 게 주요 업무 중의 하나이다. 그런데 이 회사야말로 사장이 솔선 수범을 실천하는 앞서가는 기업이었다.

멕시코 국경이 바라보이는 미국 서해안 샌디에이고에 자리 잡은 이 회사는, 얼른 보면 병원이나 골프장에 있는 클럽 하우스 같은 느낌이었다. 주위가 온통 푸른 잔디로 펼쳐있고, 정원에 줄지어 늘어선 갖가지 나무들이며 색색의 꽃들이 우리를 반갑게 맞아 주었다.

사무실 현관에 들어서니 안내하는 여직원이 환한 미소로 우리를 맞이해 준다. 그러나 회의장은 따로 마련되어 있지 않고 사무실 한쪽을 비워서 임시로 마련한 듯하였다. 좁은 공간에 40여 명이나 되는 손님들이 빽빽이 둘러앉아야 했다. 전에 한국에서 만난 적이 있는 사장을 만나려고 사장실을 찾으니 사무실 뒤쪽을 가리킨다.

그곳은 접수대 뒤로 사무실 한편에 빈 책상 하나가 뎅그러니 놓여 있을 뿐이었다. 아무런 장식이나 사무용품도 없이 빈 책상 위에는 전화기만 한 대 있을 뿐이었다. 나는 잘못 들었나 싶어 재차 확인하니, 이 회사는 사장 실은 물론 중역실이나 회의실도 없다는 것이었다. 공장 내부도 사무실과 별반 차이가 없다고 한다. 이 회사에서는 일찌감치 원가절감을 위하여 필 요 없는 권위와 허식은 버리고, 모두가 공존(共存)할 수 있고 아래위가 따로 없는 민주적인 경영을 해오고 있었다.

이곳의 사장은 사원들이 마음 놓고 일할 수 있는 분위기를 만드는 것이 무엇보다 중요하다고 자기의 경영 지론을 말했다. 더구나 미국인답지 않 게 작은 키의 사장은, 어찌나 부지런한지 이리 뛰고 저리 뛰는 모습은 사 장이라기보다는 그저 평범한 사원의 모습이었다.

한편 사장의 부인은 일본 여인이었는데, 그도 남편을 따라다니며 늦은 밤 회식 때까지 몸을 아끼지 않고 일하는 모습은 우리에게 적지 않은 감동 을 주었다. 다행히 나하고는 일본어가 통해서 많은 이야기를 주고받았는 데, 바쁜 틈틈이 자기들의 생활철학을 들려주었다.

두 사람은 양가가 모두 미국과 일본에서 알려진 재벌들의 자녀들이었는 데 검소하고 알찬 생활 방식은 놀랄 지경이었다. 더구나 자녀들을 모두 공립학교에 보내서 교육을 시켰는데, 그것은 어릴 때부터 가난한 아이들 도 보면서 자라야 한다는 남편의 고집 때문이었다고 한다.

특히 사장이 사원들이 마음 놓고 일할 수 있게 해주어야 한다는 지론은 나의 가슴에 오래 남았다. 어떻게 보면 아까 보았던 영화의 택시 기사나 미국인 사장은 일찌감치 경영자의 덕목과 자질을 깨우친 사람들 같다. 이 번 출장은 비록 빡빡하게 짜인 짧은 여행이었지만, 나에게는 여러 가지로 얻은 것이 많은 시간이었다.

계절에 맞춰 옷을 갈아입듯이 우리 경영자들도 날로 변해 가는 경영환경에 맞춰 새로운 의식 변화를 가져야 할 것이다. 말로는 세계 속의 무한경쟁 시대라고 외치고 있으나 과연 얼마나 생존을 위해 실천하고 있는지 의문이다. 나는 영화에서 본 택시 기사나 미국의 사장처럼 지난날의 허세(虛勢)와 권위를 버리지 않고는 결코 경영에서 승리할 수 없다는 소중한 깨우침을 안고 구름 위를 난다.

우직한 소와 씨름하며

어느 잡지사에서 원고 청탁을 해왔는데, 아버지에 관한 글을 써달라고 했다. 막상 청탁서를 받고 보니 어쩐지 아버지께 몹시 송구스러운 마음이 들었다. 그동안 어머니에 관한 글은 여러 편이나 썼고, 손자들이나 식구들에게도 어머니에 대한 절절한 그리움을 자주 이야기했으나, 아버지에 관해서는 표현을 한 기억이 별로 없었다. 그렇다고 아버지를 잊고 산 것은 아니었다. 다만 섣불리 아버지 이야기를 입에 담기 싫었기 때문이었다.

우리는 대대로 흙을 갈고 닦으며 살아온 집안이었다. 두만강 변 어느 산자락 밑에서 선조 대대로 살았는데, 그 고을에서는 그래도 명성이 있던 할아버지는 아들 넷을 두셨다. 할아버지는 땅의 근원인 춘하추동(春夏秋冬)을 마음에 담아 아들들의 이름을 원(元), 형(亨), 이(利), 정(貞)이라고 미리 지어두셨는데 생각대로 아들 넷을 낳고 셋째 아들인 우리 아버지의 존함을 이(利) 자로 하셨다.

아버지가 선대들로부터 물려받은 재산이라고는 겨우 초가삼간과 돌밭 몇 뙈기뿐이었다. 그나마도 땅은 산비탈에 붙어 있어 우마차가 다니기에 여간 불편하지 않았다. 그뿐만 아니라 토질이 빈약하고 겨울이 길어서 쌀 농사는 거의 없고 소출이래야 옥수수와 감자가 고작이었다.

그러나 마을 아래쪽은 푸른 동해와 접해있어, 농사철에는 농사를 짓고 농한기에는 고기잡이를 부업으로 해서 살아가는 작은 농어촌 마을이었다. 아버지 형제들은 비록 가난하여 많이 배우지는 못했어도 부지런하고 우애가 깊어 모두 화목하게 살아오셨다.

아버지는 우리에게 "사내란 제 속마음을 함부로 내비쳐서는 아니 된다"라는 말씀을 자주 하셨는데, 그것은 아버지의 인생철학과도 같은 말이었다. 아무리 힘들거나 괴로운 일이 있어도 묵묵히 일만 하시며, 한평생을 우직한 소와 씨름하면서 일하다가 흙으로 돌아가신 분이었다.

그런 아버지가 난생처음으로 크게 진노(震怒)하는 모습을 본 일이 있었다. 어느 날 뒷산에서 밭을 갈다가 쟁기에 끼워 쓰는 보습이 깨져서 바꾸러 집에 오셨는데, 누구에게라고 할 것 없이 크게 화를 내시는 거였다. 우리는 그때 어린 마음에 생소한 아버지의 모습이 무척 낯설고 무서웠다. 우리 밭은 유난히 돌이 많아 비싼 보습을 깨뜨리신 것 같았다. 그때 아버지는 삶의 고달픔과 그런 돌밭이나마 일구어 먹고살아야 하는 자신의 처지에 화가 나신 것은 아니었을까.

아버지는 또한 잠시도 쉬지 않고 일하는 부지런한 분이셨다. 겨울이 되면 시골에서는 농한기가 되어 이리저리 몰려다니며 술을 마시거나 화투놀이를 하는 사람들이 대부분이었다. 그러나 그분은 한시도 쉬지 않고 일을 하셨는데, 긴 겨울밤에 등잔불을 켜놓고 새끼를 꼬거나 살 에는 듯 추운 날씨에도 산에 가서 나무를 해오곤 했다.

나는 가끔 소를 얻어 타는 재미에 삼십 리나 떨어진 산으로 나무를 하러 가는 아버지를 따라다니곤 했다. 그래서 우리 집 마당에는 언제나 반듯하게 쌓아 놓은 나뭇단이 앞산마저 가릴 정도로 높게 쌓여있었다. 아버지는 "사람은 부지런해야 산다"라는 교육을 말보다는 행동으로 실천하며 우리에게 가르쳐 주신 것이다.

훗날 나 역시 아버지께 은연중에 물려받은 교훈으로 우리 아이들을 가르쳤는데 "바르고 부지런하고 시간을 아끼자"라는 말을 가훈으로 정하였다. 그리고 아버지가 몸소 실천하셨던 정직, 근검, 절약은 험난한 내 인생 길에 삶의 지표(指標)가 되었다.

커다란 산은 묵묵히 말이 없으나 우리에게 그늘을 만들어 주고 맑은 공기와 시원한 물, 그리고 오묘한 자연의 섭리를 깨닫게 한다. 아버지는 나에게 마치 보이지 않는 산과 같았다. 비록 반세기 전에 아버님 곁을 떠나 불효자로 살고 있지만, 내가 그동안 살아오면서 고통에 좌절하지 않고 용기를 갖도록 든든히 지켜주는 버팀목이 되어 주신 것이다.

아버님이 아직 살아계신다면 올해로 102세가 되신다. 그러나 들려오는 소문에는 북쪽 하늘 밑에서 오래전에 세상을 뜨셨다고 한다. 무슨 병환으로 어떻게 돌아가셨는지는 몰라도 75세를 일기로 생을 마치셨다니 애통하기 그지없다. 더구나 어머니를 먼저 잃고 오랫동안 혼자 사셨다니 그간의 고독과 외로움이 오죽하셨을까.

오늘도 식탁 위에 걸려 있는 한 폭의 농촌 그림을 바라보며, 나는 어린 시절 고향마을로 돌아가 아버지를 만난다. 저녁노을이 서서히 물드는 들판에 밭일을 끝내고 돌아가는 농부의 부부 앞에 소를 끌고 개울을 건너는 어린 소년의 모습이 내가 되는 것이다.

뒤에서 흐뭇하게 바라보는 아버지의 평화로운 미소를 보며 나는 오늘도 망향(望鄕)의 한(恨)을 달래 본다.

(2000. 1.)

무역업은 고달프다

우리 회사 창사 32주년 기념식을 가졌다. 식순에 의해 모든 순서가 순조롭게 진행되다가 마지막으로 나의 인사말을 하는 순서가 되었다. "끝으로 창업자이신 회장님의 인사가 있겠습니다"라는 사회자의 호명에 의해 나는 앞에 나갔다. 갑자기 물을 끼얹은 듯 조용해진다. 나는 약간 떨리는 가슴을 진정시키며 임직원들을 둘러보았다. 숙연한 모습으로 나를 지켜보고 있었다.

"존경하는 여러분! 이렇게 회사 32주년 창사 기념과 출판을 축하하기 위해 모인 여러분께 진심으로 감사드립니다"라는 인사말로 서두를 꺼냈다. 그리고 30년이란 시간은 기업이나 우리의 인생에 있어서 한 번쯤 되돌아보고, 짚어볼 시점인 것을 얘기하였다.

30년 전 이 나라의 1인당 GNP는 불과 200달러에 불과했다. 그때만 해도 보릿고개라는 암울한 낱말이 상용되었고 "잘살아 보세"라는 새마을 노래가 새벽잠을 깨울 때였다. 그때와 비교하면 지금은 얼마나 풍요로워졌는가. 국민소득이 그 시절의 사, 오십 배로 늘지 않았는가.

또 기업에 있어서 30년은 어떤 의미가 있는가를 이야기했다. 미국의 시사 주간지가 세계 500개의 대 기업을 조사해 봤더니, 30년을 계속 이어온 회사가 드물더라는 것이었다. 그래서 기업의 수명은 대개 30년이라는 말이 나왔는지 모르겠다.

　나는 우리나라의 모 기업의 예도 들었다. 아프리카의 오지(奧地)인 나이지리아나 라이베리아의 허허벌판에도 KOREA는 몰라도 DAEWOO라는 영어 간판은 시골 촌로(村老)들에게도 알려져 있었다. 그러나 겨우 30년을 넘기고 결국은 좌초되고 말았다.

　또한 한 사람에게 30년이란 커다란 삶의 고비가 있었다는 것을 이야기했다. 남대문로 3가 어느 목조 건물에서 처음으로 회사를 차렸을 때의 심정과 오직 무역이라는 한 가지만 생각하고 뛰어온 지난 세월의 이야기들을 쏟아놓았다. 수출용 원부자재를 구하러 한번 출장에 16개 나라를 찾아다니던 일이며 그동안의 애환을 말했다.

　더구나 지난 IMF 시절의 고난(苦難)은 지금도 생각하면 등골이 오싹해진다. 2년 전 그때 나는 오래 수금되지 않는 채무자를 찾아갔다. 그 젊은 사장의 회사는 직원들도 모두 뿔뿔이 흩어지고 아내와 둘이서 낡은 기계 앞에서 시름에 차 있었다. 나는 그 지경에도 돈을 받기 위해 그나마 남은 전세 계약서마저 달라고 하여 가지고 온 적이 있다.

　아무리 우리 회사가 살아남기 위해서 취한 행동이지만, 내가 왜 이런 악역을 해야만 할까 생각하며 많은 갈등을 겪었다. 돌아오는 차 안에서 글썽이던 젊은 부인의 원망스러운 표정이 떠올라 얼마나 괴로웠는지 몰랐다. 그때의 내 심정을 이야기하다가 나도 모르게 목이 메어와 말을 이을 수가 없었다.

　장내는 순간 적막감이 감돌았다. 기업을 경영하고 이어오는 일이란 희비(喜悲)가 엇갈린 애환의 긴 터널을 지나는 과정과 비슷하다. 그리고 강자만이 생존할 수 있는 파워게임의 긴 여정이라는 말로 나는 인사의 말을 맺었다.

　끝으로 ≪지금은 때가 아니야≫란 책을 출판하게 된 경위를 진솔하게 이야기하였다. 등단은 하였지만 좀 더 시간을 갖고 글을 다듬어 세상에 선보여야 하겠지만, 내가 쓴 글들은 사실 회사의 사력(社歷)과 같은 글이라 이번 창사 기념에 맞춰 서둘러 내게 된 것을 이해하여 주시라고 말했다.

　세상은 급속히 바뀌고 시간은 흐른다. 우리 회사도 변화에 발맞추어 열심히 뛸 것을 온 세상 앞에서 다짐하였다. 우리도 모두 성원의 내일의 발전을 자축하며 또 다가오는 30주년을 위해 파이팅을 외쳤다.

　기념식이 끝나고 문 앞에서 일일이 임직원 손님들께 고마움의 인사와 악수를 했다. 서로서로 손을 잡고 한결같이 뜻을 같이했다. 우리는 모두 한식솔로서 나를 아껴준 고객님들의 기대를 저버리지 않기 위해서라도 오늘의 다짐을 오래 가슴 깊이 새겨야 할 것이다.

(2000. 4.)

윤동주 생가 앞마당에서

　윤동주 생가를 찾은 날은 몹시 추운 날씨였다. 며칠 전에 내린 폭설이 길가 여기저기 쌓여있는가 하면 살을 에는 듯한 바람이 매몰차게 불었다. 아직도 설날 연휴의 기분이 가시지 않은 듯 시골 마을은 조용하기만 했다. 우리와 동행한 연변 조선족 O 선생은 윤동주 생가에 대해 잘 알고 있는 이곳 여행사 K 사장을 불러내어 안내를 부탁했다.

　하필 "가는 날이 장날"이라고 어제까지만 해도 포근했다던 날씨가 오늘은 영하 10도가 넘는 것 같았다. 마치 그 옛날 북간도의 혹한을 보여 주기라도 하듯 매서운 바람까지 불어 귀가 떨어져 나갈 듯이 시려왔다. 이런 추위 속에서 젊은 시인 윤동주는 왜경의 눈총을 받으며 조국을 그리워하며 나라 잃은 슬픔을 애달파했을 것이다.

　죽는 날까지 하늘을 우러러/ 한 점 부끄럼이 없기를/ 잎새에 이는 바람에도/ 나는 괴로워했다./ 별을 노래하는 마음으로/ 모든 죽어가는 것을 사랑해야지/ 그리고 나한테 주어진 길을 가야겠다./ 오늘 밤에도 별이 바람에 스치운다./

　윤동주의 서시를 입속으로 외우는 동안 우리가 탄 차는 비포장도로에서 춤을 추듯 달리더니 어느 작은 마을로 들어섰다. 차에서 내려 언덕 아래를 내려다보니 외딴 기와집 한 채가 쓸쓸히 추위에 떨고 있었는데, 그곳이 바로 님의 생가라고 하였다. 거기까지 내려가는 길은 눈과 진흙으로 범벅이 되어 있었다. 마치 지난날 질곡의 역사를 몸으로 체험하듯, 질퍽대는 길에 간신히 발을 옮겨 놓으며 한참을 아래로 내려가니 커다란 바위에 '윤동주 생가'라고 새겨 넣은 팻말이 수문장처럼 객을 맞았다.

하얀 눈이 소복이 쌓인 넓은 들녘에 집 한 채만 외롭게 서 있었다. 초입에는 옛 시인을 기리는 기념비가 있었는데, 오랜 풍상 탓인지 글씨를 알아볼 수가 없었다. 그 바로 뒤에는 다정한 벗이나 되어 주듯 허리가 휜 겨울나무 한 그루가 앙상한 가지를 드러내고 있었다. 크지는 않지만 사랑채가 달린 집은 꽤 단아해 보였으며, 지붕은 손을 보았는지 그나마 단정하게 보존되어 있었다.

거기에는 "윤동주 생가는 1900년경에 그의 조부 윤 하현 선생이 지은 집으로서 기와를 얹은 10칸과 곳간이 달린 조선족 전통 구조로 된 것이었다. 윤동주는 1917년 이곳에서 태어났다. 그러나 시인이 은진 중학에 진학하자 이 집을 팔았고 1981년에 허물어졌다. 그 후 해외 한민족 연구소의 지원을 받아 1994년 8월에 사적 유물로 복원했다"라고 쓰여 있었다.

생가에서 조금 떨어진 곳에 시인을 추모하는 전시관이 있었는데, 냉기가 감도는 어둠침침한 방에서 어느 중년 부인이 나와 우리를 반갑게 맞는다. 방으로 들어서니 흙벽에는 지난날 시인이 다니던 용정 중학교와 연희전문 졸업 때 찍은 사진들이 걸려 있었다. 까만 사각모를 쓴 학생은, 총기 있는 눈매와 굳게 다문 입술로 부드러우면서도 강직한 성격과 성실한 인품의 소유자라는 것을 한눈에 읽을 수 있었다.

나는 이곳을 찾은 기념으로 약간의 헌금을 하고 책 한 권을 샀다. ≪하늘과 바람과 별의 시≫란 제목의 책에는 올해로 시인의 서거 55주년이라고 쓰여있었으며, 연희전문 시절 친구들과 소박한 모습으로 찍은 사진과 시인이 옥사한 후쿠오카 형무소의 사진들이 실려 있었다. 한창 젊고 싱싱한 나이에 남의 나라에서 옥고를 치르다 세상을 등진 시인의 삶이 너무 아깝고 애달파서 가슴이 찡해 왔다.

안내자의 말에 의하면 윤동주는 '교토 조선인 학생 민족주의 그룹' 사건에 연루되어 1943년 7월에 체포되었다. 그 후 19개월 후인 1945년 2월 6일 민족 해방의 날을 눈앞에 두고 짧은 스물아홉 해의 생을 마쳤다고 한다. 시대의 불운을 온몸으로 겪으며 뼈저리도록 고뇌했을 윤동주 시인. 그 상처와 고통이 알알이 진주가 되어 우리의 심금을 울리는 주옥같은 시들이 탄생되었는지 모르겠다.

윤동주의 아버지는 젊어서부터 문학에 뜻을 두고 북경과 동경에서 유학한 후, 교원 생활을 했지만, 아들만은 의사가 되기를 바랐다. 그것은 문학을 하면 배가 고프다는 것을 뼈저리게 알고 아들에게만은 그 고통을 짊어지게 하고 싶지 않았기 때문이었다. 그러나 진즉 문학에 빠진 윤동주는 아버지의 뜻을 거절할 수가 없어 잠을 이루지 못할 정도로 고민에 빠졌다. 다행히 할아버지의 도움으로 아버지를 가까스로 설득해서 연희전문 문과에 입학하였다고 한다.

성격이 다정다감했던 그는 방학이 되어 집에 돌아오면 집안일을 도와 물도 긷고 소 꼴도 베었으며, 할머니를 도와 맷돌질도 했다. 그럴 때면 할머니에게 서울 이야기를 재미있게 들려주는 등 효성 또한 지극했었다. 책에는 그 외에도 시인의 자라온 이야기들이 소상히 기록되어 있었다.

시인의 생가에는 나무토막을 잘라서 낮게 울타리를 둘러쳐 놓았으나, 그것이 매몰찬 바람을 막을 수는 없었다. 방마다 닫힌 문의 창호지들이 세찬 바람에 찢겨나가 시인의 혼을 부르기라도 하듯이 바람에 펄럭이고 있었다. 천장에는 '윤동주 생가'라고 쓴 커다란 목판이 서까래 위에 붙어 있다. 방에 들어서니 무쇠 밥솥이 보이고 불을 지피는 부엌은 널빤지로 덮어져 있다.

서쪽으로는 검은 오지 굴뚝이 옛날 우리 서민들의 징표인 양 외롭게 서 있고, 앞마당에는 가꾸지 않은 잡초가 눈을 뒤집어쓴 채 쓰러져 있어 쓸쓸함을 더해주었다. 안내자의 말로는 그나마 어느 독지가의 도움으로 이 집이 이만큼이라도 보존되어 있다고 한다.

우리는 석양에 비낀 생가를 뒤로 하고 발길을 돌리려니 가슴 가득 슬픔이 밀려와 아무도 입을 여는 사람이 없었다. 그리고 약관의 나이에 나라를 잃은 불운을 겪으며 짧은 생애를 마친 시인의 넋을 달래주고 싶었다. 그는 비록 짧은 삶을 마쳤지만, 우리에게 큰 울림을 남기고 떠났다. 그가 남긴 주옥같은 시들을 읽으며 얼마나 많은 사람이 감동하고 위로받지 않았던가. 시인이여! 부디 이승의 한(恨)일랑 거두시고 영면(永眠)하소서.

(2002. 4.)

끝없는 이웃사랑

이십여 년 전 어느 주일날 오후, 나의 장로 장립식이 있었다. 그즈음은 회사를 창립하고 10여 년쯤 되어서, 한창 바쁘게 일할 중요한 시기이기도 했다. 그럴 때 장로라는 중책을 맡으라고 하니 어떻게 감당할지 걱정부터 앞섰다. 장로의 직분은 무엇보다 매주 교회를 빠지지 않고 나가는 일이 기본인데, 시도 때도 없이 여러 나라를 돌아다녀야 할 경영자로서는 거의 불가능한 일이었다.

처음에는 아무리 고민을 해도 도저히 감당할 수가 없을 것 같아 극구 사양했다. 그러던 어느 날, 유럽 출장 중에 영국의 버밍엄에서 열리는 무역박람회에 참석하게 되었다. 넓은 박람회장에는 갖가지 진열된 상품과 세계에서 몰려든 사람들로 인산인해를 이루고 있어 발 디딜 틈조차 없었다.

떠밀려가며 관람을 마치고 나오는데 출구 쪽에 작은 부스가 눈에 띄었다. 그런데 그곳에는 진열된 상품은 없고, 벽면에 커다란 세계 지도만이 덜렁 붙여져 있었다. 내가 의아해하며 들여다보니, 문 앞에 서 있던 젊은 이가 들어오라며 인사를 한다. 어디에서 왔느냐고 물으며, 세계 지도에다 내가 떠나온 곳에 핀을 꽂아보라고 하였다. 나는 의아했지만, 그가 시키는 대로 지도에서 우리나라를 찾아 서울이라고 표시된 곳에 가볍게 핀을 꼽았다. 그때 그는 핀을 다시 뽑으라고 했다. 핀을 뽑자, 지도에는 하나의 작은 구멍의 흔적이 생겼다. 유심히 보니 원색의 세계 지도 안에는 벌써 여러 사람이 다녀간 듯 작은 핀의 흔적이 수없이 많았다. 청년은 작은 책자를 내밀며 돌아가는 비행기 안에서 읽어보라는 것이었다. 나중에야 그곳이 물건을 선전하는 곳이 아니고 어느 선교 기관에서 주관하는 부스임을 알 수 있었다.

그 책자에는 "누구나 이 땅에 태어나면 무슨 흔적이든 남기기 마련이다. 바로 조금 전에 당신이 지도 위에 남긴 핀의 흔적처럼…." 이렇게 시작되었다. 제일 마지막 장에는 "세상에 남길 흔적은 크게 세 가지가 있는데, 첫째가 재물이고 둘째는 명성이며 끝으로 이 사회에 무엇으로든 봉사하는 일이다. 오늘도 사람들은 동분서주하고 있다. 과연 당신은 오늘 무엇을 위해 살았는가?"라고 묻고 있었다.

나는 조용히 눈을 감고 그 질문에 대하여 진지하게 생각해 보았다. 지난 50여 년의 세월이 주마등처럼 지나간다. 누가 이 땅의 분단을 짐작이나 하였으며, 내가 고아 아닌 고아로 한 맺힌 이방인의 삶을 살게 될 줄 예상이나 하였던가. 햇살이 눈 부신 비행기의 창가에서 문득 살아온 세월을 뒤돌아보며 과연 어떻게 살아야 할지 깊은 회의에 빠졌다. 그 일이 계기가 되어 나는 결국 장로 직분을 받아들였다.

그랬는데 어느덧 세월은 흘러 장로 은퇴식을 하는 날이었다. "강산이 두 번이나 변하도록 교인 여러분이 저에게 맡겨주신 장로 직분을 충실히 이행하지 못하고 물러나려니 그저 송구스럽고 부끄러울 뿐입니다"라고 말문을 열었다. 이십여 년 전 내가 장로 장립식을 할 때 장공 김재준 목사는 나에게 "교회의 회중을 가르치고 성도의 아픔을 보살피며 목회자를 잘 보필하라"는 격려사를 하셨는데, 그 카랑카랑한 목소리가 지금도 들리는 듯하였다.

"이제 한 세대는 가고 또 한 세대가 오되 땅은 영원히 있도다" 라는 성경 말씀을 인용하며 후배들은 나 같은 실수를 하지 말라며 당부의 말도 했다. 옛 선인들은 인생 무대에서 내려올 때 회한이 없는 사람이 되라고 얘기했는데, 나는 그동안의 임무를 충실히 하지 못한 것 같아 마음이 몹시 무거웠다.

은퇴란 "하던 일에서 물러나거나 세속의 일에서 손을 떼고 한가한 삶을 사는 것"이라고 쓰여있다. 그러나 나는 과연 앞으로 한가한 삶을 살 수 있을까 생각해 보았다. 교회의 중책에서는 풀려났으나 나에게는 너무도 많은 일이 기다리고 있다. 우선 성실한 사업가가 되는 일이다. 기업인은 죽는 날까지 굴뚝에서 솟아오르는 검은 연기를 보라는 말이 있다. 비정한 약육강식(弱肉强食)의 현실에서 변화에 맞춰 비즈니스를 하는 일이란 결코 쉬운 일이 아니다. 그러므로 더욱더 경영에 힘을 쓰는 것이 이 사회에 조금이라도 공헌하는 일일 것이다.

그다음은 내가 받은 은혜만큼 이웃을 위해 헌신하는 일이다. 지난해 10월 아시아 「기독실업인회」 이사장직을 맡았으니 앞으로 2년 동안 44개국 36억 인구 속을 누비며 그 나라의 기업인을 비롯해, 전문인 지도자 교육이 나의 몫이다. 나는 비록 장로 직분에서는 은퇴하지만, 전보다 더 열심히 일해서 작으나마 값진 열매를 거두고 싶다.

끝으로 목사님의 인사말이 있었다. "김 장로는 항상 시간을 아끼며 새로운 것을 추구하는 분이며, 또한 말을 아끼며 매사를 긍정적으로 생각하는 분입니다"라며 경로대학의 유래에 대하여 장황하게 설명하기 시작했다.

오랫동안 교회가 추진해 온 무료 급식 행사를 한 끼 식사 대접만 끝내지 말고 그들을 영적으로 보살피는 프로그램으로 "차 한잔 나누며,"교인 상호 간의 친교 시간을 만들자고 제안한 사람이 바로 나였으며, 그것이 훗날 경로대학으로 발전하게 되었다.

이제 이틀만 있으면 새해인 계미년을 맞게 된다. 은퇴란 또 다른 출발의 시작이며, 내년에는 더 열심히 일하고 바쁘게 뛸 것이다. 내 인생을 마감하는 날, 값진 흔적을 남겨 멋진 은퇴할 수 있게 되기를 바랄 뿐이다.

교회 신축에 부착된 머릿돌은 이스라엘에서 가져온 일과 경로대학 24년을 헌신한 일은 잊을 수가 없다.

(2002. 12.)

마음의 병을 치유하며

8월도 중순을 넘긴 오늘, 드디어 한국대회가 열리는 날이다. 3천 명을 수용할 대규모 대회장을 꾸미고 있는 젊은 회원들은 땀범벅이 되어 일을 하고 있다. 망치로 못을 쳐 가며 스피커를 달고 있는가 하면 모두 자기 일처럼 동분서주하고 있는 기획팀원들이 참으로 보기에 아름답다. 문밖에는 "네 지경을 넓혀라"(역대하 4:10)라고 대회의 주제가 써진 현수막이 바람에 나부낀다.

호텔 입구에는 제30차 한국대회라고 쓴 커다란 애드벌룬이 푸른 하늘을 배경으로 둥실 떠 있어 축하 분위기를 한층 돋워 주고 있었다. 참가자와 일행을 태운 버스들이 전국 각지에서 모여들어 어느덧 대회장 앞은 잔칫집 분위기로 무르익고 있었다. 벌써 대회장에는 은은한 찬양 소리가 들려오며 모든 준비가 완료되었다.

드디어 오랫동안 기다려오던 30번째 한국대회는 막을 올리고, 개막 선언과 함께 준비위원장의 환영사에 이어 대회장 인사 차례가 왔다. "존경하는 국내외 CBMC 남녀 회원 여러분! 오늘 이처럼 뜻깊고 벅찬 만남의 대광장을 마련해주신 하나님께 먼저 영광을 올린다"라며 인사말로 말문을 열었다.

짙은 향기가 정겨운 이곳 태기산 기슭, 대자연의 천혜를 듬뿍 누리고 있는 휘닉스 파크를 찾아오신 여러분을 진심으로 환영합니다. 녹음 짙은 8월은 광복의 기쁨을 주신 축복의 계절이지만, 지나간 6월은 같은 동포끼리 총칼을 겨누던 6·25의 아픈 시련도 잊을 수가 없습니다. 여기 강원도 땅 심산유곡(深山幽谷)에는 아직도 그날의 한 맺힌 아픔이 여기저기 흔적으로 남아 있습니다. 우리는 그 아픈 영혼들에게 머리 숙여 명복을 빌고자 합니다.

실업인 여러분! 나라 안팎의 경영 환경이 날로 어려워져 가고 있는 이때, 각자 생업의 현장을 비우시고 이렇게 불원천리(不遠千里)를 마다하지 않고 찾아주시니 진심으로 감사드립니다. 따라서 회원 여러분이 이 대회에 참석하시는 동안에도 중요한 업무를 보실 수 있도록 처음으로 '비즈니스 센터'를 개설하였습니다. 여러분의 일상에 공백이 생기지 않도록 노트북 10대를 설치하여 수시로 이용하도록 하였습니다. 더욱 비즈니스 코너를 함께 설치하여 명함이나 회사의 카탈로그 등을 전시토록 하였으니, 대표님 여러분은 많이 이용하여 주기 바랍니다.

존경하는 회원 여러분! 여러분은 육신의 병이 생기면 병원을 찾듯이 마음의 병이 생기면 어디로 가십니까. 또한 정신적 고통이 찾아오면 어떻게 치유하십니까. 오늘은 이곳 대자연 속에 세워진 영혼의 진료원에 들어왔다고 생각하시고 마음의 병을 치유해 봅시다. 그리하여 우리 모두 다메섹 도상에서 변화된 사도 바울과 같이 새로 변화되어 다시 바깥세상으로 돌아갑시다.

넓은 체육관 회의장은 빈자리가 없이 2층 구석까지 총총히 메워져 있다. 개회 예배가 끝나고 저녁 식사를 하기 위해 만찬장으로 장소를 이동하였으나, 사전에 대비해놓은 대로 7홀의 배식장으로 인원을 분산시켜서인지 장내는 혼잡 없이 식사가 진행되었다. 그러나 정작 문제는 날씨였다. 식사 후, 저녁 집회는 젊은이들이 밤새 준비 해놓은 야외무대에서 공연하기로 하였는데, 비가 조금씩 뿌리고 있었기 때문이다. 우리는 그동안 좋은 날씨를 달라고 그토록 간구하였건만 주님의 뜻은 알 수가 없었다.

그러나 주최 측에서 미리 준비한 비닐 우의를 입도록 하여 진행에 큰 지장은 없었다. 오히려 눈부신 야광 불빛 밑에서 촉촉이 내리는 비를 맞아가며 듣는 하나님의 말씀은 남다른 감명을 주었다. 간간이 내리는 빗속에서 우리는 한 사람의 동요도 없이 뜻깊은 밤을 보냈다. 2박 3일간의 영혼의 치료를 마치고 떠나는 날, 비전 선포식에서 나는 다음과 같이 호소하였다.

"이번 대회에서 여러분은 무슨 응답을 받으셨습니까. 저는 23년 동안 CBMC 회원으로 지내면서 참으로 충실하게 그 책임을 다하였는지 스스로에게 물어보았습니다. 크리스천과 비즈니스맨, 신앙생활과 기업을 병행하는 일은 참으로 어렵습니다. 그것은 마치 두 마리의 토끼를 잡는 것과 같이 힘든 일이지만, 우리는 어느 것 하나도 포기할 수는 없습니다."

장내는 물을 끼얹은 듯 조용해지고 밖에서 서성이던 회원들도 차례차례 들어와 자리에 앉는다. 3천여 명이 한자리에 모이기는 쉽지 않다. 그런데 넓은 실내 체육관에 모인 많은 사람의 움직임이 일사불란한 가운데 검은 머리만 물결처럼 움직였다.

여러분! 조금 전에 사무총장이 이번 30차 대회 등록인 수가 3천 29명이라고 보고했습니다. 그러나 그것은 우리 인간들의 계산일 뿐, 대회 첫날부터 이 시간까지 함께 하시는 예수님은 계산에 넣지 않았습니다. 따라서 이번 30차 대회는 3030명, 즉 삼공삼공입니다. 우리의 기도 제목은 결국 이루어졌습니다. 이제 예정된 삼일간의 축전은 막을 내리려고 합니다.

세계 각국에서 오신 CEO 여러분! 우리는 실업인입니다. 또한 전문 직업인입니다. 이제 치열한 삶의 경쟁 속으로 다시 돌아가야 합니다. 경쟁에 살아남기 위해서는 어쩔 수 없이 물질을 추구할 수밖에 없습니다. 그러나 하나님 말씀에 부자가 하늘나라에 들어가기는 낙타가 바늘구멍에 들어가기보다 더욱 힘들다고 하니, 과연 우리는 어떻게 해야 합니까.

지도자 여러분! 바로 이것이 우리의 문제이고 고민입니다. 우리는 함께 많은 고뇌를 해야 합니다. 노먼 빈센트 필 목사의 "You can if you think you can(당신이 할 수 있다고 생각하면 반드시 해낸다)."이라는 말처럼 긍정의 사고로 마음껏 일하고 벌어서 하나님 사업에 아낌없이 바치는 선한 일을 해냅시다.

여러분! 이제 이별의 시간이 다가왔습니다. 이별이란 또 다른 만남의 시작일 뿐입니다. 내년에는 천혜의 관광도시 제주도에서 다 함께 다시 만납시다.

이제 한국의 미래는 CBMC 회원들의 정도 경영, 성경적 경영으로 이룩해 갑시다. 이제 앞으로 전국 방방곡곡 CBMC 회원 여러분들의 기도 소리가 천국으로 메아리칠 때 우리는 "네 지경을 넓혀라."라는 올해 하나님과의 약속을 지키는 것이 될 것입니다. 일 년 후 더욱 성숙된 모습으로 만나도록 합시다. 감사합니다. 안녕히 돌아가시기를 바랍니다.

드디어 30차 한국대회와 예비 세계대회를 무사히 마쳤다.

(2003. 8.)

북녘땅에도 둥근달

강사의 이야기는 너무도 숙연했다.

"부모가 양식을 구하러 갔다가 돌아와 보니 두 아이는 꽁꽁 얼어서 추위와 굶주림에 죽어가고 있었다." 이렇게 북녘의 실상을 이야기하는 강사는 지금 막 공항에서 이곳으로 달려왔다고 했다. 그는 오래전에 미국으로 건너가 병원을 운영하던 중 북한에 가서 그곳의 실정을 보고부터는 가만히 있을 수가 없었다고 했다. 그래서 S의료 복지재단을 설립하고, 북한을 돕는 모임은 어디든지 찾아다니며 그곳의 실상을 알린다는 것이다.

"저는 지금 북한 동포 겨울나기 운동을 벌이고 있습니다. 여러분께서 보내주시는 단돈 3만 원이면 북한 주민 한 사람이 생명을 구할 수 있습니다. 밀가루 200g, 방한 재킷 한 벌, 항생제 20알과 영양제 1알 등 포함하여 5개월을 살 수 있습니다."

언제나 그러하듯이 우리 북녘 형제자매들이 헐벗고 굶주린다는 이야기를 들으면 가슴이 미어지듯 아프다. 고향이 이북 원산인 강사 K 박사 부부는 1·4 후퇴 당시 배를 타고 내려왔다며 지난날의 아픈 기억을 이야기한다.

"여러분! 두만강 다리를 건너와서 산에 숨어 있는 동안 다리가 썩어들어가서 죽을 각오를 하고 마을로 내려왔습니다. 그곳에서 간신히 선교사를 만나서 썩은 살을 면도칼로 잘라내고 항생제를 발라 다시 회생이 되었습니다. 생명을 건진 이 사람은 예수님의 사랑이 얼마나 큰지 성경을 천 번이라도 읽을 것이라고 다짐했답니다. 그것은 썩은 살을 도려내며 겪은 고통에 비하면 아무것도 아니라고 생각했기 때문입니다."

이런 사람들은 반드시 북한으로 다시 들어가 복음을 전한다는 사실이다. 우리 CBMC야말로 북한 선교를 통해서 작은 힘이나마 온정을 베풀자는 마음으로 밤 깊어 가는 줄도 모르며 대화를 나누었다. 북한 선교의 중책을 맡은 이 회장은 여성 기업인으로는 드물게 성공한 대표적 인물이다. 그는 남보다 큰 액수의 헌금을 하고, 또한 NBI의 중책을 맡아 열심히 북녘 땅에 CBMC 조직의 준비를 위해 애쓰는 분이다. 이 회장이 인사말을 하는 순서이다. 손자를 둔 할머니답지 않게 깔끔한 베이지색 양장에 카랑카랑한 음성은 젊은 사람보다 더 패기 있고 자신감 넘치는 모습이었다.

드디어 나의 격려사 순서가 되었다. "저는 며칠 전에 말레이시아, 싱가포르, 인도네시아를 다녀왔습니다. 그곳 호텔에서 텔레비전에서 북한의 비참한 모습들을 비춰주었습니다. 비록 말은 잘 알아들을 수 없었지만, 현지인에게 동족의 부끄러운 치부를 들킨 것 같아 민망하기 그지없었습니다"라고 말하는 나 자신도 모르게 격앙되어 감을 느꼈다.

그리고 북녘 어머니께 드리는 편지를 써서 책으로 펴낸 『어머니 전 상서』의 저자 이사장이 소개했다. 저자는 50년 전 헤어진 어머니께 천여 통의 편지를 썼는데, 그중 50편을 담아 책으로 엮었다. "그때 함께 가자고 졸랐어야 했는데, 왜 같이 가자고 떼를 쓰지 않았는지 모르겠다."

저자는 1950년 12월 원산 부두에서 "일주일 뒤에 보자"라며 이별한 어머니를 그린 글이다. 어디 실향민이 그이뿐이겠는가. 나는 우리 분단의 아픔은 어떤 감상이나 시어의 주제만은 아님을 힘주어 이야기했다. 어느 누가 고향이 그립지 않으며 어머니라고 목 놓아 불러보고 싶지 않은 사람이 어디 있겠는가.

"저도 갑자기 고아 아닌 고아가 되어 월남하였고, 세월이 지나 자식이 생기니 그들을 안고 걸리며 임진각에 가서 북녘 하늘을 바라보던 기억이 새삼스럽습니다. 처음에는 녹슨 철조망을 붙잡고 눈물을 흘려도 아이들은 영문을 모르더니, 머리가 커가는 아이들 앞에서 더 이상 약한 모습을 보이기 민망하여 마음대로 울지도 못하던 지난날이었습니다."

나는 마지막 인사말로 "이 작업이 비록 우리만의 숙제는 아니지만, 우리 온 백성들이 작은 정성이지만 힘을 모아봅시다. 사랑하는 마음과 마음을 한데 모으면 얼음장 같은 북녘땅도 언젠가는 봄눈같이 녹아내릴 것입니다. 그때는 그곳에 있는 기업인이나 전문 직업인들에게 하나님의 복음이 전해지고 진정 우리의 소명이 이루어지는 것입니다. 따라서 오늘 밤 우리의 소원인 북녘땅에 CBMC 지회를 창립할 수 있도록 우리 다 함께 전지전능한 주님께 기도로 간구합시다"라고 말을 맺었다.

회의는 숙연한 분위기로 끝을 맺었다. 나는 찬 바람이 몰아치는 밖에서 서성이다가 북녘 하늘 아래에도 똑같이 떠 있을 둥그런 달을 쳐다본다. 만삭의 달은 변함없이 말없이 내려다보고 있다. 아, 언제나 가깝고도 먼 북녘땅을 가볼 것인가.

(2003. 11.)

판매대리점

미국 나이아가라 인근에 ENIDAIN이란 오래된 세계적 기계 부품 생산 공장이 있다. 이 회사의 사장이 한국에 자사 제품을 판매하려고 한국 기계 부품 전시회에 참여했다. 거기서 우리 회사를 알게 되어 어느 날 사장인 나를 찾아왔다.

그때만 해도 우리 회사는 페인트용 화공약품이 주요 수입 품목이고 그리고 싱가포르에서 생고무, 라텍스를 주로 수입하여 팔았다. 그러니 ENIDAIN회사는 일종의 기계 부품으로서 낯선 생소한 시장을 개척하며 개발해야 했다. 그러나 이 회사는 오랜 역사로 세계적인 자동차 메이커 회사나 부품 제조회사에는 반드시 사용함으로 우리 대리점으로 일해 보라고 하며 적극 권유하는 것이 아닌가.

어딘지 사장의 진솔함이 마음에 닿으며 거절할 수가 없었다. 그야말로 모험이었다. 그는 미국 전역 50개 주에 판매대리점을 두고 저들에게 자기 판매 지역을 관리한다. 우리 성원도 본사격으로서 전국 지역 담당 지점장만 관리하면 된다는 것이다. 그 사장만을 믿고 그야말로 심사숙고 끝에 허락하고 한국 독점 판매대리점 계약서에 날인 했다. 그것이 지금으로부터 반세기 전 이야기다. 우선 전국에서 판매하고 있는 화공약품 회사의 대표들을 찾아 지역의 신용 있는 사장들을 소개받고 우리 대리점 판매 간판을 걸기로 했다.

오늘 현재 전국에 16개 대리점을 운영하고 있다. 그 후 매년 연말연시에는 지난해 결산과 새해 판매 목표를 제시하고 우수 회사에는 성과급 보너스를 주고 있다. 초창기에는 지역에 있는 호텔에서 해당 연도 수지결산과 목표를 결의하였다. 그때는 성원 우리는 본사의(미국) 계획과 우리의 계획표를 제시하곤 했다. 세월이 갈수록 각 지역 대표자들 간에도 친한 친구 사이가 되고 해마다 전국 관광지를 고루고루 돌아가며 가족 동반 친목회로 발전하여 함께 노래도 부르는 한 형제자매가 되어갔었다.

어느 해는 제주도, 그 전해는 멀리 괌에까지 가서 하며 워크숍을 가졌다. 동반한 아이들 가족 간의 장기 자랑, 노래자랑, 공차기 특기 자랑으로 어느 해는 초등학교 마당을 빌려 현수막에는 "ENIDAIN 한마음 운동회"라는 간판을 걸고 그 지역에서도 기대하고 동네잔치가 되었다.

〈ENIDAIN 전국대리점 친목 야유회〉라는 슬로건 아래 오랜 세월 이어져 왔다. 젊은 아내 등에 업혀 처음 참여했던 어린 아들딸들이 지금은 의젓한 대학생이 되어 참여했다. 이곳에서 신랑 신부를 찾아 한 쌍이 되기도 하고, 해마다 기대와 기쁨으로 하는 한 가족 잔치가 되고 있다. 가족들 간 친교가 될 뿐만 아니라 길흉사에 모두가 한마음 한뜻으로 아픔과 기쁨을 나누는 돕고 돕는 가족 같은 형제 자매가 되었다. 물론 행사 준비에 시간과 비용이 적지 않게 든다. 그러나 우리는 기업의 이윤 창출도 중요하지만, 한솥밥을 먹는 작은 사랑의 유대가 더 크다고 보기에 이를 중요하게 여긴다. 사내 결혼도 하게 되는 커플도 생겼는데 이때 나도 주례를 하는 등 회사의 잔치로 모두가 기뻐하고 응원한다.

2, 30년 우리 회사의 장기근속한 후 자기 회사를 만들고자 창업하는 사원들에게 회사에서 나갈 때면 우리의 상품을 파는 대리점 자격을 가지

고 창업하기도 한다. 어디 가나 성원은 한 가족임을 그들은 잊지 않기 때문이다.

직장이란 일터는 일하며 대가를 받는 정신공동체 같은 개념이다. 학교라는 제한된 공간 안에서만이 배우는 것이 아니라고 보기 때문이다. 드디어 올해로 창립 56주년의 발자취는 우리 모두에게 자랑스러운 기록이라 하겠다.

ENIDAIN 전국대리점 초기의 대리점 창업 사장들은 어느덧 시니어가 되면서 아들에게 대표직을 물려주고 지금은 그 아들도 또 아들을 데리고 영업하니 벌써 3대가 이 한 가지 ENIDAIN 정신으로 영업하고 있다.

특별히 잊을 수 없는 자랑은 우리 희사 창업자가 주관한 항일 독립투사 최재형 장학회를 시작할 때 저 들도 공감하여 벌써 수십 년간 착실한 회원이 되고 서울 추모행사에도 현충원으로 지방에서 찾아오기도 한다. 이것이 장차 사회적 기업으로 가는 길이 아닐까 생각한다. 우리 성원은 형제자매로 하나 되어 내일도 모레도 한배를 탄 마음으로 영원히 창업 100주년을 향해 달려갈 것이다.

3부

지성이면 감천

| 격려사 |

사각모의 꿈을 안고 평생을

손광성

내가 김창송 선생을 알게 된 건 20여 년 전이다. 신당동 한일교회에서 문학강연 의뢰를 받고 갔을 때 거기서 처음 만나게 되었다.

물론 같은 문학회 회원이어서 잡지를 통해 이름은 알고 있었지만 대면한 것은 그때가 처음이었지 싶다. 훤칠한 키에 부드러운 인상이 좋았다. 하지만 그보다 오랜만에 듣는 선생의 함경도 사투리가 더 좋았다. 내 고향도 함경도였기에 첫 대면부터 형님 같은 친근감을 느꼈던 것 같다.

몇 년 후 다시 만나게 되었다. 이번에도 선생이 회장을 맡고 있던 인간개발연구원 에세이 클럽에서 강연 의뢰를 받고서였다. 그런 인연으로 우리는 서로에 대해 조금씩 알아가게 되었다.

선생과 나는 몇 가지 공통점을 가지고 있다. 함경도가 고향이란 점과 둘 다 월남 피난민으로 부산에서 힘든 시간을 보냈다는 점 그리고 우리는 비슷한 연배라는 점이다. 다른 점이라면 선생도 학문에 뜻을 두었지만 여러 가지 사정으로 사업가의 길로 나갈 수밖에 없었던 것과 그 분야에서 성공한 분이라는 것이고, 나는 문필가의 길을 택했다는 점이다. 아무튼 그렇게 6년여 동안 한 달에 한 번씩 만나는 기회를 가지게 되었다.

어느 날 선생의 모친이 이웃 안 씨 댁에 다녀와서는 막내아들인 선생을 안고 한숨을 쉰다. 그 집 벽에 걸린 사각모를 보고 자기 아들도 그리되었으면 하는 바람이었지만 그럴 수 없는 가정 형편을 탄식한 것이다. 선생은 어머니의 탄식을 듣는 순간 자신이 어머니의 희망을 이루겠다고 철석같이 약속한다.

사각모가 무엇인지도 모르는 다섯 살 나이에 그랬다. 그리고 평생을 그 약속을 지키기 위해 살아왔다고 해도 과언이 아니다. 물론 월남한 것도 그런 청운의 꿈을 이루기 위한 도전이었지 않았을까 한다. 그 약속을 위해 그 깊은 오지에서 월남했고 그 약속을 위해 일생을 고군분투했다.

스물도 되지 못하는 나이에 부산 자갈치시장에서 노점상을 해야 했다. 이 십대가 되었다고 나아진 것은 아무것도 없었다. 미군 부대에서 일용직 노동자로 일해야 했다. 그렇다고 해서 그런 고난이 그의 약속을 지워버릴 수는 없었다. 고된 노동 끝에도 잠을 자지 않고 슬리핑백 속에서 군용 담요를 뒤집어쓰고 사각모의 약속을 위해 영어 단어를 외우기를 멈추지 않았다. 그렇다고 그 같은 뜨거운 향학열만으로 모든 것이 해결되지 않는 게 세상 이치다. 그는 도전도 제대로 해보지 못한 채 좌절을 맛보게 된다. 그렇다고 포기할 그가 아니었다. 방향 전환. 사각모의 약속을 다른 방향에서 찾기로 한 것이다.

그는 빈손으로 사업에 뛰어든다. 그가 가진 자산이라고는 '근면'과 '성실' 그 두 가지뿐이었다. 자금도 친척도 없었다. 그는 맨발로 뛰었다. 그는 매일 집을 나설 때마다 구호처럼 속으로 외쳐댔다.

일곱 시 출근 열 시 퇴근!

1일 20사 방문!

어느 사이 그것은 그의 생활신조가 되고 자신을 독려하는 구호가 되어 젊음을 불사른다. 그러나 그의 투지와 야망이 좁은 국내에 갇혀 있을 수는 없는 일. 그는 세계를 향해 구두끈을 졸라맨다. 일 달러를 위해 세계를 누비며 수많은 기업인을 만난다. 이와 같은 그의 근면과 성실은 주변의 신뢰를 얻고 급기야 초대 아프리카 통상사절단 장의 중책을 맡게 되면서 부터 그는 산간벽지 출신 사업가에서 세계적인 사업가로 우뚝 서게 된다. 한국 수입협회가 주관하는 구매사절단을 이끌고 유럽과 중남미 통상 장관과 기업가들을 만난다.

1968년 성원 교역이라는 상호를 달고 시작한 무역 인생 66년. 그가 비행한 거리는 지구를 몇 바퀴 돌고도 남는다. '56만 4천 백39 마일리지'라는 수치가 그의 기업가 인생의 궤적을 입증하고 있다. 그는 난기류를 만나 아내에게 유서를 쓰기도 몇 번, 그렇게 유류파동을 넘고 IMF에도 도산하지 않고 살아남았고 그렇게 해서 오늘의 성원교역이 우뚝 서게 된 것이다.

그렇다고 해서 그의 사각모의 약속이 다 이루어진 것은 아니었다. 그는 기업가에 머물지 않았다. 잊혀진 독립운동가 최재형 선생을 찾아내어 그 후손들을 돌보았을 뿐만 아니라, 연해주에 거주하는 한국인 이세들을 위해 장학회를 만들고 초대 회장을 맡아 그들에게 조국이 있음을 알리는 일을 사명으로 여겼다.

그리고 수필가로서 11권의 저서를 남기는 열정을 발휘했을 뿐만 아니라, 구순이 넘은 나이에도 안일에 안주하지 않고 시집을 출간하는 등 노익장을 유감없이 실천하고 있다.

이 모든 성과가 다섯 살 때 어머니와 한 사각모에 대한 약속을 이루고 말겠다는 일념에서 나온 것이라는 것이 나의 생각이다. 이밖에도 선생이 이룬 성과를 열거하라면 열 손가락이 부족하지만 여기서 멈출까 한다. 이제 꿈을 이루었으니 편히 쉬어도 될 연세에 이르렀다. 부디 여생을 건강하고 행복한 나날이 되었으면 하는 것이 선생을 아끼는 분들의 바람이다.

김창송 선생, 수고 많았습니다. 편히 쉬셔도 됩니다.

손광성
수필가, 화가
한국수필문학진흥회 전 회장, 현대수필문학 대상 수상 외 다수.
저서: 수필집『한 송이 수련 위에 부는 바람처럼』외 이론서 다수.
한국화 개인전 다수. 바다(대표집)

그의 항해는 끝나지 않았다

신태용

한국수입협회 제19대 회장

1970년 초부터 우리나라 대외무역의 첨병으로서 66년간 전 세계 58개 국을 옆집 다니듯 다니시고 우리나라 수출입 지경을 넓혀오신 김창송 회 장님은 우리 무역업계 특히 자원이 부족한 우리나라 수입업계에서는 잊을 수 없는 역군이다.

수입은 국민의 삶을 윤택하게 한다. 원유, 철광석, 기계, 부품, 밀, 원 당, 과일, 소고기 등 수입 없이 우리나라 자동차, 선박, 석유화학제품, 전자제품 수출은 어떻게 하며 국민은 어떻게 풍요로운 삶을 영위할 수 있나.

너무나 어려웠던 대한민국의 무역환경. 외국 출장 한 번 가려면 신원조 회, 안보 교육, 여권 발급, 비자 발급, 외화환전, 거래처와의 약속 잡기, 업무 준비 등등 요즘과는 비교도 안 되는 어려운 출장 준비를 해야 했고, 외국에 가서도 남한이냐 북한이냐, 일본 사람이냐, 중국 사람이냐 물어봐 서 그때마다 외국인들에게 한국에 대해 자세히 설명해 주던 시절이었다.

독일 프랑크푸르트 공항 입국장에 처음으로 SAMSUNG이라 쓰인 카트 를 보고 어깨가 으쓱했던 기억, 독일 아우토반에서 현대 소나타를 보고 신기했던 시절, SONY와 NATIONAL 등 일본 전자제품은 진열장 앞에, SAMSUNG, LG는 저 뒤에 잘 안 보이는 곳에 있었던 시절, 그래도 88올림픽 폐회식을 스위스 취리히 호텔 로비에서 그들과 같이 보면서 눈물 흘리던 감격, 그 시절 그 시대에 김창송 회장은 푸른 꿈을 안고 애국심으로 무장하고 전 세계를 누볐다.

한국 수입협회(전 명칭은 한국 수출입 오파협회, 한국무역 대리점 협회, 한국수입업협회) 창립자 중 한 분이셨고 초대 연수원장을 지내면서 많은 무역 역군을 길러내셨다.

김창송 회장은 인생의 겨울에 접어들었지만, 추위를 잘 견디는 건강한 노인으로 마침 젊은 시절로 되돌아가 제2의 청춘을 꽃피우는 것처럼 보인다. 주름살 사이에서 새로 나타나기 시작한 홍조가 어렴풋이 빛나고 있다.

성실하고 고결하기로 평판이 나 있는 김창송 회장은 이번에 또 『무역인생, LOOK BACK』이라는 책을 발간하게 되었다.

그의 항해는 아직 끝나지 않았다.

신태용
(주) 한신 ITC 대표이사/ (주) GEN GLOBAL CORP 회장/ 한국수입협회 제19대 회장, 세이브더칠드런 이사/ (재) 한국여성경제 진흥원 이사/ 주 서울 파키스탄 명예 총영사/ 석탑산업훈장 수훈(2012), 대통령 표창 (2002) (2008), 산업자원부 장관 표창(1997) (1999) (2000), 베트남 산업훈장 수훈 (2015)

천정에 걸린 지팡이

나들이하기에는 더없이 좋은 오후 나절이다. 안내자를 따라 들어선 곳은 15세기 때 지었다는 성 요셉 성당이다. 햇빛이 차단된 이곳은 마치 터널 속에 들어선 듯 갑자기 눈앞이 캄캄하다. 나는 약간은 긴장된 마음으로 조용히 뒤따라 안으로 걸어 들어갔다.

성당 안에는 군데군데 아름들의 둥근 돌기둥들이 높은 천장을 바치고 근엄하게 서 있다. 주변을 살피며 이리저리 바라보다가 천장에 수많은 지팡이가 고드름처럼 주렁주렁 달려 마치 우리를 문안하듯 내려다보고 있다. 순간 나는 섬뜩한 느낌이 들어 발을 묶는다. 하나같이 누렇게 빛바랜 오렌지색이지만 손잡이 부분만은 손때가 배어서 희뿌연 밤색으로 비친다. 이 수많은 지팡이는 이승에 살아있던 지난날을 고마움의 징표로 이렇게 남겨 놓고 간 것이라고 한다.

나는 멍하니 머리를 뒤로 제치고 무심히 한참 동안 넋 잃고 바라본다. 저 많은 주인공은 지금쯤 하늘나라 어디쯤에 있을까, 주인 잃은 지팡이는 옛 주인이 그리운 듯 우리를 연민의 정으로 바라보는 것만 같다. 인생 여정은 고행이며 시련의 연속 그 세월도 70이며 강건하여 80이라 하지 않았던가, 저 언덕 그림 같은 집에서 살다가도 그 삶의 종착역엔 저렇게 지팡이 하나를 쓸쓸히 이승에 남기고 가는 것일까.

성전 내부를 이리저리 살피다가 종탑이 있는 옥상에 올라 밖으로 나왔다. 고층 아파트 베란다 같은 곳에서 확 트인 앞마당을 내려다본다. 그 어느 때 올림픽으로 이름을 세상에 알린 몬트리올 시내가 한눈에 들어온다. 때마침 오색 단풍이 곱게 물드니 더욱 이국의 풍광이 나그네들을 사로잡고 있었다.

무심히 발아래 밑을 내려다보노라니 저 아래 계단을 오르는 사람들이 아득히 보인다. 하얀 대리석으로 지어진 많은 돌계단이 중앙 한복판에 반듯하게 놓여 있는가 하면 그 좌우편으로는 편히 걸어 오르도록 넓은 통로가 보기에도 시원하게 확 뻗어있다. 계단을 오르는 사람들이 옆길 편한 길을 마다하고 힘든 돌계단을 굳이 따라 오른다. 그뿐만이 아니다 그들은 한 계단 한 계단을 무릎으로 기어서 오르고 있는 것이 아닌가. 그들은 혹시 지체장애인들이 아닐까, 나는 의심하며 눈을 뗄 수가 없다. 한 단 한 단 오르는 그때마다 지팡이를 먼저 앞 단위에 올려놓고는 맨몸과 두 손으로 힘들게 무릎으로 기어서 오르고 있다. 저들은 다리가 부자유스러워 저렇게 힘겹게 오르고 있는 것이 아니다. 넓고 편한 길 마다하고 좁고 힘든 길을 스스로 택하여 고행하는 것이다. 피조물인 인간은 험난한 연단을 감내해서만이 하나님을 만날 수 있다는 성도의 신앙고백이다. 하얀 돌계단 위에 검은색 옷들이 유독 애처롭게 비치며 뱀같이 길게 늘어져 보이는 지팡이도 주인의 수행에 동행하듯 누워서 한층 한층 오르고 있다.

살아생전의 모진 인간의 아린 사연들이 알알이 담긴 저 나무 지팡이들, 이렇듯 주인을 잃고 쓸쓸히 그늘진 천장 밑에 매달려 있다. 석 자도 안 되는 저 단장(短杖)들이 나무 작대기 같으나 노쇠한 그들에게는 노년을 달래는 유일한 벗이었으리라.

지팡이에 얽힌 나의 지난날의 아픈 추억이 새삼스럽다. 20여 년 전 나는 한때 디스크 수술을 마치고 회복기에 보행기를 잡고 걸었다. 누워서 천장만 보고 있다가 어느 날 회복되어 일어나 걸으면서 밖의 하늘과 땅을 바라볼 때의 기쁨이란 새로 태어나는 감격 그대로였다. 퇴원하고부터는 장인이 남기고 떠나신 지팡이를 잡고 한 발자국 한 발자국 걸었다. 무겁고 우직한 네 발 보행기에 비해 얼마나 편하고 좋은 벗이었는지 모른다. 하나의 짧은 지주(支柱)가 아니라 인생 애환을 주고받는 연인과도 같은 말벗이다.

돌 지난 어린이같이 두 발로 띄엄띄엄 걸으려니 왠지 불안하나 지팡이와 함께 세 발이면 카메라의 세 다리 받침대처럼 안도감이 든다. 특히 어두운 밤에는 앞길을 밝혀주는 간병인 한 사람의 몫을 톡톡히 해낸다. 이 땅의 생명이 소진되는 그 마지막 순간에는 그 누구에게나 한 번쯤은 가까이하고 싶은 고마운 애용물이다.

나는 지난달 노인들이 모여 공부하는 경로대학 졸업식을 주관했다. 올해로 벌써 10년이 되니 무심한 세월은 빨리도 흐른다. 성치도 않은 몸을 지팡이 하나만을 믿고 하루도 빠지지 않은 많은 노인 학생에게 개근상을 주었다. 천천히 걸어서 단상 앞에 나와 서 있는 할머니 학생들, 이 순간만은 지팡이를 제자리에 놓고 혼자 힘으로 나와 섰다. 무엇보다도 그들에게 개근상은 그 어느 우등상 보다 돋보였다. 자녀 손들이 뒤따라 나와 꽃다발을 할머니 품에 안긴다. 그녀들은 순간 눈시울을 붉히며 어린 손주들을 가슴에 안는다. 흰 서리의 머리가 말하듯 지난 세월의 풍상이 한꺼번에 쏟아내는 듯 장내는 숙연해진다. 수료증과 상장을 수여하고 나는 학장의 이름으로 몇 마디 인사말을 했다.

"올해로 개원 10년을 맞이했으니 세월은 이렇게 빨리 갑니다. 세월이

가는 소리가 우리 귀에 들리지는 않으나 분명 그 많은 세월 동안 여러분들은 열심히 공부했습니다. 조금 전 애국가를 앉아서 부르는 특권을 가진 유일한 어른들이십니다. 그만큼 이제는 노구 하나를 가누기도 어렵습니다. 우리가 지난 세월 참으로 허리띠 졸라매면서 열심히 일한 덕으로 우리나라가 세계 속에 잘사는 나라로 우뚝 섰습니다. 여러분! 시루 속에 콩을 넣고 물을 주면 그대로 모두 흘러내려 가는 듯하나 그때마다 그 속에서 물을 받아먹는 콩은 조금씩 싹이 나고 자라고 또 자라서 토실한 콩나물이 됩니다. 여러분이야말로 정말 훌륭한 선생님들의 강의를 통해 멋진 교양 있는 성숙한 노인으로 오늘을 맞이한 것입니다. 사람이 빵으로만 사는 것이 아니라 이런 배움을 통해 그 삶의 의미를 재확인할 때 노인다운 노인으로 존경받는 할아버지 할머니로 부름을 받습니다. 성노인(成老人)이라는 말은 나이 든다고 존경받는 노인의 위치에 오르는 것이 아닌, 스스로 공부하여 성숙한 어른으로 자녀 손 앞에서 넉넉한 덕망을 받을 때 진정한 노인이라는 대접을 받을 수 있다고 생각합니다."

오늘따라 하늘색 분홍색의 화사한 한복들로 단장한 그들을 내려다보며 내년에도 한 사람 빠짐없이 이 자리에서 다시 뵙기를 기원했다.

지난해에도 몇 분이나 이승을 떠났다. 지팡이를 짚고서라도 교실로 들어서는 그들에게서 고마운 마음과 위로를 얻는다. 새 학기에는 더 많은 학생이 와야 하는데…. 지팡이도 오늘 같은 날에는 주인과 개근상을 함께 받아야 하지 않을까. 걸어 나가는 그들의 뒷모습이 저렇게 아름다울 수가 없다. 그것은 말없이 힘이 되어 준 지팡이의 수고가 있었기 때문이다. 이 순간 이국땅의 천장에 걸린 주인 잃은 지팡이가 눈앞에서 아른거린다.

(2006. 3.)

황금색 커튼

꽃샘추위가 기승을 부리는 주말 오후였다. 무교동의 뒷골목은 여전히 부산스럽고 사람들로 붐비고 있었다. 나란히 붙어 있는 구두 수선집을 지나 철물점으로 들어가니 대낮인데도 가게 안은 어둠침침하였다. 주인은 나를 알아보고 전에 주문한 조그만 간판을 내어준다.

대학 노트보다 약간 큰 하얀 플라스틱 바탕에는 "成元藥品商社(Song Won Chemicals Company)"라고 쓰여 있었다. 나는 이 간판을 갓 태어난 자식처럼 가슴에 품고 남대문에 있는 사무실로 향했다.

만 10년 동안 근속을 하며 평생직장으로 생각하던 회사가 갑자기 기울어지자 나는 자의 반 타의 반으로 회사를 떠날 수밖에 없었다. 그 당시는 직장을 구하기도 힘들었을 뿐 아니라, 한번 입사를 하면 평생을 몸담는다는 각오와 열정으로 일을 하던 시절이라 퇴사하는 일은 그야말로 눈앞이 캄캄할 정도로 절망스러운 일이었다. 그러나 회사의 처지를 생각해서라도 더는 버틸 수가 없어 사직서를 제출하고 이 기회에 독립해 보자고 결심했으나 그야말로 안개 속에서 미로를 찾는 심정이었다. 다만 전 직장에서 익힌 무역 경험과 맨주먹의 용기뿐이었다.

사무실은 먼저 회사와의 약속대로 5분 거리에 있는 남대문 근처에 마련했다. 일정시대에 지은 듯한 오래된 목조 건물은 어찌나 낡았는지 걸어

다닐 때마다 삐걱거리는 소리가 나곤 했다. 더구나 2층에 있는 우리 사무실의 아래층은 식당을 하고 있어서 끼니때마다 음식 냄새가 이 층까지 올라와 진동했다. 5평 남짓한 사무실에 직원이라야 사촌 형 한 분과 타이피스트 한 명이 전부였다. 그러나 마치 산모가 두려움과 설렘으로 산고를 치르듯이 나는 가슴에 품고 간 소중한 간판을 꺼내서 조심스레 사무실 문에 달았다.

그때가 1968년 3월 1일이었으니 어언 40여 년 전의 일이 되었다. 소재지는 남대문로 3가 3번지이고 사업자등록일을 3월 1일로 한 것도 우리나라 독립기념일에 내 인생도 독자적으로 자립(自立)하는 날로 의미를 부여하고 싶어서였다. 다행히 전에 다니던 직장에서 알게 된 거래처 중에 중국인 K 사장이 있었는데, 그에게 내 처지를 상세히 써서 서신을 보냈더니 얼마 후에 연락이 왔다.

그가 오사카에서 운영하는 남성 무역회사의 한국 총대리점 계약을 맺자는 것이었다. 정말 뛸 듯이 반갑고 기쁜 소식이었다. 그래서 회사 이름도 그 회사의 별 '성' 자와 전에 일하던 회사의 이름인 신원의 '원' 자를 합하여 '성원약품상사'라고 지었다. 그때 내가 주로 하던 일은 무역회사를 찾아다니며 화학제품을 파는 중개무역 오퍼상이었다. 나 혼자 "1日에 30社"라고 구호를 정하고 하루 종일 뛰어다녔는데 주로 한국은행 본점 근처에서 을지로5가 사이에 입주하고 있는 무역회사들을 찾아다녔다.

아내는 나의 갑작스러운 퇴사로 걱정이 이만저만이 아니었다. 그도 그럴 것이 그 무렵 큰아들이 유치원에 다니기 시작하여 돈이 들어갈 일만 남았는데, 저축은 하나도 없이 회사를 차린다고 하니 더욱 불안하였을 것이다. 우리 내외는 매일 두 손을 잡고 기도하면서 열심히 일할 것을 다짐하였다.

막상 회사의 간판을 달고 사무실 문을 열자 큰길 쪽으로 난 썰렁한 창을 가려줄 커튼이 필요했다. 아내는 시장에서 손수 노란색 천을 떠다가 예쁜 커튼을 만들어 서쪽 창으로 쏟아져 들어오는 햇볕을 가려주었다. 지는 해가 석양빛에 다홍색으로 물들 양이면 노란 커튼은 황금색으로 변해서 마치 가을 논의 황금물결처럼 출렁이곤 했다. 빨리 돈을 많이 벌어서 방안이 황금으로 채워졌으면 좋겠다고 아내는 농담하며 웃던 기억이 난다.

나는 요즘도 엘리베이터를 잘 타지 않는다. 그것은 엘리베이터가 없던 시절 사무실이 8층에 있었는데 하루에도 수십 번씩 들락거리다 보니 걸어 올라가는 것이 습관처럼 되었거니와 그 힘겹고 어려웠던 시절을 지금도 잊지 못해서이다. 언젠가 유태인 가정에 초대되어 간 일이 있었는데 방 한가운데 마치 목침처럼 생긴 시커먼 조형물이 있었다. 그것이 무엇인지 물었더니 과거에 자기 조상들이 먹던 빵의 모습이라고 했다.

사람은 초심을 잊지 않아야 한다. 나에게도 40여 년 전의 노란 커튼이나 하얀 간판은 아주 귀중한 재산이다. 왜냐하면 그 힘들었던 시절을 상기시켜 주는 매개체이기 때문이다.

(2008년 여름호, 에세이문학에 실린 글)

내가 매일 기쁘게

여러 해 전의 일이었다. 어느 날 CTS TV 방송국에서 전화가 걸려왔다. 기자는 〈내가 매일 기쁘게〉라는 프로그램에 한 시간 대담 형식으로 방영 코자 한다며 사전에 나에 대해서 취재하고 싶다는 것이다. 그러나 나는 아직 그런 프로그램에 출연하여 당당히 말할 처지가 아니라고 한마디로 거절했다. 그러나 젊은 여성작가는 이미 방송 일정표에 내 이름을 입력해 놓았으니, 자기들 실무자를 도와 달라고 간곡하게 부탁하는 바람에 할 수 없이 승낙하고 말았다.

내 방에 들어선 그녀는 이미 나를 추천한 누군가로부터 나의 지난날에 대해 어느 정도 이야기를 들었는지 적지 않은 예비지식을 가지고 있었다. 더욱이 내 몇 권의 책을 읽은 듯 여러 가지 자세한 정보도 갖고 있었다. 기자는 프로답게 사무적으로 몇 가지 이야기 줄거리에 대해 물었다. 회사는 언제 세웠으며, 취급 품목은 무엇이며, 창립 후, 40년 동안 어떤 어려움이 있었는지 끝없이 질문을 해왔다. 특히 IMF 때 힘들었던 이야기들을 좀 자세히 현장감 있게 이야기해 달라며 거의 일방적으로 질문을 퍼부었다.

다음날 약속대로 정한 시간에 방송국 지하에 있는 분장실에 도착했다. 거울 앞에 앉으니 분장사는 능숙한 손놀림으로 눈썹이며 얼굴에 무언가 열심히 바르고 있었다. 그때부터 나는 긴장하여 표정이 조금씩 굳어져 가는 것만 같았다. 녹화실에 올라가 카메라와 조명 모두가 준비되었음을 확인한 PD는 사인을 보냈다. 물론 예전에 TV 대담이나 라디오 방송 프로에 나간 적이 있었다. 심야의 시사 토론 특히 수입 정책에 대한 현황과 실상, 그리고 아프리카 통상사절단장으로 다녀온 후 TV, 라디오 3사에 나가고 한때는 아침 시간에 전화로 방송한 바도 있었다. 그런데 이번에는 어쩐지 의도된 각본대로 내 자랑만을 할 것만 같아 다소 불안하기만 했다.

"안녕하세요? 〈내가 매일 기쁘게〉의 최선규입니다."

"안녕하세요? 정애리입니다."

비교적 차분히 시작되었다.

이어서 먼저 영상을 통하여 우리 회사를 약 1분 정도 소개하고 대화가 시작되니 한결 대담 분위기가 부드럽게 진정되었다. 최선규 아나운서가 말을 먼저 꺼내면 탤런트 정애리 씨가 이어서 묻는 형식이었다.

"성원교역은 일반인인 우리에게는 조금 낯선 회사일 수도 있겠어요, 성원교역은 무슨 일을 하고 있는 회사인가요?"

"네, 성원교역이 주로 하는 일을 요약하면 수입업과 수출업, 그리고 제조업 및 기타 서비스업으로 나누어 말할 수 있습니다."

"지난 40년 가까이 사업하시는 데 어려움이 많으셨을 텐데 좀 말씀해 주세요."

"어느 회사도 마찬가지이겠지만 IMF 때가 제일 힘들었을 것으로 봅니다. 우리 회사는 외국과의 교역을 오랫동안 선 수입 후 지불 조건으로 해 왔습니다. 다시 말하면 먼저 해외에서 원자재를 외상으로 수입하면 4, 5개월 후에 그 물품 대금을 송금하는 것입니다. 이것은 상대방의 신뢰가 없으면 불가능한 무역 거래입니다. 그러던 중에 1997년 말에 아시겠지만, 환율이 1달러에 800원대에서 2,000원까지 갑자기 치솟았습니다. 마침 약정 만기일이 되어 해외에 송금하려고 할 때 환율이 급상승되어 IMF 함정에 빠져들었습니다."

"황급한 나머지 나도 직접 나서서 우리의 거래처에 수금하러 나갔습니다. 그런데 그때 구로동에 있는 채무회사 현장으로 직접 가보니 벌써 공장들은 문을 닫고 회사 간판이 땅에 떨어져 바람에 나뒹굴고 있었습니다. 마치 태풍이 지나간 후의 폐허 같았습니다. 급매물로 내놓은 공장들 문전에서 부동산 노인들만이 이리저리 뛰어다니고 있었고, 나 같은 채권자들은 그저 어찌할 바를 몰라 서성이고 있었습니다. 참으로 눈앞이 캄캄해 왔습니다. 결국 해외 채권기업인들이 있는 미국, 일본 등지에 직접 찾아가 사정을 이야기하고 다만 6개월이나마 지불 기일을 겨우 연장받아 난국을 가까스로 극복했습니다. 다시 말하면 그동안 쌓은 회사의 신용이 위기를 구해준 것입니다."

"월남 후의 피난 생활도 순탄하지만은 않으셨을 터인데, 그때 이야기도 전해 주기 바랍니다."

이번에는 정애리 씨가 낮은 목소리로 물어왔다.

"전후 그때 당시는 나뿐만이 아니라 이 나라의 모든 백성이 공통된 아픔을 겪었지요. 저는 환도 직전 부산 어느 공사판에서 노동하다가 힘에 부쳐 누군가의 권유로 야채 행상을 잠시 시도한 일이 있었어요. 그곳이 부산 자갈치시장 입구였습니다. 손수레에 사상에서 재배된 싱싱한 무를 담아 놓고 '무 사이소, 무 사이소.'라고 외쳤습니다. 처음 이틀 동안은 무가 삽시간에 팔려나갔습니다. 장사의 묘미가 이런 것이구나 하고 다음 날 아침은 내가 가진 밑천을 다 털어서 손수레가 넘치도록 하얀 무를 수북이 싣고 어제 그 자리에 겨우겨우 끌어다 세워 놓았습니다."

"그런데 1시간도 못 되어 저 위쪽에서부터 대아에 생선 몇 마리씩 놓고 좌판 하던 아줌마들, 어깨에 양담배 판을 걸고 팔던 아이들 할 것 없이 모두가 무엇엔가 쫓기듯 골목길로 미꾸라지 모양 숨어 들어가는 것이 아니겠습니까. 그때 누군가가 '떴다! 기마경찰!'하고 외쳤다. 경찰의 잡상인 교통단속반이 시작되었다. 그때 당시는 말을 탄 기마경찰이 있을 때였다. 나는 그때까지 노상에서 행상하는 것이 불법인지를 저만 모르고 있었습니다. 황급히 피하려니 손수레가 워낙 무거워 삐거덕거리며 몇 발짝 움직이지 못하고서 그만 우두커니 있었습니다. 그때 말발굽 소리도 요란하게 달려온 경찰이 나를 채찍으로 내려치는 것이었습니다. 순간 나는 의식을 잃고 길바닥에 쓰러지고 말았습니다. 얼마나 시간이 흘렀을까, 눈을 떠보니 그 비싼 무는 두 동강이 나서 길바닥에 마치 시체 모양 나뒹굴고 있었고 등허리에서는 붉은 피가 흐르고 있었습니다. 아픔이 몰아치고 치밀어 오르는 분노를 참을 수가 없었습니다. 절망의 순간이었습니다. 하늘이 빙빙 돌며 의식이 몽롱해졌습니다. 죽음의 나락으로 떨어지고 있는 듯했습니다. 바로 눈앞에 푸른 바다가 마치 손짓하는 것만 같았습니다. 나는 생과 사의 기로에서 눈물을 삼키며 고뇌했습니다."

"자녀들은 몇 분이며 교육은 어떻게 시켰습니까?"

사회자는 이번에는 분위기를 바꾸려고 이런 질문을 한다.

"두 아들 내외와 다섯의 손주들이 있습니다. 큰아들은 회사 사장으로 회사를 운영하고 둘째 내외는 교수로 있습니다. 가훈이라면 '바르고 부지런하고 시간을 아끼자'였는데 이것이 큰아이가 중학교에 들어갔을 때 학교에 제출한 것입니다."

"앞으로의 인생을 어떻게 설계하고 계십니까?"

"네, 누구에게나 생의 마무리가 중요하다고 봅니다. 사람들은 이 땅에 와서 이 시간까지 누군가의 도움으로 갈아갑니다. 이제는 무엇으로든 그 빚진 것을 갚고 보답하는 일에 충실하고자 합니다."

이렇게 마지막 대답을 하여 〈내가 매일 기쁘게〉라는 프로그램을 간신히 마칠 수 있었다. 이제는 내가 한 그 한마디 말에 책임을 지기 위해서라도 누군가를 위해 열심히 살고자 한다.

지성이면 감천

지난여름에 유럽 거래처에 상담할 일이 있어 인천공항에 나갔다. 마침 방학 중이어서인지 많은 사람이 몰려들어 대합실은 그야말로 발 디딜 틈 없이 북적거렸다. 출국 절차를 밟으면서 카운터 앞에 서 있노라니 아이 셋이서 1달러 지폐를 가지고 가위, 바위, 보 놀이를 하고 있었다. 순간 요즘 아이들은 모두가 좋은 세상에 살고 있구나 하는 생각이 들었다.

불과 50년 전까지만 해도 우리 세대는 1달러라도 더 벌기 위해 세계 여러 곳을 헤집으며 뛰어다녔다. 그 당시에는 무슨 방법으로든지 수출을 많이 하여 달러를 벌어들여야 이 나라에 필요한 기름이나 원부자재를 사 들이고 나라 살림을 꾸려나갈 수가 있었으니 대통령까지도 "수출제일주의"를 주창하며 수출을 독려하였다.

그 무렵에 나는 어느 무역회사에서 수출과 수입을 담당하면서 바쁘게 일했다. 예나 지금이나 부존자원이 없는 우리나라에서의 수출 품목은 가발이나 오징어, 그리고 광산석 등 일차 상품이 고작이었다. 우리 회사는 주로 화학 원료를 수입했고 대신 규석, 형석을 일본으로 수출했다.

1967년 12월 말쯤 회사에는 갑자기 비상이 걸렸다. 일 년에 10만 달러 이상을 수출해야만 그 이듬해 무역 등록을 할 수 있는 자격이 주어지는데 연말이 다 되도록 목표액의 몇천 달러가 부족했던 사실을 뒤늦게야 알았다. 궁여지책 끝에 전남 보성에서 채광되는 규석을 긴급 매입하여 일본으로 수출을 하면 부족액은 메꿀 수가 있을 것 같았다.

다음날 이른 새벽차로 전남 보성에 내려가 규석의 물량을 확보하고 물건 대금까지 지불했다. 그러나 이것을 트럭으로 역전까지 운반하고 화물차로 여수 부두까지 운반한 다음 배에 실어야 하는데, 그 일은 그리 만만치가 않았다. 5백 톤짜리 일본 국적 목선을 타야 했다.

당시에는 기중기나 운반용 지게차가 없어서 배에 싣기 위해서는 일일이 부두 노동자들이 화물을 마치 그 옛날 두부 장사 모양 어깨에 지어 날라야 했다. 해가 저물기 전에 선적하는 일을 마치려면 일꾼들을 채근해야 하고, 그들에게 흥을 돋우기 위해서는 막걸리를 독으로 사놓고 마시며 일을 시켰다. 배까지는 넓은 나무판을 깔아 다리 삼아 쓰기로 했다. 출렁출렁하는 다리를 취기에 발을 헛디뎌 물속으로 떨어지기라도 하면 큰일이었다. 부두에 옆으로 나란히 묶어놓은 목선은 파도 소리에 흔들거리고 있었다.

밤이 깊어 갈 때쯤, 그때였다. 엎친 데 덮친 격이라고 했던가. 일본인 항해사가 나에게 다가오더니 "선적 중지하세요. 배의 무게 때문에 더는 화물을 실을 수 없습니다."라며 작업 중지하라고 했다. 깜짝 놀라 그를 따라가 보니 어느새 배 앞쪽의 눈금이 붉은 위험수위 선을 오르락내리락하고 있었다. 눈앞이 캄캄해 왔다. 그러나 우리 회사의 수출 실적을 맞추기 위해서는 조금만 더 실어야 했으니 정말 호미난방(虎尾難放)이었다.

게다가 그날이 바로 12월 31일로 밤 12시 전에 수출 면장에 도장이 찍혀야 유효했다. 여기서 낭패를 본다면 회사는 물론 무역 등록이 취소되고 막중한 책임을 지고 나도 큰 실책을 변명할 여지가 없게 되었다.

생각다 못해 선장을 찾아가 일의 전후 사정을 이야기하고 애원하다시피 했다. 그러나 "화물량을 지키는 일은 선원들의 생명을 지키는 일이므로 어쩔 수가 없다."라고 늙은 선장은 단호하게 거절한다.

시간이 마냥 흘러갔다. 나의 간곡한 호소가 선장의 마음을 움직였을까, 저들끼리 의논하더니 선장이 "먹을 비상 식수만 조금 남기고 배 안의 물을 전부 버리라."라고 명령했다. 그리고 버린 물의 무게만큼 화물을 더 실어서 무사히 수출 목표를 채우게 되었다. 동튼 새벽까지 일을 끝냈을 때의 안도감과 희열은 마치 전쟁에서 승리한 장군과 같은 보람을 느꼈다.

새해 아침. 정월 초하루 새벽, 배가 우리 화물을 그득 싣고 떠나는 뒷모습을 바라보며 나는 새해 첫날, 새벽 서울행 기차에 몸을 실었다. 긴장이 일시에 풀려서인지 몸은 젖은 솜뭉치처럼 되었다. 힘은 들었지만, 손에 잡은 수출 면장이 마치 큰 상장이라도 되는 듯 자랑스럽고 뿌듯하였다.

그 시절 수출이라는 흔한 낱말 속에는 이처럼 눈물겨운 말 없는 애환들이 서리서리 배어 있었다. 1달러 푸른색 지폐 한 장도 그냥 얻어지는 것이 아니라 여러 사람의 땀과 눈물의 결정체였다. 그날의 1달러의 슬픈 이야기는 반세기가 흐른 지금도 아니 영원히 잊을 수가 없는 우리 세대의 숨은 이야기다.

이제 우리나라도 1조 달러를 넘어 FTA 이후 더 높은 고지를 향해 가야 한다고 매스컴에서는 대서특필하고 있다. 무역만이 이 나라의 살길이다. 그리하여 자손들이 바깥세상 공부도 하러 다니고, 여행하러 해외로 나갈 수 있을 것이다. 그러나 그대들은 지난날 어버이 세대들이 1달러를 위해 땀과 눈물을 흘렸던 것을 가늠이나 할는지 모르겠다. 우리가 모두 1달러의 귀중함을 깨달을 수 있기를 바랄 뿐이다.

모닥불 밑에서

중국 땅 단동(丹東)에서 보니 북녘의 신의주 역전 마을이 손에 잡힐 듯 지척이다. 때마침 떠오르는 아침 해는 고이 잠든 북녘 마을을 깨우기라도 하듯 찬란하게 비치고 있다. 그날 1950년 11월 3일에 B29의 폭격으로 허리가 잘려 나간 다리, 압록강의 단교(斷橋) 앞에 섰다. 더 이상 갈 수 없다는 표시가 나를 아프도록 슬프게 한다. 난간을 잡고 발아래 흐르는 푸른 물결을 무심히 바라보니 아침 햇살을 받아 강물은 마치 물 먹은 에메 랄드처럼 눈부시게 빛났다. 예로부터 물빛이 유달리 푸르다 하여 압록강 이라고 부른다고 했던가. 저 말없이 흐르는 강물은 지난날의 애환을 짐작 이나 할 것인가. 구름 한 점 없는 변경(邊境)에는 철새들만이 날갯짓하며 양안(兩岸)을 유유자적 오가고 있다. 멀리 북녘 하늘 아래 황소 등판 같은 민둥산은 마치 추위에 떨며 움츠리고 있는 것만 같다. 주민들은 산에서 나무를 뿌리째 캐어 땔감으로 쓰고 그 발가벗은 산마저 또다시 갈아엎어 밭을 만들어 옥수수를 심는다고 한다. 산에 나무가 없어 지난해 폭우에 아랫마을이 물에 깨끗이 씻겨 내려갔다고 한다. 산 아래 허허벌판에는 농 민들이 사는 성냥갑 같은 네모난 이층집들이 군데군데 초소 모양 서 있는 데, 오고 가는 사람들의 모습은 찾아볼 길 없다. 마치 사람이 살지 않는 유령의 마을 같기만 하다. 회색 칠을 한 이층집은 협동농장 사무실이라고 하는데 유리창은 언제 깨어졌는지 오래 방치된 그대로다. 강변에는 볼품 없이 가녀린 나무들이 띄엄띄엄 심겨 있는데, 이것이 홍수를 막을 제방을 지킨다고 한다.

'단교(斷橋)의 역사의 현장'이라고 하는 이곳에서 눈을 들어 사방을 더듬어 보노라니 모진 이 땅의 지난 세월의 역사가 들려오는 듯하다. 소설(小雪)이 지난 초겨울의 강변 바람이 매섭게 불어온다. 바로 그때 부러진 다리 옆에 새로 지어 놓은 철교로 화물 기차가 덜커덩덜커덩 무쇠 소리를 뿜으며 느리게 지나간다. 힘겹게 끌고 가는 차량은 불과 10량도 안 되는데 그래도 평양을 거쳐 모스크바까지 간다는 이유로 국제열차라고 부른다.

양국 교역의 태반이 이 압록강 철교를 통하여 이루어지고 있다. 바로 그 옆 차도로 낡은 화물 트럭이 무엇인가 싣고 띄엄띄엄 북녘으로 들어가고 있다. 이 도로는 폭이 좁아서 오전에는 중국 쪽에서 오후에는 북한에서 교대로 다니기로 약정하였다고 한다. 북에서 나오는 물품은 광산물이나 해산물이 고작인데 들어가는 상품은 당장 먹고 입는 생필품이 주종이고, 그중에서도 쌀이나 국수, 밀가루가 태반이라고 한다. 그나마 이 다리는 그들에게는 한없이 고마운 젖줄인 셈이다.

호산장성(虎山長城)에 올라가니 높은 곳에서 또 다른 북녘땅을 더 멀리 한눈에 볼 수 있었다. 전망대에 오르니 가을걷이가 끝난 북녘 마을과 넓고 누런 들판이 시원스레 한눈에 들어온다. 발아래 실개천 끝자락에는 몇 채의 낡은 나룻배가 졸고 있다. 낮에는 관광객을 실어 나르고 밤에는 밀거래 꾼들의 시중을 들고 있다고 한다. 두 나라의 국경 강폭이라야 불과 서너 발자국 거리다. 한족(漢族) 여인의 가게에서 뜨거운 커피를 마시며 북녘 마을을 바라보노라니 어느새 여인이 작은 낚시 의자를 가져와서 앉으라고 한다.

따뜻한 차 한 모금이 내 얼어붙은 몸속에 스머들 때마다 북녘 하늘은 더욱 서럽게 보인다. 어떤 밤에는 건너편 초소를 향하여 "오라이!"라고 부르면 북녘 초소에서 병사들이 이곳으로 살금살금 건너오기도 한다는 것이다. 실개천 넘어 고향 땅을 떠나온 지 어언 반백 년도 넘었으니 이제는 햇수를 헤아릴 기력조차 없다. 젊은 날에는 너무도 간절하게 보고 싶던 고향 집이 이제는 빛바랜 흑백사진 모양 기억도 희미할 뿐이다. 세월의 무게는 어찌할 수가 없는가 보다. 먼저 가신 어머니를 따라 아버지마저 고희를 겨우 넘기고 떠나셨다는 소식이 풍문에 들려온다. 발길을 돌려 걸어 나오려는데 옥수수 곳간을 옆에 달아 지은 작은 집 한 채가 눈에 들어온다.

마치 내가 자란 두만강 변의 우리 집과 다를 바 없다. 어린 시절 잠자리가 마당을 윙윙거리며 이리저리 날던 여름 한나절. 나는 어머니와 함께 뒷밭에 나가 옥수수를 따서는 등에 지고 집 마당에 내려놓는다. 그리고 동생과 함께 옥수수 껍질을 벗겨 문간 모서리에 걸어 놓은 검은 무쇠솥에 넣고 푹 찐다. 솥에서는 먹음직스러운 하얀 김이 무럭무럭 솟아오른다. 어느덧 어둑어둑해질 무렵이면 흩어졌던 식솔들이 하나둘 모여 옥수수로 저녁을 때우던 그때의 정겨움이 어제 일같이 머릿속에 스쳐 간다.

우리 일행은 이튿날 오후 이곳에서 작은 유람선을 타고 압록강 변을 한 바퀴 돌아보았다. 나는 이곳에 경영자들을 위한 특별강사로 초청받아 왔다. 이 단체의 S 회장은 강변의 '선상 관찰'이 한국에서 오시는 분들에게는 유일한 탐방 코스이자 분단의 현장을 상세히 볼 수 있는 기회라고 열심히 설명한다. 선상에서 이쪽저쪽을 두루 돌아보니 또 다른 감회에 잠긴다.

낡은 배 위에서 일하는 북녘 사람들에게 손을 흔들어 반가움을 표시하니 표정 없는 얼굴로 겨우 응수한다. 배가 서서히 아래쪽으로 내려가니 추위도 아랑곳하지 않고 두 젊은이가 강물 속에서 그물로 고기잡이를 하고 있다. 애처롭게도 옷이 몽땅 젖어 있었으나 고기는 한 마리도 보이지 않았다.

북녘 사람들은 지금 생사의 기로에서 싸우고 있는 것만 같다. 마을 네거리에는 'ㅇㅇㅇ 태양'이라는 붉은 글씨가 퇴색된 채 걸려 있다. 자전거를 고치는 사람 옆에 우두커니 서 있는 두 꼬마를 보고 손을 흔들었다. 아이들은 약속이나 하듯 고사리손을 흔든다. 애처롭게만 보인다. 저 어린것들도 우리의 자식이요, 핏줄이 아니던가. 벌써 배급은 끊긴 지가 오래고 한 달 월급이 고작 2달러뿐이라고 한다.

이 짧은 한나절 강변 나들이로 어찌 지난 세월의 통한(痛恨)과 그 많은 애증을 풀어낼 수 있단 말인가. 그저 한 장의 사진 속에 지난날의 그리움을 대신 담아 보았다. 이제 허리 잘린 압록강 변에서 다시 한번 불러본다. "사랑하는 어머니여!" (2006)

사막에 피는 꽃

사막의 도시에서 작열하던 태양은 어느덧 기울어 붉은 빛깔을 띠고 있다. 두바이 시내의 저녁 풍경은 퇴근하는 노무자들로 북새통을 이루고 있었다. 줄지어 나오는 노란색 퇴근 버스 뒤에는 심한 분진이 일고, 안에는 고된 노동에 지친 듯한 근로자들이 빼곡하게 타고 있었다. 푸른색 작업복을 입은 사람들이 있는가 하면 노란 안전모에 노란색 옷을 입은 노무자들도 있었는데, 검은 피부의 그들은 대부분은 이웃 나라 인도에서 건너온 사람들이라고 한다.

문득 예전에 일자리를 얻기 위해 중동으로 몰려들었던 우리나라 근로자들도 저렇게 고된 노동을 했으리라고 생각하니 그들이 어쩐지 낯선 이방인처럼 느껴지지 않았다. 처자식과 가족을 부양하기 위해 이역만리 머나먼 땅에까지 와서 힘들게 일을 하고 외로움에 시달렸을 그들의 땀과 노력으로 벌어들인 오일달러가 우리나라 근대화에 적지 않은 몫을 했을 것이다.

어느덧 우리 일행을 태운 차가 목적지인 건설 현장에 도착했다. 우리 일행 20여 명은 '한국인간개발경영자연구회'가 마련한 명찰을 목에 걸고 '세계의 허브 두바이 창조 경영'을 시찰하기 위해서 이곳에 온 것이다. 미리 연락을 받았는지 검은 양복에 붉은 넥타이를 맨 정장 차림의 사나이가 문 앞에서 우리를 반갑게 맞아 주었다.

삼성그룹이 짓고 있는 '부르즈 두바이'는 한창 공사가 진행 중이어서 보안상의 문제는 물론, 분초를 다투며 일하는 그들에게 우리의 방문이 썩 달갑지는 않을 것 같아 조금은 미안한 생각이 들었다. 검은색 유니폼을 입은 여사원이 인사말과 함께 대략 건설 현장을 설명하고 나자 오늘의 책임자인 K 부사장이 영상물을 보여 주며 본격적인 설명을 시작하였다.

"세계에서 가장 높은 건물이 될 '부르즈 두바이'는 대략 160층 정도이며 지난 2005년 2월에 착공하여 2008년 12월경에 완공이 될 예정입니다."라고 말했다. 건물의 용도는 사무실과 호텔뿐만 아니라 위층에는 주거용 아파트도 있다고 했다. 더구나 이 아파트는 초현대식 설계로 각국의 최고 부호들만이 입주하게 될 예정이며, 이미 상당한 물량이 계약 완료되어 있다고 했다.

세계 최고의 이미지를 부각시켜서 만든 아파트로 세계의 VIP 고객을 유치하여 최고의 부(富)를 창출하겠다는 그들의 포부가 그저 놀라울 뿐이었다. 한편 실제 건물의 높이는 아무도 모르며 그런 궁금증이 오히려 대중에게 유발되어 각국의 매스컴에 소개된다고 한다. 늦은 시간까지 우리를 위하여 수고해준 삼성 직원들에게 아낌없는 박수를 보내고, 우리 또한 그들의 따뜻한 전송을 받으며 차에 올랐다.

돌아오는 차 안에서 조금 전에 설명해 준 K 부사장의 말들을 다시금 떠올렸다. 세계적으로도 손꼽히는 큰 공사임에도 삼성에서는 달랑 19명의 직원만이 파견 나와 있다고 했다. 기능공이나 노무자는 한 명도 없고 모든 관리를 할 수 있는 고급 인력들이라고 했다. 옛날 중동 공사 때처럼 저임금의 노동력을 송출하던 시대는 이미 지났다고 했다. 노동력은 주변의 인도나 파키스탄의 노무자들로 충분히 충당할 수 있다고 했다.

지구촌은 이렇게 빠르게 변하고 있었다. 오늘 우리는 살아 움직이는 스피드 경영 현장을 직접 확인하고 보니, 경이적인 변화에 현기증이 날 것 같았다. 세계는 이렇게 빠르게 변하는데 나만이 아직도 깊은 잠에 빠져 있는 것 같은 착각에 그저 부끄러운 따름이었다. 또한 지구촌의 무한한 경쟁 속에서 초대형 프로젝트를 완성해 가는 삼성 직원들에게 저절로 머리가 숙어졌다.

이른 새벽부터 호텔에 있는 TV에서는 오직 건설만을 부르짖고 있다. 하얀 전통 의상을 입은 지도자가 나와서 연설하는데 "우리는 가장 빠르고(Faster), 우리는 가장 높고(Taller), 가장 혁신적인(Innovation) 사고로 오늘도 달려갑니다."라고 외친다. 이제 고난을 극복한 그들은 사막이라는 불모지에 푸른 잔디를 심고 대추야자 그늘을 만드는가 하면, 하늘을 찌를 듯한 빌딩 숲을 만들며 힘찬 행진을 하고 있다.

TV에서는 붉은 아침 해가 떠오르는 것을 비춰주며 "정성을 다하여 배우고, 가르치며 또한 창조의 신화를 일궈내야 한다."라고 외치고 있다. 그들 이야말로 지금 놀라운 속도로 지구촌의 아침을 열며 글로벌리제이션의 선발주자로 뛰고 있는지 모르겠다. 사유 깊은 시인이자 젊은 지도자인 '세이크 무하마드'는 "국민 여러분 겨우 20년 남짓한 오일 매장량은 우리를 위협하고 있습니다. 우리는 생존을 위해 달려 나가야 합니다. 우리에게 한계란 없습니다. 다만 당신의 상상력에 한계가 있을 뿐입니다."라고 말하고 있었다.

이제 건설 현장에서 삼성 직원들은 우리에게 말했다. "세계의 최고가 되는 그날까지 열심히 뛰겠습니다." 이제 이 구호는 그들만의 외침이 아니며 우리 모두의 바람이기도 하다. 우리는 그동안 시련의 IMF도 잘 극복하지 않았던가. 지금이야말로 "광야에 길을, 사막에 강을 내는" 제2의 새마을 정신으로 세계의 최고를 향해 달려 나가야 하리라.

세계의 허브, 사막의 두바이를 찾은 이번의 산업 시찰이야말로 여러 사람에게 높고 깊은 발상 전환의 씨앗이 될 것이라 믿는다.

가엾은 어린이들

카자흐스탄의 가라간다에 도착한 것은 칠흑 같은 어둠을 헤치고 새벽이 밝아올 무렵이었다. 이른 시간인데도 우리를 마중 나온 동포들의 영접은 뜨거웠다. 우리 일행은 며칠 전 모스크바에 CBMC지회(기독실업인회) 창립을 마치고, 고려인이 많이 살고 있다는 이곳에 온 것이다.

VIP 게이트를 지나 대합실로 나오니 작은 키에 어깨가 다부진 목사님과 사모가 나와서 기다리고 있었다. 반갑게 인사를 하고 나니, 어디선가 새벽 적막을 가르는 음악이 흘러나오며 한복을 입은 러시아 여인이 덩실덩실 춤을 추는 것이 아닌가. 깜짝 놀라 무슨 일인가 하고 물었더니, 우리를 영접하기 위해 준비한 교민들의 환영 인사라고 했다. 그제야 순박한 그들의 영접에 감사하며 포옹으로 인사를 대신하고 버스에 올랐다.

버스에 오르니 어떤 중년 부인이 조용히 다가와서 자신은 내일 아침 예배 시간에 내 설교를 통역할 김 전도사라고 자기를 소개했다. 나는 준비된 설교 사본을 건네주며 어려운 낱말들을 차근차근 설명해 주었다. '민족의 애환'이나 '외환위기' 혹은 '경제대국' 같은 단어들은 통역하기에 부담스러운 것 같아서 되도록 쉬운 말을 쓰기로 했다. 그것도 무리가 아닌 것이 지난 140여 년 동안 고려인에 대한 스탈린의 탄압 정책은 우리말을 입밖에도 내지 못하도록 했다고 한다.

주일날 아침이다. 카자흐스탄 가라간다 그레이스 은혜교회에서는 입추의 여지도 없이 사람들로 꽉 들어차 있었다. 이런 곳에 5천 명 정도 수용할수 있는 초현대식 교회가 있으리라고는 미처 예상치 못한 일이었다. 나중에 들으니 미국 형제들의 사랑과 도움으로 교회가 지어졌다고 한다.

내가 단상에 오른 건 11시 정각이었다. "고려인 여러분들의 지난 애환은 조금이나마 이해할 수 있습니다."라고 서두를 꺼내고 말을 이어갔다. "100여 년 전에 여러분의 선조들은 한 많은 사연을 안고 시베리아 바람과 싸우면서 빈손으로 이국땅까지 오셨습니다. 낯선 타국에서 갖은 핍박과 시련 속에서 지내시다가 나라마저 빼앗겼으니 그 원통함을 어디다 견주겠습니까. 오늘 백발이 성성한 모습으로나마 여러분을 뵙고 나니 가슴이 미어져 옵니다."라고 잠시 말을 끊자 온몸에 전율이 일며 눈물이 핑 돌았다.

내 설교를 듣고 지난날의 애환이 되살아나서인지 고개를 끄덕이는 할머니가 있는가 하면 이따금 박수 치는 할아버지도 있었다. 이들이야말로 지난 세월의 애증을 몸소 체험하신 분들이 아니던가.

"여러분! 지난주에는 한국의 명절인 추석이라고 고향을 찾는 이들의 차량으로 고속도로가 막혔습니다. 여러분은 고향뿐 아니라 고국에 한번 가보고 싶은 마음이 오죽하시겠습니까?"라며 마치 옛 고향 친척을 오랜만에 만난 것처럼 위로하는 말로 시작하여 차근차근 풀어나갔다.

그 당시 조선왕조의 정치 차별이나 일제의 강제징용에 의해 끌려온 사람들이 이들의 부모였다. 또한 19세기 중엽쯤, 함경도 평안도를 중심으로 가난을 극복하기 위해 13집이 길을 떠나 러시아 블라디보스토크나, 하바롭스크 등에 짐을 풀었다고 한다. 그 후 낯선 곳에서 겨우 터를 잡고 살만해지자 스탈린의 '소수민족 강제 이주 정책'으로 느닷없이 보따리를 쌌다고 한다. 1937년 10월 16일, 갑자기 48시간 안에 떠나라는 명령을 어기고 반항하는 사람은 무조건 사살되었으니 그때 희생된 동포만도 무려 2,500명이나 된다고 한다.

남은 사람들은 짐짝처럼 화물 트럭에 실려서 22일 만에 도착한 곳이 중앙아시아의 허허벌판, 버려진 어느 허름한 군부대 막사였다. 철부지 어린것들을 안고 울던 그들은 그래도 살아야겠다는 일념으로 쟁기나 호미 하나 없는 현실에서 조개껍질로 흙을 파고 씨를 뿌리며 흙과 싸웠다고 했다.

"동포 여러분! 우리는 비록 눈물로 씨를 뿌렸지만, 기쁨의 단을 거두는 축복의 비밀을 너무도 잘 알고 있습니다. 하나님은 이 민족과 형제 여러분을 결코 저버리지 않았습니다. 조국은 지금 한강의 기적이라는 신화를 만들기까지 하루도 쉬지 않고 열심히 일해 왔습니다. 이 자리에 계신 여러분도 힘을 내시고 꿈을 잃지 맙시다. 반드시 내일은 우리의 것입니다."라면서 〈나는 너를 떠나지 아니하리라(창28:5)〉라는 제목의 설교를 마쳤다.

교회를 나오니 장시간의 예배였음에도 교인들의 밝은 표정으로 서로 인사를 하며 헤어진다. 어느덧 가라간다의 가을 들녘이 황금빛으로 물들어 가고 있다. 은빛 자작나무는 곱게 물든 단풍으로 햇빛에 반짝거리며 낙엽을 떨구고 있다.

한 세기 동안 어둠에 묻혀있던 우리의 핏줄들이 우리말을 더듬거릴 때, 어찌 웃어넘길 수만 있겠는가. 그들의 해 맑은 눈망울을 뒤로하고 비행기에 오르며 나는 스스로에게 다짐하듯 말했다. "아, 고려인들이여 부디 용기를 잃지 말고 힘내기 바라며 꼭 다시 찾아뵙겠습니다."

배우며 일하며

이날 이때까지 내가 무역업계에서 보낸 세월은 반세기가 넘었다. 회사라고 처음 간판을 걸어 놓고 일을 시작한 것이 1968년 3월 초하루고 보니 꼭 이맘때였다. 새로 자그마한 3평짜리 사무실에 앉아 일을 시작하려니 어디서부터 어떻게 해야 할지 막막하기만 했다. 낡은 책상 3개에 구식타자기 1대와 검은 전화기 1대, 남향으로 앉은 방이라고는 하지만 남방이 안 된 사무실에서 오들오들 떨면서 우선 찾아가 볼 만한 고객명부를 만들어 보기로 했다. 그리고 지난 10년 동안 무역회사에 재직 중 알게 된 어르신네 한 분 한 분을 찾아가 그간의 감사와 창업의 경위를 말씀드리고 협조를 구하기로 했다.

당시 한국의 무역 제1번지였던 반도 호텔을 비롯한 소공동 주변에 있는 무역회사들을 찾아다니고 보니 더는 갈 데가 없었다. 그다음에는 누렇고 두꺼운 전화번호부에 실려 있는 남대문, 광화문, 을지로에 있는 무역상들을 일일이 찾아 나서기 시작했다. 당시 개업 초기에는 싱가포르에서 생고무, 라텍스를 비롯한 천연 산물을, 일본으로부터는 각종 화공약품 원료를 주로 수입 국내 기업에 알선했다. 전자는 신발, 앨범, 타이어, 테니스공 그리고 후자는 페인트 제조와 각종 생필품의 원료들이었다. 그때만 해도 우리나라의 모든 무역업은 수출보다 수입이 태반이었다. 따라서 규모가 작은 군소 수입상들이 여기저기 많이 있었는데 그런 사무실을 찾아다녔다. 자장면 한 그릇으로 점심을 때우며 남대문에서 을지로 6가까지 걸어 다니며 무역회사 간판이 붙은 곳이면 체면 불고하고 찾아 들어갔다. 하루에 30개 회사를 찾아가기로 마음먹고 '1日 30社'라는 나만의 비밀구호를 외치며 동분서주했다. 한 달에 몇 번씩 야간침대차를 타고 부산공장들을 찾아가면 숙박료도 아끼고 시간도 벌어 일석이조였다. 이렇게 몇 달 동안 뛰어다니던 어느 날, 일본공급 상사로부터 판매 알선 수수료 800달러가 은행으로부터 처음 송금되었다. 수고의 대가를 처음 받아보는 순간이었다. 얼마나 고마웠는지 그때의 기쁨은 잊을 수 없다.

그때만 해도 국제 전화란 상상할 수 없었다. 긴급한 일이 있어 때로 시도해 보기도 했으나 오사카에서 들려오는 소리가 개미 소리만큼 약하고 이쪽은 지나가는 시내버스 클랙슨 소리까지 끼어들어 할 수 없이 수화기 들고 테이블 밑에 기어들어가 "모시모시, 모시모시" 하며 소리 질렀다. 유일한 통신 수단이라고는 열흘 정도 걸리는 편지가 고작이었는데 그나마 급한 연락이 있을 때는 광화문에 있는 전신국까지 걸어가서 줄을 서서 기다리다가 내 차례가 오면 전보 한 통을 치는 것이었다. 그것마저 요금을 아끼려고 30자 한도 안에서만 쳐야 했다. 그리고 허겁지겁 막차를 타고 집에 들어가면 통금 사이렌이 기다렸다는 듯 뒤따라 울렸다.

개업 후 그 언젠가 오사카에 있는 K 사장이 한국에 처음 나왔다. 그는 대만 다이난 출신으로 가난을 못 이겨 13살 때 일본으로 밀항했다가 자수 성가한 사람이었다. 그와 거래처에 함께 갔을 때였다. 부산을 지나 사상에 있는 신설 페인트 공장이었다. 갑자기 소낙비가 쏟아지는 바람에 우산 없어 흠뻑 젖은 옷을 입었을 뿐만 아니라 신설 공장이라 마당에는 잡초가 무성하고 논바닥 그대로였다. 우리네 구두는 흙투성이였고 얼굴에는 빗물이 줄줄 흐르는 그런 몰골로 그 회사 무역부장을 만나게 되었다. 그때 마침 저 안쪽에서 걸어 나오던 그 회사의 사장과 마주치게 되자 정중하게 인사를 한 후 일본에서 온 K 사장을 소개했다. 경상도 사투리의 사장은 물에 빠진 듯 소낙비에 젖은 우리의 초라한 모습에 놀란 나머지 아래위로 훑어보고는 측은한 마음이 들었든지 "이런 궂은 날씨에 먼 곳까지 찾아주어 고맙다"라며 즉석에서 상당한 페인트 원료를 구매해 주셨다. 그날의 인연으로 오늘날까지 이어지고 있다.

나는 유럽이나 미국 등 해외 출장을 갔다가 귀국길에는 늘 일본에 들렀다. 도쿄보다 상인들이 많은 오사카에서 며칠 체류하며 여기저기 거래처를 찾든지 때로는 서점에 들러 책도 사고 주간지나 신문에서 시장 정보를 종합적으로 듣고 볼 수가 있었기 때문이었다. 어느 날 친구 사장과 저녁을 호루몬 야끼(불고기)를 먹다가 귀한 정보를 얻었다. 대만의 모 회사에서 화공약품 원료의 상당량을 은밀히 감춰놓고 있으니 그 회사로 몰래 가보라고 했다. 나는 서울로 가려던 것을 접고 다음 날 아침 타이베이로 날아갔다. 그 회사는 대만 중심도시 까오싱에 있었기에 이른 새벽 열차를 잡았다. 대만 동료 사장의 친한 친구로 내과 의사였는데 자기 집 마당에 많은 화공 약품 원료를 몰래 산더미처럼 쌓아 놓고 시세가 오르기를 기다린다는 중이었다. 말하자면 매점매석을 하고 있었던 것이었다. 그러나 그때는 이미 국제 시세가 서서히 하락하기 시작할 때였다. 처음 보는 대만 의사에게 다음과 같이 이야기했다. "우리 회사는 화공원료 전문 무역상이다. 원료 구하러 세계시장을 누비는 중이다. 지금 유럽을 돌고 오는 길인데 세계 수요가 급감하면서 가격이 곤두박질치고 있다. 더 떨어지기 전에 처분하는 것이 현명하다. 가격이 맞으면 전량을 내가 사겠다."라고 했다. 이리하여 세계시장에서는 구하기 힘든 많은 원료를 거의 반값에 매입하였다. 그 후 선박회사까지 직접 찾아가서 낮은 선임으로 용선 계약까지 하여 전량 수입한 일도 있었다. 그러나 막상 수입된 물품들은 오랫동안 정원에 야적해 놓았던 탓에 드럼통들이 녹이 슬면서 내용물이 변질되어 있었다. 결국 손해도 이익도 없는 아픈 추억뿐이었다.

지금은 9·11사태로 파괴된 뉴욕 월드트레이드센터에 사무실을 두고 있던 Y 회사와 몇 해 순조롭게 거래했다. 그런데 반년이 넘도록 밀린 수수료를 이 핑계 저 핑계로 송금해 주지 않아 어느 날 은밀히 직접 찾아가기로 했다. 뉴욕 시내가 한눈에 들어오는 고층사무실은 작은 방에 여직원 하나뿐이었다. 지금으로 보면 원룸이었다. 그러면서도 국제적인 규모인 양 은백색으로 화려한 고급 편지지를 쓰고 있었다. 청산유수 같은 유창한 화술과 맨해튼에서 닳고 닳은 올빼미 같은 인상이었다. 번잡스러운 손놀림과 제스처를 감당할 길이 없었다. 늘어놓는 구구한 사연이 이만저만이 아니었다. 듣고만 있다가는 해결할 길이 없어 보였다. 나는 갑자기 책상을 두드리며 큰소리로 "나쁜 놈"이라며 한국말로 으름장을 놨다. 그러자 의외로 나의 태도에 놀란 듯 그는 자리에서 일어서며 어쩔 줄 몰라 했다. 지금 사정이 좋지 못하니 1주일만 기다려 달라는 것이 아닌가, 일정액은 양보하고 그 자리에서 합의하여 바로 아래층 은행으로 함께 데리고 내려가 우리 서울 회사로 송금하는 것을 보고서야 돌아 나왔다.

비즈니스란 인간과 인간과의 상품을 주고받는 관계이다. 세상에는 선남선녀만 살고 있는 것이 아니었다. 그때만 해도 나는 외국인은 물론 미국기업은 모두 신사로만 보이는 선입견을 가지고 있었다.

나는 애초부터 가진 것이 없이 빈손으로 출발했기에 성실과 신용만은 생명보다 더 귀하게 여겼다. 오늘이 있기까지는 그 신념이 밑거름된 것이 아닐까 생각해 본다. 무역의 초행길은 광야에 길을 내는 것만 같았다.

부존자원 적은 이 나라는 수출용 원자재는 앞으로도 계속해 수입해야 한다. 더욱이 FTA 체제하에 보다 더 활발한 수입 행위가 기대된다.

부끄러운 기업인

미얀마의 수도 양곤에 도착한 것은 11월 하순이었다. 비행기에서 내려다보니 황금색의 논과 밭은 바둑판처럼 정돈이 잘 되어 있었고, 넓은 벌판에는 용의 기다란 허리처럼 굽이치며 흐르는 강물이 햇빛을 받아 눈부셨다. 비행기가 고도를 낮추자, 수목에 가려진 그늘 속에서 장난감 같은 농가의 지붕만이 잠깐 스치듯이 보일 뿐이었다. 수많은 개천이 뒤엉켜서 흐르고 있었고 남국의 야자수와 상록수들이 병풍처럼 둘러쳐진 공항은 마치 시골 학교의 토담 벽처럼 길게 이어져 있었다. 걸어 들어가서 입국 절차를 밟는데 글씨가 보이지 않을 정도로 어두웠다.

이곳은 우리 기억에 아직도 아픈 상처로 남아 있는 '아웅산 테러사건'이 있었던 곳이라 그래서인지 모든 것이 조심스럽고 은근히 긴장이 감돌았다. 입국카드에는 반드시 '관광'이라고 쓰고, 종교 서적은 조심스럽게 가지고 다니라는 당부가 떠올랐다. 더구나 우리가 방콕에서 탑승 수속을 하고 있을 때, 옆자리에서 북한 사람들이 가슴에 번쩍이는 배지를 달고 우리와 같은 비행기를 타려고 기다리고 있어 더욱 긴장되었다.

다행히 입국심사는 별 탈 없이 통과되었는데, 제복을 입은 젊은이가 나에게 다가오더니 저쪽으로 가보라고 손짓하는 것이었다. 무엇이 잘못되었나 싶어서 불안한 마음으로 가까이 가보니, 환전하는 여인들이 앉아서 무조건 200달러를 현지 교환권으로 바꾸라는 것이었다. 교환권은 다시 현지 화폐로 바꾸어야 하는 불편함이 있었지만, 그들의 요구를 거절할 수가 없었다.

밖에 나오니, 어느 기업의 회장이라는 분과 직원들이 마중을 나와 있었다. 그들이 가져온 차에 오르니 뜨거운 열기가 훅하고 덮치며 그곳 기온을 실감케 하였다. 차창 밖으로 오가는 사람들은 남녀 모두가 치마 같은 옷으로 앞을 두르고 있었는데 '롱지'와 '탐매인'이라는 그들의 고유 의상이 특이하였다.

시내로 가까이 들어오자 작은 몸집에 검은 얼굴을 한 시민들이 눈에 많이 띄었다. 그들은 거의 맨발이나 슬리퍼를 신었는데, 생존을 위해 바삐 움직이는 모습이 우리의 피난 시절을 보는듯했다. 그래도 아낙네들은 예뻐지려는 본능 때문인지 얼굴에 화장했는데, 이마와 두 볼에 밀가루 같은 하얀 천연크림을 발랐다.

우리가 탄 차는 외국에서 수입된 중고차라고 하는데, 털털거리긴 해도 용케 이리저리 장애물을 피하며 달리고 있었다. 시내에는 일본의 중고 버스와 봉고차가 눈에 많이 띄었는데, 일본어를 지우지도 않고 그대로 운행하고 있었다. 차는 적고 사람들이 너무 많아서인지 승객을 무조건 짐짝처럼 버스에 밀어 넣고 있었다. 이곳에서 차의 효능은 그저 멈추지 않고 구르기만 하면 된다고 여기는 모양이었다.

드디어 목적지에 도착하니 많은 사람이 나와서 환영하였으며 서로 축하 인사를 나누었다. 나는 그들과 말이 통하지 않아 영어로 인사를 했는데, 통역이 잘되었는지 모를 일이었다. 저녁을 먹고 나자 피곤과 여독이 몰려오고 내일은 내가 특강을 하게 되어서 일찍 잠자리에 들었다.

다음날은 다행히 한국어를 잘하는 젊은이가 있다고 하여, 그에게 통역을 부탁해 두었기 때문에 안심하고 회의 장소로 떠났다. 시내 길모퉁이에는 작은 좌판에 시곗줄이나 가스라이터를 팔고 있는 어린이 행상들이 눈에 많이 띄었다. 한참 어머니 품에서 사랑을 받으며 공부해야 할 나이에 돈을 벌기 위해 뙤약볕에 앉아서 장사하는 아이들을 바라보며 불현듯 부산 피난 시절, 온갖 고초를 겪으며 돈을 벌기 위해 피땀을 흘리던 나의 옛날 모습이 생각나서 쓸쓸한 웃음을 지었다.

내가 강의할 장소는 어느 교회 부속 회의장이었는데, 좌석이 'ㄷ'자 모양으로 배치되어 있었다. 사회자의 설명에 의하면 이곳에 참석한 사람들은 미얀마의 여러 지역에서 뽑혀온 지도자들이라고 했다. 그런데 놀라운 것은 이곳의 원주민은 한 사람도 없고 거의 중국 화교들이었다. 그런데다가 차림새도 멋진 양복에 넥타이를 매고 있었고, 부인들은 우아한 양장 차림이었다. 그런데 30대 후반의 깡마른 한 젊은이가 통역한다고 들어왔는데, 남루한 옷차림이며 맨발에 슬리퍼를 신은 모습이 이곳의 원주민인 듯했다. 마른 얼굴에는 광대뼈가 튀어나오고 무뚝뚝한 얼굴로 지친 듯한 표정이었다. 한국어는 어디서 배웠느냐고 물었더니, 그는 한국에서 6년을 살았다고 했다. 그 청년은 외국인 근로자로 한국에서 일했는데 무척 고생을 많이 한 것 같았다.

그는 이곳 미얀마에서 대학까지 나왔으나, 한국에 나가 지방 소도시의 공장에서 이일 저일 가리지 않고 6년 동안이나 일했다고 한다. 그러나 돈을 벌기는커녕 오히려 한국에 갈 때 쓴 비용조차도 못 갚고 빚만 지고 말았다고 했다. 여기저기 시골 공장을 전전하면서 고생은 물론 매도 많이 맞아보았다고 한다. 그는 이야기 도중에 아픈 기억이 새로웠는지 "한국 사람들 나빠요. 한국 싫어요." 하며 격분하기도 했다.

그의 이야기를 듣다 보니 정말 난감하였다. 여기서는 대학까지 마쳤다고는 하나, 한국의 시골 공장에서 노무자로 일하면서 배운 한국어로는 내 경영에 대한 전문용어를 통역할 수 없음을 직감했기 때문이다. 그렇다고 멀리서 데려온 사람을 그냥 돌려보낼 수도 없는 노릇이어서 참으로 호미난방(虎尾難放)이었다.

할 수 없이 그를 옆에 앉히고 준비된 내용을 이야기하기 시작했다. 지도자 교육을 받으러 온 많은 사람은 이런 안타까운 사연도 모르고 잔뜩 기대에 부풀어 있었다. 나는 준비해 온 대로 경영 전반에 대해 열심히 강의했지만, 그들에게 과연 얼마나 전달되었을지는 아무도 모를 일이다. 내가 유머를 섞어 이야기할 때 그들은 무표정이었고, 도리어 심각한 대목에서는 웃음이 터져 나오니 도무지 알 수 없는 노릇이었다. 혹시나 내가 알아듣지 못한다고 한국을 비방하거나 기업주의 흉을 보는 것은 아닐까 하는 걱정까지 했다.

오늘도 '종업원을 내 가족과 같이'라는 구호 속에 많은 기업가는 종업원과 공생공존(共生共存) 한다는 마음으로 열심히 일하고 있다. 그러나 아직도 몰지각한 일부의 악덕 기업주들 때문에, 한국의 명예와 자존심에 먹칠하고 욕을 먹는 것 같았다.

"미얀마의 젊은이여! 한국에 대해 맺힌 한(恨)이 있다면 용서해 주게."

나는 누군가를 대신하여 그에게 용서를 구하고, 언젠가 다시 한번 찾아가 그에게 참사랑을 보여 주고 싶었다. 그것은 앞으로 지구촌은 국경 없는 한 가족으로 자전하고 있기 때문이다.

(2002. 1.)

빛진 인생 되지 말라

필리핀 마닐라에 의료 봉사를 갔을 때였다. 그날따라 유달리 30도를 넘는 숨 막히는 골목에는 작은 차들마저 들어갈 수가 없었다. 우리는 약품이 든 가방을 둘러매고 사잇길로 걸어 들어가야 했다. 드디어 바닷물을 둑으로 막은 빈민촌 마을에 이르렀다. 물속에 기다란 나무로 기둥을 세우고 그 위에는 원두막 같은 공간에 녹슨 양철로 하늘을 가린 집이 나타났다. 집이라고 하기에는 너무 허술한 그곳에서 그들은 살고 있었다. 밟으면 금방 부러질 것만 같은 징검다리 양편에는 성냥갑 같은 다락방이 점쟁이 집같이 촘촘히 붙어 있었다. 어린 것들이 벌거벗은 채 놀고 있었고 다리 밑에는 배설물들이 둥둥 떠돌고 있었다.

바람 한 점 없는 아침 땡볕 속에 지독한 악취가 숨을 멈추게 했다. 너무도 뜻밖의 삶의 모습이라 우리 모두 눈을 가리며 다리마저 떨리고 있었다. 얼키설키 엮은 단칸방에서는 흰머리 노파와 까만 아이들이 지나가는 우리를 무슨 달나라 사람이라도 보는 듯 머리를 삐쭉삐쭉 내밀고 쳐다보고 있었다. 다락방에는 문도 없고, 발가벗은 아이들이 노닐고 있다. 갓난아기들이 잠결에 움츠리며 돌아눕다가 굴러떨어져 오물 속에 수장되어 죽어가는 일도 예사라고 했다. 문턱이라고 따로 없었다. 마약과 에이즈, 성 문란은 별로 놀랄 이야기도 아니다. 다리 건널목 구석에서는 구정물로 빨래하는 여인도 보였다. 어미 등에는 거머리 같은 까만 아이가 붙어 있었다. 발바리 강아지 집 같은 어떤 나무 상자 앞에서는 노파 한 사람이 말라비틀어진 오이 몇 개를 앞에 놓고 팔고 있었다. 지난날 한때 이들은 길가에서 동냥하던 떠돌이 아이들을 지금은 이렇게 이 한 곳에 몰아넣고는 방치하고 있다고 했다.

드디어 접수대를 비롯하여 진찰, 처방, 약국 코너 그리고 조제된 약을 봉지에 담아 설명해 주는 담당자까지 정해 놓았다. 어제는 어느 초등학교 건물 뒷담 밖 공터에서 환자들을 진료했으나 오늘은 우리나라 선교사가 지었다는 교회 건물 안에서 환자들을 돌보게 되니 넉넉함과 여유가 있어 일행은 한결 안도하는 모습이었다.

"안트로 땅보루, 아리나리 바리, 이심아 또 알레."

이렇게 호명되면 아래 마룻바닥에서 대기하던 아픈 아이들이 총총히 계단을 밟고 차례로 올라온다. 10살을 먹도록 주사를 처음 맞아본다는 까만 얼굴의 '알리이다 방문'은 의사의 주삿바늘만을 보고도 겁에 질려 숨이 멎을 듯 울어댔다. 앙상한 갈비뼈며 번득이는 하얀 눈을 깜박이는 것을 보노라니 그 옛날 나이지리아 빈민 어린이를 보는 것만 같았다.

피부과 전문의 신학철 원장은 이번에도 의료 봉사 단장으로서 오랫동안 해외 선교 체험으로 환자 한 사람, 한 사람이 진찰대 앞에 앉을 때마다 따뜻한 미소로 대하였다. 그리고 이곳 세부(CEBU) 현지에서 15년이나 살았다는 왕지현 교포 여학생의 통역이 큰 몫을 했다. 지현이도 필리핀 땡볕 속에서 자란 탓일까 얼굴이 그들과 다름없이 검게 그을려 있었다. 이런 모습이 치료받으러 온 환자들에게는 더욱 친근미를 주는 듯했다. 진찰을 받은 사람들은 처방전을 한 장씩 들고 계단 입구 쪽 약국 앞에 나란히

섰다. 수간호사인 백현욱 님의 조제 지시하에 송계자, 이성숙, 윤은선, 김홍순 등 여성분과 회원들이 일사불란하게 경험자답게 능숙한 솜씨로 분담하여 빈틈없이 잘 처리해 냈다. 약을 넣은 봉투가 봉인되면 이번에는 나의 손녀 정아가 겉봉에 이름과 하루 몇 알, 몇 번을 먹을 것을 자세히 영어로 써주었다. 그리고는 '하나님이 당신을 사랑합니다.' 혹은 '속히 낫기를 바랍니다.'라고 짧은 위로의 글까지 덧붙였다. 봉투 하단에는 인쇄된 사도행전의 시어가 눈길을 끌었다.

"주 예수를 믿으라. 그리하면 너와 네 집이 구원을 받으리라."

이리하여 이번 의료 선교에서 500여 명이 육의 고침과 함께 영의 거듭 날 것을 우리 일행 13명은 저들과 손을 잡고 기도하니 어둡던 방안이 환히 밝아오는 듯했다.

10여 년 전에 부산에 사시던 정진홍 장로라 불리는 한 노인이 휴양차 이곳에 왔다가 비참한 이 마을을 보고 교실 크기만 한 공간에 이렇게 교회를 지었다고 한다. 그날은 그곳을 임시 병원으로 쓰기로 했다.

무엇보다도 젊은 현지인 목사와 도우미들이 고마웠다. 특히 척추장애인인 19살 처녀 마리사가 남달리 눈에 띄었다. 키가 자라지 않아 어린아이 같았다. 구부러진 등은 차마 볼 수가 없었다. 다섯 식구의 아버지는 바닷가에 나가 고기를 몇 마리씩 잡아 와서는 생계를 겨우 잇는다고 했다. 그녀는 오직 신앙으로 감사하며 얼굴에는 미소가 끊이지 않고 도우미로 일하는 솜씨가 갸륵했다. 나이로 치면 정아와 별 차이가 없는 탓일까. 둘이서 어느새 친구가 되어 깔깔 웃어가며 이리저리 뛰어다니는 아이들을 정돈하고 있었다. 한편 정아는 그런 아이들에게 크레파스와 종이를 마련하여 기다리는 시간을 무료하지 않도록 애썼다.

우리는 한때 이들보다 더 삶이 어려웠고 6·25 때는 저들이 우리의 생명을 지켜주었으니 이제는 그 빚을 갚아야 할 때라 생각한다. 우리 단체에서는 이렇게 적은 일이나마 올해도 휴가를 반납하고 그들을 위해 봉사에 나선 것이다.

세계적 휴양지로 널리 알려진 이곳, 마리바고 불루워타 해변에서 불과 한 시간 거리, 거기에는 또 다른 세계가 있음을 모두가 까맣게 잊고 있는 것만 같았다. 지옥과 천국이 공존하는 그 마을은 언제쯤이나 되어야 함께 잘 사는 곳이 될까.

차세대들도 눈을 밖으로 돌려 지구촌의 이웃을 배려하는 시각을 가져야 하리라 본다. 이 아침 등이 굽은 '마리샤'의 미소 짓는 모습이 떠오른다.

사라져 가는 문패

　이삿짐들을 풀다가 어디선가 그 옛날 문패가 나왔다. 자그마한 대리석에 한자(漢字)로 내 이름 석 자가 까맣게 새겨져 있다.

　그러나 어찌 된 영문인지 주소는 없다. 그야말로, 노래 가사처럼 번지 없는 문패였다. 순간 마치 오랜 세월 잊고 지내던 옛 친구를 만난 듯 반가웠다. 손바닥에 올려놓고 앞뒤를 꼼꼼히 살펴보노라니 그 옛날이 아스라이 떠오른다. 내 집이라고 처음 장만하고 대문간에 걸었던 사연 많은 이름표였다.

　첫애가 돌 지난 뒤였으니 어느덧 50년 가까운 5·16혁명 이듬해였다. 서울 장안은 공사판으로 온통 벌집 쑤시듯 사방을 헤쳐 놓았다. 아침, 저녁, 출퇴근길을 콩나물시루 같은 버스 속에서 이리저리 시달리면서도 내 집 생각만 하면 꿀 먹은 벙어리처럼 웃음이 절로 나왔다. 주택 공사에서 처음 지은 국민주택이었는데 이 집은 불광동 종점에서 내려 다시 마을버스로 연신내 시장 입구까지 가야 했다. 천천히 숨을 고르며 오른쪽 언덕길을 오르노라면 판에 박은 듯한 집들이 줄지어 모여 있었다. 우리 집은 마치 앞서가는 기러기 마냥 삼거리 제일 앞 모서리에 지어져 있었다. 계단을 다섯 번 밟고 대문을 열면 푸른 잔디가 한눈에 들어온다. 겨우 20평짜리 집치고는 80평 마당은 그래도 넓은 편이었다.

그곳에서 둘째 아이도 태어났다. 여름 한 철 때로는 밖에 외등을 밝히고 잔디 마당에 넓은 돗자리를 깔고 저녁상이 펼쳐졌다. 이렇게 퇴근하여 네 식구가 함께 둘러앉으면 마치 소풍 나온 가족 부럽지 않았다. 한낮에는 베란다 앞의 등나무가 그늘을 만들어 주어 두 아이의 놀이터로 안성맞춤이었다.

아내는 왼쪽 외진 곳에 닭장을 지어 밤이 새면 계란을 한두 개 줍는 재미도 쏠쏠했다. 그 옆에는 토마토, 가지, 고추, 상추 등을 심어서 부식비도 아꼈다. 네모진 담벼락에는 밝은 색색의 꽃들이 아침 문안하듯 방긋거렸다. 구석 켠에 있는 그네는 보기만으로도 정겨웠다. 이렇게 젊은 날 첫 문패를 달고 한때나마 꿈속의 시간이었다.

이날이 있기까지 누구나 그러하듯 지난 짧지 않은 세월 속에 가려진 아픈 흔적들은 잊을 수가 없다.

신당동 어느 단칸방에 세 들어 살고 있었던 때였다. 어느 해 겨울 한밤중에 아기 울음소리에 놀란 우리 내외는 눈을 비비며 깨어보니 방 안에는 뿌연 연탄가스가 가득 차 있고 예민한 아기는 숨을 허덕이며 혼자 울고 있었다. 당황한 나는 우왕좌왕하면서 아기를 안고 일어서려다 그만 쓰러지고 말았다. 눈을 다시 떠보니 이번에는 아내가 또 쿵 하고 뒤로 넘어지는 것이 아닌가. 이렇게 살인적인 연탄가스는 세 사람을 지옥으로 끌어가고 있었다. 정신은 들락날락하고 몸을 가눌 수가 없었다. 그때였다. 옆방 주인집 아저씨가 잠결에 쿵쿵하는 이상한 소리에 놀라 우리 방문을 열어보니 가스가 쏟아져 코를 찔렀다. 급히 서둘러 온 방문을 열어젖혀 찬바람을 넣고 김칫국물을 한 사발씩 마시는 소동이 벌어졌다.

이리하여 그야말로 구사일생으로 우리 가족은 겨우 살아났다. 방안에 들여놓은 연탄난로가 그날 밤 역풍이 불면서 화를 불렀다. 그때 가스 후유증은 오랜 고생 끝에 회복되었다. 그 시대만 해도 연탄가스에 일가족 목숨을 잃는 뉴스는 별로 놀랄 일도 아니었다. 이렇게 첫애가 돌 전에 일찍이 효도했다며 이웃 아낙네들이 입을 모았다.

언제부터인가 사람들이 새장 같은 아파트라는 시멘트 구조물 속에 살게 되면서부터 문패는 제자리를 잃고 말았다. 누구에게나 이름 석 자만은 귀한 것이다. 이제 문패 없는 발자국 속에 오늘은 무엇을 담을 것인가.

그날의 문패는 나만의 보물로 오늘도 귀히 간직하고 있다. 오늘도 수많은 크고 작은 이름들이 쉼 없이 뜨고 진다. 번지 없는 문패는 말이 없다.

창밖은 굵은 빗줄기만이 주룩주룩 내린다.

하늘의 그림자

"Oh oh oh, sad movie, always make me cry…."

그 옛날 언젠가 들었던 멜로디가 홀에서 흘러나오며 고요와 애잔함이 나를 맞이한다. 일몰을 가슴에 담으려는 젊은이들이 낙조대(落照坮) 카페 서편 창가에 벌써 자리하고 있다.

나는 빈자리에 앉으며 낙조 시간을 물었다. 6시 45분, 창 넘어 서해가 한눈에 들어온다. 푸른 잉크를 풀어놓은 듯한 구름 띠 때문에 수평선에 지는 해는 볼 수 없을지도 모르겠다고 했다. 아쉬웠다. 몇 장의 일몰의 피사체를 카메라에 담으며 나는 창밖으로 시선을 모았다.

용솟음치는 아침 해돋이를 보려면 동해의 정동진이 제법이라고들 한다. 그러나 서편에 지는 해는 이곳 영종도 을왕리 낙조대 해변이 제격이 아닐까 싶다. 저 넓디넓은 바다 건너에는 광활한 대지와 함께 13억 인구가 숨 쉬는 대륙의 땅 중국, 북녘 하늘 아래는 그 옛날 뛰놀던 고향 동네가 있다. 언제부터인가 나는 떠오르는 아침 해보다 쓸쓸히 저물어 가는 지는 해가 마음에 들었다. 아마도 지난날 모진 세월의 무게와도 무관하지 않을 것이다. 비 오는 날 우산 받고 홀로 걷기를 좋아하는 내성 때문인지도 모르겠다.

6시 30분, 이제 10분만 더 흐르면 저 창가에 머문 태양은 단 5분이란 시한부의 운명체가 될 것이다. 마치 정거장의 승객들처럼 나는 시계를 보고 또 보았다. 차각차각 흐르는 그 마지막 숨결이 애처롭다. 언젠가 이승을 뜨는 내 최후의 순간도 아마 이런 초조와 숙연함으로 이어질 것이 아닐까.

어느 늦은 봄날 황금빛 개나리도 조는 듯한 나른한 한나절일지도 모르겠다. 무거운 공기가 가라앉은 중환자실. 아내와 자녀 손들이 나의 마지막 가는 길을 지켜볼 것이다. 모니터 속의 실뱀 같은 그래프는 서서히 힘을 잃어가고 드디어 최후의 마지막 호흡마저 멈추려 할 때 주치의는 산소마스크로 그 마지막 기력을 다할 것이다.

마지막으로 환자는 무슨 말인가 남기고자 입 언저리를 움직이려 해보았으나 여의치 않은 듯 끝내 하얀 얼굴을 살며시 돌리며 죽음을 받아들일 것이다. 그러자 "할아버지"하고 외치는 자녀들의 울음소리도 들릴 것이다.

언젠가 정아가 태어나니 나는 할아버지란 칭호를 얻었지. 그 기쁜 첫 소식은 일본 출장 중에 들었다. 그때의 전보는 천사들의 메시지 같기만 했다. 어느덧 손주들이 성년이 되어 저렇게 예쁘게 자랐으니 고마울 뿐이구나. 회자정리라 했던가. 만남이 있으면 헤어짐이 있고 태어날 때가 있으면 죽을 때가 있는 법이니, 이별이란 만남의 또 다른 시작이 아니던가.

6시 45분. 이윽고 우주의 시나리오는 막을 내린다. 서편 바닷가의 핏빛 해는 저세상으로 드디어 사라지고 만다. 그 순간 나도 뒤따라 하늘나라로 가고 있을 것이다. 나의 혼백도 영원히 천상에 거하기를 믿으며 영면할 것이다. 옆에서 지켜보던 주치의는 담담히 임종을 알리면 이때 정지된 공간 속에 지켜보던 피붙이들은 지상의 이별을 눈물로 표할 것이다. 저들에게 죽음이란 무엇인지 이 낯선 첫 경험에 두려움과 허무함이 무엇인지를 조금은 알 것이다. 하늘에서 부르는 천사들의 노랫소리가 영혼의 영원한 위안이 될 것이다.

낙조대는 바로 이 짧은 한순간을 위해 이곳에 세워졌다.

해가 사라진 카페는 어느새 어둠이 밀려온다. 또다시 'Sad movie' 애잔한 멜로디가 반복되어 흘러나온다. 인생은 이렇게 슬픈 한 편의 드라마 같기만 하다. 낙조를 사진에 담던 젊은이들은 마치 극장 문을 빠져나가듯 우르르 몰려 나가버린다. 그들에게는 종말의 순간은 영원히 남의 나라 이야기뿐일 것만 같았다. 그래서 젊은이는 좋은 것인지도 모른다. 그러나 언젠가 깊은 사유 속에 심오한 인생 저편의 여정을 알게 될 것이다.

누군가가 말했다. "마지막 순간이 가까이 오면 사람들은 더 진실해지고 더 진정한 자신이 된다고." 이곳 푸른 바닷가 언덕 위의 낙조대는 내일도 숨 쉬는 사람들의 발걸음으로 이어질 것이다. 그리고 저 발아래 을씨년스러운 갯벌에도 썰물은 다시 찾아올 것이다. 인생은 잠시 보였다 사라지는 안개 같음을 이제야 알 만하다.

(2009. 4)

한밤중의 숙제

이 동네로 이사 오자 신문과 함께 광고물이 많이 끼어 들어왔다. 그러던 어느 날 그 속에는 하모니카 교습이 언제, 어디서 몇 시에 있다는 광고에 아내는 관심을 보였다. 길 건너 멀지도 않은 데서 저녁 7시에 시작한다니 퇴근 후 나도 배우기에 안성맞춤이었다.

나는 초등학교 때부터 음악 시간만 되면 걱정이 앞섰다. 올챙이 같은 악보를 외울 수가 없었기 때문이었다. 쓰고 읽으며 몇 번이고 반복해 겨우 익혀 놓아도 다음 장만 넘기면 또 눈앞이 캄캄해졌다. 선생님은 음악 시간을 번번이 마지막 수업 시간에 넣고는 멜로디를 암송하는 아이부터 집에 보냈다. 나만은 늘 꼴찌로, 그것도 못 외운 벌로 교실 청소까지 해야 집에 갈 수 있었다. 그래서 음악 시간이 든 날은 아침부터 걱정이 태산 같았다. 그러던 내가 다시 악보를 외우며 하모니카를 배우려니 은근히 두려움이 앞섰다.

드디어 개강하는 날 저녁 하모니카 교습 첫날 첫 시간이었다. 선생은 제일 먼저 기초부터 배워야 한다며 역시 도레미파를 가르쳐 주는 것이었다. 어린 시절 그토록 두렵던 콩나물 줄기 같은 까만 부호를 반세기도 더 지난 지금 외나무다리에서 다시 만나게 되었다. 이 나이에 새삼 무슨 고역인가 싶어 그만 돌아 나오고 싶었다. 그때 아내가 눈치를 챈 듯 '뒷자리에 앉아 구경이라도 하라.'는 것 같았다.

 하모니카 선생은 중년 여성으로서 활달하고 열정이 있어 좋은 인상이었으나 어딘지 그 옛날 무섭던 선생님 생각이 떠오르며 두려웠다. 수강생들은 우리 같은 나이 든 학생이 있는가 하면 직장에 다니는 듯한 멋쟁이 젊은 남녀들도 있었다. 그런가 하면 내 옆자리에는 초등학교 2~3학년쯤으로 보이는 손자 녀석 같은 어린이도 둘이나 있었다. 마치 그 옛날 내 모습을 보는 것만 같았다. 인생이란 돌고 도는 것이란 말이 이래서 나온 것은 아닐까 하는 생각이 들었다.

 선생은 하모니카를 바르게 잡는 방법에서부터 호흡법, 여러 가지 기초 이론을 흑판에 그려가며 꼼꼼히 가르쳤다. 악보를 읽는 것은 쉬운 것 같으면서도 여전히 선생이 갑자기 물어보면 머리에서 생각하느라 우물쭈물하게 된다. 그런데 옆자리의 어린아이들은 별로 힘들이지 않고 척척 대답한다. 앞으로 부지런히 복습하면 잘할 수 있다며 선생은 매번 숙제를 내주었다.

 그 후부터 집에 돌아와서 우리 두 내외는 베란다 창문을 활짝 열어젖히고 한밤중에 숙제를 열심히 하였다. 그날 밤도 숙제하느라고 이웃을 생각하지 않았다. 어느 날 늦은 밤에 아파트 관리실에서 전화가 왔다. "하모니카 소리가 시끄럽다."라고 민원이 들어왔다는 것이었다. 그렇다고 모처럼 맛을 들이기 시작한 하모니카를 중단할 수는 없었다. 우리는 삼복더위에도 문을 닫고 연습하기로 했다.

 몇 달이 지나면서부터 교재에 따라 〈뻐꾸기〉〈학교 종〉〈나비〉 등을 유치원 어린이들처럼 차례로 하나하나 배우면서 조금씩 익혀가고 있었다. 그러나 잦은 해외 출장으로 결석하는 날이 많아 늘 제자리걸음이었다. 요즘 사회가 고령화되어가면서 악기 하나쯤은 다루어야 정신 건강에도 좋고 이웃 봉사에도 힘이 된다고 선생은 늘 격려하고 있었다.

지난 연말 어느 송년회 모임에서 처음으로 경험 삼아 불러보았다. 서툰 연주에도 불구하고 박수 소리가 요란하여 그 후 자신이 생겼고 요즘은 틈나는 대로 방안에 홀로 앉아 불어 보는 것이 습관이 되어 하루만 건너뛰어도 허전하기만 하다.

'높고 높은 하늘이라 말들 하지만~' 하고 〈어머님 은혜〉를 부를 때마다 예전에 무심했던 어머니 모습이 떠오르며 가사 한 소절, 한 소절의 뜻이 새록새록 살아난다. 옛 고향의 뒷동산을 뛰어놀던 개구쟁이 시절이 꿈같이 떠올라 또 다른 나만의 향수에 젖어 들곤 한다.

지난해 말에는 싱가포르에서 경영자들이 모인 세계대회가 열렸다. 50여 개국에서 무려 1천여 명이나 모였다. 원로공로자들이 단상에서 기념 케이크를 커팅한 후 나의 하모니카 축하 연주가 있었다. 〈어메이징 그레이스〉와 〈아리랑〉이었다. 연주가 끝나자 모두 기립박수로 화답해 주었다. 한낱 손안의 작은 악기에 이토록 큰 반응을 보여 새삼 놀라웠다. 노래는 만국의 공통어란 말이 실감 나는 순간이었다.

싱글 주법을 비롯하여 아르페지오, 트릴 주법과 바이브레이션, 핸드커버 주법 등 여러 단계로 올라가면 더욱 신비의 세계가 열린다고 선생님은 꿈을 심어주신다. 한 가지 주법씩 아껴가며 배우기로 하고 서둘지 않기로 했다. 그 옛날 그토록 두렵던 검은 올챙이 새끼들도 어느덧 다정한 벗으로 사이좋게 다가오고 있기 때문이다. 나의 애창곡은 인생의 뒤안길을 더듬어 보는 〈Amazing grace〉이다.

나 같은 죄인 살리신
주 은혜 놀라와
잃었던 생명 찾아서
광명을 얻었네.

작사자 존 뉴턴은 1779년 런던에서 태어났다. 불우한 어린 나이 11살 때부터 상선을 타고 지중해를 돌며 온갖 고생과 죄악을 저질렀으나 먼 훗날 뉘우치고 성직자가 되었다. 인간은 누구나 지난날을 반추하면 회한만이 남을 뿐이다. 오늘의 생존을 감사할 뿐이다.

작은 악기 하나가 삶의 든든한 동반자가 되니 하모니카야말로 영혼의 등불이며 그날, 그때까지 영원한 길벗이 될 것이다. 그래서 나는 노년 시대는 외로움이 아니라 노년 시대야말로 행복한 시대라고 말해 주고 싶다.

여차장의 눈물

지난주 어느 날 점심때였다. 사무실로 들어가려는데 뭉게구름이 몰려오면서 갑자기 소낙비가 쏟아졌다. 나는 그 비를 피하려고 황급히 길옆 버스 정류장 안의 기다란 의자에 들어가 앉았다. 지나가는 비가 아니었다. 장마철이라 점점 어두워지면서 비는 세차게 내려쳤다. 무심히 오가는 버스를 바라보고 있었다. 점심때라서일까. 버스 속에는 승객들이 별로 없었다. 아줌마 몇 사람과 젊은이 세 사람이 창밖을 내다보며 앉아 있었다. 버스는 생각보다 정류장에 머무는 시간이 짧고 지체 없이 떠나곤 했다. 차 속에 있는 손님들의 표정은 밝고 여인들은 하나같이 핸드폰을 들고 미소 짓고 있고, 어느 젊은이는 귀에 리시버를 끼고 혼자서 노래 부르고 있는 듯했다. 무심히 바라보고 있노라니 나도 어느새 마음이 흥겨워져 왔다. 마치 한 낮에 케이팝을 실어 나르는 움직이는 노래방 같았다.

비는 계속 내린다. 이때 느닷없이 지난날 환도 직후 아침저녁으로 타고 다니던 찜통 버스가 아스라이 떠오른다. 부산 피난 시절을 뒤로 서울에 올라왔을 때였다. 폐허 속에서 그나마 빵빵거리며 다니는 버스가 유일한 시민의 다리였다. 나는 그때 서대문 밖 연신내라는 종점에서 살았다. 아침 출근길 시발점에는 학생들이나 출근하는 사람들이 뱀 꼬리 모양 꾸불꾸불한 기다란 줄을 서서 기다리다 타기가 일쑤였다. 어떤 날 아침에는 보따리

장사 아줌마들이 무, 배추를 머리에 잔뜩 이고 오르는 바람에 발을 들여놓을 수가 없었다. 홍은동을 지나 박석고개에서 차는 숨이 차서 더 오르지 못하고 있었다. 붕붕 소리 내며 몇 번이고 뒤로 물러섰다가 앞으로 가려고 안간힘을 쓴다. 이때마다 검은 연기가 꽁무니에서 뿜어 나와 마치 불이라도 날 것만 같았다. 차내는 그 지독한 연기에 승객들은 아우성이다. 헐떡이며 박석고개를 넘어서면 찜통 버스는 술 취한 사람 모양 S자형으로 좌우로 곡예 운전을 한다. 이 순간 차 속의 손님들은 짐짝 모양 이리저리 밀리면 어린 학생들은 숨이 넘어갈 듯이 비명을 지른다. 이렇게 하여 문간에 빼곡히 몰려섰던 사람들을 안쪽으로 몰아넣는다. 터져 나갈 것만 같던 찜통 버스는 중앙청 광화문 앞을 지나 남대문 시경 옆에 선다. 내릴 사람들은 결사 항전이나 하듯 빽빽한 승객들 속을 올빼미 모양 쏙쏙 빠져나가야 한다. 이때야 비로소 숨통이 트이면서 긴 숨을 몰아쉰다. 양복 단추 한두 개는 온데간데없고 구두는 짓밟혀서 쭈그려져 있다. 그러나 아픔 대신 어디선가 들려오는 새마을 노래에 나도 모르게 흥얼거리며 상쾌해진다. 이렇게 신바람 나는 하루하루였다.

빗속에서 지난날을 회상하고 있노라니 그때 그 애환의 드림 찜통 버스는 다 어디로 갔을까. 지금 내 눈에 비치는 버스는 이렇게 번쩍이는 네온 사인이 행선지를 알리며 문은 자동으로 여닫으며 미끄러지듯 달린다. 초록색 광택의 궁전 같은 고급 버스로 변신해 있으니 나는 지금 뉴욕 맨해튼 광장에라도 와 있는 것이 아닌가 착각하게 된다. 무심히 바라만 보던 버스 벽에는 무슨 광고가 그렇게도 많이 그려져 있는지 놀라지 않을 수가 없었다. ≪결혼해 듀오≫ ≪나 이제 장가가면≫ ≪사랑이라는 여행≫ 영화, 뮤지컬의 홍보물로 여백이 없다. 더욱이 눈살을 찌푸리게 하는 것은 어느 여배우의 야한 옷차림에 가슴성형 사진이었다. 아무리 세월이 빨리 간다고 해도 이렇게까지 낯 뜨겁게 살아가야 하는 것일까. 쓴웃음이 절로 나왔다. 버스 앞머리에는 'Hi, Seoul'이라는 네온사인이 보란 듯 돌아가고 있었다.

우리의 지난날 버스 차장은 푸른 모자에 푸른 제복을 입은 착한 젊은 여성들이었다. 문간에 서서 하나하나 차비를 받고는 어깨에 메고 있는 가방 속에 넣었다. 마지막 손님을 안으로 밀어 넣고는 겨우 문을 닫는다. 이어서 '오-라이'하고 외마디 외치며 손바닥으로 차체를 두세 번 꽝꽝 두드린다. 운전자 아저씨에게 알리는 출발 신호였다. 그녀들이야말로 고된 노무자들이었다. 그때야말로 우리는 아침저녁 이런 버스와 아픔을 함께했다. 깊은 밤, 눈 내리는 겨울에는 그녀들이 추위에 떨고 있는 모습은 참으로 보기에 애처로웠다. 밤 12시 통행금지 사이렌 소리가 울리기 전에 쫓기듯 집으로 돌아가면 몸은 이미 파죽음이 되어 있었다.

어느새 비는 그치고 흰 구름이 떠오른다. 엊그제 깔아놓은 아스팔트 길은 에메랄드빛으로 반짝인다. 마치 여인네 S자형 같은 매끈한 자가용들이 날 보란 듯이 미끄러져 지나간다. 지난 세월이 꿈속같이 지나갔다. 우리는 어느새 이렇게 별천지에 살고 있는 것일까. 그때 그 새벽을 깨우던 눈물겨운 차장들, 억센 아침 장수 아줌마들이 진정 이 나라의 어머니, 아버지였다. 찜통 버스가 그리워진다. (2012)

부산이 달라지고 있다

　6·25 때 피난 내려온 나에게 부산 피난 시절은 아픈 추억의 고향이기도 했다. 해운대 해수욕장 정류장에서 올라탄 관광버스는 푸른 하늘색으로 보기만으로도 마음이 설레기 시작했다. 단돈 만 원이면 순환 코스 안에서는 어느 정류장에서나 타고 내려서 마음대로 두루 구경하고도 다시 다음 버스를 타고 돌아올 수 있는 편리한 제도였다. 우리는 창가 앞자리에 앉으니 바깥이 한눈에 들어왔다. 젊은 기사는 관광코스를 설명하는 가이드도 함께 겸하는 1인 2역을 하고 있었다. 억센 부산 사투리로 너스레를 일부러 떨며 손님들을 웃기고 있었다. 정거장마다 주변의 볼거리를 하나하나 흥미 있게 소개했다. 웃음을 싣고 달리는 버스는 눈부신 해운대 모래사장 해변을 따라 달리고 있었다.

　미끄러지듯 달리는 버스 속에서 기억을 더듬으며 눈을 감았다. 어느새 아득한 부산 피난 시절이 낡은 필름 모양 돌아가기 시작했다.

　그 옛날 이 근처 어디엔가 미군 부대가 주둔하고 있었다. 그 누군가의 소개로 우리 젊은이들이 이곳에서 하수도 공사를 하며 밥벌이하던 생각이 아스라이 떠올랐다. 검정 물감으로 염색한 군복을 입고 딱딱한 운동장 같은 마당을 곡괭이와 삽으로 파기 시작했다. 난생처음 잡아보는 삽질이라 손이 부르터서 저녁이면 끙끙 앓는 소리를 냈다. 맨땅을 하루해 파고 나르는 일은 너무도 힘든 고역이었다. 밤에는 쪽방에서 여럿이 얽혀 새우잠을 자다 깨어보면 달빛이 방에 찾아들어 왔다. 고향에 계신 어머니 생각에 눈물짓던 아린 날이 줄줄이 이어진다.

버스는 어느새 UN 공원묘지를 돌아 부산 역전을 걸쳐 영도다리에 다다랐다. 나에게도 이곳도 감춰진 작은 사연이 있다. 그때 박씨 성을 가진 친구가 이 다리 건너편에 있던 떡방앗간에서 먹고 자며 머슴같이 일하고 있었다. 가끔 배고플 때면 나는 보고 싶다는 핑계로 찾아가서 가래떡을 배가 터지도록 먹고 오곤 했다.

그러던 어느 해 세밑에 친구로부터 전화가 왔다. 지금 떡을 뽑고 있으니 먹으러 오라는 것이었다. 귀가 번쩍 뛰었다. 그렇지 않아도 출출하던 참이었다. 남부민동 산동네 다락방에서 마라톤 선수처럼 달려서 자갈치시장, 영도다리 건너서 그곳으로 찾아갔다. 주인은 없고 친구 혼자서 일하고 있었다. 절호의 기회였다. 헐떡이는 나에게 숨도 돌릴 틈 없이 그는 들어서자마자 김이 모락모락 나는 떡가래를 떼어서 내 입에 넣어주는 것이었다. 주인이 올지도 모르니 빨리 먹으라며 재촉했다. 한참을 먹다가 기다란 가래떡을 입에 밀어 넣으며 도망치듯 밖으로 나오니 눈물이 핑 돌았다.

골목길을 엉엉거리며 걸어가다 보니 웬 사람들이 모여 있었다. 자갈치 시장이 있었다. 그곳은 또 다른 나의 젊은 날의 시련의 공간이었다. 어린 몸으로 삽과 괭이로 흙을 파고 등에 지고 나르기에는 너무도 힘겨워할 때 누군가가 자갈치시장에서 무 장사를 해보라며 외상으로 리어카와 무를 주었다.

이른 새벽에 사상(沙上)에서 캐온 팔뚝만 한 무는 푸르고 싱싱했다. 꼭 두새벽에 일어나야 하는 것이 힘겨웠으나 뜻밖에도 이틀 만에 장사는 곱절이나 이문을 남겼다. 신이 나서 셋째 날 아침에는 가진 밑천을 몽땅 털어 리어카에 수북이 쌓아 놓고 팔기 시작했다. 이 날따라 날씨는 으슥하고 어딘지 마음이 뒤숭숭했다. 그날은 잡상인 단속하는 날이었다. 나는 그것도 모르고 멍청히 무 실은 리어카 앞에 서 있다가 갑자기 달려오는 단속 기마경찰의 채찍에 맞아 정신을 잃고 말았다. 눈을 떠보니 무는 모두 두 동강이 나서 길섶에 널브러져 있고 등에서는 붉은 피가 묻어났다. 나는 완전히 파산하고 말았다. 천하의 고아인 나는 세상을 저주했다. 그러던 어느 날 건너편 국제시장을 걷고 있었다. 사생결단의 살벌한 생활전선의 전쟁터다. 그때 나는 이곳에서 바구니 행상을 했다. 일본말로는 '가고'라고 불렀는데 주부들이 장 볼 때면 들고 다니는 가벼운 장바구니였다. 어느 후덕한 아저씨가 기다란 낚싯대 같은 장대기를 주면서 두부 장사꾼 모양 어깨에 둘러메고 앞뒤에 빈 바구니를 걸어 매 놓고 "가고 사이소. 가고 사이소."하고 외치고 다니면 잘 팔릴 것이라고 했다. 무겁지도 않고 땅파기에 비하면 신선놀음이나 다름 없었다. 그런데 문제는 기다란 것을 메고 다니다가 인파 속에 옆길로 돌아설 때면 어깨에 멘 기다란 작대기도 같이 돌아가야 하는데 이때마다 앞뒤 사람들의 머리나 얼굴을 다치게 되는 것이 큰 문제였다. 내 앞뒤에서 걸어가던 사람들이 "눈이 삐었나? 젊은 놈이." 하며 고함을 지를 때면 몸 둘 바를 몰랐다. 목이 쉬도록 "가고 사이소. 가고 사이소."하고 외쳐도 아무도 사 주는 사람은 없고 해는 기우는데 저녁 한 끼 값도 못 벌었다.

이것저것 할 것 없이 손을 놓고 있던 그 어느 날 한숨 쉬며 하늘을 바라보고 있을 때 이웃집 아저씨가 도끼 한 자루를 들고 와 장작을 패는 일을 해보라고 했다. '가고' 장사보다는 나을 것이라고 했다. 그날부터 도끼를 메고 길을 나섰다. 밥술이나 먹음직한 대문집 앞에서 "장작 패이소. 장작 패이소." 하고 문을 두드리며 다녔다. 아무도 내다보는 사람은 없었다. 갑자기 대문간에서 개 짖는 소리만이 요란해 놀라서 넘어지기도 했다. 간혹 식모 같은 젊은 처자가 나와서 장작이 쌓인 뒷담을 가리키며 일을 시키는데 이것 역시 경험도 없는 데다 바르게 세운 통나무가 빗맞아 툭툭 튀면서 무릎 다치기에 안성맞춤이었다. 한 달도 더 버틸 수가 없었다. 나는 다시 절망의 벼랑 끝에 선 신세가 되고 말았다.

지난날 젊은 날의 힘겨웠던 하루하루가 이렇게도 황금의 추억으로 다가올 줄이야. 부산 투어버스를 통해 회한을 다시 한번 되새길 수 있었다. 그날들의 아픔이 이렇게 오늘의 축복으로 이어지리란 것은 꿈에도 생각지 못했다.

반세기의 동반자

어느 해 스위스 제네바에 간 적이 있었다. 그곳에 있는 세계적인 선박부품 제조회사가 4년에 한 번씩 세계 대리점 연수와 회의를 소집했기 때문이었다. 마침 그때가 결혼 30주년이 되는 해이기도 해서 아내와 함께 떠났다. 이 연수 교육은 오전은 주로 판매기법이나 신제품 소개 위주로 본사에서 하고 오후에는 버스로 공장으로 이동해서 제조공정을 견학하고 실습도 겸했다.

어느덧 일주일의 일정을 무사히 마치고 다음 날 헤어지는 날이다. 송별 전야에는 서구풍 파티를 겸한 융숭한 음식도 준비되어 있었다. 제네바의 아름다운 교외에 있는 호숫가 연회장에서 뷔페식으로 만찬을 하면서 송별 행사를 가졌다.

순서에 따라 사장의 인사말과 교수부장의 연수 기간 동안 수고했다는 격려 인사도 잊지 않았다. 아울러 "내일이면 각자 헤어지게 됨으로써 오늘 밤은 즐겁게 우의를 다지고 마음껏 즐기라."는 코멘트로 공식 순서가 끝났다. 모두가 자리를 잡고 식사를 시작할 무렵이었다. 내 옆에 앉은 아일랜드에서 온 젊은 대리점 사장이 벌떡 일어나서 "신사 숙녀 여러분! 나는 오늘 밤 이 자리에서 크게 축하해야 할 한 가지 일을 소개하겠습니다. 다

름 아니라 내 옆에 앉은 한국대리점 사장인 미스터 김은 이번에 결혼 30주
년을 맞이하여 이를 기념하기 위해 부부 동반으로 해외여행 중 우리 교육
에 참가했습니다. 미스터 김 옆에 앉은 부인이 바로 미세스 김입니다. 우
리 다 함께 이들 부부를 위하여 모두 축배 들기를 제안합니다." 이 말이
끝나자 여기저기서 함성이 터지고 감탄하는 소리도 들렸다. 그러자 사회
자가 우리 부부의 결혼 30주년을 축하한다면서 새로운 샴페인을 가져와서
일동은 일어서서 건배하는 등 한바탕 웃음과 축하의 소리가 넓은 홀을
덮었다. 그리고 사회자는, 이어서 "미스터 김은 30년간 한 여자하고만 살
았으니 얼마나 고생이 많았을까요? 미스터 김! 정말 30년간 한 여자하고
만 살았는지 실토하시오." 이렇게 큰 소리로 말하자 장내는 또다시 폭소가
터지고 손뼉을 치며 야단법석이었다. 사회자는 재미있다는 듯 다시 말을
잇는다. "여러분! 조용히 하십시오! 그럼 여러분에게 묻겠습니다. 결혼 후
30년 이상을 한 여자하고만 살아온 사람이 있으면 손들어 보시오!" 장내
는 갑자기 조용해지면서 서로 두리번두리번 돌아볼 뿐 아무도 손을 드는
사람이 없었다. 연회장에는 40여 개국에서 수많은 사장이 자리하고 있었
다. 남미 쪽에서 온 어느 대표는 이혼을 두 번씩이나 했는데 이제 귀국하
면 세 번째 부인을 맞을 것이라고 했다. 우리 부부는 일어서서 환대해 주
어 고맙다는 인사를 잊지 않았다.

이날 저녁은 이렇게 하여 웃음과 화기가 넘쳤다. 마치 우리 부부를 위한
축제의 밤 같은 분위기였다. 이어서 여흥이 고조되고 각국의 노래자랑으
로 이어져 자정이 넘어서야 끝이 났다. 우리도 밖으로 나왔다. 호숫가를
밝힌 가로등의 불빛도 진주혼(眞珠婚) 30주년을 축하해 주는 것만 같았
다. 멀리 알프스의 눈 덮인 연봉도 깊은 잠에 빠진 듯 고여 한 이국의

밤이었다.

어느덧 아스라이 20년 전의 흘러간 이야기이다. 이제 올해 신묘년이야 말로 드디어 결혼 50주년이 되는 골든 웨딩 금혼(金婚)이라는 감격적인 해를 맞이하게 되었다. 40년 취옥혼(翠玉婚)을 지나 이인삼각 달리기를 반세기 동안 힘겹게 쉬지 않고 뛰어왔다. 토끼처럼 빨리 달리지는 못했으나 거북이처럼 쉼 없이 달리고 또 달려왔다.

"지난 세월 거친 풍랑 없이 어찌 잔잔한 항해뿐이었겠습니까? 예기치 못한 비바람, 소낙비, 천둥, 번개도 피할 수가 없었지요. 때로는 절대자에 매달려 그 암담한 종착역에서 발버둥 치기도 했지요. 돌이켜보면 인간은 저 높은 산정을 푯대 삼아 숨차게 뛰어가는 게임 같습니다. 그 어느 날인가 육신은 쇠잔해지지요. 아쉬움만을 남긴 삶을 반추하며 지팡이를 벗 삼아 멀리 안개 속으로 사라져가는 단막극 같기만 합니다." 어느 매스컴과의 인터뷰였다.

이제 한 여인과 더불어 50년이란 시간을 한 지붕 밑에서 둘이 한 몸이 되어 살고 보니 두 자녀와 두 자부, 다섯 손주를 상금으로 받았다. 이 기적 이야말로 놀라운 사건이며 창조자의 초월적인 작품이 아닐 수 없다. 한 인간의 힘겨운 팔십 평생 그 아득한 시공의 지난 세월을 한 올, 한 올 헤아려 보면 눈물도, 아픔도 모두가 축복이었고, 그래도 한세상 살아볼 만한 여정이었다.

4부

영혼을 울린 밤

김창송 회장님의 무역인생, 상재를 축하드리며

문영숙
(사)독립운동가 최재형기념사업회 이사장

항상 젊은이 못지않은 열정으로 사시는 김창송 회장님을 처음 뵈었을 때가 10여 년 전이었다. 그때 나는 청소년 소설『독립운동가 최재형』을 쓰고 있었다.

김창송 회장님은 나보다 2년 먼저 2010년에 러시아 우수리스크에 여행을 가서 최재형이란 인물을 처음 만났고, 나는 2012년에 바이칼 여행길에 우수리스크에서 최재형을 처음 만났다. 김창송 회장님은 여행을 마친 바로 다음 해인 2011년에 〈최재형 장학회〉를 창립하셨고, 나는 여행을 마치고 2년 후인 2014년에『독립운동가 최재형』을 펴냈다.

『독립운동가 최재형』 책을 내고 그해 여름에 양재동 〈매헌기념관〉에서 최재형 장학회 3주년 기념식과 함께 온북 TV와 독립운동가 최재형 북콘서트를 했다.

그 이후부터 〈최재형 장학회〉에 발을 들여놓았다. 매월 월례회에 참석할 때마다 김창송 회장님의 열정에 항상 감동했다. 깨알 같은 글씨가 가득한 메모장을 들고 멤버들의 의견을 꼼꼼히 적는 모습이 매사에 빈틈없이 철저하신 분이라는 인상을 받았다.

2015년 임의단체인 최재형 장학회가 사단법인을 만들 때였다. 회장님이 법인 이사에 동참해달라고 부탁하셨을 때 살림만 하다가 늦게 문단에 등단해서 글을 쓸 때라 내가 사회활동을 할 수 있을까 망설여졌지만 회장님의 열정에 감복해서 등기이사가 되었고, 그 후부터 이사 자격으로 최재형기념사업회에 일원이 되었다.

　　독립운동가 최재형 선생이 일반인에게 알려지는데 초석을 세운 분이 바로 김창송 회장님이다. 그전까지는 학자들이나 연구자들만 알 뿐 일반인들은 안중근 의사는 알아도 안중근 의사의 배후 인물인 최재형 선생을 알 길이 없었다.

　　최재형 선생은 1869년 기사흉년 때 배가 고파 9살에 두만강을 건넜고 선한 선장 부부의 도움으로 6년 동안 무역선을 타고 세계를 두 번을 돌았다. 그 후 한인들의 통역자로 출발해서 군납업으로 거부가 되었고 한인들이 사는 얀치혜 군수가 되어 32개의 학교를 세운 분이다. 을사늑약 이후로 독립운동에 뛰어들어 안중근 의사와 함께 최초의 독립 단체인 동의회를 조직했고 의군들의 숙식과 무기를 대며 안중근 의사가 참모중장을 맡은 대한의군의 국내 진공 작전을 할 수 있도록 지원했다. 그 후 대동 공보를 인수해서 사장을 하면서 바로 그 대동공보에서 하얼빈 의거를 모의했고, 안중근 의사에게 권총을 사 주고 자신의 집에서 거사를 위한 사격 연습을 하게 했다. 안중근 의사가 이토 히로부미를 처단한 후 최재형 선생은 하얼빈 의거를 대동공보를 통해 호외까지 발행하며 대대적으로 보도했다. 당시 국내에서는 어느 신문에도 하얼빈 의거가 보도되지 않았다.

　　최재형 선생은 국제변호사 미하일로프를 뤼순으로 보내 안중근 의사가 국제법으로 재판을 받을 수 있도록 했으나, 일본은 일본 국선변호사의 변호를 받게 했는데 국선변호사도 안중근의 사형은 법에 어긋난다는 판결에도 불구하고 일제는 안중근 의사를 불법으로 사형시켰다.

최재형은 그 후 연해주로 망명한 안중근 의사의 가족들을 보살피면서 권업회를 만들어 회장을 맡고 일본의 감시를 피해 독립운동을 계속했다. 당시 일자리를 알선한다는 명목으로 이름을 권업회로 지었지만, 권업회 임원들은 우리가 익히 아는 이상설, 홍범도, 신채호, 장도빈 등등 쟁쟁한 독립운동가들이 권업회에서 활동했다.

1914년에는 한인러시아 이주 50주년 기념회 회장을 맡아 해외동포까지 초청하여 대대적으로 대한제국의 존재를 알리려고 모든 준비를 마치고 카운트 다운에 들어갈 무렵, 애석하게도 제1차 세계 대전이 일어나 무산되고 말았다. 그 후 러시아 혁명이 일어나자 한인들을 규합해서 전로 한족 중앙총회를 결성하고 명예회장이 되었다. 곧이어 본국에서 3·1운동이 일어나자 블라디보스토크에 3·1문을 세우고 대대적으로 만세운동을 펼쳤다. 이어서 전로 한족 중앙총회가 대한국민의회로 1919년 3월 17일에 최초의 임시정부가 되었고 최재형 선생은 외교부장을 맡았다. 뒤이어 4월 11일 중국 상해에서 수립된 대한민국 임시정부에서는 재무 총장으로 선출되었다.

그러나 1920년 4월 4일부터 일본이 저지른 사월참변에 최재형 선생은 일본군에 순국하고 현재 시신도 어디에 묻혀있는지 알 수가 없다. 최재형 선생은 사후 42년 후인 1962년에 서훈을 받았지만, 일반인들에게는 전혀 알려질 수가 없었다. 그 이유는 1937년에 연해주에 살던 고려인들이 스탈린에 의해 중앙아시아로 몽땅 강제로 이주당했고, 당시는 대한제국이 일본의 식민지였기 때문에 최재형의 후손들과 연락 할 수가 없었다. 또한 해방되고 곧바로 한국전쟁이 일어났고 남과 북이 분단되었으니 당시 소비에트 연방에 사는 후손들도 우리나라와 단절되었다. 게다가 최재형 선생을 아들처럼 지도했던 러시아 선장 부부는 최재형에게 러시아 국적을 주어 이름도 낯선 '표트르 세메노비츠 초이'로 우리나라에서는 역사 교과서에 한 줄도 나오지 않고 일반인들은 최재형이란 인물이 있는 줄도 몰랐다.

최재형을 일반인들이 알도록 다리가 되어 준 분이 바로 김창송 회장님이시다. 김창송 회장님은 2011년 최재형 장학회 회장으로, 사단법인을 만든 후에는 사단법인 독립운동가 최재형기념사업회 초대 이사장으로 발길 닿는 곳마다 최재형 선생을 알리고 고려인 장학생을 후원해 달라고 노래처럼 부르고 다니셨다.

지치지 않는 열정으로 수필을 쓰시면서 글로 최재형을 알렸고, 조찬 기도회. 조찬 세미나장에서도 5분 할애를 통해 최재형을 알리셨다. 김창송 회장님 덕분에 현재 국가 보훈부 승인 단체로 사단법인 독립운동가 최재형기념사업회가 존재하게 되었고, 김창송 회장님 지인들의 후원으로 고려인 학생들의 장학금을 주면서 최재형 선생이 조금씩 조금씩 알려지는 계기가 되었다.

오래전 김창송 회장님의 수필집에서 '1달러의 영혼을 담아'라는 수필을 읽은 적이 있다. 나라가 먹고 살기 힘들 때, 세계를 돌며 무역의 선구자로 달러를 벌어 현재의 대한민국을 일구신 무역의 1세대 김창송 회장님께, 후대로서 머리 숙여 감사를 드린다. 김창송 회장님 같은 분들 이 오늘의 대한민국을 일구신 일등 공신이신데 지금도 청년 못지않은 열정으로 글을 써서 그 시대를 증언하시는 일에 머리가 절로 숙어진다.

현재 사단법인 독립운동가 최재형기념사업회 명예 이사장으로 계시면서도 노심초사 최재형 선생을 알리고 후원자를 연결하시는 모습을 뵐 때마다 항상 존경하며 닮아가도록 노력하지만 김창송 회장님의 그림자만이라도 바라볼 수 있음을 감사한다.

구순을 훨씬 넘겨서도 이처럼 왕성하게 집필활동을 하시는 김창송 회장님의 만수무강을 빌면서 이번에 상재하는『무역인생』이 많은 사람의 삶에 감동과 길라잡이가 될 수 있기를 빈다.

문영숙
독립운동가 최재형기념사업회 이사장과 안중근 홍보대사
제2회 푸른문학상, 제6회 문학동네어린이문학상 수상
청소년 역사소설『그래도 나는 피었습니다』『독립운동가 최재형』, 장편 동화『무덤 속의 그림』『그래도 나는 피었습니다』외, 에세이집『늦게 핀 꽃이 더 아름답다』등 50여 권의 저서

김창송 회장님 만세!

박춘봉

김창송 회장님은 참으로 놀라운 분입니다. 그동안에도 많은 일로 나를 놀라게 했지만 지금 또 책을 내시는 일이 더 놀랍고 존경스럽습니다.

김창송 회장! 하면 떠오르는 영상이 고집스러운 신념입니다. 물론 그 신념이란 것이 신앙에 바탕을 둔 선행일 때를 말합니다. 그 산물이 최재형 장학회(훗날 최재형 기념사업회)를 낳았습니다.

2010년 가을에 인간개발 연구원 장만기 회장께서 연해주 고려인들로부터 초청장을 받았다고 했습니다. 그 초청장은 고려인들의 추석 잔치에 오라는 것이었습니다. 1937년도에 스탈린에 의해 강제 이주를 당한 고려인들은 우즈베키스탄을 비롯한 중앙아시아의 여러 지역에 내팽개쳐졌지만, 고려인들은 한민족 특유의 끈기로 황무지를 개발하여 米作에 성공하는 등 착실히 생활기반을 마련하였습니다. 1991년도에 소비에트 연방이 해체되면서 중앙아시아 여러 나라가 신생 독립 국가로 거듭났고 고려인을 비롯한 소수민족은 자국어 정책으로 밀려나게 되었습니다. 1937년 강제 이주 이후 안정적인 생활기반을 마련한 고려인들로서는 또 한 번 청천벽력이었습니다. 일부 고려인들은 연해주로 왔는데 그들에게는 연해주도 낯선 이국땅이어서 착근이 어려웠습니다. 그 고충을 전해 들은 인간개발연구원의 장만기 회장께서 연해주 고려인 돕기 운동으로 도움을 주게 된 것입니다. 이를 계기로 김창송 회장을 여행단장으로 부부 동반 방문단 20여 명이 연해주 고려인들의 추석 잔치에 다녀오게 되었습니다.

추석 잔치는 러시아 무용단이 열연하는 등 알찬 내용이었는데 행사가 클라이맥스에 도달했을 무렵 5~60대로 보이는 주부들 열댓 명이 나와서 「고향이 그리워도 못 가는 신세」라는 노래를 불렀습니다. 얼마나 구슬프게 부르던지 우리 일행을 비롯한 관중들 모두를 울게 했습니다.

그 다음 날 그곳 사람들의 삶을 살펴보느라 고려인들의 가정을 안내받았습니다. 우리가 간 집의 주부도 전날 축제에서 노래를 함께 불렀다고 했습니다. 나는 "아주머니는 고향이 어디세요?"라고 여쭈어봤습니다. 내 짐작으로는 아마도 함경도나 평안도 어디일 것으로 생각하면서 물었는데 놀랍게도 그 주부는 자신의 고향은 중앙아시아의 우즈베키스탄이라고 대답했습니다. 너무 의외의 답변이어서 왜 거기가 고향이냐고 했더니 자기 연배 사람들의 고향은 중앙아시아이고 자기 부모의 고향은 연해주라고 하면서 함경도나 평안도는 자기 조부모의 고향이라고 말했습니다. 전날에 불렀던 노래 속에 있는 고향도 한반도가 아닌 우즈베키스탄이라는 말이었습니다. 고향의 사전적인 의미는 '자기가 나고 자란 곳'이라고 정의하고 있습니다. 우리의 염두에 있는 고향! 그것은 실개천에서 가재 잡던 추억이 있는 곳이고 깨 벗고 놀던 어릴 적 친구들이 있는 곳입니다. 도란도란 정겨운 이야기를 들려주던 푸근한 이웃이 있는 그런 곳이지요. 그런데 고려인들의 고향은 한반도가 아니고 러시아나 중앙아시아 어디라는 말이었습니다. 전혀 생각해 보지 못했던 새로운 개념이었습니다. 그때 우리 일행 모두는 선열들의 연해주 정착에 얽힌 슬픈 이야기들을 들을 수 있었습니다.

수많은 이야기 중에서 독립운동가 최재형 선생의 이야기는 손에 땀을 쥐게 하는 감동이었습니다. 선생은 1860년에 함북 경원의 비천한 집안에서 태어나서 극빈자 생활을 했던 이야기. 아홉 살(1869년) 때 두만강 건너 연해주로 옮겨와서 세 끼 식사가 어려웠던 가난한 생활. 그리고 열한 살 때 러시아 선장 부부를 만난 이야기. 1871년에서 1878년에 이르는 7년간을 견습선원으로 태평양, 인도양, 대서양 연안의 항구를 돌면서 외국어를 익히고 무역업무를 익히는 청소년기의 成長史. 선원 생활을 마친 후 러시아의 동진정책으로 호황을 만난 블라디보스토크에서 도로공사 통역관을 거쳐 공사 책임자로, 그 후 군납업으로 거부가 된 이야기. 한인 후세들을 위해서 학교를 32개나 지었다는 이야기들을 들으면서 나는 말할 수 없는 감동에 젖었습니다.

항일 투쟁을 했던 이야기, 나중에 상해임시정부의 재무장관을 맡았다는 이야기, 특히 1909년의 안중근 의사의 하얼빈 의거에 결정적인 지원을 한 이야기를 들으면서는 나는 저절로 입이 벌어질 수밖에 없었습니다.

여행을 통해 현지에서 느낀 감동은 시간이 흐르면서 망각의 세계로 들어가는 것이 보통입니다. 그런데 귀국해서 한 열흘쯤 후에 김창송 회장님이 점심이나 하자면서 몇 사람을 불러 모았습니다. 그 자리에서 회장님은 "우리가 연해주에서 느낀 소감을 그냥 흘려보낼 일이 아니라 최재형 선생을 기억할 수 있는 사업을 해보자."라고 하셨습니다. 최재형이란 사람을 알리기 위해 십시일반으로 모금을 해서 최재형의 이름을 붙인 장학사업을 하자는 말씀이었습니다. 그즈음 우리 20여 명 일행은 물론이고 우리 국민

대부분은 최재형에 대해서 거의 몰랐습니다.

　내 생각에 십시일반으로 모금을 해서 장학회를 만들자는 이야기는 語不成說이라고 반대했지만 김창송 회장님의 고집이 끝내 '최재형장학회'라는 조직을 만들어서 활동을 시작했습니다. 처음에는 대단한 난관이 있었지만, 뜻밖의 선행을 하시는 분도 있어서 착근이 되기 시작하고 의외로 장학회는 재능기부를 하겠다는 젊은 일꾼들이 많이 몰려 왔습니다. 그중에 한 분이 지금 최재형기념사업회 이사장을 맡아서 헌신하고 있는 디아스포라 전문작가 문영숙입니다. 재능기부란 것이 자기가 갖고 있는 재능을 좋은 일 하는데 봉사한다는 것도 처음 들었고 회장님의 뜻을 이어 기념사업회를 이끌어 가고 있는 문영숙 이사장의 헌신이 참 놀랍습니다. 어렵게만 여겨왔던 최재형 선생의 선양과 홍보가 매우 순조롭게 진행되고 있으니 김창송 회장님이 뜻한 바가 성취되고 있는 것입니다. 김창송 회장님 만세입니다.

불멸의 모델

　몇 해 전 어느 가을 인간개발 연구원 동료들과 함께 러시아 극동지역 블라디보스토크를 찾았다. 2시간 19분의 비행으로 예상보다 가까운 이웃이었다.

　그곳에서 버스로 북녘으로 2시간 정도 달리면 우수리스크란 아담한 도시에 고려인 문화센터가 있었다. '한·러 수교 20주년 기념' 및 '연해주 고려인 문화센터 개관 1주년 기념' 행사에 참석하고 또 조선인 독립운동가들의 발자취를 추적해 보기로 했다.

　"저기 보이는 저 건물이 독립투사 최재형 선생이 생전에 항일 투쟁에 쓰시던 고택입니다."

　아담한 벽돌집에 검은 지붕, 이국땅 디아스포라의 주택은 지난날 자수성가한 재산가였음을 한눈에도 알 수가 있었다. 그는 소문난 큰 부자였다. 이 저택은 당시 안중근 의사를 비롯한 애국 투사들의 아지트였으며 여기서 왜군 습격 모의 훈련과 이토 히로부미 저격 연습과 비밀 모의도 한 역사적인 곳이다. 한마디로 고려인의 마음의 고향이었다. 선생은 어려운 동포들에게 삶의 터전을 만들어 주었고, 조선인 학교도 세워 존경받는 정신적 대부이기도 했다.

　최재형은 함경도 경원에서 태어났는데 아버지는 어느 진사댁의 노비였

고 어머니는 그 댁에서 허드렛일하는 여
종이었다. 7살인가 되던 무렵에 어머니
는 주인댁 부엌에서 전을 부치다가 말고
재형의 입에 고기와 떡을 주인 몰래 넣어
주며 "배 터지도록 먹어라."라며 굶은 어
린 자식을 불쌍히 여겼다고 기록되어 있
다. 이렇게 가난에 쫓기며 살던 그는 어
느 날 밤 아버지의 손을 잡고 할아버지를
따라 야반도주하듯 두만강을 건너 연해
주 땅으로 넘어갔다.

최재형장학회 창립 3주년 기념문집

　낯선 이국땅에서 울며 방황하던 그는 그날도 거지꼴로 마을을 헤매다니
다가 제 또래들에게 몰매를 맞고 쓰러져 있을 때, 우연히도 러시아 선장
부부를 만나 배를 타게 되었다. 그때부터 배 안에서 온갖 심부름과 허드렛
일을 하여 그나마 매달 얼마씩 받게 되면 모아 놓곤 했다. 배는 상하이,
오사카는 물론 세계 여기저기를 다니는 무역선이었다. 그는 낯선 나라에
갈 때마다 보고 듣고 배웠고, 각별히 선장의 부인으로부터 러시아어를 익
히며 신용을 얻게 된다.

　그는 러시아에 귀화하게 되고 일본과 중국을 돌며 청년 시기를 보내며
세상 공부도 하게 된다. 일찍이 어린 시절부터 왜놈들의 만행에 분노하던
그는 자금이 조금씩 모이자 고려인 단체를 지원하면서 '한인회'의 대표가
된다. 한편 러시아 당국으로부터도 두터운 신망을 얻어 드디어 러시아 정
부로부터 훈장까지도 받는다.

그는 고국을 위해 적극적으로 항일 투쟁에 나서며 자금뿐만 아니라 몸소 지휘관으로 일선에서 싸우기 시작한다. 동지들이 독립군 후원자금만으로도 족한데 왜놈 소탕 전투에는 참여하지 말도록 적극 만류 했으나, 그는 끝내 목숨을 걸고 왜놈 경찰서를 직접 습격하는 등 장군다운 용맹성과 놀라운 인화력으로 문무를 겸한 지도자가 되어갔다. 그는 전설적인 영웅의 이름으로 드디어 러시아 전역의 가장 대표적인 의병조직인 '동의회'의 총재로, 그리고 민족 언론인 대동 공보와 대양보의 사장이 된다.

최재형 선생이 안중근 의사와 함께 1908년 7월 7일 군사부 운영장을 맡아 두만강 연안 신아산 부근의 홍의동 일본군 주재소를 공격한 일화는 널리 알려진 사건이다. 단지회를 결성하고 안중근으로 하여금 이토 히로부미를 저격하는 하얼빈 의거를 결행하여 일본을 충격에 빠뜨리고, 전 세계를 경악하게 했다. 윤봉길 의사 의거의 든든한 후원자가 백범 김구 선생이었다면, 안중근 의사 의거의 중심인물은 바로 최재형 선생이다. 안중근 의거 이후 배후 세력 토벌에 혈안이 된 일본군에게 선생은 1920년 4월 4일 우수리스크에서 동지들과 함께 체포된다. 안중근의 배후자로 지목되어 재판도 없이 다음날 총살당해 순국한다.

간악한 일제에 의해 동포들과 끈끈하게 동고동락했던 최재형 독립투사는 속절없이 떠난다. (한국 민족 운동사학회 회장. 수원대 사회학과 교수 박환 참조)

≪대륙의 영혼 최재형≫의 작가 이수광은 러시아 한인들의 대부였던 최재형은 그들의 정신적 지주뿐만 아니라 상해 임시정부의 초대 재무총장(장관)으로 지명되었다고 한다. 최재형이 총살되었다는 소식이 전해지자 러시아 전 한인들은 비통하여 상점들은 일시 철시를 했고 동아일보는 그

의 죽음을 대서특필하며 애도했다.

　"우리네 인생은 먼지와 같은 것. 흙에서 나왔으니 흙으로 돌아가라. 나는 어떤 후회도 하지 않는다."라고 한 마디를 남기고 이승을 뜨셨다.
　"당신의 딸을 잊지 마세요. 당신의 열녀는 이제 아버지의 원수를 갚습니다. 잊지 마소서."

　최재형은 건국훈장 독립장이 추서되었다. (1962)
　그의 숨결이 넘치는 하얀 사진 한 장은 오늘도 말이 없다. 그는 용맹스러운 애국 투사였다. 그는 불의에 항거한 정의로운 사나이였다. 그는 입지전적인 기업가였다. 그는 자아를 죽이고 이웃을 위한 진정한 노블레스 오블리주(Nnoblesse Oblige)를 실천한 고려인들의 정신적 지주였다. 그리고 그 무엇보다 일찍이 외국 간의 교역을 개척한 최초의 무역인이었고 그 이윤을 사회에 환원한 최초의 사회적 기업가임을 잊을 수가 없다.
　역사 속에 잊힌 고려인 무역 왕 최재형 선생을 이 세상에 다시 살아 숨 쉬는 21세기형 새로운 경영인 롤모델로 부각시켜야 하지 않을까. 이제 우리는 모든 것을 갖췄다. 다만 나라의 지난날 큰 어른들의 유훈을 살펴보는 일만 남았다.

삼가 선생님 영전에

삼가 고 최재형 선생님 영정 앞에 겸허히 머리 조아려, 잊혀졌던 추모의 예를, 때늦게나마 올리게 됨을 심히 부끄러운 마음 금할 길 없습니다. 어리석고 못난 후예들의 무지와 부덕함을, 깊이 헤아려 주시옵소서.

최재형 선생님!

마침 오늘 4월 5일은 조상의 묘소를 찾아 겨우내 흐트러진 봉분을 보듬어 드리고 예를 올리는 한식(寒食)일입니다. 이렇게 광복된 조국 하늘 아래 민족의 얼이 깃들어있는 푸른 남산의 한복판에서 지난날 생사를 같이했던 안중근의사기념관에서 선생님의 92주기 추모회를 가지게 됨은 참으로 뜻깊은 일이라 아니할 수 없습니다. 어느덧 꽃샘추위도 물러가고 양지바른 언덕에는 개나리도 화사하게 피어오르는 4월, 1920년 4월 5일 미명 낯선 땅 시베리아 벌에서 간악한 일제의 총탄에 선생님은 한을 품고 순국하셨습니다. 오늘 각계각층 시민들이 선생의 92주기 서거를 기리기 위하여 이 자리에 모였습니다.

한인촌 마을에서 언제나 따뜻함을 베푼다고 하여 페치카라는 애칭으로 불림을 받은 고려인 대부 최재형 선생님. 선생님은 일찍이 저 북녘 함경도 땅 하늘 아래 경원이라는 작은 마을에서 아버지 최홍백의 셋째 아들로 태어나셨습니다. 드디어 9살 철없던 어린 나이에 아버지 손에 이끌리어 생존의 길을 찾아 야반도주하듯 두만강을 몰래 건너 이국땅으로 찾아갑니다.

그러나 듣던 소문과는 달리 갈대밭이 우거진 허허벌판에는 살을 에는 듯한 영하 50도의 살인적인 시베리아 눈보라만이 그들을 기다리고 있었습니다. 맨손으로 바위 아래 움막을 파고 허기진 배를 휘어잡고 눈물로 하루하루를 살아가며 하늘을 저주하며 민족의 설움을 가슴으로 삼켜야 했습니다.

조국의 미래는 자라나는 세대들을 가르쳐 눈을 떠서 세상을 보게 하는 일이라고 여기며 교육 사업에 관심을 갖기 시작합니다. 그리하여 마침내 블라디보스토크 변두리 한인 마을에 계동학교라는 이름으로 민족교육을 시작합니다.

경영적 선견지명이 계셨던 선생님!

선생은 민첩함과 친절함으로 경영자로서의 남다른 봉사 정신과 창의성을 발휘하며 각종 건축자재 납품과 군량미 제공 등 정도경영으로 기업이윤을 창출하기에 이릅니다. 이렇게 축적된 자본금은 훗날 남김없이 조선독립운동 후원자금으로 제공되기 시작합니다. 이렇듯 선생님께서는 항상 나라 잃은 설움을 통탄하고 민족의 혼을 되찾는 일에 누구보다도 앞장서셨습니다.

조국을 위해 목숨도 아끼시지 아니하신 선생님!

선생님은 항일 투쟁에 소요된 각종 병기류 구입은 물론 안중근 의사 의거를 위한 권총 매입 자금마저도 마련하는 등 숨은 일화는 선생의 자녀들의 증언에서도 읽을 수 있습니다.

무릇 한 줌 흙을 모으면/ 능히 태산을 이루고/ 한 홉 물을 합하면/ 능히 창해를 이룬다 하나니/ 작은 것이라도 쌓으면/ 큰물을 이룬다./ 아ㅡ 슬프다./ 우리 동포여!/ 우리 동포가 어떤 지경에 빠졌는지/ 아는가?/ 모르는가?/ 위로는 주권이 소멸되고/ 아래로는 민권이 억압되며/ 안으로는 상업권을 잃어버렸구나.

이렇듯 선생님의 절규는 지금도 우리 귓전에서 맴돕니다. 동지들을 규합하여 단지회 조직에도 앞장서신 선생님! 동우회란 이름으로 선생님은 끊임없이 여러 신문과 민족의 한 맺힘을 읍소했습니다.

조국의 강토를 잃어버린 지경이요/ 그 어찌 슬프지 않으리오./ 눈비 오고 궂은날과/ 달 밝고 서리 찬 밤./ 조국 생각 간절하여/ 꽃을 보아도 눈물이요./ 새 소리를 들어도/ 한숨짓는구나. 나 혼자 살려고 피하면/ 너희들 가족들과 우리 조선인 동족들이/ 더 많은 희생을 당하게 될 것이다./ 나는 이제 벌써 늙었으니/ 내가 체포되면/ 너희들은 살아남을 수 있느니라.

이렇게 유유히 유언하고 일제의 총구 앞에서 대한독립 만세를 외치시고 돌아가셨으니, 그날이 지금으로부터 92년 전 바로 오늘 이 순간, 이 시각이었습니다. 아ㅡ 어찌 저 남산의 초목인들 이날을 잊을 것입니까?
나라 잃은 설움을 만천하에 호소하신 민족의 선각자, 고 최재형 선생님. 이제 선생의 한 맺힌 유훈을 우리 후예들의 가슴속에 깊이 되새기기 위해 지난해 2010년 6월 때늦게나마 선생의 그 숭고한 뜻을 받들어 미력하나마 장학사업을 시작했습니다. 이리하여 무려 한 세기 가까운 지난 세월 동안

음지에 묻혀있던 대륙의 선생의 혼백을 다시 환생시켜 재기의 푯대로 삼으려 합니다.

한민족의 내일의 등불, 최페치카 선생님! 오늘날 대한민국은 선생님을 비롯한 안중근 의사 등의 조국 광복의 그 날의 한 맺힌 꿈이 바야흐로 이루어져 이렇게 당신들의 조국 대한민국은 세계 선진대열 속에 우뚝 섰습니다. 우리 후예들은 결코 그 대륙의 혼백을 결코 잊지 않을 것입니다.

아무쪼록 이제 맺힌 시름일랑 훨훨 다 털어버리시고 부디 하늘나라에서 고이고이 편히 영면하옵소서. 고이 영면하옵소서.

(2011. 6. 29)

눈물의 장학금

푸른 하늘에는 태극기가 펄럭인다. 아리랑 멜로디가 울려 퍼지는 한 마당에는 치마저고리를 입은 여인네들이 들뜬 기분으로 분주히 오간다. 마치 그 옛날 시골 학교 운동회 날 같았다. '추석맞이 문화 한마당'을 알리는 하얀색 현수막이 고려인 문화센터 건물 지붕에서 나부낀다.

요란하던 드럼 소리가 갑자기 멈추고 젊은 남녀사회자가 단상에 오른다. 이어서 본 대회장인 김 니꼴라이의 개회사가 있었다. 그는 작은 체구에 검게 탄 얼굴, 성공한 이곳 기업인이며 지역 발전에 크게 공로를 세운 분이었다. 이어서 우수리스크 부시장 세르비노 금발의 여시장과 우리나라 총영사의 축사가 이어졌다. 끝으로 어제 서울에서 이곳에 도착한 '최재형 장학회 회장'이라며 나를 소개했다.

단상에 오른 나는 최재형 장학회 발족의 경위와 앞으로 더 많은 이곳 학생을 돕겠다는 약속을 했다. 이어서 장학생 대상자 한 사람 한 사람의 이름이 호명되었다. "강띠지아나, 블라디보스토크 극동대학 국제관계학과 3학년, 송나타샤, 우수리스크 사범대학 한국어과, 강스타스…" 이렇게 이름이 호명되자 남녀 학생이 무대 위로 차례차례 올라온다. 나는 장학금이 든 흰 봉투를 하나씩 전달하며 "앞으로 열심히 공부 잘하고 훌륭한 사람이 되라."고 손을 잡고 격려했다.

나는 지난해 이곳 연해주 우수리스크 마을에 와서 새로운 역사 흔적을 찾게 되었다. 안중근 의사의 의거 때 재정적 후원자이며 고려인 집단 한인 촌 마을의 대소사를 도맡아 준 한민족의 대부였던 최재형 선생을 알게 된 것이다.

선생은 어린 나이에 할아버지의 손에 이끌려 야밤에 두만강을 건너 낯선 땅 동토의 갈대밭 이곳에 와서 온갖 고생 끝에 자수성가한 유일한 한인 지도자였다. 때로는 의병들을 이끌고 총을 직접 들고 일본 주재소를 습격했는가 하면 한편 야학당도 세워서 고려인 마을 자녀들의 교육에도 크게 헌신했다. 가난한 아이들에게는 장학금까지 주면서 민족의 얼을 심어주기도 했다. 선생은 안중근 의사의 이등박문 저격 사건 후에 배후 인물로 지목되어 체포되어 1920년 재판도 없이 총살당하였다. 안타깝게도 선생의 시신조차 찾을 길이 없다고 한다. 우리 정부에서도 뒤늦게나마 1962년 '대한민국 건국훈장 독립장'을 추서하였다.

최재형 선생의 우국 지정에 감동한 우리 기업인 몇 사람은 누가 먼저라 할 것 없이 저 불우한 고려인 젊은이들을 돕기로 뜻을 모으고 최재형의 혼백을 이어 장학회를 세우기로 했다.

2010년 6월 30일 국회의사당 헌정회관에서 전 국회의장 김형오, 이인제, 이부영 의원들의 격려 속에 '최재형 장학회'가 정식으로 출범하였다. 그리하여 지난 몇 달 동안 우리가 관여하고 있는 크고 작은 조직과 개인들에게 본회 가입신청서와 최재형 선생에 관한 책들을 들고 돌아다녔다. 지구촌에는 700만이 넘는 우리 동포들이 이런저런 사연으로 고국을 떠나 낯선 땅에 살고 있지만, 그중에서도 러시아에 있는 고려인들이야말로 가장 열악한 환경에서 살아왔고 지금도 가난에 허덕이고 있다. 그네들이야말로 우리나라 최초의 이민사를 쓴 디아스포라 1세대들이었다.

우수리스크의 가을하늘은 중추절답게 맑고 상쾌했다. 어린이들의 부채춤은 참으로 귀엽고 흥겨웠다. 내 옆에 앉은 총영사는 부임한 지 얼마 되지 않았다며 무대 위에서 춤추는 어머니들을 바라보며 나에게 "저들의 지난날의 아픔은 어떻게 다 말로 표현하겠습니까? 아시다시피 그들은 무엇보다도 우리나라 말을 다 잊고 살아왔습니다. 그뿐입니까. 저들의 이름도, 고향도 모르고 사는 모습이 어찌 사람답게 산다고 할 수 있겠습니까."라며 말을 잇지 못하고 있었다. "이번에 이렇게 장학금을 만들어 전달하니 얼마나 저들에게 큰 힘이 되는지 모르겠다."라며 나의 손을 잡아주었다.

한 장학생의 아버지는 검게 탄 얼굴에 머리만 숙일 뿐 아무 말도 못하고 울먹이고 있었다. 지금 어려운 살림 속에 몸마저 병들고 아내도 몸져누워 있다고 옆에서 누군가가 말했다.

우리는 동남아나 아프리카의 사람들만이 도움의 대상으로만 알고 있었는지도 모른다. 불과 2시간 거리에 있는 북녘 연해주에 힘겹게 살고 있는 내 형제 고려인들의 아픔은 까맣게 잊고 있는 것이다. 러시아 땅에 무려 50만이나 되는 우리 형제자매들이 오늘도 고향 하늘만을 그리며 살고 있다고 한다. 그들이야말로 우리의 한 피를 받은 한 형제들이 아니던가.

에이팩(APEC) 아세아 정상회의도 바로 항구도시 블라디보스토크에서 열린 바 있다. 따라서 한·러 관계도 급진적으로 점차 좋아질 전망이다. 자연 우리나라에서는 유능하고 젊은 통역들이 절실하게 될 것이다. 한 달에 단돈 1~2만 원은 우리에게는 큰돈도 아니다. 그러나 그들에게는 평생 잊을 수 없는 은혜와 축복의 돈이다. 나도 지난날 고학생 시절 받았던 장학금은 지금도 잊을 수가 없다. 불우한 젊은이들은 누군가의 도움의 손길

없이는 제때 배울 수가 없다. 우리는 모두가 처한 형편대로 이웃을 돕는 마음으로 하나가 될 때 바로 이것이 따뜻한 사회, 나눔의 삶, 공생 발전의 사회로 가는 길이 되는 것이다.

지난날 새마을 운동처럼 이 고려인 학생을 돕는 일을 하나의 동포애 운동으로 승화시켜 보고자 한다. 계속하여 온 국민에게 호소하며 다닐 것이다.

우수리스크 시내 최재형 선생 옛 고택에는 다음과 같은 내용의 동판이 양국 국기와 함께 부착되어 있었다.

〈한·러 수교 20주년 기념〉

최재형의 집, 이 집은 연해주의 대표적 항일 독립운동가이며 전 러 한족 중앙회 명예회장으로 활동하였던 최재형 선생이 1919년부터 4월 일본 헌병대에 의해 희생되기 전까지 거주하였던 곳이다.

지난날 선생님이 전한 장학금을 우리 후세들이 계속 이어가기를 기원해 본다.

이국땅의 1만2천 달러

미스터 김. 당신이 보내준 최재형 페치카 소식지는 잘 받았습니다. 당신이 하나님의 일꾼으로서 여러 방면에서 쓰여지고 있음을 부럽게 생각합니다. 어제 빅토와 저는(알버트)는 약속한 잔액 4천 달러를 송금했으니 동봉한 송금 내역서를 참조하기를 바랍니다. 그리고 받은 후 확인 회신 바랍니다. 하나님이 당신이 하시는 모든 일에 축복할 것입니다.

일본 출장에서 돌아와 밀린 이메일을 차례로 보는 순간 바로 학수고대했던 긴 내용의 이런 이메일이 나의 가슴을 흥분시켰다. '드디어 오고야 말았구나. 수많은 날 가슴 졸이며 얼마나 기다렸던 소식이었던가.' 아침이면 출근과 함께 먼저 이 소식을 찾아보곤 했다. 지난해 대만 회의장에서 약속했을 때만 해도 당장 송금해 줄 것 같았는데 무려 일 년이란 긴 세월이 지나도록 소식 한 장 없었기 때문이다.

지난해 대만 아시아이사회 CEO 모임에서 약속받았던 4천 달러가 오지 않고 있었다. 나의 10분의 짧은 스피치로써 고려인 장학생 운동을 설명했더니 그 자리에 있던 외국인 CEO 네 사람으로부터 무려 1만2천7백 달러를 기부받았노라고 여기저기 모임에 가는 곳마다 자랑삼아 이야기하며 돌아다녔다. 그런데 약속한 기부금이 송금되지 않았다. 그렇다고 독촉할 문제도 아니어서 나는 벙어리 냉가슴 앓듯 혼자서 말없이 기원할 뿐이었다.

아직 우리나라에서도 최재형이란 이름이 낯선데 그 자리에 있던 외국의 CEO들이 협조해 준 건 예상 밖이었다. 그런데 제일 먼저 4천 달러를 자진해서 약속해 준 Victor chiong 회장 자신이 아무런 소식이 없었다. 이것이야말로 어느 세금과 같이 기일이 있고 독촉할 사항이 아니다. 이제나저제나 아침이면 은행에 오늘 입금된 외화 금액을 확인했으나 아무런 소식이 없었다. 몇 번의 서신으로 장학회 소식지를 우송하면서 문안도 했으나 일언반구 아무 회신도 없었다. 그렇다고 재촉은 더욱 할 수 없는 일이었다. 그 어느 날은 4천 달러를 한 번에 보내지 말고 매달 10달러씩 보내도 되니 부담가지시지 말라고 천천히 허락되는 대로 보내라며 위로의 편지도 보냈다.

이날 아침 이렇게 격려의 글과 약속한 일금 4천 달러를 보냈다고 하니 이 꿈같은 기쁜 소식의 편지에 가만히 앉아 있을 수가 없었다. 그토록 목마르게 기다리던 송금 소식에 내 눈이 밝아지는 것만 같았다. 비록 1년 가까이 지각은 했으나 그 얼마나 고마운 일인가. 아울러 자기 이름은 밝히지 말라는 그 기업인은 영원히 잊을 수가 없다. 한때나마 오해했던 일이 부끄러울 뿐이다. 국적을 초월한 필리핀 CEO의 사랑에 나는 또 한 번 작아진 자신을 되돌아보았다.

최재형 정신문화 교육원을 세우자

　지난해 1월 19일 하얼빈시 기차역에 '안중근 의사기념관'을 열었다는 소식이 들렸다. 이렇게 안중근 의사라는 이름만 들어도 언제부터인가 나는 귀가 번쩍이며 남다른 관심을 가지게 되었다. 그것은 안 의사와 항일 독립 투쟁을 함께 하다가 순국하신 최재형 선생이 연상되기 때문이다. 선생은 생명뿐만 아니라 가진 재화마저 모든 것을 바치셨다. 이리하여 당시에 상해 임시정부에서는 재무부 총장(장관)으로까지 임명하였으나 사양하고 왜경들과 끝까지 총을 들고 싸우다 순국하셨다.

　안중근 기념관이나 혹은 상해임시정부기념관 모두 다 최재형 선생과는 깊은 사연으로 떼어놓고 생각할 수가 없다. 그러나 오늘날 가슴 아프게도 선생을 위한 그 고귀한 애국정신을 보듬어 주는 사람들조차 없음은 심히 가슴 아픈 일이다. 이토 히로부미 저격에 쓰인 안중근 의사의 권총도 선생께서 마련해 주셨다는 사실은 더욱 모르고 있었다. 거사 이후 안 의사의 유족들마저 손수 지켜가면서 고려인 동포들의 많은 생명을 지키신 역사적 대부임에도 오늘날 누구 하나 기억해 주는 사람조차 없었다.

　몇 해 전 나는 동료 기업인 몇 사람과 함께 블라디보스토크 역사 문화 탐방을 갔다가 고려인 마을에서 선생의 숨은 애국 운동의 사연을 듣고 돌아왔다. 남다른 나라 사랑으로 페치카라는 따뜻한 별명까지 붙은 역사적 인물 최재형 선생에 우리는 하나같이 주목하고 그의 뜻을 기리기로 마음을 모아 〈최재형 장학회〉를 발족한 것이다.

지난 주말 나는 S 호텔 뒷산을 산책하다가 우뚝 솟은 호암 이병철 삼성그룹 창업자 동상과 만났다. 순간 우리 페치카 선생도 저런 동상을 세울 수가 있다면 얼마나 좋을까 하고 부러워했다. 그것은 올해 선생의 94주기 추모식에서 이부영 국회의원이 "전경련 앞마당에 최재형 선생의 동상을 건립하면 좋겠다."라고 한 말을 떠올렸다. 지금 연해주 우수리스크 마을에 가면 선생의 고택이 낡은 슬레이트 지붕에 붉은색과 흰색으로 도색한 벽돌집이 그대로 남아 있다. 외벽에는 '최재형 집'이라고 쓰여 있고 양국 국기가 상판에 나란히 다음과 같이 새겨져 있다.

"이 집은 연해주의 대표적인 항일 운동가이며 전 러·한족 중앙총회 명예회장으로 활동하였던 최재형 선생이 1919년부터 1920년 4월 5일 일본 헌병대에 의해 학살되기 전까지 거주하였던 곳이다."

이렇듯 러시아 당국에서도 각별히 역사 유적지로 보호하고 있을 만큼 당대에 널리 알려진 독립투사이다. 그 후부터 그곳을 찾는 우리나라 관광객들은 비로소 선생의 족적을 알게 되고 숭상해 왔다. 그곳을 다녀온 사람 중에는 저 150년의 선조들의 애환의 눈물이 고인 고택을 나라에서 사들여 선생의 기념관으로 보존하면 좋겠다고 제안하기도 했다. 우리 장학회는 시작한 지 겨우 다섯 돌이 되어 그 재정적 여력은 턱없이 빈약하다. 다행히 나라에서 그 고택을 매입하여 〈최재형 기념관〉으로 만든다는 소식이 들려오고 있다.

지난해는 한인 이주 150주년이 되는 해로서 민관 다 함께 지난날 그들의 애증의 발자취를 보듬는 문화행사 등을 다양하게 가졌다. 이번 기회에

이 고택을 나라에서 사서 〈대륙의 영혼 최재형 선생 기념관〉으로 명명하고 온 국민에게 그 애국적 희생정신을 만방에 알린다면 그 얼마나 값진 역사적 사업이 될까. 더욱이 선생은 한인 이주 50주년 되던 그해에 준비위원장으로 일하다 왜경에 체포되어 재판도 없이 참살당하시지 않았던가.

나는 지난달 4월 10일 국회의사당에서 개최된 최재형 선생 순국 94주기 추모행사 때였다. "먼 훗날 언젠가는 선생의 영혼을 담아낼 최재형 정신문화 교육원을 세워서 이 나라의 지도자들을 키워 보려는 큰 그림도 세워 보자."라고 역설하기도 했다. 언젠가 남북이 하나 되는 그날 남에서 북에서 조국 통일의 꿈을 지닌 젊은이들이 한자리에 모여 하나의 통일 이념으로 하나의 등불 아래 밤을 새우는 탐구가 이곳에서 이어진다면 그 얼마나 보람된 일이 될까. 지구촌 어디에서도 코리아의 디아스포라 700만이 하나가 될 때면 우리는 진정 자랑스러운 세계 선진대열에 우뚝 서게 될 것이다.

이제 그 터전을 마련하는 첫 사업이 〈최재형 기념관〉을 만방에 알리는 일이다. 그리하여 감격의 오색 테이프를 끊는 그 순간 우리 국민 모두의 가슴에 맺힌 오랜 원한이 조용히 녹아내릴 것이리라. 이 고택이야말로 안중근 의사의 이등박문 거사를 위한 사격훈련장이었으며, 최재형 선생이 마련한 권총이 없었던들 역사는 또 다르게 흐를 수도 있었다. 안중근 의사의 역사적 대부 최재형 선생이야말로 영원히 우리 기억에 남을 역사적 어르신이시다.

세계시장은 여기에도

지난날 동남아에서 일본제품의 경쟁력은 더 말할 나위 없이 대단했다. 4, 50년 전만 해도 가까운 일본제품이 우리나라로 태반이 수입되었고 그것은 오늘날까지 이어져 대일 수입 의존도가 늘 높이 나타나고 있다.

따라서 관계 당국에서도 모든 원부자재 수입은 가능하면 미국이나 유럽 등 제3국에서 수입하기를 바라고 있었다. 그 당시 대만도 수입 창구가 일본 일변도여서 우리와 엇비슷한 사정이었다.

그동안 내가 일본으로부터 수입해 오던 화공약품 중 어떤 품목은 대만에서도 생산한다는 말을 듣고 타이베이 변두리에 있는 어느 공장을 찾아갔다. 공장의 조업환경은 몹시 열악했으나 가격이나 포장 품질 등 제품 자체에는 그런대로 큰 손색이 없었다. 즉시 한국의 바이어와 장시간 국제전화 끝에 처음으로 대만산을 우리나라에 수입한 것이다.

대만 상사는 자기들 나라 제품을 사 주었으니 이번에는 도의상 한국산을 수입하겠다며 몇 가지 희망 품목을 열거하였다. 그때 내 눈에 들어온 것이 AAG라고 하는 품목이었다. 이것은 우리나라 M 제조회사에서 생산한다는 이야기를 들은 바 있었기 때문이다.

그 자리에서 즉시 서울에 전화 걸어 생산 여부와 그 회사의 견적을 받아 보라고 지시했다. 그런데 마침 그날이 토요일 오후였고 다음날은 공장 휴

무였다. 게다가 회사 상무가 최종 결재권자였는데 지방 출장 중이었다. 긴급 수배하여 견적서를 속히 보내 달라고 했더니 급거 상경한 상무는 일요일 날임에도 실무자 전원을 출근시켜 원가 계산 끝에 수출가 CIF(단가, 보험, 선임) 조건의 최종 오파 가격을 산출하였다. 이렇듯 수출이라고 하면 눈에 불을 밝히고 모두가 총동원되었던 때였다. 더욱이 그때 대만의 바이어는 다음날 월요일 아침에 일본산을 연간 계약하려던 참이어서 더욱 숨 가쁘게 돌아갔다. 촌각을 다투는 긴급 상황이었다.

간신히 월요일 8시 출근 시간 전에 수출견적서가 입수되었다. 아침 일찍 그 회사로 찾아갔다. 일본 단가보다 우리 것이 무려 30%가 더 저렴했다. 드디어 품질보장 각서를 쓰고 오파시트에 날인받았다. 이렇듯 신속한 노력 끝에 드디어 한국산을 대만에 첫 수출하는 개가를 올렸다. 그때 중간에서 애쓴 우리는 그늘에 가려지고 M 회사만이 신문에 대서특필됐다.

그때 M 회사에서는 세계시장을 처음 개척하게 되는 계기가 되어 대단히 감격스러워했다.

그런가 하면 가슴 아린 사연도 잊을 수가 없다.

나는 스웨덴에서 제조하고 있는 H 원료를 덴마크 대리점을 통해 수입해 왔다. 20여 년 세월이 넘도록 독점 수입해 왔는데 어느 날, 덴마크 공급선으로부터 갑자기 교신이 두절되고 텔렉스나 전화로 몇 번이고 시도해 보았으나 오리무중이었다. 국내 고객들로부터는 원료공급이 중단되니 공장 문을 닫을 수밖에 없다며 아우성이었다. 책임은 우리 에이전트에 있었으니 큰일이 아닐 수 없었다. 부득이 현지에 가보기로 했다. 북유럽 스칸디나비아반도에 있는 스웨덴은 한국에서 가장 멀리 떨어진 지역이다. 서울을 떠나 독일의 프랑크푸르트에서 환승하고 코펜하겐까지 도착하고 나면

장거리 비행에 시차까지 겹쳐 극도로 피곤해진다. 더욱이 한겨울에는 시베리아의 바람마저 몰아쳐 몹시 추운 곳이어서 귀마개, 털장갑까지도 준비해야 했다.

밤잠을 설친 다음 날 새벽같이 일어나니 눈이 무릎까지 내렸고 택시도 없었다. 눈 속을 빠지며 걸어서 갔다. 옛길을 더듬어 그 회사를 찾아갔으나 회사는 문이 잠겼고 간판도 떨어져 나가고 없었다. 부도가 나면서 어디론가 가고 없어졌다는 이웃 주민들의 이야기였다. 이곳 사장은 검은 얼굴에 구레나룻이 온통 얼굴을 가려 마치 바이킹 두목 같은 인상이었으나 마음씨만은 그렇게 후덕할 수가 없었다. 이곳 상공회의소를 비롯하여 여러 곳을 통해 행적을 추적해 보았으나 끝내 찾아낼 길이 없었다. 이웃 회사들을 찾아서 물어도 보았으나 그를 찾을 수가 없었다. 결국 그 멀리까지 돈만 쓰고 헛걸음치고 돌아오고 말았다.

그로부터 몇 달 지난 어느 날 국내 단골 고객으로부터 그 회사의 제품이 다른 루트를 통해 한국에 수입되고 있다는 정보가 들어왔다. 나는 순간 잃은 자식 소식을 들은 것처럼 흥분되었다. 즉시 직원들을 풀어서 수소문토록 했다. 틀림없이 스웨덴의 같은 회사 제품이었다.

그다음 날 또다시 밤 비행기로 떠났다. 코펜하겐에서 스웨덴 말모아라는 항구까지는 훼리로 약 40분 소요되는데 그 검푸른 바닷길이 그렇게 아름다울 수가 없었다. 예전 같았으면 선상 카페에서 커피 한 잔 시키고 그 풍광에 취할 만도 했을 터인데 이번 길은 온통 걱정뿐 눈에 들어오는 것이 없었다.

아무 예고 없이 그 멀리까지 찾아온 나를 본 사장은 깜짝 놀라는 모습이었다. 인사를 나누고 지체 없이 사장에게 바로 찾아온 경위를 설명했다.

"우리도 한국의 당신네 회사를 사방으로 찾아보았으나 중간 무역상 코펜하겐 회사가 부도나면서 귀사의 전화번호나 소재지를 알려주지 않았으니 우리도 많은 곤경에 빠져있었다. 제품은 속히 수출해야 하는데 재고는 쌓이고 고심하던 중에 마침 두 달 전에 한국의 어느 회사에서 한국대리점 계약 의사가 있다고 찾아왔기에 즉시 계약을 맺고 선적까지 했다는 것이다. 당신이 한발 늦었으니 지금은 어쩔 수가 없다."라는 그 회사 사장의 단호한 답변이다.

그러나 나는 물러설 수 없었다. 장시간 토의 끝에 다음과 같은 합의를 최종적으로 얻어냈다. "향후 1년간 한국에는 복수 대리점을 두어 어느 쪽이 더 판매 실적이 좋으냐에 따라 다음 해 독점 대리점으로 결정한다."라는 합의서를 받아낸 것이다. 이렇게 간신히 타협하여 반은 성공한 셈이었다. 귀국하자 전 직원에게 실상을 알리고 과거 거래처를 일일이 찾아 협조를 구하고 그 한 해 동안 전력을 다했다.

연말 결산에서 결국 우리의 승리로 끝을 맺어 원상 복구하였다. 비즈니스란 이렇게 잠시도 방심할 수가 없다. 기업 간에는 M&A 등 먹고 먹히는 치열한 싸움은 지금도 계속되고 있다.

세계시장에서 신뢰할 만한 공급선을 찾는 데는 마치 금맥을 찾는 것만큼 힘든 일이라 본다.

졸업장은 종이 한 장

　오늘은 우리 경로대학 어르신들의 졸업식 날이다. 어느 할머니는 졸업장을 받아 들자 그만 눈물을 보이기도 했다. 옛날에는 가난하기도 했지만, 여자들에게는 배울 기회를 많이 주지 않아서인지, 처음 졸업장을 받아보는 분들도 있어 더욱 감격해하는 것 같았다. 졸업장을 드리면서 지난날 나의 고등학교 졸업장 생각이 갑자기 떠올랐다.

　환도 직후, 나는 원효로에 있는 S고등학교에 뒤늦게 편입했다. 이북에서는 오랜 전통을 자랑하는 명문 학교였는데 난리 통에 서울로 옮겨와서 어렵사리 다시 학교 문을 열었다. 마포 강가에서 야전 부대의 막사처럼 천막을 쳐놓은 임시 교사는 을씨년스러웠고, 한편에서는 교실 증축 공사를 하느라 조용한 날이 없었다.

　나도 다른 피난민 학생들과 다름없이 입에 풀칠하기도 어려운 때였으나, 그나마 다행히 편입해서 힘들게 학교에 다니고 있었다. 어느 날 학기 말 시험을 보고 있는데 담임선생님이 들어오시더니 나를 포함해 몇 명을 부르시는 것이었다. 그러고는 우리에게 학교에 미납금이 많아 시험 볼 자격이 없으니 그만 밖으로 나가라며 우리를 쫓아내는 것이었다.

　나는 너무나 기가 막히고 서러워 책 보따리를 당장 던져버리고 학업을 포기하고 싶은 심정이었다. 돈을 꾸려고 여기저기 알아보았지만, 모두가 안타까워만 할 뿐이었다. 끝내 돈을 구하지 못하여 며칠 동안 궁리를 하던 끝에 나는 용기를 내어 마지막 날 담임선생님을 찾아갔다.

내가 돈을 손에 쥘 수 있는 곳은 공사판에서 노동하는 일밖에 없는데, 그러자면 학교 수업을 빠져야 하니 밀린 수업료는 방학 때까지 기다려 달라고 내 처지를 말하며 사정하였다. 아니면 지금 학교에서도 공사 중이니 내가 거기에서 일꾼으로 일하고 대신 수업료를 면제해달라며 선생님께 간절하게 부탁을 드렸다. 손을 빌며 애원하듯 하는 내 말을 들은 선생님은 어처구니가 없었는지 난감한 얼굴로 교무실로 들어갔다. 그러고는 한참만에 교감 선생님의 승낙을 받고 나오셨다. 학교의 온갖 허드렛일을 하는 대신 수업료를 면제받는 특혜를 베풀어 주신 것이다.

그날부터 나는 공부하는 틈틈이 학교의 잡일을 도맡아 했다. 어느 추운 겨울날, 영어 공부 시간 중이었다. 가뜩이나 달리는 영어 실력 때문에 열심히 선생님의 말씀에 귀를 기울이고 있는데, 밖에서 허름한 옷차림의 일꾼이 교실 뒷문을 와락 열어젖히더니 큰 소리로 내 이름을 부르며 빨리 나오라고 했다. 벽돌 실은 차가 와서 일손을 필요로 했기 때문이다.

나는 얼른 그 뜻을 알아차리고 담담히 일어나 밖으로 나왔으나 아무런 영문도 모르는 학생들은 의아해하며 그와 나를 번갈아 쳐다보았다. 그 후 내가 학교의 잡일을 한다는 소문이 입에서 입으로 소리 없이 퍼져나갔다. 그런데 그때는 왜 그 말들이 그렇게도 부끄러웠는지 몰랐다.

그 후 힘들게 일하면서 공부하던 고교 시절도 다 지나 어느덧 졸업하게 되었다. 졸업식 날이 되자 나는 그동안 어려웠던 일들이 한꺼번에 떠올라 감회가 새로웠다. 너무나 힘들어 학업을 포기하려고 했던 것이 어디 한두 번이었던가. 그래도 졸업을 할 수 있다는 것이 너무도 다행스럽고 기뻐서 가슴이 벅차올랐다.

졸업식이 끝나고 교실로 돌아와 졸업장을 나누어 받는데, 웬일인지 내 이름은 부르지 않는 것이었다. 이제나저제나 하며 초조하게 기다려도 마지막까지 내 졸업장은 없었다. 나는 불안한 마음으로 교무과에 알아보았더니 졸업반 앨범 대금이 밀렸으니 그 돈을 가져오면 졸업장과 앨범을 함께 준다는 것이었다.

이렇게 박절할 수가 있을까. 산 넘어 산이라는 말이 실감 났다. 그동안 참아왔던 설움이 봇물처럼 밀려왔다. 교실 뒷담에 숨어 겨우 마음을 가라앉히고 돌아와 보니, 썰렁한 교실에는 아무도 없고 어둠만이 감돌고 있었다. 나는 텅 빈 교실에 오래도록 멍하니 앉아 있었다.

졸업장 없는 졸업식, 그렇다고 내 졸업을 반기는 사람도 기다리는 사람도 없는 졸업식. 실향의 아픔이 또 가슴에 못을 박았다. 그때 원효로 종점의 전차 소리가 "삐―" 하고 강바람을 타고 들려왔다. 나는 늦은 밤 꽃샘추위에도 아랑곳없이 정든 교문을 몇 번이고 뒤돌아보며 서울역 쪽으로 걷고 또 걸었다.

밝은 달을 바라보며 걷노라니 어머니의 얼굴이 떠오르며 자꾸만 눈시울이 뜨거워졌다. "어머니, 오늘 나 북에서 다하지 못한 공부를 남에서 마치고 이렇게 졸업했어요. 그러나 졸업장은 없답니다."라며 소리 죽어 외치고 있었다.

오늘 밝은 표정으로 발걸음을 옮기는 저 할머니의 손에는 값진 졸업장이 들려 있다. "인생은 고통에서 양분을 얻는다."(횔덜린)라고 했던가. 이들의 졸업장이야말로 값비싼 인생의 궤적이라 아니할 수 없다.

얼리버드의 여인

덜커덩거리는 소리가 오늘도 새벽의 고요를 깨고 어김없이 들려온다. 그것은 우리 아파트 단지에서 단골로 세차하는 여인의 작은 손수레 소리다. 흔히 시장이나 일터에서 보는 억세고 튼튼한 아낙네와는 달리 그는 작은 키와 가냘픈 몸매, 안경을 썼는데 아무리 보아도 힘든 허드렛일을 해낼 것 같지 않은 인상이다. 그런데도 하루도 빠짐없이 차를 닦는 모습은 늘 힘겹고 안쓰러워 보였다.

먼동이 트고 어둠이 서서히 걷힐 때쯤이면 나는 커튼을 젖히고 그 여인이 일하는 모습을 가끔 물끄러미 바라보곤 한다. 스웨터에 수수한 청바지를 입고 빨간 고무장갑을 낀 한결같은 작업 차림이다. 손수레 안에는 크고 작은 통 속에 물이 가득 들어 있고, 꼭 짠 걸레들이 타래엿처럼 놓여 있다.

이제 입동도 지나 늦가을로 들어서서 아침에 일어나면 밤새 떨어진 낙엽들이 거리에 수북이 쌓여있기 일쑤다. 그 여인은 우선 차 위나 바퀴에 달라붙은 낙엽을 떼어내고는 앞줄부터 차례로 차를 닦기 시작한다. 걸레에 물을 흠뻑 적셔서 차량의 흙먼지를 닦고 그다음에는 엎드려서 타이어를 구석구석 닦아내는 데 힘이 드는지 가끔 허리를 펴고 두드리기도 한다.

이렇게 초벌 물걸레질이 거의 끝나갈 무렵이면 어디선가 체격이 좋은 남자가 담배를 피우며 여유 있게 나타난다. 아마 남편인 모양이다. 그 남자는 자기 키보다 더 긴 걸레를 물에 푹 담갔다가 꼭 짜서는 걸레 한쪽 끝을 둘이서 나누어 잡고 차 앞에서 뒤쪽까지 함께 훑어 내려가면 남아 있던 물기가 걷히고 *깨끗이* 세차가 끝난다.

내 청년 시절은 입에 풀칠하기도 힘들었던 6·25 피난살이로서 학비를 마련하기란 여간 힘든 일이 아니었다. 그런데 어느 날 고향의 아는 분 소개로 미도파 백화점 옆 빌딩의 야간 경비 자리를 얻어 숙식을 해결할 수가 있었다.

이 건물에는 많은 무역회사가 있었는데 모든 직원이 퇴근한 후에야 청소를 시작할 수 있었는데 어떤 회사는 통행금지 시간 직전까지도 불이 꺼지지 않았다.

늦은 저녁에 자장면 한 그릇을 외상으로 때우고 나서 우선 헌 옷으로 갈아입고 청소를 시작한다. 정문 셔터를 내린 후 복도의 창들을 모두 열어 놓고 맨 위층 계단에서부터 빗자루로 쓸어내린다. 사람들의 구두에서 떨어진 모래와 먼지를 현관까지 쓸어내려 모으면 모래성같이 수북했다. 과연 티끌 모아 태산이었다. 그다음 물걸레질을 했는데 한겨울 물탱크가 얼면 1층에서 5층까지 일일이 더운물을 양동이에 담아 올려야 했다. 그때만 해도 전기가 정전될 때가 많았다.

그러나 오래 하다 보니 그런대로 견딜만했는데 제일 힘든 것은 화장실 청소였다. 한겨울 추위에 변기 옆에 얼어붙은 오물을 떼어내는 일은 참으로 고역이었다. 우선 마스크를 단단히 하고 연탄집게나 막대기로 얼어붙은 똥을 쾅쾅 두들겨 떼어냈는데, 그럴 때마다 오물 찌꺼기가 옷이나 얼굴에 튀기 일쑤였다. 전날 그 고생을 하고 말끔히 치워놓아도 다음날엔 또 마찬가지로 더러워졌다. "사람들 엉덩이가 모두 삐뚤어졌나." 하고 혼자

투덜거리곤 했다.

아무리 혈기 왕성한 나이라곤 하지만 두어 시간 물통을 들고 오르내리며 땀을 흘리며 여기저기 닦고 나면 기진맥진했다. 그리고 나서 책이라도 보려고 하면 손발이 나른해지며 눈이 저절로 감겨온다. 숙직실도 마땅치 않아 이 층 계단 밑에 한 평 되는 창고 방에서 자야 했다. 밤새 울분을 토하다가도 날이 밝고 아침이 되면 길가에서 장국밥을 먹고 아침 버스에 오른다. 한강 다리를 지나 학교로 가는 길은 감동뿐이었다. 가방을 들고 캠퍼스를 걷노라면 그래도 공부를 할 수 있다는 뿌듯한 희열과 희망으로 발걸음이 가벼웠다.

이제 곧 추위가 닥치고 눈이 내리는 겨울이 올 것이다. 그러면 세차하는 여인은 언 손을 호호 불어가며 더 부지런히 일해야 할 것이다. 그러나 아무리 겨울이 춥고 길어도 봄은 오게 마련이다. 매일 이곳의 새벽을 여는 그 여인도 조금 있으면 따뜻한 봄이 올 것을 알고 오늘 저렇게 이마의 땀을 닦고 있을 것이다.

지난 세월 서울가정법원의 가사조정을 해오면서 안타까운 부부 이혼 사연들을 많이 다루었다. 모처럼 이 아침 아름다운 부부 한 쌍의 뒷모습에서 소중한 무언가를 보았다.

(1999. 11.)

아기의 울음소리

어느 날 저녁 가족 회식 자리에서였다 지난해 새 가정을 꾸민 맏손녀가 명함 한 장 크기의 하얀 카드를 들고 와서는 느닷없이 내 앞에 내어놓는다. 동천 모서리로 이 카트 앞면을 긁어 보라고 한다. 나는 무슨 영문인지도 모른 채 어리둥절하며 그녀가 시키는 대로 박박 긁었다. 3~4초쯤 지났을 때였다 갑자기 말없이 내 이 모습을 지켜보던 식솔들이 일제히 약속이나 한 듯, 와~ 하고 함성을 지르는 것이 아닌가. "야~ 아들이다." 어느새 그 딱지 속에 둥근 태양 같은 사내 얼굴이 불쑥 나타나 있는 것이었다. 나는 그때야 비로소 태아의 성별을 알리는 깜짝 쇼임을 알게 되었다 언제 부터인가 젊은 신혼부부 사이에는 잉태한 아기의 성별 소식을 가족 모두 앞에서 이같이 번개 미팅 이벤트로 즐거움을 함께 나눈다고 했다. 코로나 이후로 암울했던 지난 세월 웃음을 잃었던 가슴들을 보듬어 주려는 고마운 마음씨가 참신했다.

그로부터 얼마나 지나서였다. 어느 주말 점심시간 모임에서 임신한 손녀는 자리에서 불쑥 일어서더니 핸드폰을 높이 들어 올려 보이면서 "여기 화면에 보이는 까만점 하나가 잉태된 아기라는 징표라고 했다." 아니 연필 끝으로 점 한점 찍어 놓은 것 같은 흔적 하나가 그토록 기다리던 증손자라고 하니 도저히 믿기지 않았다. 할머니도 나도 이토록 머리 희도록 살아오면서도 이런 요술 만화 같은 영상은 처음 보았다. 특히나 신기한 것은 아기의 숨소리라고 하며 붉은 점들이 수직으로 아래위로 들숨 날숨으로 음향에 따라 움직이고 있었다.

그로부터 또 얼마나 지나서였을까 그날 그때 보여 주었던 아기의 검정색 점들이 하나하나로 이어져 6~7cm 정도의 기다란 일직선으로 연결된 것이 아닌가. 이토록 하루가 다르게 그 변화하는 그 신비스러움은 참으로 감탄 그 자체였다. 그 후 또 어느 날은 에미는 저녁을 같이 먹자고 해서 찾아가 만나 보게 되었다. 그날 만남에서는 임신부의 배가 확연히 높이 부르고 그 속의 아기 집 공간에는 인형 같은 형태의 아기 모습이 놀고 있었다.

드디어 이제야 비로소 완벽한 인간 형체로 완숙되어 이 세상에 태어날 준비를 하고 있는 듯했다. 드디어 주치의 예언대로 출산 예정 기일대로 출산하고 마침내 순산 했다는 희소식이 날라 왔다. 감격의 순간 하늘에 감사하지 않을 수 없었다. 손자가 아니라 증손자라니 우리가 이렇게 장수하리란 생각조차 못 했던 일이다.

이렇게 10개월의 하나의 드라마는 해피엔딩으로 막이 내렸다. 과연 이 신비스러운 스토리는 과학의 논리로 어떻게 증명할 것인가. 그날 이후 우리 노부부의 마음은 몽땅 아기네 집에 가 있었다. 우리네 마음을 잘 아는 산모는 하루하루 아기의 노는 모습을 영상으로 찍어 보내오고 있다.

백문불여일견이라 했던가 생후 120여 일이 지난 어느 날 준이네 집으로 직접 가보기로 했다. 문을 열고 방에 들어서자 준이는 어느새 쑥쑥 자라서 마루에 혼자 앉아서 인형을 입에 물고 놀고 있었다. 그리고 한참 우리를 우두커니 쳐다본다. 머리 하얀 우리 내외를 쳐다보고 있는 것이 아닌가. 마치 어디서 많이 본 듯한 사람인데 기억이 안 난다는 표정이라고나 할까.

방안에는 장난감이 사방에 이리저리 어지럽게 널브러져 있다. 사과 같은 빨간색의 인형은 손이 당기만 해도 어린이 노래가 나온다. 노란불 빨간불이 준이를 유혹한다. 이런 장난감 대여해 주는 전문점들이 있어 편리하다고 한다. 가끔 놀다가도 싫증 나면 쏜살같이 엄마를 보려고 기어간다. 어느새 자라서 기어 다니며 여간 날렵한 것이 아니다. 한잠 자고 일어나면 목욕을 시키는데 물을 만지며 장난을 너무 좋아한다. 에미는 이유식을 마련하는 등 여간 바쁜 것이 아니다 잠시도 앉지 못한다.

에미는 어느 날 준이를 바깥 구경을 시키려고 우리 집에 유모차에 태워 데리고 왔다. 나는 유모차를 끌고 복도를 이리저리 돌아다녔다. 그때 엘리베이터를 기다리는데 옆집 할머니들이 무슨 구경이나 난 것처럼 우르르 몰려왔다. 오랜만에 아기 구경한다며 모두가 부러운 모습이다. 당신들의 손주들은 결혼할 생각을 하지 않으니 언제 저런 기쁨을 볼 수가 있을까 하며 한숨 진다. 나는 어쩐지 미안한 생각이 들었다. 늦기 전에 집으로 가야 한다. 에미가 아기를 차 뒷자리에 안전띠로 조여 매니 이매 준이는 갑자기 불편한 듯 울음을 터뜨린다. 오랜만에 아기 울음소리가 하늘을 찌른다. 나는 어멈에게 천천히 살살 운전해 가라고 손을 않는다.

준이의 울음소리가 밤공기를 뚫고 나를 뒤따라오는 것만 같다. 잠자리에 누워 눈을 감아도 그 울음소리가 내 귓전에서 여전히 맴돈다. 이 증손자와의 만남은 무엇으로 다 그려 볼 것인가. 천하에 둘도 없는 행복이다. 아기 울음소리야말로 노년기의 꿈을 지향하는 만병통치 신약이라고 외치고 싶다.

(문학공간 2024. 3.)

5부

새벽달

시인의 말

얼마 만인가, 시가 내미는 손을 덥석 잡은 것이
1달러를 올려놓고 치열한 전투를 치르던 협상 테이블을
벗어나 한숨 돌릴 때, 한밤중 상공을 나는 비행기 창문에서
지친 내 얼굴을 마주할 때 불쑥불쑥 고개를 내미는
시심 눈 질끈 감고 외면했던 세월이 얼마이던가.

아마도 신께서 보시기에 그런 내가 안쓰러우셨던가 보다
이 나이에 하신 걸 보면,
신 시집을 내겠다고 용기를 낼 수 있도록 허락하신 걸 보면,

혹자는 이 나이에 무슨 짓이냐고 혀를 찰 수도 있겠으나
젊은 시절, 혈기 하나만을 가방에 챙겨 무역의 길을 트러
외국으로 나가던 무모하다면 무모한
용기를 다시 한번 내본다.

| 격려사 |

어찌 이리 순수할 수 있을까

오세영

이것은 분명히 시집이다. 그러나 이 시집을 펴는 순간, 이 시집은 무거운 소설집으로 다가올 것이다. 시를 읽되 거대한 소설이 우리의 가슴으로 성큼 들어오게 될 것이다.

김 시인의 생애는 힘겨웠지만 따뜻했다. 한 편의 아름다운 이야기다. 눈 내리는 날 따뜻한 차라도 마시며 기억하고 웃는, 그리고 한 번쯤 울먹이며 눈 내리는 창밖을 바라보는 이야기….

그 이야기가 향기 있는 시로 새로운 발자국을 찍으니 그 빛이 어둠을 뚫는다. 세상에 그 어떤 대가를 지불하고서라도 얻고 싶은 것이 있다면 그것은 바로 인간관계다. 그중에서도 가장 소중한 것은 가족이 아니겠는가.

김 시인에게 수난은 한 알의 종합영양제였으리라. 다시 시인의 말대로 그대들에게 말한다. 그리고 저 하늘의 주인에게 말한다. 그만하면 되었소. 이 시를 읽는 독자들도 모두 합창할 것이다.

"그래, 그만하면 되었소."

어떤 작품을 읽으면 마음이 찡하고, 어떤 작품을 읽으면 가슴이 뭉클하고, 어떤 작품을 읽으면 목이 메고, 또 어떤 작품을 읽으면 눈물이 찔끔 난다. 온갖 세상 풍파를 겪어낸 분이 쓴 시가 어찌 이리 순수할 수 있을까. 노시인의 마음이 어찌 이리도 맑을 수 있을까.

무슨 말이 필요하랴. 무슨 시론을 들이대서 그의 순결한 시에 상처를 입히랴. 감동을 주면 그것으로 훌륭한 시인 것을. 지금까지의 생은 전사같이 치열한 무역인의 삶이었다면 앞으로의 생은 이렇게 순수하고 아름다운 감성을 살려 시를 쓰라고 신께서 특별히 선물하신 시간이지 싶다.

김창송 시인은 나와 특별한 교류는 없지만 열여덟 살에 전쟁으로 가족과 생이별을 하고 외롭고 곤궁한 환경에서도 '성원교역주식회사'를 설립하여 국가의 경제 발전에 기여하고 또한 독립투사를 발굴하고 장학재단을 설립하여 그 후손들을 도와주고 경로대학을 설립하여 평생을 문맹으로 살아오신 노인들에게 배움의 길을 열어주어 새로운 삶을 살 수 있도록 해주는 등, 오른손이 하는 일을 왼손이 모르도록 남몰래 노블레스 오블리주를 오랫동안 실천하는 분으로 알고 있다. 그런 그의 삶과 진실이 녹아 있는 시집을 나는 오늘도 감명 깊게 읽는다.

오세영
서울대학교 명예교수·대한민국예술원 회원·시인

따뜻한 숨결로 쓴 핏줄의 내밀한 기록

신달자

"신을 본 사람은 없다. 그러나 만약 서로 사랑한다면 신은 우리 가슴에 머물 것이다." 톨스토이의 말이다. 김창송 시인의 모든 시에는 진한 사랑이 보인다. 그늘까지도 끌어안아 한 덩어리로 모으는 따뜻한 긍정의 사랑이 만져진다. 김 시인의 시는 오롯한 자신의 힘으로 만든 사랑을 주변과 함께 공유하고 균형 잡을 것을 절박하게 말하고 있다. 그렇게 균형을 이루는 행복 안에는 폭풍과 천둥이 숨어 있었다. 이 시집의 핵심은 바로 폭풍과 천둥을 거쳐 오늘이 존재하는 감사함의 과정을 그린 것이라고 볼 수 있다. 그 사랑의 주인공은 가족들이다. 작두날로도 끊을 수 없는 치유의 줄거리가 시집에 펼쳐져 있다. 이 시집은 따뜻한 숨결로 쓰고 말하는 핏줄의 내밀한 기록이다.

모질고 험한 세상살이가/ 얼마나 버거웠을까만/ 늙은 몸을 목발에 의지한 채/ 눈인사하네.// 지난 세월/ 겹겹이 키운 그늘로 열기를,/ 듬직한 몸으로 삭풍을 막아주면서/ 마을을 지켜준 수호신이여!/ 수백 년 장수의 비결은/ 무욕, 청렴, 나눔이라고/ 몸소 실천하며 가르쳐주는/ 우리의 스승 -「팽나무」 일부

어느새/ 머리가 하얗게 세어버린/ 억새풀/ 언제까지나/ 짱짱할 줄 알았
더니/ 금방이라도 주저앉을 듯/ 미풍에도 버석거린다. -「실버타운」일부

세상에는 '된다'와 '안 된다'가 존재한다. 인간에게는 예외가 없다. 푸르
게 짱짱할 줄 알고 살지만, 언젠가는 미풍에도 버석거리는 약한 존재로
변한다는 철칙에서 누구나 벗어날 수 없는 것이다. 김 시인에게는 이러한
인생의 철칙을 진즉에 알고 순응하며 고요히 따라간 선량함이 있다.
그에겐 생이별한 어머니와 아버지에 대한 절절한 그리움이 있었고 그
그리움이 생을 지탱할 수 있는 내적 강인함이 되었음을 시에서 보여 주고
있다.

눈이 채 녹기도 전부터/ 산을 엎어 화전을 일구셨지요./ 새것으로 갈아
끼운 보습이/ 또 두 동강이 나버리자/ 뒤돌아 한숨을 쉬시던 모습이 눈에
선합니다.// 밤마다/ 희미한 등불 아래서 새끼를 꼬시고 이른 새벽부터/
눈밭 속에서 땔감을 긁어모으셨지요. -「아버지」일부
어머니!/ 이렇게 불러만 봅니다./ 고등학교 교복을 입고 떠나던 날/ 차
마 뒤돌아보지도 못한 자식이/ 헤어질 적 어머니보다/ 더 하얘진 머리에/
지팡이까지 짚은 불효자가 되었습니다./ 오늘은/ 당신이 태어나신 날/ 부
처님도 함께 오셨다지요. -「어머니 생신날」일부

김 시인은 삶의 원천이 가족이다. 그 본성과 근원이 핏줄이다. 그는 가
족으로 하여 도전의 의지가 불타오른다. 그러므로 그의 시의 핵심은 가족
이다. 가족이야말로 김 시인 삶의 지지대이며 시로 이끈 튼튼한 지렛대가

되었다. 아버지 어머니, 아내와 자식들, 손주들이 김 시인에게는 이 세상에서 가장 뜨거운 불꽃인 것이다.

열여덟 살에 혈혈단신으로 남하했다. 그 외로움과 막막함을 무엇에 비길 것인가. 그래도 그는 어머니와의 약속을 지키기 위하여 사각모를 썼고 학교를 쉬다, 가다를 반복하였지만, 드디어 경영학 석사가 되었다. 또한 무역회사 '성원교역'을 창립하여 가난하고 힘없는 대한민국을 발로 뛰어 세계에 알리고 우리나라 경제 발전에 기여한 기업인이 되었다. 그의 지난(至難) 한 인생사는 바로 수필이 되고 시가 되었다. 이런 사람을 우리는 '성공한 사람'이라고 부르지 않던가.

사랑이란 돌처럼 한 번 놓인 그 자리에 그대로 있는 게 아니다. 그것은 빵처럼 언제나 새로운 반죽으로 새로 구워내야만 하는 것이 아닐까? 고통의 강렬함이 그 고통을 극복하게 만드는 재료 아닌가. 고통에는 이미 신의 증거가 담겨 있으며 크나큰 아픔을 견디며 나아갈 때 인간은 구원에 이르러 자신이 하고 싶은 일 앞에 서 있게 될 것이다. 김창송 시인이 그렇다.

열여덟 살에 떠나와/ 다시는 가지 못한 고향/ 부모 산소도 모르고/ 형제들의 생사도 알 수 없는/ 이 망할 놈의 남북 분단/ 휴일 아침/ 망향대에 앉아/ 하염없이 북녘만 바라본다. -「망향」 일부

「망향」은 "이 망할 놈의 남북 분단"이라는 직설적인 표현으로 저릿한 공감을 자아낸다. 남북 분단은 우리 모두의 참담한 불행이며 오욕이다. 그 땅에 핏줄이 남겨져 있어 그리움이 사무쳐도 만나지 못한 채 영원으로 떠나게 되었다면 그 마음 또한 헤아릴 길이 없을 것이다.

두 분 다 돌아가셨다는 소식에/ 부모님 가묘를 만들었다./ 떠나올 때 품속에 넣어주신/ 낡은 족보를 유골함에 담고/ 남몰래 흘린 눈물을 섞어/ 봉분을 얹고/ 열한 명의 남녀 자손이/ 꼭꼭 밟아가며 잔디를 심었다.

-「가묘暇墓」부분

「가묘」의 한 부분이다. 유골 없는 가묘를 만들어놓고 남녀 가족들이 꼭꼭 밟아가며 잔디를 심고 성묘를 하는 모습을 상상해 보시라. 눈물로 다 표현하지 못할 가슴 저린 아픔이 전해져 오지 않는가.

고향 풍경을 그려/ 거실에 걸었다./ 밭갈이 끝내고 돌아오던/ 그날을/ 어머니는 채반을 머리에 이고/ 아버지는 나뭇짐을 지고/ 나는 소 끌고/ 실개천을 건너고 있다. -「액자1」일부

식탁 위에 걸려 있는 그림 속에는/ 고향집 평상 위에 차려진 감자 밥상에/ 온 식구가 둘러앉아 있다. -「액자2」일부

「액자」1, 2 두 편 다 저절로 입가에 웃음이 번지는 행복한 추억이다. 때론 추억도 큰 선물이다. 고깃국과 쌀밥을 먹는 모습을 바라보시라고 액자를 걸어놓고 있는 김 시인에게는 생(生)과 사(死)가 없다. 지금도 어머니 아버지가 함께 사시는 것이다. 마음의 겉과 안을, 무게를, 온도를 부모님과 함께 보고 느끼고 있는 이 원탁의 삶이야말로 김 시인이 바라고 소망하는 삶의 현장이 아니고 무엇이겠는가.

예복 말쑥하게 차려입고/ 피아노 건반에 맞춰 입장하는/ 신부를 맞은

것이 엊그제 같은데/ 빛바랜 사진이 되었다.// 꿈을 꾸었나./ 반세기 넘게 쉬지 않고 달려오느라/ 턱에 차오르는 숨을/ 채 고르지도 못했는데/ 지팡이 앞세우는 신세가 되었다. -「그만하면 되었다」 일부

이것은 분명히 시집이다. 그러나 이 시집을 펴는 순간, 이 시집은 무거운 소설집으로 다가올 것이다. 김 시인의 생애는 힘겨웠지만 한 편의 아름다운 이야기다. 그 이야기가 향기 있는 시(詩)로 새로운 발자국을 찍으니 그 빛이 어둠을 뚫는다. 김 시인에게 수난은 한 알의 종합영양제였으리라. 다시 시인의 말대로 그대들에게 말한다. 그리고 저 하늘의 주인에게 말한다. 그만하면 되었소. 이 시를 읽는 독자들도 모두 합창할 것이다. "그래, 그만하면 되었소."

대한민국 사람이라면 누구나 공감할 수밖에 없는 사랑과 집착과 원망과 아픔이 뭉쳐있는 그런 단어가 가족이 아닐까 생각합니다. 그래서 오늘 이 자리는 이분의 가족사와 우리 한국이 가지고 있는 역사의 시련과 아픔 이런 것들이 어울러서 모두 축하하는 자리 김창송 시인의 가족 모두 축하하는 자리가 되기를 바랍니다.

(시집 『새벽달』에서 요약 발췌하였습니다.)

신달자
대한민국예술원 회원, 시인

개울물

무엇을 찾아 그리 쉼 없이 가느냐?
누구에게 등 떠밀려 멈추지도 못하느냐?
아래로, 아래로만 가는데 올려다볼 줄은 모르느냐?

손에 잡았는가 하면 바로 빠져나가고
맑고 고운 목소리로 노래하다가 무섭게 돌변하고
친구였다가 바로 적이 되기도 하는 너

그래도
지나온 길을 더듬어
언젠가는
우리 다시 만날 수 있기를….

물꽃

물기둥이 힘차게 솟구쳐 오른다
치솟아 올랐다 떨어지는 순간
아름다운 물꽃이 피었다 진다

봄에 피는 새순이 싱그럽고
한여름의 녹음이 활기차다 해도
가을날
붉게 타오르는 단풍만큼 아름다울까

아침 햇살이 가슴을 뛰게 한다면
저녁노을은 푸근한
안도감을 주지 않는가

모두들
치솟는 물기둥을 보느라
떨어질 때 피는
물꽃을 보는 이가 없다
저리도
화사하게 피었다가 지는 꽃을.

개미

황금연휴라고
도시가 헐렁해진 휴일이다

도심 속 공원에서
제 몸보다 몇 배는 큰
밥알 하나를 옮기느라 분주한
왕개미 한 마리
앞에서 끌다가
뒤에서 밀다가
끌어안고 구르다가…

밥알 하나가
세상 전부인 양
엎어져도 넘어져도
제집을 향해 악착같이 끌고 간다
명절이나 연휴도 잊은 채
1달러를 찾아
지구를 마흔네 바퀴나 돈
비즈니스맨이여!

실버타운

어느새
머리가 하얗게 세어버린
억새풀

언제까지나
짱짱할 줄 알았더니
금방이라도 주저앉을 듯
미풍에도 버석거린다

그래도
여럿이 모여 있으니
서로 기댈 수 있어 좋다.

팽나무

모질고 험한 세상살이가
얼마나 버거웠을까만
늙은 몸을 목발에 의지한 채
눈인사하네

지난 세월
겹겹이 키운 그늘로 열기를
듬직한 몸으로 삭풍을 막아주면서
마을을 지켜준 수호신이여!

수백 년 장수의 비결은
무욕, 청렴, 나눔이라고
몸소 실천하며 가르쳐주는
우리의 스승

이 봄
메마른 가지에
이파리 몇 개 피워
노익장을 자랑하네.

수련

이른 아침
이슬 머금은 수련 한 송이
연못 속에서 미소 짓누나

동트기 전부터
자갈밭 일구시느라
흙투성이 된 얼굴로
환하게 웃어주시던 어머니처럼

행복은 고생 끝에 온다는 것을
몸소 보여 주는
겸양지덕의 꽃송이

너만은 꼭 사각모를 씌워줄 테니
어떤 고난 속에서도 공부하라시던
어머니의 목소리가 금방이라도
들릴 것만 같다.

새벽달

해가
뉘엿뉘엿 넘어갈 때면
석양을 등에 진 채
물동이를 이고 오시던 어머니

시베리아 두만강 가에서
굴 딱지를 캐시다가 달려와
부리나케 감자밥을 해 주셨지요

새벽닭이 울 때까지
해진 옷이나 고무신 밑창을 꿰매시던
그 거친 손

부처님 따라
구름 타고 오셨나요

아들아! 아들아!
대문 두드리는 소리에 퍼뜩!

꿈속에서나마
당신의 품 안에 안겨봅니다

당신이 가신 지 어언 60년
새벽달 속에 어머니 얼굴을 그려봅니다.

어머니 생신날

어머니!
이렇게 불러만 봅니다.

고등학교 교복을 입고 떠나던 날
차마 뒤돌아보지도 못한 자식이
헤어질 적 어머니보다
더 하얘진 머리에
지팡이까지 짚은 불효자가 되었습니다

오늘은
당신이 태어나신 날
부처님도 함께 오셨다지요

우리 집 뒷산에도
진달래가 활짝 피었겠네요
어릴 적 보여 주셨던
어머니의 그 고운 미소처럼

어머니!

임진강 망향대에 서서
목청껏 불러만 봅니다

보고 싶은 어머니!

연꽃

연꽃을 볼 때마다
아내 생각에 가슴이 찡하다

60년을 비즈니스맨으로
휴일도 명절도 없이
지구를 마흔네 바퀴나 도는 동안
집안일은 나 몰라라 했었다

홀로
가슴 졸이며 눈물 흘린 날이
얼마나 많았을까만
지친 몸으로 집에 돌아오면
연꽃처럼 환하게 웃어주던
아내

연못 속의
저 연꽃 봉오리를 볼 때마다

우리 처음 만나던 날
아내 얼굴에 수줍게 피어오르던
미소가 오늘인 듯
선명하다.

액자 1

고향 풍경을 그려
거실에 걸었다
밭갈이 끝내고 돌아오던
그날을

어머니는 채반을 머리에 이고
아버지는 나뭇짐을 지고
나는 소 끌고
실개천을 건너고 있다

폴짝폴짝 뛰는 나를 바라보시는
아버지와 어머니의 얼굴에는
함박웃음이 가득 피어 있다

실개천에 배를 깔고
길게 누운 저녁노을도
활짝 웃고 있다.

그네

이현리 잔디밭에서
주인 없는 그네를 보노라니
저 먼저 타겠다고 떼쓰던 등
철부지 손주 녀석들의 울음소리가
귓가에 쟁쟁하다
지금은 낯선 땅에서
책상에 머리 찍으며 밤을 지새우고
인생의 답을 찾기 위해
보스턴 강가를 하염없이 걷기도 한다는
성큼 자란 녀석들

이제는 그 녀석들이
이 사회의 기둥이 될 것이라는 생각에
가슴이 뭉클하다
금의환향하여
잔치할 날을 고대하며
힘차게 빈 그네를 밀어본다
맑은 햇살이
그네 위에서 왁자하다

6 · 25 참전용사

이슬비 부슬부슬 내리는 현충일
조문객이 넘치는 현충원에서
무명용사 기념탑의 녹슨 철모가
우산도 없이 비를 맞고 있다

6 · 25 때 대학생이던 우리 형은
사각모 대신 철모를 쓰고
평양 시가전 싸움터에 뛰어들었다

적의 수류탄에 맞아
후방 병원으로 이송되어
실낱같은 목숨은 건졌지만
낯선 타향에서 실명이 되고 말았다

목사 지망생이었던 형이
영도다리 건너 육군보훈병원 중환자실에서
분노에 차 몸부림치다가
육군 이등병으로 어느 새벽에 떠나셨다
녹슨 철모만 남긴 채.

약속

대학 등록금 마감날이었다
이리저리 뛰어다녀도
턱없이 부족한 등록금
인정머리 없는 초침은
1초, 1초······
타들어 가는 내 가슴 따위는
아랑곳하지 않는다
해운대 적기 노동판 사장님께 달려가
염치 불고하고 통사정을 했다
사모님이 부족액을 채워주시며
손을 꼭 잡고 힘주어 흔들어 주셨다
마감 시간 1분 전에
납부하고 돌아오는데
한강 다리가 출렁출렁 춤을 추었다

어머니의 눈물인가
갑자기 소낙비 쏟아내는 하늘에 대고
목청껏 외쳤다
"어머니! 나 사각모 썼어."

모자

너의
굿모닝 아침 인사
굿바이 저녁 인사
너는 워싱턴에서
나는 서울에서

오늘은 아파트 공원에서
네가 보낸 오바마의 독수리 모자를 쓰고
"우리 손녀 으뜸!" 하고
소리 높여 외쳐본다

하늘은 항상 공평하단다
너는
강한 의지로 지구촌 한가운데를
달리고 또 달릴 것이라 믿는다
네가
모자를 고를 때의 그
손길이 닿은 듯 따뜻하구나
우리 손녀 최고다.

냇가에 앉아

얼마 만인가
저 물소리와 마주 앉아
세상사를 주거니 받거니 한 것이
한 치 앞도 모르는 것이 인간사라더니
계단을 오르다
오른쪽 다리에 마비가 와서
병상일기 첫 장을 열게 되었다

꽃이 피고 지고, 지고 또 피고
단풍이 세 번째 물든 오늘에야
내 다시 여기 왔다
그날의 낭랑했던 물소리도
흐드러진 수양버들도 여전한데
나만이
백발에 지팡이를 짚었다

내려다보는 흰 구름도
그날처럼 무심하구나.

인생이란

무 장사 하던 부산 피난 시절
자갈치시장 모퉁이에 리어카 놓고
"무 사이소! 무 사이소!" 목청껏 외쳤지

까까머리 총각 닮아
팔뚝만 한 것이 실하다고 놀리며
아지매들 몰려들어 금방 팔았지

다음 날은
며칠 번 돈을 몽땅 바쳐 많이 사 왔지
잡상인 단속하는 날인 줄도 모르고

기마경찰 회초리 들고 쫓아오니
다른 행상들은 미꾸라지처럼
골목길로 쏙쏙 들어가 숨어버리는데
눈치코치 없던 나는
"무 사이소! 무 사이소!" 소리 높여 외치다가
기마경찰의 회초리에 흠씬 얻어맞고
피 흘리며 한길에 널브러졌었지

한참 만에 눈을 뜨니
리어카는 부서져 버리고
무들은 죄다 동강이 나서 못 쓰게 되었지

인생길이 험난하다는 걸
열여덟 살에 알아버렸지.

그림자

마치 유령 같구나
언제나 검은 형상으로
말없이 서 있는 것이

곁에 있나 하면 없고
가버렸나 하면 뒤에 있고
손이라도 잡으려 하면
잡힐 듯 잡을 수 없는 허상이구나

아침에는 서쪽으로
해 질 녘에는 동쪽으로
가을바람 스산한 골목까지 따라와
불평 한마디 하지 않고
아픔도 기쁨도 함께하는
나의 동반자여!

고려인 젊은이들이여

그대들의 증조할아버지와 할아버지는
나라를 잃고 두만강을 건너갔지
낯설고 물선 시베리아 동토에서
언 땅을 파서 움막을 짓고 두더지처럼 살았지
지독한 추위와 배고픔 속에서도
나라를 찾겠다는 일념으로 왜놈들과 싸웠지

조국 광복 72주년 종소리와 함께
최재형장학회의 등불이 켜졌다네
할아버지의 나라 사랑 얼을 이어받아
시베리아 벌판의 기상을 이어받아
가을바람에 흩어지는 코스모스 꽃씨처럼
그 등불 멀리멀리 밝히세

손에 손을 잡고 꼬레아 꼬레아 우리 외치세
멀리까지 흩어져 있는 우리 젊은이들이여!

그만하면 되었다

예복 말쑥하게 차려입고
피아노 건반에 맞춰 입장하는
신부를 맞은 것이 엊그제 같은데
빛바랜 사진이 되었다
꿈을 꾸었나
반세기 넘게 쉬지 않고 달려오느라
턱에 차오르는 숨을
채 고르지도 못했는데
지팡이 앞세우는 신세가 되었다

뒤돌아보니
무엇을 잡으려 그리도 달려왔던가
남은 것이 무엇인가
회한뿐인가 싶었는데
눈앞에 있는 손주 녀석 다섯이
하늘보다 높구나

그만하면 되었다
하늘이여 내려오소서!

저자 素原 김창송

중앙대학교 문리과대학 문학부 교육학과 중퇴
고려대학교 국제 경영대학원 제7기 졸업
단국대학교 법정대학 정법학부 정치외교학과 졸업
뉴욕비즈니스 스쿨 수료
중앙대학교 국제경영대학원(경영학 석사) 졸업
서울대학교 국제경영대학원 수료
성원약품상사, 성원교역(주), 성원엔비컴(주) 설립
성원봉제완구공장 설립
상공부, 한국무역협회 주관 아프리카 무역통상사절단장
한국수입협회 주관 남미, 유럽, 동남아지역 통상사절단장
한국수입협회 연수원장, CEO 아카데미 원장,
        APEC 경제협의회 동구 시장조사단원
          국무총리상 수상(무역의 날)
영국 EDWARD VACUM사와 합작
미국 ENIDNE 한국 총판매 계약
사단법인 대한상사주재원 중재인단 중재인
          이스라엘 통상장관상 수상(2회)
            법원 행정처장 표창장
서울가정법원 가사조정협회의회 의장
아시아 CBMC 이사장
세계대회장
서울가정법원장상 수상
대통령상 수상(무역의 날)
독립투사 최재형기념 고려인지원장학회 창립
          세계 CEO전문인 선교 대상(大賞) 수상
대한민국 중재인 대상 수상

올해를 빛낸 인물 대상 수상
대한민국 인물 대상 수상
        8·15광복 제69주년 기념 보신각 타종인사
대한민국 산업포장 수훈

수필집
1995.   기행문《비즈니스기행》(쌍파울로에서 카사블랑카까지 50개국)
        《지금은 때가 아니야》외 다수

가족
1961.   김홍순 여사와 결혼
1962.   장남 김건수 (성원교역 대표이사)
        자부 김소연
        손녀 김정아(칼라링 미 대표, 민화 플러워 컬러링 전문강사)
                Tufts University with SMFA, 순수미술전공,
                무역협회 한국대표로 뉴욕박람회에 참가,
                저서-우리 민화 봄 컬러 강의
        손녀 김정미(미국 국무성 아세아 담당 공무원)
                콜롬비아 대학 MBA 수료, 뉴욕 Y무역회사 시장개척팀장
        손자 김성민(미국 펜실베이니아대학), 통역병 제대 후 애니메이션 창업
1964.   차남 김응수 (인하대학교 교수)
        자부 이경은 (한세대학교 교수)
        손자 김성준 (미국 하버드대학교 대학원 박사)
                현재 JP모건 근무(뉴욕)
        손자 김성빈 (미국 남가주대학교 컴퓨터 전공)
                B 국제무역회사 개발팀장

Since 1968

SONG WON

成元交易株式會社
SONG WON TRADING CO.,LTD.

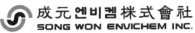

成元엔비켐株式會社
SONG WON ENVICHEM INC.

Message

Song Won, is preparing another jump
with 'Creation' and 'Challenge'

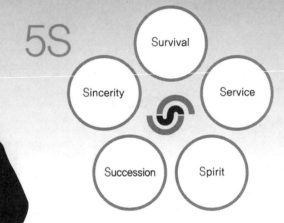

5S

- Survival
- Service
- Spirit
- Succession
- Sincerity

SongWon is always challenging in new markets and industrial fields with focusing on
the high-tech chemical goods, machinery goods and environmental technology.
And we remember the fact that our great values in achieving our present position have been
all our business partners and existing customers for a half century.
We are preparing for another jump with having a mind, "Re-start" and initiative sprit.

Chairman Chang Song, Kim

President Kun Soo, Kim

HISTORY

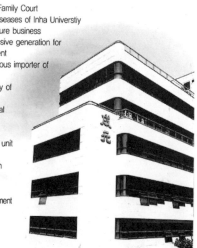

Song Won, is creating its own future with trust accumulated for a half century.

1968	Established SongWon Chemicals Company (Specializing in import and export)
1974	Established "Family tennis club", the social meeting with chemical corporations.
1978	Established SongWon Trading Co., Ltd.
1981	Registered Korea Toy Industry Cooperative society
1983	Led the trade delegation in Africa under managing by the Ministry of Commerce and
1983	Korea importer association (3 countries besides Morocco)
1985	Built nationwide network through 13 sales agents
1988	Served in the first president of Korea importers association
1989	Won a prize of the Prime Minister
1992	As arbiter in the Korean Commercial Arbitration Board
1992	Established SongWon Edwards Ltd.(Joint Venture with Edward High Vacuum Int'l, (U.K.)
1992	Established SongWon Industrial Company
1993	Constructed SongWon's own building
1993	Celebrated of the publication of book "Business Trip"
1997	Established SongWon environment Co., Ltd (technical corporation with Shikoku in Japan)
1997	As adviser in Korea importers association
1997	Won a prize of citation from the president of Korea importers association on the 34th, Trade day
1998	Built Anseong factory of SongWon Envichem Inc.
1998	As a vise-president of Family Dispute Mediation Committee in Seoul Family Court
1998	Won a prize by the minister of commerce in Israel
2000	Established the SongWon Envichem Inc. R&D Center of certified by Korea Industrial Technology Association
2001	Established JPI as joint venture corporation with ENIDINE in U.S.A.
2001	Won the prize by the Minister of National Court Administration
2005	Appointed a company accomplishing technical innovation project form Small and Medium Business Administration
2005	Won the prize by the Chief Justice of Seoul Family Court
2006	Agreed with the Institute of Microbiological Diseases of Inha Universtiy
2006	Approved as SongWon Envichem Inc. a venture business
2007	Appointed the technical development of intensive generation for next generation by The Ministry of Environment
2007	Won the prize by President of Korea (meritorious importer of raw materials and subsidiary materials)
2008	Built hazardous materials warehouse & factory of SongWon Envichem Inc.
2009	Appointed a company accomplishing technical innovation project from Small and Medium Business Administration
2012	Agreed with slightly acidic electrolyzed water unit 「Purester」 of Morinaga as Korea agent
2013	Conclusion of the exclusive korean agent with CHAMBRELAN · TECH PRODUCT · WALTHER PILOT and SETEC
2015	Received an Industrial Service Medal from government on trade day in December, 2015

Environmental Department

SONG WON

SWT is providing industrial raw materials and subsidiary materials that can be applicable for chemicals, environmental products, factory automation machines and constructions through the partnership with world prestigious manufacturers. And we are doing our best for producing and researching in environmental products by ourselves.

 SHIKOKU (Japan)

- Disinfectant for swimming pool
- Automatic for pool feeding machine (NAPIX)
- NEO-CHLOR 90 & 60

TOSOH (Japan)

- Disinfectant for pool& farm
- Disinfectant for cooling tower
- NICLON 70G & 70T

Lonza (USA)

- Quaternary Ammonium Compounds
- Biocide(Hydantoin derivatives)
- Preservatives for household & Personal care
- Specialty additives & Waxes

morinaga (Japan)

- Purester : Slightly acidic electrolyzed water production unit
- Purester mate
- Slightly acidic electrolyzed water production unit (Food additive)
- Used in Food factory, medical facilities, feeding facility etc.

PROzyme (USA)

- Simplified Workflow for Rapid FLR/MS Analysis Glycan
  - Glyko series
  - Glyko Prep series
  - Gly-X series
  - Gly-Q(Glycan Analysis system)

Chemical Department

PAINT

KING INDUSTRIES SPECIALTY CHEMICALS (USA)

- Acid and Blocked catalysts
- Resin Modifiers
- Non-tin, mercury-free catalysts
- Corrosion Inhibitors
- Dispersants
- Rheology Modifiers

Lubrizol (USA)

- Reactive Acryl Monomers
- Acryl Emulsion, PUD, Acryl Resin

Emerald Performance Materials (USA)

- Foam Control Additives
- Silicon Fluid, Silicon Resin
- Rubber Curing Additives

Perstorp WINNING FORMULAS (Sweden)

- TMP, NPG, BEPD, Bis-MPA etc

Pigmentan (Israel)

- Anti-corrosive pigments

Celanese The chemistry inside innovation (Germany)

- 3-Methoxy Buthyl Acetate(3-MBA)

PLASTIC AND ELECTRONIC CHEMICALS

KING INDUSTRIES SPECIALTY CHEMICALS (USA)

- Thermal Acid Generators
- Corrosion Inhibitors
- Hydroxyl Functional Modifiers
- Epoxy Catalysts

NIPPON TALC CO., LTD. (Japan)

- FINE TALC (MICRO ACE SERIES)

HAKUSUI TECH (Japan)

- ZIRCONIUM SILICATE CONDUCTIVE ZINC OXIDE

Maruzen Chemicals Co., Ltd. (Japan)

- POTASSIUM IODIDE

MITSUBISHI CHEMICAL (Japan)

- Adhesion Promoter for P.P

Automation Department

ITT
ENIDINE (USA)

SHOCK ABSORBER
- Useable adjustment setting of impact velocity
- longer life,high energy capacity
- Improved quality for Nickel plating
- Varity models of custom solution development

WIRE ROPE ISOLATOR
- Effective Shock and vibration isolation
- Unaffected by temperatiure extreme, chemiclas, oil etc.
- Variety models of size

AIR SPRING
- Special vibration and actuator performance
- Variety models of size and angular motion

ITT
Torque Systems (USA)
- Brush/Brushless SERVO Motor
- Stainless Steel SERVO Motor
- Direct Drive Motor (Framless Motor)

TOSHIBA M.

- SCARA ROBOT / VERTICAL ARTICULATED ROBOT

- Easy Order PLC "TC-Mini"

BRELAN *des & Linear Rails* (France)

PIC SLIDES
ILS

flexx
SYSTEMS (Netherlands)

L KINEMATIC
OBOT
L KINEMATIC
LTA ROBOT

AC (USA)

Actuator-VCM
ary Motor

NE (Japan)

M ROBOT

olor

WALTHER PILOT (Germany)

· WALTHER PILOT
· SPRAY SYSTEM

(Italy)

· Jack & Screw
· Power Cylinder

SCHUNK (Germany)

· Gripping System
· Escapement Modules
· Robot Accessories

Construction Materials

Copper tubing &
Copper tubing connector

· Flanges, Sockets
· Unions, Tees
· Elbows
· JungWoo Metal Ind. Co., Ltd.
· NungWon Metal Ind. Co., Ltd.
(Korea)

HISTORY

Song Won, is creating its own future with trust accumulated for a half century.

1968	Established SongWon Chemicals Company (Specializing in import and export)
1974	Established "Family tennis club", the social meeting with chemical corporations.
1978	Established SongWon Trading Co., Ltd.
1981	Registered Korea Toy Industry Cooperative society
1983	Led the trade delegation in Africa under managing by the Ministry of Commerce and
1983	Korea importer association (3 countries besides Morocco)
1985	Built nationwide network through 13 sales agents
1988	Served in the first president of Korea importers association
1989	Won a prize of the Prime Minister
1992	As arbiter in the Korean Commercial Arbitration Board
1992	Established SongWon Edwards Ltd.(Joint Venture with Edward High Vacuum Int'l, (U.K.)
1992	Established SongWon Industrial Company
1993	Constructed SongWon's own building
1993	Celebrated of the publication of book "Business Trip"
1997	Established SongWon environment Co., Ltd (technical corporation with Shikoku in Japan)
1997	As adviser in Korea importers association
1997	Won a prize of citation from the president of Korea importers association on the 34th, Trade day
1998	Built Anseong factory of SongWon Envichem Inc.
1998	As a vise-president of Family Dispute Mediation Committee in Seoul Family Court
1998	Won a prize by the minister of commerce in Israel
2000	Established the SongWon Envichem Inc. R&D Center of certified by Korea Industrial Technology Association
2001	Established JPI as joint venture corporation with ENIDINE in U.S.A.
2001	Won the prize by the Minister of National Court Administration
2005	Appointed a company accomplishing technical innovation project form Small and Medium Business Administration
2005	Won the prize by the Chief Justice of Seoul Family Court
2006	Agreed with the Institute of Microbiological Diseases of Inha Universtiy
2006	Approved as SongWon Envichem Inc. a venture business
2007	Appointed the technical development of intensive generation for next generation by The Ministry of Environment
2007	Won the prize by President of Korea (meritorious importer of raw materials and subsidiary materials)
2008	Built hazardous materials warehouse & factory of SongWon Envichem Inc.
2009	Appointed a company accomplishing technical innovation project from Small and Medium Business Administration
2012	Agreed with slightly acidic electrolyzed water unit 「Purester」of Morinaga as Korea agent
2013	Conclusion of the exclusive korean agent with CHAMBRELAN · TECH PRODUCT · WALTHER PILOT and SETEC
2015	Received an Industrial Service Medal from government on trade day in December, 2015